IM GLANZ DER NACHTSCHWÄRMER

WunderZeilen

INHALTSHINWEISE

Im Glanz der Nachtschwärmer ist ein Buch für Erwachsene und Teenager ab 16 aus dem Genre Urban Fantasy. Die Geschichte behandelt Themen, die mitunter Auslöser schwieriger Gefühle, Erinnerungen oder Flashbacks sein können. Bei manchen Menschen können sie negative Reaktionen auslösen. Bitte sei achtsam, wenn das bei dir der Fall ist.

Auf der letzten Seite dieses Buchs findest du eine Übersicht möglicher triggernder Inhalte.

Allen Kindern, die vergeblich um
Akzeptanz kämpfen mussten.
Die zu laut, zu verträumt, zu anders waren.
Die mit dem Gefühl aufwuchsen, falsch zu sein.
Und allen Erwachsenen, die sie geworden sind:

Uns ist diese Geschichte gewidmet.

In liebevoller Erinnerung an meine Katze Celia

GLOSSAR

Ein großer Teil dieser Geschichte spielt in Wien, der Hauptstadt von Österreich. Da die Charaktere in ihren Gesprächen bestimmte Ausdrucksweisen und Begriffe verwenden, die in anderen deutschsprachigen Ländern nicht geläufig sind, findet ihr nachfolgend ein kleines Glossar.

Im Fließtext werden die hochdeutschen Bezeichnungen verwendet, doch die Dialoge sollen natürlich authentisch sein.

Bim, die (N.), umgangssprachliche Bezeichnung für die Straßenbahn. Nicht zu verwechseln mit der S-Bahn (Züge) oder U-Bahn.

Gemeindebau, der (N.), als Gemeindebau wird ein Wohnblock des sozialen Wohnungsbaus bezeichnet. Die ersten entstanden in den 1920er Jahren und waren in vielen Bezirken als günstige Wohnungen für Gastarbeitende konzipiert. Vergleichbar ist diese Art von Wohnbau mit den deutschen Plattenbauten.

Honorarnote, die (N.), ein Beleg über die Kosten einer freiberuflichen Leistung, wie sie Ärzt:innen ausstellen.

Kalbspariser, die (N.), feine Wurstsorte, in Deutschland unter der Bezeichnung »Lyoner« bekannt.

Obers, das (N.), Schlagobers. Bezeichnung für Sahne.

Parte, die (N.), schriftliche Mitteilung eines Familienereignisses u.a. über Geburt, Taufe oder Tod einer Person.

Steiermark, die (N.), eines der neun Bundesländer Österreichs. Die Steiermark grenzt an Slowenien.

tatzen, (V.), Bezeichnung dafür, dass Tiere (v.a. Katzen) mit ihrer Pfote nach etwas schlagen.

Topfen, der (N.), Bezeichnung für Quark.

Topfencreme, die (N.), süße Zubereitungsart von Topfen, der im Supermarkt neben Joghurts verkauft wird.

Trafik, die (N.), Verkaufsstelle für Tabakwaren, Zeitungen, Magazine, Schreibwaren, Ansichtskarten und andere Kleinwaren. Vergleichbar mit dem deutschen Kiosk.

Volksschule, die (N.), vierjährige Grundschule, die Kinder ab dem sechsten Lebensjahr besuchen.

WUSSTEST DU …

… dass Menschen im Durchschnitt 1.460 Träume pro Jahr haben? Etwa fünfmal pro Nacht verarbeitet das Gehirn bewusste und unbewusste Erfahrungen des Tages und gleicht sie mit der Vergangenheit und Gedanken an die Zukunft ab. Träume sind das, was die Menschen während dieses Prozesses sehen. Sie träumen in jeder Schlafphase, obwohl sie sich nur selten daran erinnern. Am häufigsten klappt das beim REM-Schlaf. Die längsten Träume finden morgens statt.

Wenn Menschen in der Kindheit häufig Schwarz-Weiß-Fernsehen gesehen haben, träumen sie laut Statistiken seltener in Farbe. Man sagt, dass selbst Embryonen träumen, während sie im Mutterleib sind. Aufgrund der fehlenden visuellen Reize handelt es sich dabei meist um Gefühle und Geräusche.

Die antiken Griechen glaubten, Träume seien Botschaften der Götter, einschüchternder Geister sowie Incubi und Succubi

Die zehn häufigsten Träume der Menschen handeln vom Fallen, Fliegen, Gejagt werden, Zahnverlust, Eingesperrt- oder Gefangensein, von sexuellen Handlungen, einer Rückkehr zur Schule, davon, ein Verkehrsmittel oder Event zu verpassen oder vom Partner betrogen zu werden.

Forschungen in diesem Bereich lassen vermuten, dass auch Tiere träumen. Die Inhalte werden uns wahrscheinlich auf ewig ein Geheimnis bleiben.

Über die Funktion der Träume gibt es unterschiedliche Auffassungen. Manche sagen, sie dienen der Reifung des Gehirns oder dem Lösen von Problemen aus dem Wachleben. Andere sind wiederum der Ansicht, dass es sich dabei um einen Entspannungszustand des Geistes handele, um angstbesetzte Inhalte oder einfach nur die Eindrücke des Tages zu verarbeiten. Vielleicht sind sie auch bloß ein Überbleibsel der Evolution, wie die Weisheitszähne oder die Nickhaut.

Doch was auch immer hinter ihnen steckt: Träume sind faszinierend. Zahlreiche Mysterien ranken sich um das Erleben im Schlaf, es bietet Stoff für unendlich viele Geschichten.

Eine davon ist diese.

TEIL I

NYCTOPHILIA

DIE LIEBE ZUR DUNKELHEIT.

DAS FINDEN VON RUHE, HARMONIE UND WOHLBEHAGEN IN DER NACHT.

Wien, Herbst 2019

»Ich war schon immer ein Kind der Nacht. Seit ich mich erinnern konnte, lag meine Mutter mir damit in den Ohren, nicht erst schlafen zu gehen, wenn normale Menschen sich für die Arbeit fertig machten. Und seit jeher fragte ich mich, warum mich diese Vorliebe für Stille und Dunkelheit so sehr von diesen normalen Menschen unterschied, von denen sie sprach.

›Hallo. Mein Name ist Aristella. Und ich bin nicht normal.‹

Könnt ihr euch den Blick meiner Lehrerin ausmalen, als ich mich an meinem ersten Schultag mit diesen Worten vorstellte? Ein sechsjähriges Mädchen, das ihre Zahnlücke stolz vor einem Raum Gleichaltriger zur Schau stellte. Ein Mädchen, in dem irgendetwas zerbrach, als alle begannen, es für diese Worte auszulachen; selbst die Lehrerin. Dieser kleine Fauxpas war der Anfang vier langer und schmerzhafter Jahre, die mich jegliches Interesse am Lernen vergessen ließen.

Zwei Freunde standen mir zur Seite, die meine Mutter mir aber oft verbot, zu sehen. Außerdem hatten sie ihre eigenen Päckchen zu tragen. Also galt es, unsichtbar zu werden, um mich dem Spott der anderen zu entziehen.

Unsichtbar für meine Mitschüler, die fortan immer etwas fanden, aus dem sie mir einen Strick drehen konnten.

Unsichtbar für meine Lehrerin, der ich für eine Volksschülerin zu aufgeweckt war und zu viel wusste.

Ich war zu unruhig, zu mitteilungsbedürftig, sang zu energisch, tobte beim Fangenspielen in der Pause zu viel herum und war immer zu schnell mit meinen Aufgaben fertig. Für sie bestätigten sich die Worte, mit denen ich diese Tortur von Volksschule begonnen hatte: Nichts machte ich wie die anderen, also war ich eben nicht normal.

Rückblickend fragte ich mich oft, warum solche Menschen eine pädagogische Laufbahn wählten. Und vor allem, ob es da nie jemanden gab, der ihnen deutlich sagte: ›Es tut mir leid, aber Sie sind definitiv nicht dazu geeignet, mit Kindern zu arbeiten.‹ Doch was zählen diese kleinen Menschen schon?

›Hallo. Mein Name ist Aristella.‹

Ob ich denn nicht mehr über mich erzählen wollte, fragte mein Klassenlehrer am Gymnasium. Ich schüttelte den Kopf und setzte mich. Noch einmal würde ich ihnen keine Angriffsfläche bieten. Doch als die Schulleiterin meiner Mutter bei der ersten Konferenz darlegte, dass ich für mein Alter außerordentlich schüchtern wäre, mich außerdem nicht an Klassenaktivitäten beteiligte und kein Interesse am Schulstoff zeigte, hatte ich auch ihre Erwartungen abermals erfüllt:

›Warum nur kannst du dich nicht verhalten wie ein normales Kind?‹

Weil ich nicht weiß, wie das geht, dachte ich still und wandte doch nur meinen Blick ab.

›Würdest du mehr schlafen, wärst du auch aufmerksamer. Kein Wunder, dass du tagsüber nicht den Mund aufkriegst.‹

Doch daran lag es nicht. Diese Welt war laut. So unerträglich laut für jemanden, der einfach nur seine Ruhe haben wollte. Und irgendwann, als ich mitten in der Pubertät steckte und meine Mutter mir aus Resignation endlich einen Computer ins Zimmer stellte, da wurde mir eine Sache bewusst:

Da draußen gab es sehr wohl noch weitere Menschen wie mich. Wer war schon meine Mutter, dass sie die anderen als normal betitelte und uns aufs Abstellgleis schob? Immerhin taten wir niemandem etwas. Wir triezten nicht, wir gaben niemandem abfällige Spitznamen und schlugen auch keine Augen blau oder Nasen blutig. Nein, wir Nachtschwärmer wollten einfach nur unseren Frieden in einer Gesellschaft, in der jeder sich krampfhaft zu allem äußern musste. Lauter, schneller, skrupelloser, forscher. Mehr Aufmerksamkeit, mehr Raum zur Selbstdarstellung.

Als meine Mutter starb, war ich vierzehn. Es fällt mir immer noch schwer, diese Worte auszusprechen, denn trotz all unserer Differenzen war sie die einzige Familie, die ich gehabt hatte. Natürlich gab es da noch meinen Vater, doch sein Gesicht sah ich zum ersten Mal, als das Jugendamt entschied, dass ich nicht allein wohnen könnte. Da tauchte er auf, mein Held und Retter, mit den gleichen graublauen Augen und asymmetrischen Lippen wie ich. Und ich hasste ihn für diese Gemeinsamkeiten, die mir im wahrsten Sinne des Wortes entgegenstrahlten. Hätte er sich jemals um meine Mutter oder mich gekümmert, wäre sie nicht vor lauter Erschöpfung krank geworden. Ein reicher Schnösel, wie ich fand, mehr steckte nicht in ihm. Er war Geschäftsleiter eines IT-Unternehmens und verfolgte das Ziel aggressiver Expansion; in etwa so, wie er mich plötzlich einfach in sein Leben gezerrt und damit seinen Einflussbereich erweitert hatte. Der Schulwechsel und Umzug in das Nachbarbundesland waren für mich weniger schlimm gewesen: Dort war ich immer noch der ruhige Teenager, von dem man gern mal vergaß, dass er überhaupt existierte. Doch in meinem Kopf war es alles andere als still. Da mein Vater ständig arbeitete, störte es ihn wenig, dass ich mich hinter meinem Computer versteckte. Stattdessen versuchte er, mich mit teuren Geschenken aus der Reserve zu locken, kaufte mir einen Laptop und erwartete daraufhin, dass ich jeden Tag pünktlich zu den Mahlzeiten erschien sowie keinen Ärger machte.

Zwei Jahre lebte ich mit meinem Vater, seiner Frau Petra und ihrem ach so entzückenden kleinen Sohn Nils, bevor er mir eines Tages eröffnete, dass er beruflich nach Frankreich ziehen würde. Es war der Zeitpunkt in unserer Beziehung, an dem ich ihm das erste Mal vollauf dankbar war: Statt mich mitnehmen zu wollen, fragte er, ob ich mich bereit fühlte, mit sechzehn schon allein zu wohnen. Er hatte schließlich auch gemerkt, dass ich mich nicht in die Familie eingliederte, und bot an, mir eine kleine Wohnung in meiner Heimatstadt zu bezahlen. Das war das letzte Gespräch, das wir geführt hatten, bevor er sich und seine Liebsten in den Firmenjet hievte und mir ein Bahnticket zurück nach Wien hinterlegte.

Umringt von Möbelpackern fand ich es am nächsten Morgen auf dem Frühstückstisch vor, ehe sie auch den nach draußen in den Umzugswagen trugen. In dem Brief, den er mir hinterlassen hatte, stand eine Adresse, die unweit meines alten Viertels lag. Außerdem teilte er mir darin mit, dass er mich fürs nächste Schuljahr an meinem damaligen Gymnasium angemeldet hatte. Zwei Jahre lagen noch vor mir, er war sich sicher, dass ich das schaffen würde. Und ich? Nun, angesichts meiner neuen Lebensumstände, befand sich die Schule auf meiner Prioritätenliste noch weiter unten als zuvor.

Meine Möbel wurden von den Packern abtransportiert, sobald ich den Inhalt meiner Schränke in Kartons gestopft und zwei Scheiben Toast vertilgt hatte. In einem ruhigen Moment schnappte ich mir die teure Kaffeemaschine aus der Küche, bevor die Männer sie noch davontrugen, und beschriftete den zugehörigen Karton mit einem krakeligen ›ARISTELLA‹, damit ich zumindest einen Freund mit in mein neues Leben nehmen konnte, der mir stets gute Dienste geleistet hatte.

Und dann war ich endlich wieder in der Stadt. Zurück in Wien, in einem hoch gelegenen kleinen Apartment mit Ausblick auf die Donau. Ich genoss ihn hauptsächlich nachts, mit einer Tasse Kaffee aus der gestohlenen Maschine. Die Lichter der Häuser und Straßen funkelten wie die Augen lebendiger Wesen.

Alles glitzerte im Schwarz der Nacht, ein Patchwork brennender Lichter der Wolkenkratzer drüben in Kaisermühlen zu Linken und des Riesenrads im Prater zur Rechten.

Hier fühlte ich mich wohl. Umgeben von Zimmerpflanzen, Kaffeeduft und dem Surren meines Computers. Dass ich die Schule abgebrochen hatte, erzählte ich meinem Vater erst drei Jahre später, woraufhin er mir die Mietkosten streichen wollte. Doch da ich mich in eine Abendschule einschrieb und trotz all seiner vierzehntägigen Fürsorge in Form einer E-Mail immer noch Halbwaise war, konnte er sich nicht so einfach aus der Verantwortung stehlen.

Ich versprach, meinen Abschluss abends nachzuholen, jobbe seitdem tagsüber in einem Café und genieße die Freiheit, die mir dieses Leben bietet. Ich brauche keine Familie, keine riesige Wohnung und niemanden, der mich nach einem langen Tag mit einem selbstgemachten Essen erwartet und meine Sorgen auffängt. Ich bin unabhängig, solange ich mich hie und da ein kleinwenig an die Regeln halte.

›Friedlich, aber gespenstisch. Ruhig und dennoch voller Leben. Dunkel, doch mit umso herrlicheren Akzenten. Die Nacht hat viele Facetten. Die einen schlafen tief und fest, die anderen drehen erst so richtig auf, wenn die Sonne am Horizont verschwunden ist. Zur letzteren Sorte gehöre auch ich: Aristella. Ich bin zwanzig und finde, die Nacht ist der bessere Tag.‹

Meine Vorstellung in der Abendschule vorletztes Jahr, die wir literarisch mit einem Fakt über uns verbinden sollten, war on point. Und zum ersten Mal machte es mir nichts aus, nicht normal zu sein.

Das ist meine Geschichte, ungeschönt und ohne mich in ein gutes Licht rücken zu wollen. Denn ich bin voreingenommen, urteile schnell und bin alles andere als ein Sonnenschein. Viel mehr gleiche ich einer dunklen Gewitterwolke, die still und leise über den Himmel zieht, bis sie an der richtigen Stelle ist, um sich in einem gewaltigen Knall zu entladen.«

Stille.

Die geweiteten Augen ihrer Therapeutin sprachen Bände; oder sah sie nach Aristellas Monolog womöglich davon ab, sie als Klientin anzunehmen? Ihr Assistent stand auf, schob sich kaum merkbar aus dem Raum. Vermutlich würde er seine Berufswahl nach dieser Sitzung noch einmal überdenken.

Die Lippen der Therapeutin zuckten. Sie setzte mehrfach zu sprechen an, um doch nur wieder auf ihre Notizen zu blicken. Und dann, als das bedrückende Schweigen unerträglich zu werden drohte, räusperte sie sich.

»Eine Gewitterwolke, sagst du?« Sie faltete ihre Hände. »Das ist ein interessantes Bild.« Aristellas anfängliche Euphorie über diese anerkennenden Worte verebbte jedoch, als sie nachsetzte: »Magst du Gewitter denn gern?«

Aristellas Finger krallten sich in das Kissen, das sie auf ihren Beinen abgelegt hatte. »Nein«, erwiderte sie lakonisch. »Das hat nichts mit Vorlieben zu tun. Mir schien der Vergleich gerade bloß passend.«

»Weil es in der Schule stets hieß, du wärst teilnahmslos und schweigsam, du unter den richtigen Menschen jedoch auftaust und deinen Redebedarf nachholst?«

Aristella hob einen Mundwinkel. Das traf es schon eher. »Oder in Situationen wie diesen.«

Ein Lächeln stahl sich auf das faltige Gesicht der Dame. »Ich finde es gut, dass du dich in diesem Setting bereits wohlfühlst.«

»Das habe ich nicht gesagt.«

Sie sah Aristella verständnislos an; beinahe verletzt. Weshalb sie wie so oft die Professionalität der Therapeutin in Frage stellte. »Eine Gewitterwolke entlädt sich dann, wenn ihre Spannung unerträglich wird«, erwiderte die.

Diesmal wich Aristella ihrem Blick aus. »Und wenn wir einen Moment lang davon ausgehen, dass diese Gewitterwolke Gefühle hat und über Verstand verfügt, dann wäre es doch möglich, dass sie auch einfach nur etwas zerstören möchte.«

»Hier gibt es doch gar nichts, was sich zerstören lässt.« Aristella entging nicht, dass die Therapeutin seufzte, obwohl sie jegliche Anzeichen dafür zu unterdrücken versuchte. Sie legte Block und Stift zur Seite; vermutlich hatte sie endlich aufgegeben und Aristella konnte hier weg. »Aber du hast auch kein Interesse daran, irgendetwas entstehen zu lassen. Liege ich da richtig?«

»Wozu auch?« Das hier war sinnlos, mitunter sogar gefährlich. Es würde zumindest zu nichts Gutem führen.

»Warum bist du hier, Aristella?«

Sie schnaubte höhnisch. »Weil mein Vater mich neuerdings für verrückt hält.«Wozu stellte sie ihr diese Frage? Aller Welt war doch hinlänglich bekannt, was man sich über sie erzählte.

»Was ist in diesem Sommer passiert?«

Aristella zählte die Sekunden. Direkt vor ihrem geistigen Auge erschien er, ihr Geduldsfaden; und er war zum Zerreißen gespannt.

»Aristella?« Die Frau rückte nach vorn. »Ich kann dir nur helfen, wenn du mich lässt.«

Oh, wie falsch sie lag. Denn Aristella war nicht diejenige, der diese Macht oblag; sie hatte die Kontrolle über ihr Leben längst verloren. Da vernahm sie es wieder: das unruhige Rascheln in ihrer Tasche. Und sie betete, dass es der Therapeutin verborgen blieb, bis sie sie endlich als hoffnungslosen Fall abgestempelt und vor die Tür gesetzt hatte.

ALBTRAUM

MIT EINEM BEDRÜCKENDEN GEFÜHL

DER ANGST VERBUNDENER TRAUM.

Feuer. Erst weit entfernt, dann so nah, dass ihr die Hitze den Schweiß auf die Stirn trieb. Ein Schritt zurück und Aristella schrie vor Schmerz auf.

Wach ich oder träum ich?

Verzweifelt versuchte sie, sich einen Weg aus dem Flammenmeer zu bahnen. Sie erkannte nicht, was in Brand geraten war oder wo genau sie sich befand.

Wach ich oder träum ich?

Das Adrenalin ließ sie laufen, ohne sich weiter mit ihren Fragen zu beschäftigen. Sie musste hier raus.

Wenn du träumst, kann dir nichts passieren.

Aristella hielt inne. Sie widerstand der Panik, die ihr den Nacken hinaufkroch und schärfte ihren Blick. Das Lodern der Flammen wurde dumpfer, je eindringlicher sie darauf starrte.

Ich träume, nicht wahr?

Das Feuer zog sich zurück, fürchtete sich vor ihrem Verstand, der mit einem Mal begriff, wie mächtig er in dieser Welt war.

Ich träume. Mir obliegt die Kontrolle.

Ein Kribbeln zog durch ihre Magengrube. Wie auch immer sie in diesen Brand geraten war, seine Bedrohlichkeit war auf die Größe einer spärlich leuchtenden Glut verkommen.

Euphorisch warf Aristella den Kopf in den Nacken und sah sich um. Der Himmel war so blau, wie sie ihn noch nie zuvor gesehen hatte. Um einiges schöner wäre es aber, wenn das Wetter ihr einen intensiven Regenguss bescheren würde.

Wenn du träumst, beginnt es jetzt zu regnen.

Sie schloss die Lider und stellte sich die Tropfen vor, die bei einem kühlen Schauer über ihr Gesicht laufen würden. Von ihrer Nasenspitze hinab über Wangen, Stirn, Hals und Haar, solange sie hier stand und den Kopf emporreckte. Doch die ersehnte Erfrischung blieb aus.

Stattdessen drang ohrenbetäubender Lärm an Aristellas Ohren, der ihre Konzentration in tausend Stücke zerschellen ließ. Und als sie die Augen wieder öffnete, blickte sie einer entsetzlich hellen Fensterfront entgegen, die es nicht schaffte, die Sommersonne draußen zu halten.

»Oh, verdammt«, hauchte Aristella mit heiserer Stimme. Der Schweiß an ihrer Stirn war mit aus der Traumwelt gekommen und ließ sie nach einem herumliegenden T-Shirt greifen. Seufzend tupfte sie sich das Gesicht damit ab und setzte sich auf. Es musste Mittag sein, den Großteil der Sommerhitze hatte sie also nicht verschlafen.

Aristella zog die Gardinen an ihrem Fenster zu und schlurfte schlaftrunken ins Badezimmer, wo sie das T-Shirt samt ihrer Kleidung in den Wäschekorb schmiss und sich unter die kalte Dusche stellte. Gedanklich ließ sie den Traum Revue passieren. In dem Podcast über luzide Träume, den sie vor dem Schlafen gehört hatte, war es zuletzt um Mantras gegangen. Sie sollten helfen, das eigene Bewusstsein in Träumen zu aktivieren – eine Brücke zwischen Schlaf und Realität zu bauen. *Wach ich oder träum ich* hatte abermals als Mantra versagt. Den Ärger darüber brachte Aristella in einer Nachricht an ihren Freund Leon zum Ausdruck und mühte sich anschließend aus dem Bett. Nach einer ausgiebigen Haarwäsche wrang sie ihre störrische, kupferblonde Mähne aus. Während sie sich in ein Handtuch wickelte, warf sie beiläufig einen Blick auf die Uhr und merkte, dass sie wieder einmal viel zu spät dran war. Das Gute an dieser sengenden Hitze war, dass man zumindest mit noch nassem Haar hinausgehen konnte – bis Aristella im Café ankam, würde die Sonne es bereits getrocknet haben.

Sie putzte sich die Zähne, zog ein kurzes Kleid und Sandalen an, ehe sie ihre Augenringe ein wenig kaschierte und so viel Deo auf ihren Körper sprühte, dass sie es hoffentlich möglichst schweißfrei durch den Tag schaffte. Mit Sonnenbrille im Gesicht sowie Tasche und Smartphone in der Hand trat sie in den Hausflur und schloss ab. Ihre Sohlen quietschten auf dem gefliesten Boden und sie genoss die angenehm kühle Luft, ehe sie der Aufzug vierundzwanzig Stockwerke tiefer in der Lobby ausspuckte und die glühende Sommerhitze abermals die Arme nach ihr ausstreckte.

Mit der Straßenbahn fuhr Aristella etwa zehn Minuten Richtung Stadtmitte und bereitete sich mental auf den regen Ansturm an Studierenden vor, die das Café um die Mittagszeit regelmäßig belagerten. Obwohl sie oft einen anderen Eindruck vermittelte, machte es ihr in Wahrheit nicht viel aus, unter Menschen zu sein. Solange die sie nicht zu Smalltalk oder irgendwelchen Aktivitäten zwangen, beobachtete Aristella sie durchaus gern. Deren soziales Miteinander, oberflächliche Gespräche oder gegenseitiges Übertrumpfen mit Errungenschaften, um sich in ein möglichst gutes Licht zu rücken, ließen Aristella während er Arbeit immer wieder interessiert lauschen. So auch heute, als sie nach dem ersten großen Ansturm endlich Zeit für eine eigene Tasse Kaffee fand. Aristella lehnte am Tresen und ließ ihren Blick durch den Raum schweifen. Mit nur zehn runden Tischen war das Café überschaubar. Es war stilvoll eingerichtet, mit von der Decke hängenden Girlanden und Möbeln aus dunklem Holz, die sich zwischen Backsteinmauern und grau-grün gestrichenen Wänden hervorragend ins Gesamtbild einfügten. Die kleine überdachte Terrasse vor dem Laden wurde von schwarzen Pflanzkübeln begrenzt und war besonders im Sommer stetig besetzt.

»Na du.«

Aristella nahm einen Schluck frisch gerösteten Kaffee und neigte den Kopf.

»Erde an Stella!«

Sie hob einen Mundwinkel. »Du bist nicht die Erde.«

Taya lachte auf und tippte mit ihren frisch lackierten Nägeln an die Tasse. »Machst du mir davon auch einen?« Sie setzte sich an den Tresen und legte ihren Rucksack ab, ehe sie einige ihrer tiefbraunen Strähnen hinters Ohr strich. Erst da fiel Aristella auf, dass sie außerdem zwei große Papiertaschen bei sich trug.

»Was verschlägt dich denn hierher?« Während sie Kaffeepulver mit ein wenig Zimt in den Aufsatz strich, plauderte ihre Freundin munter drauf los:

»Bücherflohmarkt.« Ihre eisblauen Augen strahlten vor Begeisterung. »Ganz in der Nähe deiner Wohnung.«

»Und lass mich raten …« Aristella füllte den frisch gebrühten Kaffee in eine Tasse und schäumte Hafermilch auf. »… du musst gleich weiter zur Arbeit und hast so viel gekauft, dass ich all deine Schätze hier zwischenlagern soll?«

Zur Antwort grinste Taya ihr entgegen. »Ich hol sie heute Abend ab, versprochen!«

Ungläubig rollte Aristella mit den Augen. »So wie die riesige Palme, die letzten Monat im Lagerraum verrottet ist?«

Auf Tayas brauner Haut zeichnete sich ein Anflug von Röte ab. »Eine Pflanze kann ich vergessen, Bücher nicht!«

Ihre Worte trugen einen wahren Kern in sich: Taya liebte

Bücher. Wäre sie nicht ständig damit beschäftigt, sich um ihre Geschwister und Aristella zu kümmern, würde sie bestimmt selbst welche schreiben. Sie war die einzige Freundin hier in der Stadt, auf die Aristella zählen konnte; ein Mensch, der auf die ein oder andere Art stets bei ihr geblieben war, seit sie am ersten Schultag nebeneinandergesetzt worden waren. Taya verurteilte ihre Freundin nicht, obwohl sie manchmal streng war – sie blieb und half einem dabei, die Scherben wieder aufzufegen, wenn das Leben vor einem in die Brüche ging.

»Stell sie nach hinten«, antwortete Aristella und deutete mit ihrem Kopf über die Schulter. »Meine Schicht endet um acht, wenn du bis dahin nicht zurück bist …«

»Ich weiß.« Taya und verengte die Augen zu Schlitzen, »dann findet sie Laura und tapeziert damit die Wände.«

»Bingo.« Aristella lachte und schritt hinüber zur Kuchentheke, um an der nächsten Bestellung zu arbeiten.

Der Duft von Kaffee und Kakao begleitete sie durch den Tag. Es war ein ruhiges Leben, das sie hier führte, unauffällig und belanglos. Dass niemand ihrer ehemaligen Schulkollegen sie wiedererkannte, war der größte Vorteil ihrer Unscheinbarkeit:

Sie gingen im Café ein und aus, planten riesige Events und Reisen miteinander. Und Aristella? Nun, sie setzte gedanklich bereits die Unterhaltung über Klarträume fort, die Leon und sie vergangene Nacht geführt hatten. Seit sie von diesen speziellen Träumen wusste, die man durch viel Übung selbst herbeiführen konnte, befasste sie sich quasi mit nichts anderem mehr. Aristella witterte darin eine Chance, denn sie hatte es satt, dieses Vakuum: Die Frage, ob sie irgendwann einmal richtige Freude empfinden und nicht bloß gleichgültig durchs Leben rauschen würde wie eine Taube in der Großstadt: die Außenwelt wahrnehmend, ohne jedoch ihren zahlreichen Verlockungen nachgeben zu können. Denn Aristella verstand ihren Reiz nicht, obwohl sie merkte, wie glücklich diese andere Menschen machten. Wann würde Aristella also wahrlich glücklich sein, wenn nicht in ihren Träumen?

Tatsächlich hielt Taya ihr Versprechen. Nach ihrer Schicht in der Stadtbibliothek rauschte sie gerade so zur Tür herein, ehe Aristella abschloss und ihre Chefin Laura die Abrechnung in Angriff nahm.

»Brauchst du Hilfe?«

»Schon gut, du hast ohnehin genügend Überstunden.« Laura nickte in Richtung des Lieferantenausgangs. »Macht euch einen schönen Abend und genieß deinen freien Tag, Stella!«

»Gute Nacht«, sagte sie und schlenderte an Tayas Seite aus dem Café, jede mit einer Tasche voll Büchern in den Händen. »Meine Güte, was hast du denn da für Wälzer gekauft?«

Doch ihre Freundin grinste bloß. »Schau auf dem Heimweg unbedingt bei dem Flohmarkt vorbei. Vielleicht findest du irgendetwas Spannendes übers Programmieren. Oder deine geliebten Träume.«

»Aus dem Jahre 1970?« Aristella unterdrückte ein Lachen. Der laue Sommerabend war drückend und wurde zunehmend stickiger, während die beiden zur Straßenbahnhaltestelle liefen.

»Es bleibt morgen bei unserem Date?«, fragte Taya, die ihre Büchertasche mit beiden Händen vor sich hertrug.

»Klar.« Die Aussicht auf etwas frisch Gekochtes und ein wenig Zeit mit ihrer Freundin abseits des städtischen Trubels würde Aristella sich nicht entgehen lassen. Und doch war sie froh, die heutige Nacht noch für sich zu haben. Runterzufahren, sich um niemand anderen als sich selbst kümmern zu müssen. So sehr sie Taya auch liebte: Ihre Sozialkontakte hielt Aristella wohldosiert, um sie genießen zu können.

»Da kommt meine Bim«, sagte sie und drückte ihrer Freundin die Tasche in die Hand, ehe sie ihr einen Kuss auf die

Wange gab. »Komm gut heim, wir sehen uns morgen!«

»Bleib nicht zu lange wach!« Taya kicherte, als sie Aristellas Augenrollen bemerkte. »Ich kann's ja mal versuchen.«

Die Türen schlossen sich unter dem lauten Signalton hinter Aristella. Sie suchte sich einen Platz am Fenster und ließ sich darauf nieder. Sie hatte Glück gehabt und eine klimatisierte Straßenbahn erwischt, die sodann stadtauswärts an Fahrt aufnahm. Bürogebäude und Geschäfte rauschten an ihr vorbei, über denen sich Wohnungen bis zu zehn Stockwerke auftürmten. Ihr eigenes Haus war selbst aus einigen Haltestellen Entfernung gut erkennbar: der einzige Wohnturm weit und breit. Ihr Vater hätte es mit der Lage der kleinen Einzimmerwohnung nicht besser treffen können.

An jeder Station stiegen Leute zu, doch für Aristella waren sie nicht mehr als Silhouetten in ihren Augenwinkeln. Seufzend zog sie das Smartphone aus der Tasche. Eine Benachrichtigung darauf ließ ihre Mundwinkel nach oben huschen.

»Wach ich oder träum ich?« war dein Mantra? Kein Wunder, dass du in Flammen aufgegangen bist :D

Was schlägst du stattdessen vor, du Pseudo-Experte?

Aristella wartete ab, ob eine Antwort kam, ehe sie aussteigen musste, doch Leon schien gerade nicht online zu sein.

Nach diesem belanglosen Tag besorgte Aristella sich eine Portion Cup-Nudeln und einen Schokoriegel in dem kleinen Supermarkt um die Ecke. Er war der Einzige, der bis spät nachts offen hatte. Denn obwohl Wien eine beachtlich moderne Weltstadt war, schlossen die Läden hier immer noch spätestens um zwanzig Uhr. Trotzdem hing sie an dieser Stadt. Nirgendwo sonst, dachte sie, würde sie sich je so zuhause fühlen.

Vor dem Wohnhaus gingen die Lichter an, als Aristella an die gläserne Eingangstüre trat. Sie stellte ihren Einkauf ab, um nach dem Schlüssel zu suchen, als ihr einige Tische im Innenhof ins Auge fielen. Während sie weiter in ihrer Tasche kramte, wanderte ihr Blick über all die Kisten und Bücher, die ringsum aufgestellt waren.

Und aus einem Anflug von Neugierde heraus zog sie den Reißverschluss ihrer Tasche wieder zu und trat hinüber an die Tische. Taya hatte erwähnt, dass es in der Nähe einen Bücherflohmarkt gab, aber direkt vor ihrem Haus? War heute etwa sowas wie Wiener Tag der Bücher? Aristella grinste, weil in dieser Stadt tatsächlich so viele Dinge passierten, von denen sie kaum Notiz nahm.

Zu dieser späten Stunde herrschte bereits Aufbruchstimmung, doch Aristella schlenderte vor den Boxen und aufgetürmten Büchern herum, entdeckte Rezeptsammlungen, alte Groschenromane, Atlanten und Comics, denen sie jedoch nur flüchtig Aufmerksamkeit schenkte. Diese Flohmärkte waren ohnehin nur ein Sammelsurium irgendwelcher Hinterlassenschaften. Die Chance, hier etwas Interessantes zu finden, hatten nur Menschen wie Taya, die etwas von Antiquitäten verstanden oder gern in Nostalgie verfielen.

»Suchen's was Bestimmtes, junge Dame?« Ein betagter Mann lächelte Aristella entgegen, das Gesicht unter einer ausgeleierten Kappe versteckt.

»Nein, nein, ich bin nur am Schauen.«

Er nickte, murmelte ein »Jo, jo« vor sich hin und hievte eine Kiste vom Tisch, unter der weitere Bücher zum Vorschein kamen. Eines davon stach Aristella sofort ins Auge: Es war schwarz und mit silbernen Ornamenten verziert. Ganz unten prangte in alter Schrift der Titel »Reise in die Traumwelt«. Sie legte die Stirn in Falten und griff nach dem Band, der zwischen all dem Schund erstaunlich modern anmutete. Sie legte Tasche und Einkauf auf den Boden und fächerte das Buch auf. Die Kapitel klangen vielversprechend, kündigten Informationen über die Entstehung und Bedeutung von Träumen, Möglichkeiten, Klarträume herbeizuführen sowie Hypothesen zu ganzen Traumwelten an. Aristella hatte sich in den vergangenen Wochen immer wieder nach Literatur zu diesem Thema umgesehen, doch die meisten Werke streiften luzides Träumen höchstens an der Oberfläche oder taten es als gefährlich ab.

»Sind Sie eine Nachteule?« Die Frage des Verkäufers riss Aristella aus ihren Gedanken.

Sie klappte das Buch zu und runzelte die Stirn. »Wie kommen Sie darauf?«

Er zuckte mit den Schultern. »Weiß nicht. Ist schon spät und Sie schauen noch recht wach aus.« Anschließend deutete er auf den Band. »Und Menschen, die sich mit Träumen beschäftigen, sind das nicht immer Nachteulen?« Da lag ein Grinsen auf seinem Gesicht, das zu breit war, um echt zu sein. Einen Moment lang stand der Mann einfach nur da, mit leeren, ausdruckslosen Augen, als ob er sich in einer anderen Welt befände. Doch dann kehrte plötzlich wieder Leben in seinen Blick. »Interessiert Sie das Buch denn?«

Aristella merkte, dass sie es immer noch nicht zurückgelegt hatte. Abermals fächerte sie die Seiten auf und überflog das Impressum. Die Ausgabe war brandneu, erst in diesem Jahr erschienen. Wie zur Hölle war es bereits auf einem Flohmarkt gelandet? Sprach das nicht dafür, dass irgendjemand es für schlecht befunden und sofort wieder weggegeben hatte?

»Wie viel?«, fragte sie, ohne weiter darüber nachzudenken. So teuer konnte es schließlich nicht sein.

Der Mann griff in seine Hosentasche und zog eine Packung Zigaretten hervor. »Nun, ich bin niemand, der lügt«, sagte er, während er mit dem Feuerzeug herumhantierte, »und für ein paar Euro sowieso nicht.«

Aristella stutzte.

»Ich hab das Buch eben selbst zum ersten Mal gesehen.« Er schnaubte und machte sich wieder daran, seinen Tisch leerzuräumen. »Ist nicht meins, das Ding. Du kannst es also gern mitnehmen.«

»Einfach so?« Der Windhauch, der mit dem Sonnenuntergang kam, verwehte Aristellas helle Strähnen und die versperrten ihr einen Moment lang die Sicht.

»Klar.« Ein weiteres Schulterzucken. »Es gehört mir nicht, Geld dafür zu nehmen, wäre unehrenhaft. Und du hast es nun mal gefunden.«

Ein wahrlich seltsamer Kauz, dachte Aristella und griff in ihre Einkaufstasche. »Hier.« Auffordernd hielt sie dem Mann den Schokoriegel hin. »Dann bezahle ich nicht mit Geld, sondern lasse Ihnen eine Kleinigkeit fürs Abendessen da.«

Strahlend nahm der Verkäufer das Geschenk an und ließ Aristella ihres Weges ziehen. Während sie im Aufzug stand und den Wechsel der Stockwerke auf der Anzeige verfolgte, verlor sie sich in ihren Gedanken. Hatte sie vielleicht falsch verstanden, wie so ein Klartraum-Mantra funktionierte? Falls ja, würde Leon ihr hoffentlich mehr darüber verraten. Vermutlich stolzierte er gerade wieder durch eine seiner Traumwelten – damit, wie leicht es ihm fiel, das Geschehen während seines Schlafs zu beeinflussen, prahlte er nur allzu gern. Aristella konnte es ihm daher nicht verdenken, wenn er tatsächlich wieder einmal schlummerte.

Zurück in ihrer Wohnung band sie sich ihre kupferblonden Haare zu einem hohen Knoten, gönnte sich eine weitere kalte

Dusche und schlüpfte anschließend in ihr Lieblingsoutfit für lange Sommernächte: ein luftiges T-Shirt und kurze Hosen. Während ihr Abendessen zugedeckt durchgarte, holte Aristella einen Energydrink aus dem Kühlschrank, kochte ein Ei und garnierte ihre Nudelsuppe damit.

Vor dem Ventilator kühlte sie sowohl sich als auch ihr Essen ein wenig ab und setzte sich im Schneidersitz vor den Computer an den gewaltigen Eck-schreibtisch, der einen Großteil des Raumes einnahm. Ihr Chat mit Leon war das Erste, was sie öffnete; und seine mittlerweile eingegangene Nachricht war gewohnt triezend:

Sorry, dein Level ist noch nicht hoch genug.
Frag mich wieder, wenn du bei Folge
acht des Podcasts angekommen bist.

Aristella schmunzelte und teilte das gekochte Ei mit ihren Stäbchen, während sie an einer Antwort feilte.

Du bist ein Scheißlehrer! Außerdem ist es hier
in Wien so drückend heiß. Es würde mich nicht
wundern, wenn mein Verstand im Traum
verschmort, bevor ich mir ein neues Mantra
antrainiert habe. Also los, her mit den Weisheiten!

Die Nudeln waren scharf, der süße Energydrink kam kaum gegen das Brennen in ihrem Mund an. Doch Aristella spürte, wie ihr beides wieder Leben einhauchte.

Angenehme 19°C hier,
kann mich nicht beklagen :)

Ein wenig Musik machte den Abend perfekt. Es war erst knapp 21 Uhr, die Sonne verschwand gerade am Horizont und tauchte die Stadt in einen herrlichen Rotton. Aristella stützte den Kopf in ihrer Hand ab; sie beneidete Leon zwar um die milden Sommer in seiner Heimat, doch Bremerhaven konnte mit den Vorzügen der Großstadt einfach nicht mithalten. Sie beide kannten einander seit Kindertagen, waren zusammen aufgewachsen und drei Jahre zur Schule gegangen, ehe Leons Familie entschieden hatte, nach Deutschland zu ziehen.

Deutschland. Das hatte für die neunjährige Aristella unendlich weit geklungen. Sie und Leon hatten einen Plan ausgeheckt, um zu verhindern, dass er aus Wien fortzog, doch wie so oft waren die Erwachsenen ihnen zuvorgekommen.

In den ersten Jahren hatten sie einander noch Briefe geschrieben, die jedoch immer seltener kamen. Aufregende Neuigkeiten waren Oberflächlichkeiten gewichen und irgendwann war ihre Freundschaft im Sand verlaufen. Bis vor zwei Jahren, als sie einander online zufällig wiedertrafen: in einem Forum für Okkultes und Urban Legends. Es hatte gedauert, bis ihnen klar geworden war, dass sie sich kannten. Zunächst war da einfach nur das Gefühl gewesen, nachts weniger allein zu sein. Immer, wenn Aristella an etwas herumprogrammierte und zwischendurch Zerstreuung suchte, fiel ihr auf, dass sie nicht die einzige Person war, die zu später Stunde noch im Forum herumgeisterte.

Ihre Gemeinsamkeiten waren verblüffend: Leon war als Freelancer tätig, er programmierte Websites und Datenbanken, lebte mit seinem Bruder an der Nordsee und genoss es, nachts in Ruhe arbeiten zu können. Ihrer beider Leidenschaft für Videospiele und die Mysterien dieser Welt ließen sie bis früh morgens in Theorien schwelgen und schnell wieder Vertrauen zueinander fassen. Aristella hatte in Taya zweifellos ihre beste Freundin gefunden, doch wo es ihr an Verständnis mangelte, fing Leon sie auf. Unnahbar, wie er sich selbst bezeichnete, war er manchmal wirklich, doch Aristella schaffte es immerzu, ihn aus der Reserve zu locken. Ihre gemeinsame Vergangenheit hatte es ihr immens erleichtert, nach all den Jahren offen auf ihn zuzugehen.

Bist du schon wieder eingeschlafen?
Nimm mich mit!

Taya fragte sie oft, warum sie Leon nicht einmal zusammen besuchen fuhren – immerhin kannten die beiden einander ebenfalls aus der Grundschule –, doch Aristella wusste nicht, wozu. Solange sie all ihre Hobbys und Gespräche auf diese Weise miteinander teilen konnten, gab es keinen Grund, etwas an ihrer Freundschaft zu ändern.

Sie schob die leere Schüssel beiseite und nippte an ihrem Getränk. Ihre Augen blieben an dem Buch haften.

Kennst du …

Sie zog es näher und tippte Titel und Autor ab:

… »Reise in die Traumwelt« von Luis Baker?
Ist mir heute zufällig in die Hände gefallen.

Unschlüssig schmökerte Aristella ein wenig darin und hielt nach dem Wort »Mantra« Ausschau.

Ne. Schon reingelesen? Und ich hab für heute genug geschlafen. Jetzt ist Zeit für anregende Gespräche, um meinen Horizont zu erweitern!

Erweitere lieber meinen Horizont und erzähl mir, was du an meinem Mantra auszusetzen hast.

Und nein, ich blättere das Ding gerade erst durch.

Eine Frage ist nun mal ein schlechtes Mantra, Stella :P

Wieso?

Du brauchst was Knackiges!

Grinsend setzte Aristella zu einer Antwort an:

In diesem Haushalt gibt es nichts Knackiges. Keinen Salat, kein Gemüse, keine Ideen für ein besseres Mantra.

Salat wird überbewertet.

Wahre Worte. Dennoch hoffte Aristella, dass Leon allmählich mit hilfreicheren Antworten rausrückte, als prompt eine weitere Nachricht erschien:

Aber im Ernst: Das Mantra sollte auffordernden Charakter haben. »Nächstes Mal, wenn ich träume, werde ich mich daran erinnern, dass ich träume« z.B.

Ist das auch dein Mantra?

Nein :) Aber damit hab ich begonnen. Mittlerweile läuft es bei mir etwas anders.

Eine Weile blieb es still zwischen den beiden. Aristella stöberte durch einige Foren, blätterte durch ihr Traumtagebuch und nahm einen dicken Filzstift zur Hand, mit dem sie einen Satz schrieb, der eine ganze Seite füllte:

Nächstes Mal, wenn ich träume, werde ich mich daran erinnern, dass ich träume.

Leon hatte recht. Das fühlte sich viel eher nach einem Mantra an, das funktionieren konnte.

Und wenn es nicht klappt?

Nervös kaute sie an ihrer Unterlippe herum und starrte auf ihre Finger, die sich wie von selbst in Bewegung setzten.

Wenn ich mich stattdessen nun wochenlang durch Albträume quälen muss und das Mantra mich nicht rettet?

So sehr sie die Nacht auch liebte, war sie im Schlaf mit Schrecken verbunden. Sie waren es, denen Aristella in Wahrheit entkommen wollte:

Monster, Flammen, das Ertrinken auf hoher See. Züge, die niemals anhielten oder in Unfälle verwickelt wurden. Immer und immer wieder. Woher ihre Albträume kamen, wusste sie nicht, doch die Schönheit der Nacht, durfte nicht durch bedrohliche Bilder ihres Unterbewusstseins geschmälert werden, die ihr die wenigen Stunden der Erholung versauten.

Nein, Aristella musste ihr Glück endlich selbst in die Hand nehmen und das Klarträumen meistern.

Träume sind mächtig, Stella. Diese Gabe wurde uns Menschen nicht umsonst geschenkt. Sie sind wie eine Leiter, die wir emporklettern. Immer weiter und höher, um frei zu sein. Bis wir den Sonnenschein mit bloßen Händen zu fassen kriegen. Und unsere Sorgen bleiben hier, in Dieser kalten, harten Welt. Unsere Seele soll entspannen, spielen und genießen.

Ein Schauder erfasste Aristella. Leons Worte übten eine unglaubliche Faszination auf sie aus. Er fuhr fort:

Das hat sie doch verdient, nicht wahr? Unsere Seele. Freiheit und Entspannung, weil sie sich tagsüber den Erfordernissen des Alltags beugen muss.

Du meinst also, wenn ich die Leiter aus Furcht nicht emporsteige, verwehre ich meiner Seele etwas?

So könnte man das sagen.

Aber was, wenn ich schlecht träume, weil ich versuche, die Kontrolle zu übernehmen? Wenn ich wieder darin versinke und …

… dann rufst du nach mir.

WAHRTRAUM

TRAUM, DER REALE EREIGNISSE BEHANDELT. EIN TEIL DES GETRÄUMTEN GEHT PER DEFINITION IRGENDWANN IN ERFÜLLUNG.

Dann rufst du nach mir.

Aristella lag auf dem Bett, das Fenster neben ihr stand weit offen. Vierundzwanzig Stockwerke tiefer rauschte der Nachtverkehr entlang, der hier oben jedoch kaum zu vernehmen war. Vor sich hatte sie ihr Traumtagebuch liegen. Mit dem Filzstift zog sie Kreise um den Satz, immer und immer wieder. Wie sollte sie nach Leon rufen, wenn sie ihre Träume doch noch nicht bewusst steuern konnte?

Seufzend blätterte sie im Buch ein paar Seiten zurück. Seit einem knappen Jahr hielt sie darin alles fest, was ihr im Schlaf begegnete: von Gerüchen, Personen, Themen über Gefahren bis hin zu konkreten Handlungen. Aristella versuchte, Gemeinsamkeiten aufzudecken, die ihr dabei halfen, ihr Bewusstsein während des Träumens zu aktivieren. Eine Möglichkeit, dies zu erreichen, war das intensive Einüben eines Mantras – die wohl häufigste Methode. Dazu sagte man es vor dem Einschlafen kontinuierlich auf, ebenso im Alltag, wenn es Situationen gab, von denen man häufig träumte. Bislang konnte Aristella an einer Hand abzählen, wie oft es ihr gelungen war, sich ihres Träumens bewusst zu werden. Mantras hatten da wenig Einfluss gehabt. Und immer, wenn ihr Verstand wachgerüttelt wurde, wachte sie Augenblicke später einfach auf.

Beim Durchsehen ihres Tagebuchs stach ihr nichts wirklich ins Auge. Bis auf eine einzige Gemeinsamkeit, die sich aber auf die letzten Wochen beschränkte: ein schwarzes, rundes Objekt. Es drängte sich nie in den Vordergrund; hätte Aristella ihre Notizen nicht gehabt, wäre ihr nicht einmal aufgefallen, dass es schon häufiger in ihren Träumen erschienen war.

Als sich weit entfernt die ersten Sonnenstrahlen nach dem Himmel ausstreckten, wurde ihr Kopf allmählich schwer.

Träume sind wie eine Leiter, die wir emporklettern. Immer weiter und höher, um frei zu sein, bis wir den Sonnenschein mit bloßen Händen zu fassen kriegen.

Wie recht Leon mit diesem Vergleich doch hatte. Aristella schloss die Augen und versuchte, sich die Metapher vorzustellen. Wie sie Sprosse für Sprosse hinauf in die Wolken stieg und der Quelle ihrer Träume näherkam, sie immer mehr beherrschte.

Und unsere Sorgen bleiben hier, in dieser kalten, harten Welt.

Wie sie unbeschwert und frei durch das Leben tanzen und es nach ihren Vorlieben gestalten konnte.

Unsere Seele soll entspannen, spielen und genießen.

Nur wenige Menschen verstanden, wie viel Erholung und Vertrauen man aus der Ruhe ziehen konnte. Nicht dem Drang nachzukommen, jeden einzelnen Gedanken auszusprechen und ständig ungefragt seine Meinung kundzutun, musste sich für die meisten wie ein Ding der Unmöglichkeit anfühlen. Jeder prahlte damit, wie perfekt sein Leben war; dabei wusste Aristella, wie viel Kraft es kostete, eine solche Fassade aufrechtzuerhalten. Sie verstand nicht, warum die Leute ihre kostbare Energie darin investierten, falsche Anerkennung zu erhaschen. Doch weiter hing sie dieser Frage nicht nach, denn die letzte Stufe zur Traumwelt war überschritten. Bei offenem Fenster schlief Aristella ein, ohne ihr Mantra noch einmal geübt zu haben.

Es war ein angenehmer Tag. Sommerlich, doch von Hitze fehlte jede Spur. Ein Regenschauer hatte die Stadt erfasst, dessen letzten Tropfen gerade im Antlitz der Abendsonne trockneten.

Aristella saß auf einer Parkbank, immer wieder warf sie einen Blick auf ihr Smartphone und genoss die Stille.

Der Spielplatz nebenan war voller Kinder, doch ihr Lachen und Rufen störte sie nicht. Es hielt sich im Rahmen, genauso wie das Bellen der Hunde und das Rattern der Fahrräder und Inlineskates, mit denen die Menschen unterwegs waren. Nichts davon ließ sie erschrocken zusammenfahren oder zunehmend in Panik verfallen.

All das war in Ordnung, nein, viel mehr perfekt.

Doch dann begann die Szene zu kippen. Die Luft schwoll bedrohlich an. Schwere Schritte brachten die Erde zum Erzittern. Niemand ringsum schien sich daran zu stören, die Leute gingen weiter ihren Beschäftigungen nach. Konnten sie denn nicht hören, was hier geschah? Die Parkbank unter Aristella hob und senkte sich.

Sie sprang auf. Da hielten sie inne: Mensch um Mensch wandte sich in ihre Richtung, ließ alles stehen und liegen. Als würden sie Aristellas Anwesenheit erst jetzt gewahr; und als handelte es sich bei ihr um einen Störenfried. Jemand, der hier nicht hingehörte. Aus einer Woge der Angst heraus lief sie los.

Dann rufst du nach mir.

Der Satz prangte vor ihrem geistigen Auge, strahlte wie eine Leuchtreklame. Rufen? Wen sollte sie denn schon rufen? Die Straßen verwandelten sich in unscharfe Gebilde. Szenerien, die sie nicht recht begreifen konnte, ganz so, als spränge sie durch Raum und Zeit. Das Einzige, was sie dabei begleitete, war dieser flauschige, schwarze Ball. Wohin sie auch ging, er wich nicht von ihrer Seite. Doch er war das Letzte, vor dem Aristella sich gerade fürchtete

Irgendwann, als ihr allmählich die Puste ausging und der Tumult sich gelegt hatte, blieb sie stehen. Ihren Atem fand sie schnell wieder, doch ein Gedanke wollte ihr nicht aus dem Kopf.

Dann rufst du nach mir.

»Hallo?« Stille. Aristella wusste nicht, wo sie sich befand, doch sie meinte, die Umrisse zweier Türme wahrzunehmen. Die Welt um sie herum lag hinter einem dichten Nebelschleier.

Zahlreiche Füße oder Pfoten trippelten. Sie machten nur kleine Schritte, dafür jedoch überall um sie herum. Ein Fauchen erklang, ließ Aristella zusammenfahren. Doch erst, als sie den dunklen Ball vor sich wieder fokussierte, merkte sie, dass der aufziehende Protest nicht ihr galt. Denn nun sprang der schwarze Schattenball im Zickzack umher, viel zu schnell, um ihn mit den Augen genauer erfassen zu können. Dicht gefolgt von unzähligen kugelförmigen Wesen, gestreift und mit buschigen Schwänzen. Sie schossen durch sämtliche Gebäude, die plötzlich vor Aristella aufragten, zerstörten Mauern mit ihren rasiermesserscharfen Klauen und Zähnen und verspritzten den Matsch, den der Regen hinterlassen hatte. Alles nur, um diesem schwarzen Ball hinterherzujagen, der eine Schleife zog – und dann direkt auf Aristella zuraste.

Sie versuchte, in Deckung zu gehen, doch ihre Beine bewegten sich nicht. Schlimmer: Sie waren im Boden versunken, kurz unterhalb ihrer Knie verschwand Aristellas Körper in Treibsand.

Dann rufst du nach mir.

»Hallo!?« Aristella wusste nicht, nach wem sie rief. »Hilfe!« Sie schrie, suchte nach irgendeinem Gegenstand, um den Ball abwehren zu können, der unaufhaltsam auf sie zuhielt. Doch da war nichts als Treibsand und sengende Hitze. Aristellas Blick ruhte auf dem schwarzen Ball, der mit jedem Atemzug schrumpfte. Weniger bedrohlich wurde. Aristella hielt den Atem an. Plötzlich waren da Öhrchen. Und ganz viel Fell. Sie streckte die Arme aus.

Dann rufst du nach mir.

Der flauschige Ball schoss auf sie zu, doch anstatt ihn abzuwehren, fing Aristella ihn auf und drückte ihn fest an ihre Brust. Ein Zittern ging von ihm aus, nein, es war ein …

»Schnurren?«

Die kugeligen Angreifer prallten gegen eine Kuppel, die Aristella und das schwarze Wesen plötzlich umgab. Es gab keinen Treibsand mehr, der sie gefangen hielt, sie spürte nichts als Wärme und Geborgenheit. Ein wohliger Duft ging von dem Fellknäuel aus. Es roch nach Zimt und …

… Kaffee? Das dunkle Gesicht einer Katze mit goldenen Augen mischte sich in dieses Traumbild und verschwamm, ehe Aristella es recht deuten konnte.

Der vermeintlich frische Geruch in ihrer Nase stammte aus der übriggebliebenen Tasse auf dem Fensterbrett, die neben ihrem Traumtagebuch lag und ihren Inhalt gerade darüber ergoss. Wer hätte denn in diesem Haushalt auch frischen Kaffee kochen und sie damit wecken sollen?

Aristella sprang auf und zog ihre gesammelten Notizen aus der Pfütze. So gut sie konnte, wischte sie das Buch an der ohnehin schon von Kaffee durchtränkten Bettdecke ab und legte es zum Trocknen in die Sonne. Zum Glück schien nur der Einband etwas abbekommen zu haben.

Aristella ließ sich zurück in ihr Bett fallen und schob die Decke zu Boden. Nicht nur die umgeworfene Tasse hatte ihren Puls beschleunigt: Dieser seltsame Traum hatte sein Übriges getan. Gedankenverloren blickte Aristella auf ihre Hände, führte die Finger aneinander und spürte beinahe den weichen Pelz des Wesens dazwischen. Ein schwarzer Ball, der sich unentwegt durch ihre Träume zu bewegen schien. Nur, um im letzten Moment als freundliches Tier in Erscheinung zu treten, das Treibsand und eine Meute aggressiver Traumwesen aufhielt? War dieses katzenartige Wesen ihr zur Hilfe gekommen?

»So ein Blödsinn«, murmelte sie und drückte sich das Kissen fest ins Gesicht. »Meine Fantasie ist echt das Letzte.« Warum lagen Albtraum und Wunsch nur so schmerzlich nah beieinander?

Es klingelte. Kurz, kurz, lang, kurz; Tayas Zeichen. Hatten sie nicht ausgemacht, einander erst am Nachmittag zu treffen? Da wurde Aristella bewusst, dass sie noch gar nicht auf die Uhr gesehen hatte.

»Meine Güte!« Taya schob sich an Aristella vorbei in die Wohnung »Bist du gerade erst aufgestanden?«

»Guten Morgen, Mama.« Grummelnd schloss sie die Tür und strich sich die wirren Strähnen aus dem Gesicht. »Wie spät ist es?«

»Fünfzehn Uhr.« Ihre Schuhe hatte Taya längst ausgezogen und huschte aufgeregt durch die Wohnung. Umgehend griff sie nach herumliegendem Geschirr, um die Spülmaschine zu befüllen. Sie verband ihr Smartphone mit den Lautsprechern und hatte die halbe Wohnung auf Vordermann gebracht, noch ehe Aristella aus dem Badezimmer kam.

»Du bist viel zu gut für mich«, sagte sie und stellte die Kaffeemaschine an.

»Süße, auf deinem Schreibtisch standen ein paar Tassen, die waren wirklich schon …«

»Ich weiß«, sagte Aristella seufzend, »ich vergesse die Teebeutel eben manchmal. Oder meinen Apfelsaft.«

Taya rümpfte die Nase. »Hast du was im Kühlschrank?«

Eigentlich hatte Aristella geplant, rechtzeitig vor dem Besuch ihrer Freundin einkaufen zu gehen. Sie war sich nicht sicher, ob sie gerade mehr als eine Packung Hafermilch und ein Sixpack Energydrinks zuhause hatte.

»Du meinst außer Licht?« Verlegen kratzte sie sich an der Nase. »Ich besorg uns etwas. Was wollen wir kochen?«

»Such dir was aus.« Taya steckte mit dem Kopf bereits unter der Spüle und kramte die Putzmittel hervor. »Hast du wenigstens Reis, den ich einstweilen aufsetzen kann?«

Zur Antwort schenkte Aristella ihrer Freundin ein gequältes Lächeln und hob die Hand zum Abschied, ehe sie samt Tasche in den Hausflur entschwand.

Einen Moment lang drückte sie sich gegen die Wand und verschnaufte. Sie hatte nicht bis nachmittags schlafen wollen. Dass Taya abermals mitbekommen hatte, in welchem Saustall Aristella lebte, missfiel ihr gewaltig. Von außen musste es oft so wirken, als hätte sie ihr Leben nicht richtig im Griff; und vielleicht, so dachte sie, während der Aufzug sie nach unten trug, lag sogar ein Funke Wahrheit darin.

Etwa fünf Minuten Fußweg entfernt lag ein kleines Einkaufszentrum, wo sich Bus- und Straßenbahnhaltestellen kreuzten. Mit gerade einmal zwanzig Läden lockte es nur jene Menschen an, die ringsum lebten und arbeiteten, was Aristella jedes Mal aufs Neue recht war, wenn sie durch den ruhigen Supermarkt schlenderte. Sie griff sich eine Packung Reis, suchte sich aus Mitleid wie immer das krummste und hässlichste Gemüse jeder Sorte aus, die ihr schmeckte, und sammelte auf dem Weg zur Kasse die restlichen Zutaten für ein Curry ein. Für die Nachbarskatze wanderte obendrauf eine Dose Thunfisch mit in den Korb, falls sie einander wieder einmal begegneten.

Mit ihrem Lieblingssong in den Ohren verließ Aristella den Supermarkt wenige Momente später wieder und schulterte den Stoffbeutel mit ihren Einkäufen. Heute waren es keine unbarmherzig heißen Sonnenstrahlen, die sie wie sonst um diese Jahreszeit draußen empfingen, sondern unerwartet kühler Wind. Der Himmel hatte sich verdunkelt, eine dichte Wolkendecke lag über der Stadt, die ebenso grau und verlassen wirkte. Aristella verschränkte die Arme, ehe sie den kurzen Heimweg antrat, da der Wetterumschwung sie frösteln ließ.

An der Kreuzung sah sie den Menschen dabei zu, wie sie aus dem Bus stiegen, während die Straßenbahn zur selben Zeit abfuhr und um die Kurve bog. Einen Moment lang verlor Aristella dabei den Blick auf die Fußgängerampel. Stattdessen beobachtete sie vorbeifahrende Autos und Radfahrer. Die Leute gingen ihren täglichen Beschäftigungen nach, zwei Männer im Anzug hasteten eilig in Richtung U-Bahn, eine Großmutter schien mit ihrer Enkelin spazieren zu gehen.

Doch dann schob sich etwas zwischen diese Idylle, das Aristellas Aufmerksamkeit magisch in den Bann zog. Lautes Geschrei drang in ihre Ohren, mischte sich mit dem Rascheln des Gebüschs auf der gegenüberliegenden Straßenseite. Dabei war der Verkehr so laut, dass sie einen so weit entfernten Tumult gar nicht wahrnehmen sollte.

Als die Ampel auf Grün schaltete, hastete Aristella über den Zebrastreifen. Sie achtete nicht auf die nächste Straßenbahn, die sie beinahe erfasste und lautstark abbremste. Das Rascheln riss nicht ab, übertönte selbst das mahnende Gebimmel der Bahn und gipfelte in einem wütenden Fauchen. Eine Bande kleiner gestreifter Katzen sprang aus dem Gebüsch, erst zwei, dann drei, bis eine Gruppe von etwa zehn Tieren durch die Gassen vor Aristella fegte.

»Wartet! Halt!« Kalter Schweiß trat auf ihre Stirn. Überall waren Autos, sie musste etwas tun. Die Katzen einfangen oder die Fahrzeuge auf der Straße irgendwie zum Stehen bringen, falls sich die Tiere auf die Fahrbahn verirrten.

Aristella rannte los, fuchtelte wild mit den Armen. Was machten die Tiere mitten in der Stadt und warum waren sie so in Aufruhr? Doch dann erkannte Aristella, dass sie hinter etwas herjagten: etwas Schwarzem, das langsam auf und ab sprang wie ein Gummiball. Unbeholfen schien es vor der Katzenmeute zu flüchten.

Das Herz schlug ihr bis zum Hals. Ohne nachzudenken, beschleunigte sie ihre Schritte. Einer entgegenkommenden Passantin gestikulierte sie, aus dem Weg zu gehen, doch sie starrte Aristella bloß entgeistert an.

»Vorsicht! Hey! Aufpassen!«, rief sie und verschluckte sich beinahe vor Schreck, als die Katzen einfach durch die Beine der Fremden hindurchschossen.

»Alles okay mit dir?« Die Frau schenkte Aristella einen besorgten Blick.

Diese nickte nur, murmelte eine halblaute Entschuldigung und heftete sich an die Fersen der Tiere. Und nicht nur durch Menschen liefen sie einfach hindurch: Auch Mauern, Zäune und Autos hielten sie nicht auf. Niemand störte sich an den zehn Katzen, die ein schwarzes Objekt durch halb Wien jagten; nur Aristella schien sie überhaupt wahrzunehmen. Doch als sie auf Höhe der U-Bahn-Station angelangt war, verlor sie die Gruppe aus den Augen.

Keuchend ließ sie sich an der Passage nieder und sank zu Boden. Ihr Hals brannte von der kühlen Luft, die sie bei der Verfolgungsjagd viel zu schnell eingeatmet hatte. Menschen starrten sie an. Hatte wirklich niemand sonst die Tiere gesehen? Sie konnte schlecht zu den Leuten hingehen und fragen.

»Ich bin nicht verrückt«, flüsterte sie sich zu und sah auf ihre Hände. Ihre Finger zitterten. Vermutlich war mindestens eine Zucchini oder Zwiebel auf dem holprigen Weg aus dem Beutel gerutscht. Doch sie war inzwischen ein ganzes Stück von ihrer Wohnung entfernt und sollte sich schleunigst auf den Rückweg machen. Bis dahin hoffte sie, sich so weit beruhigt zu haben, dass Taya zusätzliche Sorgen erspart blieben. »Ich bin nicht verrückt. Nicht. Verrückt.«

»Hey du.«

Aristella fuhr zusammen, hob dann den Blick.

»Gehört das dir?« Eine junge Frau hielt ihr etwas hin, das wie ein Halsband aussah. Es war aus hellen Schnüren geflochten und mit einer kleinen, silbernen Glocke versehen, die über einem sternförmigen Anhänger lag. In regelmäßigen Abständen zierten Perlen das Schmuckstück.

Erst wollte Aristella die Frage verneinen, doch dann fiel ihr auf, dass ein Büschel schwarzer Haare an dem Halsband hing; und drei Kratzspuren es bis auf die unterste Schicht Fäden zerfetzt hatten. »J-ja«, erwiderte sie und stand auf. Sie kam sich völlig bescheuert vor, doch irgendetwas sagte ihr, dass dieses Halsband mit den seltsamen Katzen zusammenhing. »Vielen Dank. Gut, dass Sie es gefunden haben.«

Die Frau nickte. »Gern geschehen. Es lag schräg hinter dir, du musst es bei der Rolltreppe verloren haben.« Sie hob die Hand zum Abschied. »Schönen Tag!«

»Ihnen auch.« Aristella verknotete das zerrissene Band um ihr linkes Handgelenk und hielt ihren Arm empor. Das spärliche Sonnenlicht, das durch die graue Wolkendecke drang, ließ das Glöckchen leicht schimmern. Dann machte sie sich endlich auf den Heimweg, mit viel zu vielen Fragen im Kopf, denen sie mit Tayas Hilfe womöglich auf die Spur kommen konnte.

TRAUMFÄNGER

EINEM MOBILE ÄHNELNDER GEGENSTAND, DER ÜBER DEM SCHLAFPLATZ AUFGEHÄNGT WIRD, UM BÖSE TRÄUME ZU VERHINDERN.

Aristella stocherte lustlos in ihrem Essen herum. Dabei hatte sie sich die ganze Woche darauf gefreut, in den Genuss von Tayas Kochkünsten zu kommen. Sie selbst schaffte es sogar, Reis anbrennen zu lassen und Nudeln dermaßen zu verwässern, dass keine Soße der Welt sie mehr retten konnte.

»Worüber denkst du nach?«, fragte ihre Freundin, löffelte währenddessen unbeirrt weiter und genoss ihr Curry sichtlich. »Eigenlob stinkt, ich weiß, aber das hier …« Sie nahm einen weiteren Mundvoll. »Wow, das ist mir echt gelungen.«

»Taya, sag«, begann Aristella und pustete auf ihren Löffel, »hast du hier in letzter Zeit mal einen Haufen Katzen gesehen?«

Ihre Freundin hob den Blick. »Wie meinst du das?«

»Viele Katzen, die gemeinsam draußen unterwegs sind. Oder irgendwo abhängen.«

Ohne zu überlegen, erwiderte sie: »Nö, ich sehe hier in der Gegend nie Katzen. Sie in diesem Viertel nach draußen zu lassen, wäre einfach nur fahrlässig.«

Aristella nickte, suchte nach einer weiteren Möglichkeit, irgendetwas rauszufinden. Bei den kleinen Katzen handelte es sich garantiert um die gestreiften Bälle aus ihrem Traum. Sie nahm einen Schluck Cola. Träume. Märchen. Fabeln. Tiere.

»Was ist das abgefahrenste Märchen, das du kennst?«

Taya winkelte eine Augenbraue an. »Wie kommst du denn plötzlich darauf?«

»Nur so.« Das Curry schmeckte in der Tat ausgezeichnet, wie Aristella nach dem ersten Bissen feststellte. »Irgendwas mit schwarzen oder gestreiften Katzen vielleicht?« Irgendwoher musste diese seltsame Begegnung doch rühren; sofern sie tatsächlich nicht verrückt war, folgte vielleicht alles einem ganz natürlichen – nein, viel mehr märchenhaften – Lauf.

»Na ja …« Taya tippte mit dem Löffel an ihre Lippen und sah ins Nichts. »Den gestiefelten Kater kennst du ja.«

»Ist nicht das, wonach ich suche.«

»Der kleine Muck?«

Aristella überlegte. »Muss sich der Junge nicht einfach nur um die hundert Katzen einer verrückten alten Frau kümmern?«

»Du hast nach Märchen gefragt, in denen Katzen vorkommen«, erwiderte Taya. »Mehr kenne ich nicht.«

»Was ist mit Geistern, die niemand sehen kann?« Allmählich kam sich Aristella lächerlich vor. »Ich brauche das für die Abendschule, weißt du.«

»Märchen?« Taya unterdrückte ein Prusten. »In der Oberstufe?«

»Ist irgendwie das Lieblingsthema des Lehrers. Wir sollen daraus Parallelen zur Gegenwart aufzeigen.« Erstaunt wegen dieser durchaus plausiblen Lüge setzte Aristella nach: »Du liest doch so viel, bestimmt kennst du was mit Geistern, die in der Stadt ihr Unwesen treiben.«

»Hmm.« Nach einem Schluck Cola sagte Taya: »Tut mir leid, da fällt mir wirklich nichts ein.«

Resigniert nickte Aristella und widmete sich wieder ihrem Curry. »Macht nichts, ich finde schon noch etwas Passendes.«

»Irgendwas mit schwarzen Katzen könnte tatsächlich spannend werden. Ist also vielleicht gar kein schlechtes Thema.«

»Wieso?« Hoffnung keimte in ihr auf, die Taya jedoch sofort zunichtemachte:

»Egal, wo die vorkommen, sie bringen immer nur Unglück.«

Nachdem Aristella sich von der unheimlichen Begegnung erholt hatte, genoss sie den Abend mit ihrer besten Freundin in vollen Zügen. Sie drehten ihre Lieblings-Playlist auf die höchste Lautstärke, wechselten irgendwann zu einem furchtbar schlechten Horrorfilm und plauderten bis spät in die Nacht. Doch so lange wie sie hielt Taya natürlich nicht durch.

Als sie gegen zwei Uhr morgens tief und fest schlief, drehten sich Aristellas Gedanken in einem wilden Strudel. Sie war viel zu aufgekratzt, um schon zu schlafen, zumal sie selten vor fünf Uhr ins Bett ging. Taya lag auf dem Sofa, schräg gegenüber ihres Bettes und hatte ihrer Freundin den Rücken zugewandt. Um sie nicht zu wecken, entschied Aristella sich dagegen, noch einmal an den Computer zu gehen. Stattdessen zückte sie ihr Smartphone, das sie an diesem Tag geradezu stiefmütterlich behandelt hatte, und scrollte durch ihren Newsfeed und den Chat mit Leon. Seine letzte Nachricht war bereits mehrere Stunden alt.

Wünsche dir einen schönen Tag mit Taya.
Grüß sie von mir und lasst es euch gut gehen :)

Der grüne Balken verriet Aristella, dass Leon noch online war.

Danke! Hatten viel Spaß.
Liege jetzt aber wach und grüble.
Was tut sich bei dir?

Sie legte das Smartphone zur Seite und schloss die Augen. Mantra, Reality-Check – was gab es noch, um endlich diese verdammten Klarträume herbeizuführen? Aristella war es leid, mehrmals pro Woche von Albträumen geplagt zu werden, in denen ihr die Hände gebunden waren – manchmal sogar im wahrsten Sinne des Wortes.

Nicht viel. Überlege gerade, ob 2 Uhr zu spät ist, um noch ein Stück Kuchen zu essen.

Aristella grinste.

Es ist nie zu spät für Kuchen.

Drei Punkte erschienen, kündigten an, dass Leon gerade an einer Antwort tippte.

Weise Worte. Erzähl mir, worüber du nachdenkst, während ich die Küche plündere!

Mit einem langen Seufzen drehte Aristella sich zur Seite und umarmte ihr Kissen. Der Nachtwind brachte die dünnen Gardinen an ihrem Fenster zum Tanzen. Es hatte keinen Sinn, Leon dieselben Fragen zu stellen wie Taya. Die Bücher, die er gelesen hatte, konnte man an einer Hand abzählen. Viel mehr fragte Aristella sich, ob sie ihren Freund nicht auf eine andere Sache ansprechen sollte.

Du hast doch schon richtig lange Klarträume, nicht wahr?

Sie zögerte, kam sich abermals bescheuert vor. Stattdessen warf sie die Suchmaschine an und scrollte sich die Finger wund, nachdem sie Begriffe wie »Traumwesen«, »folgen«, »Realität« und »Tagträumen« in allen möglichen Kombinationen versucht hatte; nur, um wieder in Leons Chat zurückzukehren.

Ist es dir je passiert, dass du nach einem Traum, egal ob Klartraum oder nicht, das Gefühl hattest, einen Teil davon in der Realität zu sehen? Etwas Ähnliches zu durchleben oder …

Aristella löschte die Worte, tippte sie dann jedoch erneut ein und fuhr fort:

… na ja, hattest das Gefühl, dass dir etwas aus der Traumwelt hierher gefolgt ist?

Sie hoffte inständig, dass Leon sie nicht für völlig verrückt hielt. Jede verstreichende Minute quälte Aristella, nachdem sie die Nachricht abgeschickt hatte. Sicher war Leon nur mit dem Kuchen beschäftigt oder hatte auf dem Streifzug in die Küche versehentlich seinen Bruder geweckt, mit dem er sich nun unterhielt. Aber die Angst, dass er sie für eine Spinnerin halten könnte, ließ sie nervös an den Fingernägeln kauen. Doch dann kehrten die drei Punkte wieder; für eine endlos anmutende Ewigkeit, bis nach etwa fünf Minuten eine Sprachnachricht im Chat aufploppte

Aristella hielt den Atem an. Unter dem zweiten Kopfkissen kramte sie ihre Kopfhörer hervor, stöpselte sie ein und drückte mit bebendem Herzen auf Play.

»Das kommt ein bisschen darauf an, weißt du.« Leon machte eine Pause. Es war lange her, dass sie seine Stimme gehört hatte; die beiden bevorzugten es, miteinander zu schreiben. »So ein

Déjà-vu hat sicherlich jeder mal. Manche glauben, dass diese immer mit Träumen zusammenhängen. Dass uns in der Realität etwas wiederbegegnet, von dem wir geträumt haben, woran wir uns aber nicht mehr erinnern können. Vielleicht hattest du einfach sowas, aber mit mehr Bezug zu deinem Traum, weil du dir ja immer alles aufschreibst?«

Aristella drückte auf Pause und dachte über seine Worte nach. Obwohl Leons Aussage stimmig war, konnte sie die seltsamen Katzen nicht ganz damit vereinbaren.

»Wenn du aber etwas gesehen hast, das übernatürlich war – wie fliegende Menschen, Bäume aus Zuckerwatte oder blaues Gras –, ist deine Fantasie vielleicht etwas munterer als sonst. Klarträume zu üben, bedeutet immer, seinen Verstand zu erweitern.«

Unweigerlich überzogen sich Aristellas Arme mit Gänsehaut. Ihre Fantasie war was? Munterer? Was war das denn für eine völlig bescheuerte …

»Ich verrate dir ein Geheimnis, Stella.«

Ein Moment verstrich, dann ein weiterer, ehe sie bemerkte, dass die Sprachnachricht vorbei war.

Darunter prangten zwei Textnachrichten:

> Ich bin davon überzeugt, dass es auf dieser Welt mehr gibt, als die meisten Menschen wahrnehmen können.

> Und je geschulter unser Bewusstsein ist, je aktiver wir in der Traumwelt sind, desto mehr sehen wir, was dem Rest verborgen bleibt.

Mindestens fünf Mal las sie Leons Nachricht. Hatte er zu viele Urban Legends gelesen? Sich in einer dieser Welten verloren oder meinte er tatsächlich, was er da in den Raum stellte?

Sieh auf deinen linken Zeigefinger und schwöre auf unseren Bund. Sag mir ehrlich: Wie ernst ist dir, was du da gerade gesagt hast?

Aristellas Blick fiel auf die schmale, helle Linie an ihrer Fingerkuppe. Sie und Leon hatten es in der Volksschule so toll gefunden, Blutsgeschwister zu werden, dass sie vor über vierzehn Jahren auf dem Schulhof mit dem Taschenmesser seines Bruders einen Schwur geleistet hatten; abermals zum Missfallen ihrer Eltern.

Es ist mein voller Ernst. Die Frage ist nur, wie weit du dich auf diese Welt einlassen willst.

Wie sollte Aristella nach dieser Unterhaltung jemals wieder Schlaf finden?

Sag nur ein Wort und ich lasse dich mit all dem in Ruhe. Für immer. Ich bin niemand, der anderen seine Sichtweisen aufschwatzt.

Du hast ja nur meine Frage beantwortet.

Aristella überkreuzte die Beine und wippte mit ihrem Fuß, drückte ihn dabei immer wieder gegen die Fensterscheibe und hakte den Rahmen zwischen ihre Zehen. Sie war nervös. So unsagbar aufgekratzt.

Leon hatte mit seiner Erwiderung keine Sekunde gezögert. Wie viel und was hatte er selbst bereits gesehen? Und bevor sie sich mit dieser Frage allein quälte, richtete sie sie an Leon. Seine Antwort folgte prompt, er schien dieses Gespräch genauso aktiv zu verfolgen wie sie:

Jedem zeigt sich die Welt in einem eigenen Licht. Was ich sehe, muss nichts mit deiner Realität zu tun haben. Geschichten enden nicht: Sie leben fort in den Köpfen anderer, schreiben Abertausende unterschiedliche Enden. Wer sagt, dass diese weniger real sind?

Seine Worte rührten etwas in Aristella, das sie bislang nicht hatte benennen können: Eine tiefe Sehnsucht nach etwas jenseits des täglichen Lebens, das sich nicht fassen ließ. Alle hatten diesen Ort, an den sie gehen konnten. Ein Zuhause, eine Familie. Eine Bestimmung. Doch Aristella fühlte sich wie ausgehöhlt.

Ich will diese Dinge verstehen. Darum hab ich heut Nacht nach dir gerufen, glaube ich.

Aristella erinnerte sich nicht im Detail und spürte, wie der Frust in ihr aufwallte. Sie unterdrückte die Tränen, als ihre Gedanken Buchstabe um Buchstabe aus ihr herausströmten. Ungeschönt. Aufrichtig. Schmerzhaft.

All die Jahre hab ich mir eingeredet, nach etwas zu suchen. Doch ich habe das Gefühl, dass ich stattdessen rastlos umherwandere.

Darauf warte, dass irgendetwas passiert, das alles ändert. Ich wünschte, ich wüsste, was ich mit diesem Leben anfangen soll.

Es muss doch mehr geben.

Du sprichst mir aus der Seele.

Aristella schniefte, wischte sich mit dem Handrücken über die Augen. Vielleicht hatte er ihren Ruf im Traum nicht vernommen, womöglich hatte sie es falsch gemacht. Dass Leon nicht immer auf jeden ihrer Punkte einging, war sie gewohnt.

Darum habe ich angefangen, meine Träume zu lenken. Und im Gegenzug zeigen sie mir die spannendsten Dinge. In dieser Welt wartet so viel auf uns, Stella. So viel, das den Glücklichen auf ewig verborgen bleibt.

Der Alltag bereitet ihnen genug Freude, doch auch für Menschen wie uns muss es etwas geben. Wir können es nur noch nicht sehen. So, wie wir nicht verstehen, was den Glücklichen an diesem Leben so gefällt.

Den Glücklichen. Leon sagte das, als meinte er damit jeden außer sie beide. Sie dachte daran, wie sie sich selbst gern sah: Als Taube, die nicht verstand, was die anderen nur mit so viel Freude erfüllte.

Bist du nicht glücklich?

Er würde ihr die Wahrheit sagen; Aristella wusste es.

Ich strebe danach, es irgendwann zu sein. Doch wo, wenn nicht in unseren Träumen? Oder einer Welt, die sich uns noch offenbaren wird?

Darum fange ich meine Träume ein, behalte sie in meinem Verstand, bis ich verstehe, was sie mir zeigen wollen. Und was ich bisher gesehen habe, hat alle vorhandenen Zweifel zunichtegemacht.

Kindertraum

Traum, den ein Kind hat oder den jemand [schon] als Kind hatte. Meist intensiver als die Träume Erwachsener.

Große, runde Seifenblasen. Jedes Mal, wenn eine davon auf Aristellas Gesicht zerplatzte, kicherte sie. Barfuß lief sie auf dem Asphalt herum und hüpfte federleicht über die Felder von Himmel und Hölle, die sie mit Kreide gemalt hatten. Leon hingegen stand seelenruhig da und pustete in den Ring, um weitere Blasen zu erzeugen. Sie selbst war viel zu ungeduldig und würde es schaffen, die gesamte Seifenlösung auf ihrem Gesicht zu verteilen. Umso schöner fand sie es, Leons Kunstwerke zu bestaunen und ihnen nachzublicken, wie sie über ihre Köpfe schwebten.

Die beiden ließen sich den Hügel hinab durchs Gras kullern, Blätter und Käfer verfingen sich in Aristellas langem Haar, doch das machte ihr nichts aus. Egal, wie sehr Mama am Abend schimpfen würde: Ihr bereitete all das viel zu viel Spaß. Auch beim Fußballspielen, wenn die Nachbarn sich über den Lärm beschwerten und mahnend aus dem Fenster schrien, hörten sie und Leon nicht auf, den Ball gegen die Hauswände zu knallen. Sie traf das mit Stöcken gebaute Tor öfter als er und darauf wies Aristella ihren Freund auch stets hin.

Wenn die beiden nicht gerade auf Bäume kletterten und sich dabei die Ellenbogen aufschürften, düsten sie auf ihren Fahrrädern durch das Wohngebiet. Leons Mutter war nur wichtig, dass sie ihn und Aristella vom Küchenfenster aus stets im Blick hatte. Solange sie mit keinem Fremden mitgingen oder etwas anstellten, hatten sie draußen im Hof alle Freiheiten.

Sie turnten an der Teppichstange, liefen um die Wette und sammelten Regenwürmer, um ihnen in der Erde eine Höhle zu bauen. Beim Schaukeln wetteten sie, wer weiter springen konnte, und auch dieses Spiel ging mit vielen blauen Flecken einher, weil Aristella es gern übertrieb. Sie hasste es, zu verlieren, und nahm jede Verletzung in Kauf. Anders als die Kinder in ihrer Klasse war sie hart im Nehmen.

Leon und sie blieben beim Spielen im Hof immer allein. Was sie in den ersten Jahren noch verletzt hatte, schnürte irgendwann ein ganz besonderes Band zwischen den beiden Außenseitern: Während die anderen grüppchenweise im Sandkasten spielten oder tobten, saßen Aristella und Leon im hohen Gras mit ihren Büchern. Sie gaben allen Käfern und Blumen eigene Namen und stellten sich vor, dass es einen Ort gab, an dem sie nicht plattgetreten oder mit dem Rasenmäher massakriert wurden.

»Irgendwann, da retten wir sie alle. Und nehmen sie mit in unsere Welt«, sagte Leon. »Dort ist es friedlich und wunderschön. Ich kann sie sehen.«

»Mit deinem anderen Auge?« Aristella deutete über seine linke Wange. Selten fiel ihr auf, was die anderen Kinder einen großen Bogen um ihren Freund machen ließ.

Da strahlte er über beide Ohren. »Genau. Und weil du meine beste Freundin bist, nehme ich dich irgendwann dorthin mit.« Leon straffte den Stoff über seinem linken Auge wieder ordentlich. Seine Mutter achtete penibel darauf, dass beim Spielen kein Dreck eindrang. Aristella fand, dass er mit der Augenklappe aussah wie ein Pirat. Und fortan stellte sie sich vor, dass sie eines Tages auf einem riesigen Schiff über das Meer ziehen und diese fremde Welt suchen würden.

Der sonst so helle Himmel zeigte sich mit einem Mal düster und fremd. Blitze zuckten hinter der dichten Wolkendecke. Aristella fuhr zusammen. Es fröstelte sie, der Wind jagte in ungeheurem Tempo über die grasigen Hügel und bog die Halme in alle Richtungen.

»Lass uns rein…« Sie verstummte, der Rest des Satzes blieb ihr in der Kehle stecken. Wo Leon eben noch gesessen hatte, prangte ein tiefes Loch. Groß genug, um ein Kind seiner Statur zu verschlucken.

Aristella kroch rücklings fort, suchte unter einer hohen Fichte Schutz vor dem heftigen Regenschauer. Matsch spritzte auf, schleuderte Käfer in die Luft und spülte die gesamte Szene fort. Das Unwetter zerstörte ihre Heimat, zerstörte ihr Leben, nahm ihr ihren besten Freund.

Dann rufst du nach mir.

Wen sollte sie rufen?

»Leon?«

Der Wind peitschte ihr das helle Haar in die Augen. Wäre sie vernünftig, würde sie zurück nach Hause laufen. Doch wie, wenn die Hügel und Straßen verschwunden waren? Sie hatte keine Ahnung, in welche Richtung sie musste. Und als Aristella einen Schrei vernahm, stellte sie sich dem Sturm.

»Leon!?« Sie trat unter dem Baum hervor, der als Einziges geblieben war, ehe auch er in der alles beherrschenden Dunkelheit verschwand. Stille kehrte ein, nur das Geräusch ihres eigenen Atems verriet Aristella, dass sie nicht gestorben war.

»Leon! Wo bist du?« Sie tat einen weiteren Schritt, der Boden unter ihren Füßen fühlte sich seltsam weich an. Er knisterte. Als Aristella sich bückte und danach tastete, spürte sie die feinen Sandkörner, die unter dem Nebel lagen.

Dann rufst du nach mir.

»Hallo!?«

Warum ging ihr dieser verfluchte Satz nicht aus dem Kopf? Das Rauschen von Wellen drang an ihre Ohren, es wurde wieder warm, die Luft trug einen salzigen Duft in sich.

»Sie sind alle hier, Stella«, erklang Leons Stimme. »Unsere kleinen Freunde. Komm zu uns.«

Aristella sah sich um, erkannte Klippen, Sandstrand und Möwen, die darüber kreisten. Und mittendrin wuchsen kleine, grüne Flecken. Das Gras breitete sich aus, brachte die schönsten Blumen hervor. Dazwischen lagen Muscheln und Seesterne, wo Sand und Wiese miteinander verschmolzen.

Sie konnte Leon nicht sehen. Eine tiefe Sehnsucht keimte in ihr auf. Er war hier gewesen, dies war ihr Ort. Eine Insel im weiten Meer. Nie mehr würden sie einander sehen, das wusste sie. Ihr Freund war fort, war vor ihren Augen verschwunden.

Tränen stiegen hinter ihren Lidern auf. Doch bevor sich eine davon löste, spürte Aristella etwas an ihren Beinen. Es war warm und weich, die Neugierde ließ sie ihren Schmerz einen Moment lang vergessen. Sie neigte den Kopf und blickte in ein goldenes Paar Augen. Freundlich, tröstend. Die Schnurrhaare der Katze waren genauso schwarz wie ihr Fell, zwei weiße an der linken Seite stachen hervor. Fasziniert strich Aristella dem Tier darüber. Es hob den runden Kopf, ließ sich kraulen und gab ein wohliges Schnurren von sich.

»Hast du auch überlebt?«, fragte sie und ging vor dem Tier in die Hocke. Ihr war, als wäre das hier nicht ihre erste Begegnung. Natürlich machte die Katze keinerlei Anstalten, zu antworten – wie auch? Ihre Augen fixierten Aristellas Handgelenk, an dem ein kleines Glöckchen von einem hell geknoteten Band hing. Ein pinker Stern baumelte ebenfalls daran. Aristella wusste nicht, warum sie es trug. Hatte Leon es ihr geschenkt? Ihr war nie aufgefallen, dass …

Ohne Vorwarnung schnappte die Katze danach. Ihre Zähne durchtrennten die Fäden, sie zog mit aller Kraft daran. Aristella fiel zurück, spürte, wie das Band nachgab und die Welt sich drehte. Der Klang der Glocke hallte in ihren Ohren, bimmelte unentwegt.

»Frühstück!«

Aristellas Kopf fühlte sich an, als wäre er mit Zement gefüllt. Ihre Stirn und Augen drückten fürchterlich.

»Komm schon! Es ist neun, ich hab uns Pancakes gemacht.«

Sie erkannte Tayas Stimme. Wie war sie auf die Insel gekommen? Und seit wann durfte sie überhaupt an den Herd? Waren ihre Eltern fort, oder …

Allmählich dämmerte ihr, wo sie war und dass sie nicht 2007 schrieben, sondern zwölf Jahre später.

»Morgen.« Das Wort kam ihr nur mühsam über die Lippen. Sie hoffte, dass es genauso gequält klang, wie es sich anfühlte. »Sagtest du neun?«

»Genau!« Jemand zog Aristella die Stöpsel aus den Ohren und ließ nicht von ihr ab. »Wir können gern im Bett essen, wenn du noch nicht hochkommst.«

»Kaffee« war das einzige Wort, das Aristella aus sich rausbekam. Sie hatte keine vier Stunden geschlafen, zu mehr Freundlichkeit war sie gerade nicht fähig. Doch zu ihrem Glück wusste Taya genau, woran sie war.

»Hier.« Vom Fensterbrett aus wehte ein vertrauter Duft in ihre Nase. Ihre Freundin setzte sich ans Fußende des Bettes. Messer und Gabel klimperten, während sie ihr Frühstück schnitt. Allmählich wurde Aristella klar, dass sie nicht drum herumkam, aufzustehen. Sie kniff die Augen zu, setzte sich auf und strich sich übers Gesicht. Schweigend sah sie Taya dabei zu, wie sie ihre Pancakes in kleine Stücke teilte und mit Sirup übergoss.

»Wie kann man nur so früh wach sein und gute Laune haben?«, murmelte Aristella und griff nach ihrem Kaffee. »Ich bewundere dich, ungelogen.«

»Ich bin daran gewöhnt, früh aufzustehen.« Taya hatte sich bereits umgezogen und ihre langen, dunklen Haare zu einer ordentlichen Frisur gesteckt. Die darunterliegenden silbernen Strähnen, die sie seit Jahren immer nachfärbte, kamen so besonders deutlich zum Vorschein.

Aristella nahm einen großen Schluck aus ihrer Tasse. Sie selbst saß mit einem mehr als unordentlichen Haarknoten da und hatte sich in ihre Decke gewickelt.

»Wie lange warst du denn noch wach?«

Die Frage traf sie unerwartet. »Weiß nicht.« Zu lange. Viel zu lange. Sie wünschte sich, sofort wieder einschlafen zu können. Doch wenn Taya bereits so munter war, wollte sie versuchen, ihre gemeinsame Zeit zu genießen.

»Ich bin stolz, dass ich bis zwei Uhr durchgehalten habe.« Taya lachte und teilte ihren nächsten Pancake. »Hast du dein Armband gestern doch noch abgelegt?«

Es dauerte einen Moment, bis Aristella dämmerte, wovon ihre Freundin sprach. Ihr Blick fiel auf ihr linkes Handgelenk. Das geflochtene Halsband mit der Glocke, das sie bei der Verfolgung der Katzen am Vortag gefunden hatte …

»N-nein«, stammelte sie. Es war weg. Verschwunden. »Ich muss es im Schlaf verloren haben.« Die Katze. Diese verdammte, schwarze Katze. »Wahrscheinlich ist es unter die Matratze gerutscht, ich suche es später.« Das Vieh hatte nach dem Halsband geschnappt und es mit sich in die Traumwelt gezogen.

»Sicher? Solange ich da bin, können wir doch das Bett verschieben und darunter mal ordentlich sauber …«

»Taya.« Aristella senkte ihre Tasse und sah ihre Freundin eindringlich an. »Ich hab dich wirklich lieb, aber wenn du mich heute dazu zwingst, Möbel zu verrücken, um Stellen zu putzen, die kein Mensch je zu Gesicht bekommt, schmeiß ich dich hochkant hier raus.«

Ein Grinsen stahl sich auf Tayas Gesicht. »Einen Versuch war es wert.« Sie lachte und stand auf. »Kein Geputze mehr, versprochen!« Ihr Teller war leer, sie steuerte die Küche an. »Erst mach ich uns noch eine Runde Pancakes, dann gehen wir in die Stadt.«

Aristella nickte. »Perfekt. Und für deine Hilfe im Haushalt geht das Mittagessen später auf mich.«

Kaltes Wasser, eine zweite Tasse schwarzer Kaffee und nicht zuletzt das hervorragende Frühstück hatten Aristella genügend Leben eingehaucht, um tatsächlich vor die Tür zu gehen. Der Sommer zeigte sich auch heute von seiner eher kühlen Seite, was ihr bei einem Einkaufsbummel jedoch nur recht war. Es gab wenig Unangenehmeres, als bei 35°C Kleidung in stickigen Kabinen anzuprobieren oder mit schweren Taschen bepackt durch die Betonwüste der Innenstadt zu hetzen.

Die beiden fuhren mit der U-Bahn auf eine der größten Einkaufsstraßen und verbrachten einen schönen Tag zwischen Buchhandlungen, Eissalon, Klamottenläden und Comic Shop. Immer wieder fiel Aristellas Blick auf ihr Handgelenk und ließ sie zurück an ihren Traum denken. Nach dem Aufwachen hatte sie noch versucht, so viel wie möglich davon in ihr Tagebuch zu schreiben, doch die plötzlichen Szenenwechsel hatten dazu geführt, dass sie nicht mehr als zusammenhanglose Bilder und Satzfetzen zu Papier gebracht hatte.

Während sie in einem Manga blätterte, der zwei Grundschüler beim Spielen mit ihren Freunden zeigte, dachte sie an Leon und das beklemmende Gefühl aus dem Traum ergriff abermals Besitz von ihr. Sie wusste, woher diese seltsamen Erinnerungen stammten, die sie im Schlaf heimsuchten und zu Albträumen verzerrt wurden – Leons Umzug hatte Aristella damals hart getroffen, andererseits wären sie und Taya unter anderen Umständen niemals so gute Freundinnen geworden. Sie und Leon waren als Kinder beinahe feindselig miteinander umgegangen. Taya hatte nie zu jenen gehört, die ihn für sein Glasauge oder seine blühende Fantasie verspottet hatten, doch Freunde waren die beiden trotzdem nie gewesen. Nicht einmal Aristella zuliebe.

»Den hab ich zuhause.« Taya tauchte auf und blickte ihr über die Schulter. »Wird nach dem dritten Band leider mies. Kann ihn dir gern leihen, wenn du willst.«

Aristella klappte das Buch zu und stellte es zurück ins Regal. »Hat mir ohnehin nicht gefallen.«

»Dafür hast du aber echt lang draufgestarrt.« Taya lachte und strich sich eine dunkle Strähne hinters Ohr. Auf dem Arm trug sie zwei Fantasyromane und ein Plüschtier aufgetürmt; sie brachte ihren Geschwistern immer etwas mit, egal, wohin sie ging.

Während Taya bezahlte, schlenderte Aristella gedankenverloren durch die Gänge. Es war erstaunlich still im Laden, bis auf einen Jungen, der in einem der Regale gezielt nach einem Manga zu suchen schien, gab es keine weitere Kundschaft. Das Piepen des Scanners, ein paar Worte, die Taya mit dem Verkäufer wechselte und Aristellas Schuhe, die auf dem Boden quietschten. Bis sie es sah: Ein Zucken und Geschiebe in einem Korb voller Plüschtiere; fast, als hätten die Stofftiere ein Eigenleben. Aristella hielt den Atem an und blinzelte. Behutsam setzte sie einen Fuß vor den anderen und fokussierte ihren Blick. Figuren unterschiedlichster Serien und Videospiele türmten sich in dem Drahtkorb und ruckelten nach links und rechts; als befände sich eines unter ihnen, das einfach nicht wie seine Gefährten stillhalten wollte.

Oder hatte sich eine Ratte hierhin verirrt? Bei dem Gedanken zog Aristella ihre mittlerweile ausgestreckte Hand ruckartig zurück. Bis sie in ein Paar grüner Augen blickte. Helles Gold, strahlend und mit großen Pupillen. Der Kopf der schwarzen Katze lugte unter einem Haufen Plüschtiere hervor, ihre Ohren standen spitz nach oben, wie um jedes Geräusch in sich aufzusaugen; als drohte ihr Gefahr.

Aristella schluckte und überwand den verbliebenen Meter Distanz zwischen ihr und dem Korb. Das Herz hämmerte kräftig gegen ihre Rippen. Bei der letzten Begegnung hatte das Vieh sie gebissen und nur mit Glück ihre Hand verfehlt. Dennoch zog diese Katze sie geradezu magisch an.

»Wer bist du?«, flüsterte Aristella und legte ihre Finger auf den weichen Kopf des Tieres. Ohne zurückzuweichen, ließ es sich hinter den Ohren kraulen und musterte ihr Gegenüber mit leicht zuckenden Schnurrhaaren. »Bist du mir gefolgt?« Mit der linken Hand schob Aristella eines der Plüschtiere zur Seite. Da sah sie es wieder: Das Halsband mit der Glocke, welches die Katze ihr letzte Nacht gestohlen hatte. Sie hielt es im Maul, wie ein Stück Beute, das es mit Stolz herumtrug.

»Seit wann stehst du auf Plüschtiere?«

Aristella zuckte zusammen. Sie wandte sich ruckartig um und versuchte, Taya den Blick auf die dicke Katze zu versperren, die rein gar nichts mit einem Stofftier gemein hatte. »Tu ich nicht«, gab sie stammelnd zurück. »Ich dachte, ich hätte was gesehen, das da nicht hingehört.«

»So?« Taya kratzte sich an der Nase und lugte an ihr vorbei. »Na dann. Lass uns gehen. Sonst kommst du noch zu spät zu deiner Schicht im Café.«

Aristella nickte. Sobald ihre Freundin außer Sichtweite war, warf sie einen vorsichtigen Schulterblick auf den Korb. Doch natürlich hatte sich die Katze abermals in Luft aufgelöst.

Auf den Straßen herrschte allmählich dichtes Gedränge. Die Menschen schoben sich aus U-Bahn-Ausgängen, ohne auf ihre Umgebung zu achten. Sie blieben mitten auf dem Gehweg stehen, brüllten rücksichtslos in ihre Telefone und zündeten sich Zigaretten an, während andere Passanten in Ruhe auf Bänken saßen und vor den Giftwolken die Flucht ergriffen. Aristella ließ ihren Blick argwöhnisch schweifen. Die U-Bahn-Passagen waren voll von Eltern, die ihre Kinder anschrien oder ignorierten, während diese im Aufzug munter alle Knöpfe drückten, woraufhin ihre Mitmenschen in jedem Stockwerk ausharren müssten. Überall Kaugummis, Zigarettenstummel, Bierdosen und Pizzageruch. Die Regeln waren so simpel, so eindeutig. Warum ignorierten sie alle? Und wieso nur lag niemandem etwas daran, dass Menschen wie Aristella sich in der Öffentlichkeit wohl oder sicher fühlten?

Die beiden Freundinnen fuhren mit der U6 Richtung Floridsdorf. Bereits ab der Stadthalle war der Waggon so voll, dass die Menschen wie Sardinen aneinanderklebten. Doch auch das hinderte die nächsten nicht daran, ihre Körper kurz vor dem Schließen der Türen noch gewaltsam hineinzuzwängen und anderen dabei auf die Füße zu treten. Die stehende Luft und der ungewollte Körperkontakt zogen Aristella den Hals zu. Rasierwasser, laute Rufe und Hip-Hop taten ihr Übriges. Jemand berührte ihre Schulter und schob sie unsanft zur Seite. Drückende Hitze und der Geruch von Schweiß mischten sich zu einer undurchdringlichen Mauer, die Aristella unmöglich noch einen Moment länger einatmen konnte. Die Tür hinter ihr wurde aufgerissen. Ungeschickt drängte Stella sich zwischen den anderen Gästen durch und flüchtete auf den Bahnsteig. Taya kam hinter ihr hergestolpert und schob sie aus dem Weg der herausströmenden Passanten.

»Geht's?« Sie kramte in ihrer Handtasche nach einer Flasche Wasser, die sie Aristella reichte. »Wenn die sich nicht ständig noch in den Wagon schieben würden, wären die Bahnsteige auch nicht so voll.« Sie seufzte und stellte ihre Einkaufstaschen ab, während sie Stella auf eine Bank bugsierte. »Die halten den ganzen Betrieb auf.«

Aristella liebte Taya. Taya stellte keine Fragen, sondern wusste einfach, was zu tun war, wenn die Reizüberflutung ihrer Freundin zusetzte. Sie scheuchte andere Passanten fort, die ihre lauten Telefonate auf der Sitzbank neben ihnen führen wollten, und besorgte eine Dose Cola an einem Getränkeautomaten. All ihre Taschen verteilte sie wie einen Schutzwall um sie herum, damit niemand ihnen in den nächsten Minuten zu nahekam.

Beklommen nahm Aristella einen Schluck und kramte anschließend in ihrem Rucksack. Die Ohrstöpsel würden eine Weile helfen, doch die Augen konnte sie vor der Realität nicht verschließen; und ihre Nase leider auch nicht.

Ein Blick aufs Smartphone verriet ihr, dass sie knapp dran war. Die nächste U-Bahn fuhr unter lautem Getöse in die Station ein, doch Aristella war bei all dem Gedränge wahrlich nicht danach, in einen der Waggons zu steigen.

»Du kannst ruhig fahren.« Wie gut Taya sich auch um sie kümmerte – herunterzukommen fiel ihr allein am leichtesten. Dann musste sie sich keine Gedanken darüber machen, wie sie gerade auf ihre Freundin wirkte. »Du wirst doch erwartet. Ich komm zurecht, versprochen.«

Tayas Augen verrieten Skepsis. Sie sah zwischen Aristella und der Abfahrtsanzeige hin und her. »Momentan fährt alle drei Minuten eine Bahn, vielleicht sind die nächsten ja nicht ganz so voll«, murmelte sie. »Bist du sicher?«

»Ganz sicher.« Sie zwang sich zu einem Lächeln. Allmählich ließ die Übelkeit von ihr ab, der Zucker des Getränks brachte ihren Kreislauf in Schwung. »Du kennst das doch. Kann ich in Ruhe durchatmen und mich sammeln, geht es kurz darauf wieder.«

»Okay.« Taya nickte und schlang all die Einkaufsbeutelhenkel um ihre Schultern. »Aber ich will, dass du auf dein Handy siehst und mir schreibst, wenn etwas ist.« Sie drückte Aristellas Hand und hob ihre Mundwinkel. »Umarmung fällt aus, du weißt schon.«

»Ich hab dich lieb.« Sie grinste schief. »Danke, dass du immer für mich da bist.« Körperliche Nähe war gerade das Letzte, womit sie umgehen konnte; davon hatte sie die ganze Fahrt über zwangsläufig genug gehabt und sie klebte immer noch an ihr wie ein schwerer Schatten, der Aristellas überreizten Geist lähmte.

Sie hasste es, in dieser lauten Welt zu leben, in der niemand sich zu fragen schien, wie es seinen Mitmenschen ging. Und was sein eigenes Handeln womöglich für Konsequenzen hatte. Wozu gab es Regeln, wenn so viele sie doch im wahrsten Sinne des Wortes mit Füßen traten? So saß Aristella eine Weile da, während sie einer U-Bahn nach der anderen dabei zusah, wie sie einen Schwall Menschen ausspuckend anhielt und weiterfuhr.

Aristella entsperrte ihr Smartphone und starrte auf das E-Mail-Icon am oberen Bildschirmrand. Da war sie wieder – pünktlich zum Monatsersten: die Alibi-Nachricht ihres Vaters.

Hallo Ella.

Seufzend scrollte sie ein Stück weiter; wie sie es hasste, so genannt zu werden.

Habe gesehen, in Wien liegen die Temperaturen jenseits der 30°C-Marke. Bei uns am Atlantik lässt es sich gut aushalten. Was macht die Schule?

»Es sind Ferien«, antwortete Aristella flüsternd sich selbst. Aber das war stets die einzige Sorge ihres Vaters: Wann sie ihm nicht mehr auf der Tasche liegen würde.

Falls du uns an Weihnachten besuchen möchtest, sag Bescheid. Petra, Nils und ich fliegen über die Feiertage nach Mexiko, du kannst das Haus hier also ganz für dich haben. Sicher tut es dir gut, mal ein wenig rauszukommen. Bestimmt sitzt du nur vor dem Computer. Vielleicht will Tanja ja mitkommen.

Taya! Ihre Freundin hieß Taya, verflucht nochmal! Und dann folgte der Absatz, den er seit vier Jahren Monat für Monat einfach nur in eine neue E-Mail kopierte, um ihre Konversation damit abzuschließen. Wie der Textbaustein einer Versicherung oder Bank, deren Angestellte das Anliegen ihrer Kunden gar nicht richtig lasen, sondern mit vorgefertigten Sätzen antworteten:

Die Miete für diesen Monat ist beglichen. Vielleicht telefonieren wir wieder einmal. Petra und Nils lassen dich grüßen.
Alles Liebe,
Papa

Während Aristella auf der kalten, weißen Bank am Bahnsteig, irgendwo im neunten Bezirk herumkauerte und ihr Smartphone wortlos zurück in den Rucksack sinken ließ, wurde sie sich ihrer Umgebung langsam bewusst. Sie befand sich in der Station Währinger Straße. Acht Jahre zuvor war sie hier täglich ein- und ausgestiegen und zwischen nicht minder drängelnden Passanten wie heute über die Treppen nach unten gehastet. Während andere Gleichaltrige mit ihren Freunden im Einkaufszentrum abhingen oder auf Konzerten tanzten, hatte sie ihre Mutter im Krankenhaus besucht. Sie beim Sterben begleitet. Weil ihr Vater, für den sie nie ein richtiges Kind gewesen war, sie mit dieser Frau allein gelassen hatte, die Aristella täglich daran zu erinnern wusste, wie ein normales Kind sich verhielt. Sie hatten sie ins Grab gebracht. Aristella und ihr Vater. Das hatte Nadine Nordstedt stets zu sagen gepflegt. Und trotzdem verspürte Aristella stille Trauer darüber, ihre Mutter so jung verloren zu haben. Denn vielleicht hätte sie eines Tages ihren Standards entsprochen.

Die Erinnerung an all den Schmerz, die ein paar simple Zeilen ihres Vaters und diese U-Bahn-Station in ihr heraufbeschworen hatten, veranlasste sie dazu, seine Nachricht auch diesen Monat wieder zu ignorieren. Immerhin war sie nicht allein. Sie hatte Taya und Leon; und alles, was sie sich in ihren kühnsten Träumen ausmalen konnte, wenn sie erst einmal lernte, darin zu schweben. Frei wie der Wind, der hinter die Fassade dieser oberflächlichen Welt fahren und sie dahinter in all ihrem geheimen Glanz wahrnehmen konnte. So, wie sie und Leon stets geglaubt hatten, alle Tiere vor den Menschen beschützen und in eine sichere Welt zu transportieren. Kinder wie sie waren zu gut, um normal zu sein. Normalität war das Letzte, was Aristella anstrebte.

TRAUMDEUTUNG

DEUTUNG VON TRÄUMEN

[IN BEZUG AUF IHRE PSYCHISCHEN HINTERGRÜNDE]

»Traumsymbole. Verfolgung. Dahinter stecken verborgene Ängste?« Seufzend schloss Aristella die Website und wandte sich der nächsten zu. »Alles Mist, warum gibt es denn nicht einen guten Ansatz?« Seit einer Stunde lehnte sie vor dem Computer und ließ sich von ihrem Ventilator die Fransen aus der Stirn pusten. Durch die aufgerissenen Fenster an der großen Front drang genügend Wind in ihr Zimmer, sodass darin endlich eine erträgliche Temperatur herrschte.

Mit ein wenig Verspätung war sie an diesem Nachmittag zu ihrer Schicht im Café erschienen, hatte sich dafür entschuldigt und war eine halbe Stunde länger geblieben, um den Tagesabschluss zu übernehmen. Kaltes Wasser ins Gesicht, frisch aufgetragene Wimperntusche und ein ordentlich gebundener Zopf: Aristella hatte ihre Schürze umgelegt und die Menschen, die die Welt eine halbe Stunde zuvor so unerträglich für sie gemacht hatten, mit einem Lächeln bedient.

Doch nun war *ihre* Zeit angebrochen.

Nach Antworten darauf zu suchen, ob Trauminhalte oder Traumwesen einem in die Realität folgen konnten, traute sie sich gar nicht erst; in den Suchergebnissen würden nichts als Troll-Postings und Urban Legends auftauchen. Aristella stützte den Kopf auf den Arm und klickte zur nächsten Seite.

»Wiederkehrende Träume, auch Recurring Dreams genannt, sind Träume, die immer wieder auftreten. Trauminhalte zeigen sich auch in abgewandelter Form. Die Abweichungen können dabei kleiner oder größer sein.« Ebenfalls uninteressant; immerhin handelte es sich nur um ein Wesen, das ihr ständig über den Weg lief.

Aristella presste ihren Kaugummi gegen die Schneidezähne und nahm einen großen Schluck von ihrem Energydrink. Die leere Dose schob sie achtlos zur Seite und zog die Tastatur näher. Ihr fiel das Gespräch ein, das sie und Leon letzte Nacht geführt hatten. Durch den gemeinsamen Tag mit Taya, der Schicht im Café und dem anschließenden Powernap, der unfreiwillig zu einem zweistündigen Schlaf geworden war, hatte Aristella keine Gelegenheit gehabt, weiter auf sein Angebot einzugehen. Sie scrollte ihre letzte Konversation durch und blieb abermals an diesem einen Absatz hängen:

Ich bin davon überzeugt, dass es auf dieser Welt mehr gibt, als die meisten Menschen wahrnehmen können.

Und je geschulter unser Bewusstsein ist, je aktiver wir in der Traumwelt sind, desto mehr sehen wir, was dem Rest verborgen bleibt.

Diese Katze. War sie etwas, das wirklich existierte? Heftete das Tier sich an Aristellas Fersen, weil sie es als Einzige wahrnehmen konnte und es ihre Hilfe brauchte? Oder wollte die Katze sie auf seltsame Art und Weise an den großen Lebenstraum erinnern, den Aristella und Leon als Kinder gehabt hatten? Vom Retten der Insekten und Tiere, ihrer eigenen Welt und dem großen Schiff. Womöglich rief die Katze sie in diese Traumwelt, nach der Aristella sich ohnehin sehnte. Oder aber, sie verlor allmählich den Verstand.

In dieser Welt wartet so viel auf uns, Stella. So viel, das den Glücklichen auf ewig verborgen bleibt.

Hey Leon, begann sie ihre Nachricht und tippte mit dem Nagel ihres linken Zeigefingers ungeduldig gegen die Entertaste, ehe sie den Druck verstärkte und die Begrüßung abschickte.

Was wartet in der Traumwelt auf uns?

Aristellas Gedanken schraubten sich wie eine Spirale in die Tiefe. Vielleicht machten sie all die Versuche des Klarträumens auch einfach paranoid und trübten ihre Sinne. Und dennoch erwägte sie keine Sekunde lang, diesen Weg wieder hinter sich zu lassen. So sehr sie sich auch davor ängstigte, diese seltsame Katze ständig zu sehen: Die Neugierde und Spannung darüber, welche Kräfte sie gerade im Begriff war, zu erlangen, überwogen. Womöglich veränderte sich die Wahrnehmung schlichtweg, wenn man sein Bewusstsein trainierte, wie Leon es genannt hatte. Während sie der Frage nachhing, leuchtete ihr Chatfenster auf.

Alles, was du willst.
Alles, was du dir wünschst.

Aristella nahm einen tiefen Atemzug und rutschte auf ihrem Stuhl herum. Es war ruhig und dunkel. Sie hatte die ganze Nacht vor sich und würde am nächsten Tag nicht aus dem Haus müssen. Reichten ihr diese Stunden nicht? Sie beantwortete sich diese Frage selbst, indem sie einem Impuls folgte. Ihre Finger waren ihrem Geist weit voraus.

Nächte, die niemals enden. Menschen, die in ihren Häusern bleiben und eine Möglichkeit für Leute wie mich, etwas von der Welt zu sehen?

Umgehend wurde Aristella der Tatsache gewahr, wie egoistisch sich dieser Wunsch anhörte. Doch warum störte sie sich daran? Immerhin handelte es sich um genau das: eine Fantasie. Nichts weiter als ein Hirngespinst, dem sie sich einen Moment lang hingeben durfte, ohne in Schuld aufzugehen.

Eine Zeit für Menschen, die im echten Leben nicht bestehen können, weil die anderen sich rücksichtslos ausbreiten und nur an sich selbst denken.

Ich wünsche mir, nicht mehr in einer Welt aufzuwachen, in der für mich kein Platz ist. In der ich mir ein Schlupfloch suchen muss, um für ein paar Stunden so etwas wie Glück zu empfinden.

Das klang bescheuert. Philosophisch-dumm. Was hatte sie sich nur dabei gedacht, diesen Anflug von Sentimentalität an Leon zu schicken? Doch es war zu spät – das Chatfenster verriet ihr, dass er ihre Nachricht bereits gelesen hatte.

Klingt traumhaft.
Im wahrsten Sinne des Wortes.

Aristella schnaubte belustigt. Sie hatte das Gefühl, dass Leon dem eigentlichen Thema wie so oft auswich. Oder wollte er einfach nur sehen, wie viel ihr daran lag?

Du sagtest, mit dem Klarträumen
könnte ich meinen Verstand erweitern.

Sie dachte an die Vielzahl fehlgeschlagener Versuche. An all die Albträume, denen sie nur unter größter Anstrengung wieder entkommen war. An ihr Mantra, das nie richtig funktioniert hatte.

Ich habe das Gefühl, mein Verstand nimmt
bereits Dinge wahr, die andere nicht sehen.

Das ist ein gutes Zeichen. Du erlangst
mehr Macht über deinen Verstand.

Dabei hatte Aristella viel eher das Gefühl, verrückt zu werden. Wenn sie wenigstens einmal einen Moment länger Zeit hätte, sich diese Katze genau anzusehen.

Ein Link prangte in ihrem gemeinsamen Chatfenster auf. Er führte auf die Website eines Podcasts.

»Mindbusters.« Aristella winkelte eine Braue an und scrollte durch die Episodenliste. Luzides Träumen, Astralreisen und Quantenphysik dominierten. Sie war davon überzeugt gewesen, jeden Podcast und YouTube-Kanal von oben bis unten angehört beziehungsweise durchgesehen zu haben, doch von diesem hier hörte sie gerade das erste Mal. Die Folgen waren alt, die jüngste war vor knapp sechs Jahren hochgeladen worden.

Episode 16. Ich glaube, das ist die letzte.
Damit wurde für mich alles anders.
Sag mir morgen, ob sie dir geholfen hat.
Ich hau mich jetzt aufs Ohr, habe einen
Kunden, der ausgerechnet vormittags
ein Meeting anberaumt hat.

Ächz. Was haben die Menschen nur für ein Problem mit Terminen am Nachmittag?

Aristella leerte ihre mittlerweile zweite Dose Energydrink und drehte ihre Playlist lauter. Sie suchte auf ihrem Smartphone nach dem Podcast, konnte ihn jedoch auf keiner der gängigen Plattformen finden. Also sandte sie sich den Link zu, den sie von Leon bekommen hatte, während er an seiner letzten Nachricht tippte:

Träum von einer Welt, in der sie alle schlafen und uns in Ruhe lassen ;)

Bin gespannt, was du berichtest.

Und denk dran: Keine lahmen Mantras! Schlaf schön!

Aye, aye! Nacht (:

Seufzend lehnte Aristella sich in ihrem Stuhl zurück und blickte zur Decke. Mit dem Fuß stützte sie sich am Tisch ab und versetzte sich so in Schwung. Sie drehte sich gemächlich im Kreis. Zu aufgekratzt, um zu schlafen, und doch zu neugierig darauf, ob sie durch das Gespräch mit Leon und der ominösen Episode 16 vielleicht genügend Fortschritte machen würde, um bereits heute Nacht mit aktiverem Bewusstsein in die Traumwelt zu entschwinden.

Aristella trat an die Fensterfront und lehnte sich gegen einen der deckenhohen Rahmen. Die Skyline der Stadt, all die Ruhe und Dunkelheit, durchbrochen von bunten Lichtern, die hinter fremden Fenstern entflammten und Wien zu ihren Füßen in ein Meer sanften Schimmers verwandelten. Abermals zückte sie ihr

Smartphone, zog die Kopfhörer unter dem Kissen hervor und fuhr den Computer herunter, ehe sie sich aufs Bett fallen ließ. Von hier beobachtete sie das sanfte Treiben des Verkehrs weiter, während der Beginn des Podcasts in ihre Ohren drang. Eine mysteriös anmutende Melodie leitete die Folge ein, gefolgt von einer weiblichen Stimme:

»Willkommen, ihr Traumsegler und Weltenwandler. Schön, dass ihr wieder bei uns seid. Dies hier ist die mittlerweile sechzehnte Folge unseres Podcasts ›Mindbusters‹. Wenn ihr es bis hierhin geschafft habt, habt ihr bereits einiges an Vorwissen zum luziden Träumen gesammelt und sicherlich schon erste Versuche hinter euch, euer Bewusstsein im Schlaf wachzurütteln.«

Aristella setzte gedanklich einen Haken hinter diese Info und rutschte näher ans Fenster, um ihre Beine heraushängen zu lassen. Falls sie hier oben überhaupt jemand sah – die umliegenden Gebäude waren nämlich alle mindestens fünfzehn Stockwerke niedriger – gab das sicherlich ein interessantes Bild ab.

Doch auch darum kümmerte sie sich in Wahrheit kein bisschen. Geruhsam lauschte sie der Einleitung, milder Nachtwind umwehte Aristellas Füße. Sie lag schräg in ihrem Bett, das Smartphone auf dem Kopfkissen, während die Welt um sie stillstand. Sie dachte an Leon. Was ihn wohl dazu veranlasst hatte, aus dieser Realität zu flüchten. Und vor allem, warum er sich gestern als einer von jenen bezeichnet hat, die in dieser Welt niemals glücklich werden konnten. So gut sie auch befreundet waren:

Manche Aspekte seines Innenlebens kleidete er stets in Worte, denen er später keine Beachtung mehr schenkte. Vieles, was er andeutete, musste sie sich selbst zusammenreimen, ohne je eine klare Antwort darauf zu erhalten, ob sie mit ihren Vermutungen richtiglag. Wohingegen sie ihm ihre Seele offen darlegte. Dennoch empfand sie darüber keinerlei Wut. Stattdessen fragte sie sich, ob Leon ihr mehr über seine Beweggründe erzählen würde, wenn sie sich ebenfalls im Klarträumen bewährte oder aber – und diese Idee versetzte ihren Magen in aufgeregtes Kribbeln – das luzide Träumen nutzte, um ihn darin zur Rede zu stellen.

Gerade als sie sich fragte, ob sich diese Idee tatsächlich umsetzen ließe, riss der Podcast Aristellas Aufmerksamkeit jäh wieder an sich. Sie hatte nur noch beiläufig zugehört, doch ein Satz brannte sich wie glimmendes Feuer in ihr Gedächtnis ein. Gleich einer Wunde trug sie ihn mit sich in den Schlaf, der ihren Geist nach dem anstrengenden Tag endlich mit sich zog:

»Du bist heute Morgen nicht aufgewacht, sondern hast nur geträumt, du wärst aufgewacht.«

GLÜHDUNKEL

BESCHREIBUNG SCHIMMERNDER AUGEN EINES MONSTERS IN DUNKELHEIT.

Ruby setzte das Headset ab und führte den Mauszeiger auf den Stopp-Knopf. Die Decke über ihrem Kopf drückte allmählich, die Luft war stickig und ließ ihre Brillengläser beschlagen.

Möglichst geräuschlos streckte sie ihren rechten Arm unter der Decke hervor und hob sie an, um etwas Sauerstoff in ihr Versteck zu lassen. Es war zwei Uhr nachts, ruhig und friedlich. Dass sie morgen nur schwer aus dem Bett kommen würde, nahm Ruby für diese seligen Stunden in Kauf – was sie hier tat, war ohnehin wichtiger als all der veraltete Kram, den man ihr als Unterricht verkaufte.

In einer uneleganten Bewegung schob sie die Decke von ihren Monitoren und schlang sie sich um die Schultern. Nur noch ein paar Minuten. Sie unterdrückte ein Gähnen, legte die Datei auf dem Desktop ab und öffnete den Messenger, um sie ihrer Schwester zu schicken.

Hoffe, das ist okay so.

Ruby war in Versuchung, noch einmal den Code zu öffnen, an dem sie gerade arbeitete, als eine Stimme sie zusammenfahren ließ.

»Dein Scheißbildschirm blendet mich, Nerd.« Im Halbdunkel erschien Valentinas schlanke Silhouette, das braune Haar so schwach beleuchtet, dass Ruby umgehend eine bissige Antwort auf der Zunge lag:

Wie das sein könnte, wenn der Monitor vom Bett abgewandt stand. Was die ständige Bezeichnung als Nerd sollte, wo es doch eigentlich kein Schimpfwort war. Aber Valentina hielt es für eines; und allein diese Tatsache stieß Ruby sauer auf.

»Was starrst du schon wieder blöd ins Leere?« Valentina verschränkte die Arme vor der Brust und legte den Kopf schief. »Siehst du deinen Geist wieder?«

»Halt …« Ruby verstummte, obwohl die Worte sich mit aller Kraft an die Oberfläche kämpften. Sie rissen ein imaginäres Loch in ihren Magen, ließen ihre Kehle brennen.

Valentina unterdrückte ein Prusten und hielt sich die perfekt manikürte Hand vor den Mund. Ihre nächsten Worte zogen ungehört an Ruby vorbei. Sicher war es nichts weiter als Schikane; eine neuerliche Schimpftirade, wieso ein so beliebtes Mädchen wie sie ausgerechnet mit einem uncoolen Nerd in ein Zimmer gesteckt worden war – einem uncoolen Nerd, der überdies ihre Hausaufgaben erledigte, obwohl Valentina ein Jahr älter war. Doch der Konter ging Ruby nicht von der Zunge. Wie so vieles, was sie einfach nicht zur Sprache bringen konnte. Wäre das hier ein schriftlicher Dialog, oh, es würde keine zwei Minuten dauern, bis die Zicke vor ihr in Tränen ausbrach. Denn eloquent war Ruby allemal.

Sie räusperte sich, versuchte, Valentinas Monolog zu unterbrechen, dem sie nur einzelne Beleidigungen entnahm.

»Was ist?«, schnaubte diese belustigt. »Kriegst du mal wieder die Klappe nicht auf?« Sie winkelte eine Braue an und wandte sich um. »Ich hol Frau Berger. Mal sehen, was sie dazu sagt, dass du die Regeln brichst.«

»Leg sie mir hin«, hauchte Ruby und versteckte ihre zitternden Hände unter der Decke. Vier Worte, unendlich viel Überwindung.

»Was?« Valentina vollführte eine Halbdrehung und raffte das weiße Oberteil ihres Pyjamas. »Sprich deutlich, alles andere ist total unhöflich.«

»Deine Hausaufgaben«, setzte Ruby halbflüsternd nach und suchte den Blick ihrer Zimmerkollegin. Dann tippte sie auf ihre Schreibtischplatte.

Ich mache schon aus, also halt die Klappe und hör auf, mir zu drohen, du Miststück.

»Ich mache aus.« Leise seufzend fuhr Ruby den Computer herunter und zog sich auf ihr Bett an der rechten Seite zurück, das unweit ihres Schreibtisches stand. Sie hätte verstanden, wenn Valentina von hier aus geblendet würde, doch deren Schlafplatz befand sich gegenüber, gleich neben der Tür: ein dunkles Paradies aus samtenen Kissen und einem schwarzen Betthimmel. Als Ruby vor drei Jahren vom Jugendgericht hier hineingesteckt worden war, hatte sie die stille Hoffnung gehegt, sich mit Valentina anzufreunden. Sie beide hatten eine Affinität für Punk, bevorzugten die dunkle Seite des Farbspektrums und auf den ersten Blick hätte alles harmonieren können. Doch entweder hatte das Leben Valentina zu einem ungenießbaren Miststück gemacht oder das System, in dem die Jugendlichen hier feststeckten; so oder so: Von ihr hatte Ruby definitiv nichts als Hohn zu erwarten.

»Hast wohl Schiss bekommen.« Valentinas Schritte schlurften über den Parkettboden. »Mach die Aufgaben in Mathe diesmal aber ordentlich. Eine Zwei ist nicht gut genug.«

Jeder würde merken, wenn du plötzlich gute Noten hättest. Willst du auffliegen?

Doch Ruby nickte nur stumm in die Dunkelheit, froh um die Ruhe, die endlich wieder einkehrte. Mit der Decke über dem Kopf drehte sie sich zur Wand und atmete durch. Wünschte sich, dass die Dinge anders wären. Dass man sie und ihre Schwester nicht getrennt hätte. Der Gedanke an Lea ließ Ruby zum Smartphone greifen; doch natürlich war noch keine Antwort gekommen. Ihre ältere Schwester schlief, irgendwo auf der anderen Seite Deutschlands, in einem nicht minder schäbigen Heim. Oder auch betreuten Wohneinrichtung, wie sie es nannten. Nichts als ein Euphemismus für denselben Ort: die Hölle auf Erden.

Doch es half nichts, in Selbstmitleid zu versinken. Viel mehr freute Ruby sich auf die herannahenden Herbstferien: Nur noch knappe vier Wochen, bis sie Valentina eine Weile nicht sehen musste und sich ganz in ihrer Arbeit vertiefen konnte.

Die Aussicht darauf, zu schlafen, ließ Rubys Puls in die Höhe schnellen. Seit Jahren plagten sie Albträume, denen auch kein Therapeut je Herr geworden war. Medikamente, die den Traumschlaf unterdrückten, wollte ihr niemand verschreiben – immerhin sollte sie aufarbeiten, was geschehen war. Ihre Albträume dokumentieren, sich ihnen stellen. Doch wer auch immer solche Ratschläge gab, hatte dem Schrecken noch nie von Angesicht zu Angesicht gegenübergestanden. Einem Grauen so tief verwurzelt in der Urangst der Menschen, dass es nicht genügend Worte in allen Sprachen dieser Welt gab, um es zu beschreiben.

Alkohol unterband den REM-Schlaf, in dem man träumte, doch Ruby wollte sich nicht besinnungslos trinken wie ihre Mutter. Über Freunde im Ausland hatte sie sich Schlafmittel besorgt, die ihr Traumerleben unterdrückten, doch das konnte sie nur alle paar Tage einnehmen, um zu kompensieren, was sie ihrem Körper durch zu kurze Schlafphasen antat.

Ruby wollte sich selbst nicht schaden, immerhin hatte sie Großes vor, sobald sie an ihrem achtzehnten Geburtstag hier rausspazierte. Nein, sie wollte einfach nur nicht jede Nacht dem Tod ins Auge blicken, der sie bis an den Rand ihres Verstandes verfolgte und brutal hinunterstürzte. Also hielt sie sich stets zwei Nächte in Folge wach, in denen sie immer nur kurz für vierzig bis fünfzig Minuten eindöste, ja nie lange genug, um in den Traumschlaf zu geraten. Jeden dritten Tag gönnte sie sich eine Schlaftablette, die jegliches Träumen unterdrückte, und war zufrieden mit dieser Lösung. Doch ab und an, wenn sie das Vibrieren ihrer Smartwatch verschlief, das sie vor dem Schrecken der Nacht bewahren sollte, oder bereits zu tief schlummerte, um wach zu werden, schummelten sich Albträume in diese hart erarbeitete Routine.

Da sie so unsagbar müde war, dämmerte sie immer wieder für einen Moment weg, wenn sie sich nicht beschäftigte. Also kramte Ruby unter ihrem Bett einige Utensilien hervor: ihre Stirnlampe, das Skizzenbuch und ein Etui mit Bleistiften sowie Pastellfarben – allesamt Geschenke von Lea.

Sie zögerte, in Wahrheit verfluchte sie sich für diese Unsicherheit. Ruby war ein Mädchen, das an die Wissenschaft glaubte, dennoch gab es noch eine weitere Möglichkeit, erholsamen Schlaf zu finden, die sie sich nicht erklären konnte: Und zwar, indem sie sich mit ein wenig Licht und einem Kissen als Armstütze unter ihre Decke legte – damit sie Ruhe vor Valentina hatte –, und solange mit den Stiften über den Block fuhr, bis der Schrecken ein Gesicht hatte. Wenn sie vor dem Schlafen zeichnete und das Grauen auf ein Blatt Papier bannte, ließ es sie für eine Nacht in Ruhe.

Das Skizzenbuch war voll von den sechs leuchtenden Augen einer humanoiden Kreatur, deren Gesicht hinter einer dicken Hornmaske verborgen lag. Ihr Umhang, bei dem es sich auch um Flügel des Wesens handeln könnte, besaß eine Maserung, die an die Schwingen einer Motte erinnerte. Es kostete Ruby Überwindung, ihrem Verfolger auch in der realen Welt ein Gesicht zu verleihen, doch es funktionierte. Immer und immer wieder, selbst nach über einem Jahr.

Seit Ruby sich getraut hatte, ihre Zeichnungen onlinezustellen, war ihr Selbstbewusstsein gewachsen. Lea hatte sie dazu ermutigt, vermutlich wäre Ruby sonst nie über ihren Schatten gesprungen. Dass die achtzig Seiten des Buchs nun fast gefüllt waren, bescherte ihr ein mulmiges Gefühl. Doch es war egal, worauf sie zeichnete: Der Prozess an sich rückte die Bedrohung in den Hintergrund. Davon war Ruby überzeugt, als sie mit dem Skizzenbuch im Arm einschlief und sich einer traumlosen Nacht hingab.

TRAUMBEFANGEN

SICH IM ZUSTAND DES TRÄUMENS

ODER SEINER NACHWIRKUNG BEFINDEND.

Es war ein wenig dämmrig vor Aristellas Augen und sie blinzelte. Entfernt hörte sie ihren Wecker und kam mit pochenden Kopfschmerzen zu sich. Sie hatte sich im Schlaf ordentlich den Rücken verrenkt, eines ihrer Beine hing immer noch aus dem Fenster, wie sie gestern eingeschlafen sein musste. Mittlerweile war ihre Haut aufgewärmt von der Morgensonne, die wieder einmal gnadenlos auf sie herunterbrannte. Ihr Smartphone lag auf dem Boden und schellte munter vor sich hin. Aristella tastete danach, drückte auf die Seitentasten und warf einen Blick auf das Display. Zehn Uhr, fast auf die Minute genau. Warum hatte sie sich nochmal einen Wecker gestellt, obwohl sie doch heute gar nicht aus dem Haus musste? Erst, als aus dem Lautsprecher eine Stimme erklang, wurde ihr bewusst, dass es ein Anruf war, der sie so unsanft aus dem Schlaf gerissen hatte. Hastig presste Aristella das Smartphone an ihr Ohr.

»Sorry, was?«

Ein Seufzen erklang auf der anderen Seite, das zweifellos von Taya stammte. »Tut mir leid, dass ich dich aufgeweckt habe.« Sie legte eine kurze Pause ein, als wollte sie sichergehen, dass Aristella ihr dieses Mal zuhörte. »Aber ich muss gleich zur Arbeit und bis heute Abend war es mir einfach zu lang: Bist du auch wirklich okay, Liebes?«

»Sicher«, grummelte Aristella und setzte sich auf. Sie zog die Gardinen zu und schlurfte in Richtung Badezimmer. »Ich bin sogar erstaunlich früh eingeschlafen. Du musst dir echt nicht so viele Sorgen um mich machen.« Sie öffnete den Spiegelschrank über dem Waschbecken und kramte nach einer Packung Schmerzmittel, von denen sie eines mit einem Schluck Wasser aus ihrem Zahnputzbecher herunterspülte.

Taya plauderte inzwischen munter weiter, erzählte ihr von den Stunden in der Bibliothek und dass sie sich freute, Aristella heute Abend zum Essen zu sehen. Diese hielt sodann inne.

»Heute?«

»Es ist der dreißigste August.« Taya lachte. »Meine Mutter kann es kaum erwarten.« Als Aristella darauf nichts erwiderte, ergänzte sie: »Es ist dein Geburtstag. Du hast hoffentlich nicht vergessen, dass meine Ma dich zu uns eingeladen hat.«

»Natürlich hab ich meinen Geburtstag nicht vergessen«, sagte Aristella und versteckte die Wahrheit hinter einem gekünstelten Lacher. »Ich bin einfach noch nicht ganz wach. 18 Uhr?«

»Bingo. Und komm ja hungrig!«

Taya hatte aufgelegt, noch ehe Aristella zu einer Antwort angesetzt hatte. Vermutlich hatte sie befürchtet, dass sie sich irgendwie herausreden würde. Sie mochte Tayas Mutter – die besaß dasselbe Fürsorge-Gen, mit dem Taya ihre beste Freundin stets davor bewahrte, hier wie eine alleingelassene Topfpflanze zu verkümmern. Und wie jedes Jahr seit dem Wegzug ihres Vaters, bekochte sie Aristella zu ihrem Geburtstag, damit sie den Abend nicht allein verbrachte.

Der dreißigste August 2019. Somit war Aristella nun zweiundzwanzig Jahre alt und seit acht davon Halbwaise. Ob ihr Vater sich wohl dazu erbarmen würde, so kurz nach seinem Monats-Check eine weitere E-Mail zu verfassen? Letztes Jahr hatte er ihren Geburtstag vergessen und im Folgemonat eine Packung teure Pralinen und eine Flasche Bordeaux aus Frankreich per Botendienst zu Aristella geschickt; beides stand unangerührt in einem ihrer Küchenschränke. Sie hasste Alkohol, immerhin versuchte sie doch, ihr Bewusstsein zu schärfen und es nicht weiter zu trüben.

Jetzt, wo sie so darüber nachdachte, fiel ihr auf, dass sie keinerlei Erinnerung an ihren Traum von letzter Nacht hatte. Es war wieder eine jener verpassten Chancen, die sie am liebsten zurück ins Bett hätte springen lassen, um den wohlverdienten Schlaf nachzuholen und der Sache nochmal eine Chance zu geben. Doch trotz der Müdigkeit entschied sie, erst einmal Leon eine Nachricht zu schicken und sich weiter mit diesem ominösen Podcast zu befassen. Bevor sie abgedriftet war, hatte er durchaus spannend geklungen – aufs Ohr legen konnte sie sich am Nachmittag immer noch für ein paar Stunden.

Aristella verdunkelte die Fenster und warf sich aufs Bett, wo sie ihren Rücken ordentlich durchstreckte und sich das Haar aus der Stirn strich. Das Hintergrundbild ihres Smartphones war seltsam reduziert, die Symbole unscharf. Nur der Messenger, den sie gerade ohnehin aufrufen wollte, trug einen Namen und zeichnete sich durch ein klares Icon aus. Sie musste dringend mal zum Augenarzt; warum gab es solche Sehtests mit anschließender Bescheinigung für Brillen nicht einfach online? Aristella schob die Vorstellung daran, in einer lauten, vollen Praxis zu sitzen, von sich und tippte auf das oberste Chatfenster. Doch etwas stimmte nicht. Das Feld, in dem sie normalerweise ihre Nachricht schrieb, ließ sich nicht anwählen. Nichts passierte, als wäre es gesperrt. Als hätte Leon sie …

»Blockiert?«, flüsterte sie und spürte, wie ihre Arme sich mit Gänsehaut überzogen. Das konnte nur ein Irrtum sein. Ein technischer Fehler. Vielleicht hatte ihr Handy durch die Fensterfront zu viel von der Morgensonne abbekommen.

Aristella setzte sich ruckartig auf und warf einen Blick auf die anderen Chats. Sie konnte den Online-Status von Taya sehen, selbst den ihrer Schulkollegen. Und auch Nachrichten ließen sich verfassen. Leons Profilbild und die Möglichkeit, ihn zu kontaktieren, waren hingegen verschwunden, ihre letzten Konversationen verschwommen; als hätte jemand einen Filter über den Bildschirm gelegt.

Kopfschüttelnd wechselte sie in ihre E-Mail-App, gab die ersten Buchstaben von Leons Adresse ein und wählte sie anschließend aus den Vorschlägen aus. In die Betreffzeile tippte sie ein kurzes »Messenger?«, darunter:

Hey Leon!
Irgendwas stimmt mit dem Messenger nicht. Kann dir nichts schreiben. Bist du im Cyberspace verschwunden? :D
Melde dich hier oder, falls es bei dir klappt, im Chat!
Stella

Anschließend legte sie sich auf den Bauch und platzierte den Kopf auf ihren verschränkten Armen. Ihr Puls raste. Was sollte sie nur machen, wenn Leon sie wirklich blockiert hatte? Gedanklich ging sie ihre letzten Gespräche durch, fand jedoch keinerlei Grund. Weder war sie zu anhänglich noch in irgendeiner Form abweisend gewesen.

Sie öffnete die Website mit dem Mindbusters-Podcast und sprang zu Minute 12:46, wo sie gestern ungefähr eingeschlafen war. Ehe sie ihr Smartphone niederlegen und die Augen schließen konnte, poppte eine Benachrichtigung auf. Es handelte sich um eine E-Mail; doch Aristellas anfängliche Euphorie wandelte sich in tiefe Verzweiflung, als sie Absender und Betreff erkannte:

Mailer Daemon: Unknown user

Ihre Kehle wurde trocken. Aristella schluckte gegen das aufkommende Brennen in ihrem Hals an und eilte an ihren Computer. Dort rief sie das Forum auf, in dem Leon und sie vor ein paar Jahren wieder zueinandergefunden hatten. Doch die Seite wollte und wollte einfach nicht laden.

»Verdammter Scheiß!«, stieß sie hervor und zog ihre Tastatur zu sich. Ihre Gedanken rasten. Messenger, E-Mail, Forum. Hatten sie je auf andere Art und Weise Kontakt zueinander aufgenommen? Weder besaß sie seine Telefonnummer noch seine genaue Anschrift; doch so groß war Bremerhaven nun wahrlich nicht. Außerdem kannte sie seinen Nachnamen und wusste, dass er von zuhause einen guten Blick auf die Weser hatte.

Aristella rief ein Online-Telefonbuch auf, stellte die gewünschte Stadt ein, und versuchte ihr Glück.

Weinert in Bremerhaven. Vier Treffer. Sie war gerade dabei, die erste Straße auf ihre Lage zu überprüfen, als ihr Blick auf das zweite Ergebnis fiel. Johannes Weinert. Das war Leons Bruder, sie konnte sich noch vage an ihn erinnern. Ein Check der Adresse ergab außerdem, dass er unweit des Hafens lebte. Doch sie zögerte. Was, wenn sie anrief und sein Bruder abhob? Oder es sich bei der Nummer bloß um einen veralteten Eintrag handelte, sie jedoch längst kein Gerät mehr angeschlossen hatten? Doch so, wie die Situation sich gestaltete, war das hier ihre beste und vielleicht sogar einzige Möglichkeit.

Also tippte Aristella die Vorwahl von Deutschland aufs Nummernpad, ließ die Null der Telefonnummer weg und vervollständigte sie um den Rest der Ziffern. Und dann läutete es. Eine gefühlte Ewigkeit lang. Immerhin existierte dieser Anschluss.

»Ja, Weinert?«

Aristella schluckte. Das war tatsächlich Leons Bruder. Verflucht!

»Johannes, hey«, druckste sie. »Lange nicht gehört.«

»Wer spricht da?«

Ungeschickt. So verflucht ungeschickt. »Entschuldige. Natürlich erkennst du mich nicht einfach, haha.« Was war nur mit ihr los? *Konzentrier dich!* »H-hier ist Aristella. Aristella Nordstedt. Die Freundin deines Bruders Leon.« Sie machte eine kurze Pause, in der Hoffnung, dass Johannes etwas darauf erwiderte. »Du erinnerst dich?«

»Warum zur Hölle rufst du an?«

Ihre Kehle wurde trocken, ihre Wangen loderten auf.

»Und woher hast du diese Nummer?«

»Aus dem Telefonbuch«, gab sie kleinlaut zurück. Was war nur in ihn gefahren? Hatte Leon doch die Nase voll von ihr und seinem Bruder irgendetwas Schlechtes über sie erzählt? »Ich muss dich etwas fragen. Ich würde nicht anrufen, wenn es nicht wichtig wäre.«

Sie hörte einen langen Seufzer auf der anderen Seite. Die Leitung knackte, beinahe fürchtete sie, Johannes hätte aufgelegt.

»Was willst du?«

Da nahm sie all ihren Mut zusammen. Wenn tatsächlich etwas zwischen ihr und ihrem besten Freund vorgefallen war, von dem sie nichts wusste, musste Aristella sich dem jetzt stellen. »Ich kann Leon nicht erreichen. Wie von Zauberhand, weißt du? Weder unser Chat noch seine E-Mail-Adresse …«

»Ist das ein verfluchter Scherz?«

Johannes' Schrei ließ sie zusammenfahren. Krampfhaft umklammerte Aristella das Smartphone. Sie verstand rein gar nichts mehr. »N-nein, ich …«

»Nach allem, was du getan hast. Was ist bloß in dich gefahren?« Seine Worte überschlugen sich. »Wage es ja nicht, hier wieder anzurufen.« Und dann war die Leitung tot. Genauso wie Aristellas Hoffnung.

Sie senkte das Smartphone, starrte wortlos zu Boden. Ein schmerzhaftes Pochen durchzog ihre Schläfen, sie widerstand dem Drang, in Tränen auszubrechen, nur mit Mühe. Ihr Blick wanderte zurück zum Monitor. Mit zittrigen Fingern tippte sie auf die Tastatur, durchsuchte das Internet zuerst nach Leons Pseudonym, dann seinem richtigen Namen. Schließlich nach irgendeinem Anhaltspunkt, was mit dem Forum passiert war, in dem sie sich stets rumgetrieben hatten. Doch kein einziger dieser Versuche war von Erfolg gekrönt.

Eine Zeit lang saß Aristella einfach da und versuchte, die Situation zu erfassen. Zu akzeptieren, dass Leon für sie unerreichbar geworden war. Steckte Johannes dahinter? Oder doch nur ein technischer Fehler? Gedanklich ging sie alle Möglichkeiten durch. Aus Kummer griff Aristella nach ihren Kopfhörern. Diesmal waren alle App-Icons verschwommen, selbst das des Messengers. Lediglich der Browser setzte sich vom Hintergrund ab und zog sie magisch an. Sie kehrte zum Podcast zurück, scrollte bis nach unten zu ihrer Folge. Nur, dass es diesmal nicht die letzte war. Aristellas Herz machte einen Satz.

Episode 17, Upload vor zwei Minuten.
Titel: Nach allem, was du getan hast.
Verfasser: Mailer Daemon: Unknown user

Ihre Finger waren steif vor Kälte und zitterten, als sie die Folge anwählte. Was dann geschah, katapultierte Aristella in einen Albtraum nicht enden wollender Bilder, die sich vor ihr geistiges Auge zwängten. Ihr ganzes Zimmer ging in Flammen auf, während sie unfähig war, sich zu rühren.

Wach ich oder träum ich?

Panik ergriff sie. Aristella keuchte und sah das lodernde Feuer von allen Seiten näherkommen. Aus dem Lautsprecher ihres

Smartphones tönte die Stimme der Podcast-Sprecherin, die sie letzte Nacht in den Schlaf begleitet hatte:

»Wach ich oder träum ich?«

Wach ich oder träum ich?

»›Wach ich oder träum ich?‹ war dein Mantra? Kein Wunder, dass du in Flammen aufgegangen bist.« Leon. Das war eindeutig Leons Stimme.

Dann rufst du nach mir.

Aristella blinzelte. Und kurz bevor die beißenden Flammen sie erreichten, erwachte sie von ihrem eigenen Geschluchze. Schwer atmend drückte sie ihr Kissen an sich. Noch nie hatte sie einen so realen Traum gehabt, noch nie war es ihr so schwergefallen, aufzuwachen. Sie stützte sich auf die Ellbogen und entsperrte ihr Smartphone. Es war bereits nach zwölf Uhr mittags. Zahlreiche verpasste Anrufe von Taya und ein paar Nachrichten; darunter auch eine von Leon. Erleichtert atmete Aristella auf.

Der Kunde war vielleicht ätzend. Dafür hau ich mich jetzt gleich nochmal aufs Ohr. Ich kann dir das Freelancen echt empfehlen, wenn du morgens schwer aus dem Bett kommst :D

Ich hatte gerade den schlimmsten Traum ever. Ich gewinne das Duell eines ätzenden Tages also, glaub mir!

Aristella stieß einen Schwall Luft durch die Nasenlöcher und wechselte in Tayas Chatfenster, die besorgt nach ihrem Befinden gefragt hatte.

Alles OK, ich hab nur geschlafen. Sehen wir uns heute um 18 Uhr bei deiner Ma?

Anschließend gönnte sie sich eine kühle Dusche und setzte frischen Kaffee auf. Während sie dabei zusah, wie sich Tropfen für Tropfen durch die Maschine arbeitete und in der Kanne zu Boden glitt, schob Aristella die Erinnerung an diesen Traum, so gut es ging, von sich. Solche Fehlschläge gehörten dazu; es war nicht ihr erster Albtraum gewesen, wenn auch der bislang realste

Als sie den Kühlschrank öffnete, um eine Packung Hafermilch herauszunehmen, schreckte sie zurück. Aristella krachte mit dem Rücken gegen den Küchentisch, die Milch fiel zu Boden und ergoss sich über die dunklen Fliesen. Gestreifte Schlangen belagerten ihre spärlichen Vorräte und hielten in ihren Bewegungen inne, als Aristella einen Schrei ausstieß. Die Viecher rissen ihre Köpfe ruckartig zur Seite, fixierten sie mit ihren schwarzen Augen, ehe sie sich zischend auf Aristella stürzten. Sie kauerte sich zusammen, brüllte sich die Seele aus dem Leib, nur, um abermals aus diesem fürchterlichen Traum zu erwachen. Ihr Kissen war feucht vor Speichel, Schweiß und Tränen, das Haar klebte ihr an der Stirn. All das Adrenalin, das durch ihren Körper jagte, war zu viel. Schwer keuchend legte sie die Hand auf ihr pochendes Herz.

»Wach ich oder träum ich?«, stieß sie hervor. Das Klingeln ihres Smartphones verpasste Aristellas angespannten Nerven einen weiteren Schub. Sie tastete das Fensterbrett entlang, fand es schließlich auf ihrer Matratze und nahm Tayas Anruf an.

»Ich hab mir Sorgen gemacht.«

»'tschuldige«, murmelte Aristella und kam kaum gegen ihren rasenden Puls an. »Heute Abend um 18 Uhr?«

»Ist das ein Scherz?«

Unsicher runzelte sie die Stirn. »Mein Geburtstag«, erwiderte sie. »Ihr habt mich eingeladen.«

»Und es wäre schön, wenn du auch gekommen wärst. Oder wenigstens abgesagt hättest.«

Ihre Brust wurde eng. Aristella entfernte das Smartphone von ihrem Ohr. Erst jetzt fiel ihr auf, dass die Stadt hinter ihren Fenstern in Dunkelheit gehüllt lag. Es war der 30. August, 23 Uhr nachts. Sie hatte über fünfzehn Stunden geschlafen.

»T-Taya, es tut mir so …«

»Ach.« Die Enttäuschung in ihrer Stimme versetzte Aristella einen tiefen Stich. »Erspar mir das einfach, Stella. Du bist ein hoffnungsloser Fall. Ich hab wirklich genug von deinen …«

»Nein!« Die Verzweiflung brach aus ihr heraus. Aus den Augenwinkeln vernahm sie, dass etwas an ihrem Fenster vorbeihuschte. »Taya, bitte. Irgendetwas stimmt nicht mit mir. Hör mir bitte zu.«

»Da hast du recht.« Sie lachte, schnaubte dann verärgert. »Mit dir stimmt überhaupt nichts.« Das Gespräch war beendet. Aristella umklammerte ihre Knie und legte den Kopf darauf ab.

Dann rufst du nach mir.

Was sollte dieser verfluchte Satz? Wen sollte sie rufen? Sie hatte alle verloren. Ihre Mutter. Leon. Nun auch Taya.

Aristella legte ihre Stirn in Falten. Nein, das mit Leon war ein Traum gewesen. Hatten sie nicht eben noch miteinander gesprochen? Etwas scharrte an ihrem Fenster. Aristella fuhr herum, schlug mit der Faust blind gegen die Scheibe. Selten verirrten sich Tauben in den vierundzwanzigsten Stock und wenn, fütterte sie sie nur zu bereitwillig. Doch gerade hatte sie keinen Nerv dafür. Aristella schmiss das Fenster zu und verriegelte es. Doch das Geräusch hielt sich hartnäckig. Es entfernte sich, als drehte die Quelle eine Runde um den Raum, um nebenan in der Küche wieder in Erscheinung zu treten. Der Rahmen quietschte; richtig, sie hatte das Fenster in der Küche offen gelassen.

Dann rufst du nach mir.

Aristella hielt sich die Ohren zu und atmete gegen den Drang an, hier alles kurz und klein zu schlagen. Sie schloss die Augen,

Dann rufst du nach mir.

»Hilf mir«, presste sie verzweifelt zwischen ihren Lippen hervor. »Wer auch immer du bist, wen auch immer ich rufen soll: Komm und hilf mir.«

Der Wind toste ums Haus. Jaulend verschaffte er sich Zugang zu Aristellas Wohnung.

Wach ich oder träum ich?

Sie musste hier raus. Frische Luft schnappen, eine Runde um den Block gehen. Sie zog in Erwägung, tatsächlich ein Glas des Weins zu trinken, der seit letztem Jahr in der Küche stand, um ihren Geist zu beruhigen. Aristella rutschte an die Bettkante und war im Begriff aufzustehen, als sie fiel. Bodenlose Finsternis verschluckte sie. Sie stürzte in einen Abgrund unendlicher Dunkelheit, wie ein Meteorit, der durch die Kluft zwischen den Welten stürzte. Worte in einer fremden Sprache rollten in Aristellas Kopf hin und her. Die Laute klangen halb vertraut, aber sie verstand nichts, während sie sich die Seele aus dem Leib brüllte.

Dann rufst du nach mir.

»Hilfe«, schrie sie voller Inbrunst, ehe eine einzige Lichtquelle in all dem Dunkel aufblitzte: ein goldenes Paar Augen.

Aristella erwachte schweißgebadet und spürte einen bitteren Geschmack auf der Zunge. Sie suchte in der Dunkelheit nach vertrauten Umrissen. Da waren ihre Topfpflanzen auf der anderen Seite des Zimmers, auf und neben der Kommode. Der Schreibtisch stand hinter ihrem Bett in der Ecke, der Aristella sich zuwandte. Chaos regierte darauf, das sich seit Tayas letzter Aufräumaktion jedoch als überschaubar darstellte. Bücherregale schlossen daran an, umrahmten die Tür hinaus in den Flur. Das Klingeln ihres Smartphones riss Aristella aus ihrer Trance. In der Hoffnung, dass Taya wieder anrief, griff sie danach. Doch ein Blick genügte, um ihr klarzumachen: Sie war immer noch in diesem nicht enden wollenden Traum gefangen. Aus einer Woge des Trotzes heraus nahm sie das Gespräch entgegen.

»Hey meine Ella!« Ihr Vater lachte, als wäre er mit sich selbst zufrieden und hätte Spaß an der ganzen Sache. »Nachdem ich letztes Jahr so kläglich versagt habe, wollte ich diesmal der Erste sein. Und um diese Uhrzeit erwische ich dich vermutlich eher.« Stille, Aristella tippte mit ihren Fingern gegen die Knie. »Happy Birthday, meine Tochter.«

»Danke«, erwiderte sie kühl.

Wieder wurde es ruhig zwischen ihnen. Worüber sollten sie auch schon sprechen? Das hier war ein Traum, ein weiterer, verfluchter Albtraum, der nicht mehr endete.

»Alles in Ordnung?«, fragte er und klang seltsam aufrichtig.

»Rufst du deshalb an?«, fragte Aristella und lachte. »Um mir meinen nächsten Albtraum zu bescheren?«

»Hör mal, ich mache mir langsam Sorgen um dich.«

Aristella prustete los. »Deine Sorgen um mich sind genauso echt wie du.«

»Bitte?«

»Lass mich zufrieden, du bist nicht echt!«, brüllte sie in ihr Telefon und spürte, wie eine Welle des Zorns sich in ihr entlud. »Lass mich endlich aufwachen! Bist du es, der mich hier festhält? Der sich ständig als meine Freunde und Familie ausgibt?«

»Ella, was …«

»Nenn mich nicht so!« Sie schrie und wollte die Decke ein Stück näher an sich ziehen, als ein bleiern schweres Gewicht sie davon abhielt. Der Stoff ließ sich einfach nicht bewegen. Aristella würgte das Gespräch ab. Das Smartphone rutschte ihr aus der Hand, als sie erkannte, dass etwas auf ihrem Bett saß; oder vielmehr: jemand.

TRAUMWÄCHTER

BEWOHNER DER TRAUMWELT.

SIE BEKÄMPFEN ALBTRÄUME UND VERFÜGEN ÜBER INDIVIDUELLE FÄHIGKEITEN.

Da saß sie. Direkt vor ihr. Und diesmal waren sie allein. Die schwarze Katze hockte mit eingeknickten Pfoten auf Aristellas Bettdecke und musterte diese aufmerksam. Immer noch hielt sie das geflochtene Halsband mit der Glocke zwischen ihren spitzen Zähnchen.

Ihre Blicke trafen sich. Stumme Faszination, ein Hauch von Unglauben und die Frage, ob das Tier ihr wohl dabei helfen könnte, endlich aufzuwachen, tobten durch Aristellas Geist.

»Hey«, flüsterte sie und streckte ihre Hand nach dem Besucher aus. »Da bist du ja wieder.« Einem Impuls folgend griff sie nach dem Halsband, das die Katze ihr wenige Nächte zuvor gewaltsam vom Handgelenk gerissen hatte. Nur allzu bereitwillig ließ das Tier davon ab.

Aristella fuhr mit dem Daumen über die Fäden. Die Enden waren ausgefranst, das Pink am sternförmigen Anhänger verblasst, doch offenbar hing die Katze an diesem Schmuckstück. Und so rückte Aristella näher, um es ihr um den Hals zu binden. Der Nacken des Tiers war breit, sie musste das Halsband ordentlich dehnen, damit es sich an der Rückseite wieder verknoten ließ. Da hob die schwarze Katze den Kopf. Wohliges Schnurren drang an Aristellas Ohren, die nicht anders konnte, als ein paar

Streicheleinheiten zu verteilen. Ihr Fell war seidig weich, ihre Hüften ausladend.

»Du bist bestimmt ein kleiner Fresssack«, scherzte Aristella und fuhr mit dem Finger zuletzt über die kleine Glocke, die an dem Halsband angebracht war. Dann ließ sie sich zurück in ihr Kissen fallen.

»Das hier ist der erträglichste Part dieses nicht enden wollenden Albtraums«, sagte sie geruhsam vor sich hin. Das Streicheln der Katze hatte ihren Puls etwas beruhigt, wenngleich Aristella sich für die nächste Gefahr wappnete.

Vielleicht sollte sie die Wohnung besser verlassen und unter Menschen gehen. Wobei ein Blick aus dem Fenster ihr verriet, dass sie so früh am Morgen – nämlich noch vor Sonnenaufgang – sicher kaum jemanden antreffen würde.

»Das ist kein Traum.«

Aristella wunderte sich kein bisschen darüber, dass die Katze sprechen konnte, und schnaubte belustigt. »Genau das würdest du doch sagen, wenn wir in einem Traum wären. Um mich zu verunsichern. Um mich in den Wahnsinn zu treiben.«

Das Schnurren der Katze, die Wärme, die ihr pelziger Körper erzeugte, legten sich wie Balsam über ihren überreizten Geist. Sie war so müde. So unsagbar erschöpft.

Als Aristella das nächste Mal erwachte, fühlte sie eine Enge in ihrer Brust. Ihr Körper war träge, das Atmen fiel ihr schwer. Sie legte die Stirn in Falten.

»Großartig. Der nächste Albtraum ist hier.« Sie lachte. Dieses Martyrium würde nie mehr enden und sich immer wieder Neues einfallen lassen.

»Ich sagte doch, dass das kein Traum ist.«

Schmatzende Geräusche erklangen. Fischiger Atem erfüllte die Luft, was Aristella angewidert den Kopf zur Seite wenden ließ. Sie blinzelte. »Selbst Schuld, wenn du nur eine billige Dose Thunfisch zuhause hast.«

Die Stimme, sie war so nah. Da zwang sie sich, trotz der bleiernen Müdigkeit und des hellen Lichts, endlich die Augen zu öffnen.

»Bonjour, Aristella.« Die Katze. Diese verdammte Katze! Sie lag auf ihr, schnürte ihr die Luft ab. Das Glöckchen des Halsbands bimmelte leise, während sie einen Schenkel in die Höhe hievte und sich vor Aristellas Nase den Hintern leckte.

»Was – zur –« Mühsam kroch sie unter der Decke hervor und schob das Tier zur Seite. »Verfluchten Hölle!« Sie flüchtete auf den Parkettboden und robbte vom Bett weg.

»Was?« Die Katze rümpfte die Nase und erhob sich. Gemächlich streckte sie ihre Glieder und schüttelte ihr Fell. Mit halb zugekniffenen Lidern trat sie an den Bettrand. »Wenn du dich damit wohler fühlst, kann ich auch dafür sorgen, dass deine Wohnung wieder in Flammen aufgeht.«

Aristellas Gedanken rasten. »W-woher weißt du …?«

Das Tier hob einen Mundwinkel. Seine Züge waren viel zu menschlich, was ging hier vor sich? »Nachdem du mich gerufen hast, hab ich alles gesehen. Auch wenn ein Bannspruch mich davon abgehalten hat, dir zu Hilfe zu kommen.«

Aristella lachte. Die Laute drangen aus ihrer Kehle, ohne dass sie groß etwas dagegen tun konnte. Das hier war verrückt. Vollkommen absurd. »Hol mich hier raus«, befahl sie.

Wieder guckte das Tier sie böse an, als hätte es sich verhört oder wäre beleidigt worden. »Ich glaube, da hinten ist die Tür.«

»Ich meine aus diesem verfluchten Traum!«

Mit einem dumpfen Laut landete die Katze auf dem Holzboden. Eine Stummelpfote nach der anderen aufsetzend kam sie auf Aristella zu, das Glöckchen bimmelte im Takt. Sie war stattlich, was wohl auch ihrem dichten Fell geschuldet war. Außerdem trugen die beiden Speckbacken, die sich durch das Halsband an ihrem Gesicht hervorwölbten, zu diesem Eindruck bei. Dabei hatte Aristella es extra locker geknotet.

»Ich sagte doch, das hier ist kein Traum«, wiederholte die Katze mit glockenheller Stimme. Und aus irgendeinem absurden Grund wusste Aristella in diesem Moment, dass sie die Wahrheit sprach. »Als du mich gerufen hast, konnte ich den Bann durchbrechen und dir dabei helfen, aufzuwachen.«

»Wer oder was bist du?«, stammelte Aristella. »Und warum kannst du sprechen? W-wie schaffst du es, hier zu sein, wenn ich doch angeblich nicht träume?«

Die Katze zog ihren Schwanz zu sich und legte den Kopf schief. »Ich bin ein Familiar. In eurer Literatur bezeichnet ihr uns wohl gemeinhin auch als Traumwächter.« Sie nahm der Situation etwas Spannung, indem sie sich unvermittelt hinter dem Ohr kratzte und anschließend wieder schüttelte. »Entschuldige, mich hier zu manifestieren, lässt meine Haut jucken und ich fühle mich dann immer ganz …«

Aristella warf die Arme in die Luft. »Komm zum Punkt, Katze.«

Da legte das Tier die Ohren an und formte die Augen zu Schlitzen. »Ich bin auf einer wichtigen Mission hier. Als Wächterin deiner Träume ist mir aufgefallen, dass du auf gefährlichen Pfaden wandelst.«

»Weil ich luzid träumen will?«, fragte Aristella und legte die Arme auf den angezogenen Knien ab. »Sorry, aber davon wird mich auch eine sprechende Katze nicht abbringen.«

»Darum bin ich nicht hier!«, sagte die und sah abermals unleidlich aus. Sie begann zu husten, was mehr einem Röcheln gleichkam und zu ruckartigen Bewegungen ihres Kopfes führte.

Aristella fragte sich, ob dieses seltsame Tier ein Produkt ihrer Fantasie war. Hatte sie ihren Geist mit dem Klarträumen dermaßen herausgefordert, dass er ihr nun den Dienst versagte?

Als die Hust-Würge-Aktion der Katze mit einem lauten Ausstoß von glitzernder Luft endete, kam Aristella zu dem Schluss, dass es nicht anders sein konnte. Ja, sie hatte ihren Verstand vollkommen zerschossen und irgendwo in den Weiten der Traumwelt verloren. Und nun saß sie hier mit dieser glitzerrülpsenden sprechenden Katze fest.

»Wie auch immer«, sagte diese und räusperte sich. »Ich bin nicht hier, um dich von irgendetwas abzuhalten, sondern um dich zu beschützen.«

»Mich zu beschützen?« Aristella zog die Stirn kraus. »Wovor?«

»Ich«, setzte das Tier an und schien ernsthaft über diese Frage nachzudenken, »weiß es nicht.«

»Warum gerade mich?«

»Keine Ahnung.«

»Und was genau sollst du tun?«

»Ich …«, rief die Katze mit angelegten Ohren, »… habe es vergessen, okay?« Ihr Schwanz peitschte durch die Luft und sie nahm dieselbe Haltung ein wie zuvor auf dem Bett, was sie wie einen fetten Truthahn aussehen ließ. »Dieser verdammte Bannspruch hat mein Gedächtnis getrübt. Es hat mir all meine Kraft abverlangt, zu dir zu kommen und dich aufwachen zu lassen.«

»Aufwachen«, murmelte Aristella, als ihr gewahr wurde, was das bedeutete. Sie rutschte an der Katze vorbei und suchte panisch nach ihrem Smartphone. Vier verpasste Anrufe, ein angenommener um 05:12 Uhr. Von ihrem Vater. Dauer: Drei Minuten. »Verdammte Scheiße … das war …«

»Dein Geschrei in dieses Smart-Ding?«, fragte die Katze hinter ihr. »Unschön. Wirklich unschön. Ich hasse es, wenn Menschen schreien.«

»Und ich hasse es«, sagte Aristella und robbte zurück, »wenn eine fette Katze mir morgens alle Luft abschnürt, um mir danach irgendwelche Märchen zu erzählen!«

»Märchen? Pah!«, blaffte das Tier. »Mit Verlaub, wir sind uns bereits ein paarmal hier in dieser Welt begegnet.«

»Als du verfolgt wurdest. Dein Halsband verloren ging und …«

»Ach ja«, unterbrach es Aristella. »Ohne dieses Ding kann ich nicht sprechen. Sonst hätte ich mich dir schon früher zu erkennen gegeben.«

Sie stieß einen langen Seufzer aus. »Lass mich das mal zusammenfassen.« Sie legte den Kopf auf die Knie und sah dem Tier in die Augen. »Du bist ein Familiar aus der Traumwelt, der mich beschützen soll. Du weißt aber weder, wovor, noch, warum du jetzt hier bei mir in der echten Welt gelandet bist?«

»Oui«, erwiderte die Katze.

»Großartig«, sagte Aristella und lachte.

»Aber eine Sache kann ich dir noch verraten.«

Da spitzte sie die Ohren. Bekam sie nun endlich brauchbare Informationen? Endlich etwas, mit dem sie vielleicht dahinterkam, was es mit diesem endlosen Traum-Loop und einem Familiar auf sich hatte. »Und zwar?«

»Mein Name ist Celia«, sagte die Katze und erhob sich, um ihr Köpfchen gegen Aristellas Hand zu stoßen. »Und wir haben keinen Thunfisch mehr.«

Abendschatten

Lange Schatten, die Körper und Gegenstände bei sinkender Sonne werfen.

Der Abend bei Tayas Familie war ausgelassen. Ihre Mutter Anna hatte extra für Aristella groß aufgetischt und sogar für sie gebacken. Zu viert saßen sie an dem runden Esstisch im Wohnzimmer und waren dabei, die hervorragende Geburtstagstorte zu verputzen: Schwarzwälder Kirsch. Und dazu eine Tasse Kaffee. Aristella fühlte sich in ihre Kindheit zurückversetzt – bei Tayas Familie waren ständig Freunde oder Verwandte zu Besuch gewesen, die trotz der beengten Verhältnisse immer genügend Platz gelassen hatten, damit sie und Taya hatten spielen können. Wie oft hatten sie hier gemeinsam an diesem Tisch auf Stühlen gesessen, die sie aus allen möglichen Zimmern zusammengewürfelt hatten? Aristella hatte es stets geliebt, Zeit bei Taya zu verbringen: Das hatte ihr ein paar ausgelassene Spielstunden beschert und ihrer Mutter bessere Laune. Zu sich nach Hause hatte sie schließlich nie jemanden einladen dürfen.

Aristella spießte eine Kirsche mit ihrer Kuchengabel auf und tauchte sie in die Sahne. Bei Taya war keine Spur von Unmut zu erkennen, den sie in einem von Aristellas zahlreichen Albträumen von letzter Nacht gezeigt hatte. Sie fragte sich, ob ihre beste Freundin tatsächlich derartige Gedanken hegte und Aristella nur einen Fehltritt davon entfernt war, sie zu verlieren.

Gleichzeitig wusste sie jedoch, dass nichts als Ängste hinter diesen Befürchtungen verborgen lagen, von denen sie sich diesen Abend nicht zerstören lassen wollte.

»Und, bist du immer noch fleißig am Programmieren?«, unterbrach Tayas Mutter ihre Gedanken. Deren kurzes Haar war frisch blondiert, wie immer trug sie blauen Kajal unter den Augen und reichlich dunklen Lippenstift. »Da kannst du später sicher ordentlich viel Geld mit machen.«

Aristella hob einen Mundwinkel und setzte ihre Tasse ab. »So gut bin ich nicht. Ich arbeite nur an Kleinigkeiten wie Plugins oder vielleicht mal einer App zum Eigengebrauch.«

»Hast du nicht dieses App-Ding für Tayas Ordnungswahn programmiert?«, fragte ihr Bruder Jonas und wich zurück, als Taya über den Tisch langte, um ihm einen Hieb gegen den Arm zu verpassen. Wie all ihre Geschwister hatte er dunkelbraunes Haar, das er an den Seiten kurz geschoren trug, während er den Rest seiner Strähnen mit Gel in Form gebracht hatte. Er hatte einen etwas blasseren Teint als Taya und ihre beiden jüngeren Schwestern, die der schlichten Feier wegen eines Campingausflugs nicht beiwohnten.

»Ich habe keinen Ordnungswahn«, zischte Taya. »Mit der App bleib ich nur auf dem neuesten Stand, damit ich hinter eurem Dreck herräumen kann!«

»Du bist seit zwei Jahren ausgezogen«, wandte ihre Mutter ein und kam nicht umhin, der Zankerei ihrer Kinder ein wenig Heiterkeit abzugewinnen.

»Trotzdem schmeiße ich hier mehr den Haushalt als du«, sagte Taya und hob eine Braue. »Du erziehst die Bälger und ich halte die Wohnung sauber.«

Anna tätschelte ihrer Tochter spöttisch den Kopf und drückte ihr einen Kuss auf die Stirn. »Ich weiß, Liebes. So ist das eben als Alleinerziehende mit vier Kindern.« Taya war genauso wie

Aristella ohne Vater aufgewachsen, wobei sie zumindest in ihren ersten Lebensjahren so etwas wie eine Beziehung zu ihm gehabt hatte. Nach der Geburt ihrer kleinsten Schwester hatte er sich aus dem Staub gemacht, woraufhin Taya mit ihrer Mutter und den drei jüngeren Geschwistern in die kleine Wohnung ziehen musste, in der sie gerade saßen.

»Mich hat niemand erzogen«, wandte Jonas ein und zuckte mit den Schultern. »Ich kam perfekt zur Welt.«

»Ich erinnere mich da aber an ganz andere Dinge.« Aristella hatte sich endlich dazu durchringen können, ins Gespräch einzusteigen. »Zum Beispiel an einen kleinen Fünfjährigen, der Leute auf der Straße gefragt hat, ob sie Hexen wären, weil ihre Nasen krumm waren. Du warst echt peinlich.«

Taya prustete los, verschluckte sich an ihrem Kaffee. »Und du hast zwei Mikrowellen geschrottet, weil du testen wolltest, ob Schoko-Nikoläuse sich darin schmelzen lassen. Samt Folie.«

Jonas verzog das Gesicht. »Jünger zu sein, ist scheiße.«

Da warf Anna ihm einen scharfen Blick zu.

»Ich meine, vermaledeit, Mutter!«, korrigierte er sich und sorgte damit abermals für Gelächter. Eine Weile lang vergaß Aristella sogar, dass zuhause eine sprechende Katze auf sie wartete, der sie noch ein ordentliches Abendessen versprochen hatte. Ob es klug gewesen war, das Vieh allein in ihrer Wohnung zu lassen? Aber sie hätte es schlecht mit hierhin nehmen können.

»Ich packe dir noch ein paar Stücke Torte ein«, sagte Anna und stand auf, um den Tisch abzuräumen. Doch Taya sprang umgehend auf und bedeutete ihrer Mutter, sich wieder hinzusetzen. Auch Jonas packte mit an, sodass Aristella sich mit Anna allein im Wohnzimmer wiederfand.

»Wie geht es dir?«, fragte diese mit einem Ausdruck in den Augen, der Mitleid und aufrichtige Sorge verriet. »Taya hat mir erzählt, dass du neben der Schule immer noch viel jobbst?«

»Jetzt im Sommer ein wenig mehr«, antwortete Aristella. »Ab nächstem Monat dann wieder nur fünfzehn Stunden pro Woche. So komme ich gut über die Runden und kann mir ein bisschen was beiseitelegen.«

»Dein Vater sollte dich mehr unterstützen.« Anna seufzte. »Schlimm genug, dass er dich mit sechzehn allein gelassen hat, aber dass du arbeiten musst, obwohl du noch zur Schule gehst ...«

»Er bezahlt für die Wohnung«, wandte Aristella ein und hoffte, das Thema irgendwie wechseln zu können. »Ich bin froh, wieder hier in Wien zu sein. Die zwei Jahre auf dem Land waren schrecklich. Dafür bin ich einfach nicht gemacht.« Sie schätzte Annas Intention, wirklich. Doch mütterliche Sorge war das Letzte, was sie gerade brauchte; zumal es an dieser Situation nun mal nichts zu ändern gab. »Außerdem hab ich Taya und Leon. Ich bin also nicht allein.«

»Leon?« Anna legte ihre Stirn in Falten. »Der Leon, mit dem ihr zur Schule gegangen seid?«

Aristella nickte, woraufhin sich etwas an der Miene ihres Gegenübers veränderte. Als Taya hereinkam, um weiteres Geschirr abzuservieren, warf ihre Mutter ihr einen unsicheren Blick zu, auf den sie jedoch nicht einging.

»Nun, du bist uns jederzeit willkommen, Stella.« Anna legte eine Hand an Aristellas Wange und nickte aufmunternd. »Das weißt du hoffentlich.«

»Schon immer.« Sie rang sich ein Lächeln ab. »Ihr seid mehr Familie für mich als jeder andere.«

»Toll. Noch eine Schwester«, raunte Jonas und kehrte mit einer Tupperdose und Thermoskanne zurück, ehe er sich seufzend auf den Stuhl fallen ließ. »Davon hab ich ja noch nicht genug.«

»Und doch würdest du jeden umlegen, der uns nur schief ansieht«, erwiderte Taya und drückte ihm einen übertrieben dicken Kuss auf die Wange.

»Ehrensache.« Jonas klopfte sich auf die Brust und erhob sich. »Dann werd ich auch mal losgehen. Nachtschicht.« Er warf einen Blick auf seine Armbanduhr und seufzte.

Taya reichte ihm ein Lunchpaket, das sie soeben gemacht hatte, brachte ihm eine Flasche Mineralwasser aus der Küche und begleitete ihren Bruder zur Tür.

»Ich hoffe, Sophie und Nina schneiden sich ein bisschen was an Fleiß von ihren älteren Geschwistern ab«, sagte Anna und stützte den Kopf auf ihre Arme. »Sie müssen ja nicht studieren, so wie Jonas, aber wenn sie wenigstens die Schule abschließen.«

Der Satz verpasste Aristella einen unerwarteten Stich. Auch sie und Taya hatten die Schule vor einigen Jahren abgebrochen. Zwar holte Aristella ihren Abschluss gerade nach, allerdings eher halbherzig, weil sie ohnehin nicht wusste, was sie mit ihrem Leben anfangen sollte.

»Wenigstens muss ich mir um dich keine Sorgen machen«, ergänzte Anna und griff nach Aristellas Hand. »Du gehst deinen Weg, das spüre ich genau.«

Aristella hatte keine Ahnung, was sie von so viel Zuversicht halten sollte. Annas Worte beschäftigten sie auf dem Heimweg eine ganze Weile. Nachdem der Bus ihr vor der Nase weggefahren war, hatte sie sich entschieden, zu Fuß zu gehen. Es war kurz vor Mitternacht, die eingeschlagene Route nahm eine knappe halbe Stunde in Anspruch, aber Aristella war froh um den kleinen Umweg. So hatte sie endlich Gelegenheit, sich ein wenig zu sortieren. Doch auf halbem Wege war ihr, als watete sie gedanklich durch dunklen Nebel. Es fiel ihr schwer, sich zu konzentrieren oder die letzten Stunden in Erinnerung zu rufen.

Auf der Spittelauer Brücke hielt sie inne und blickte den Donaukanal entlang. Bäume begrenzten das Ufer, im Hintergrund erstreckten sich hohe Bauten zwischen Baukränen und der berühmten Müllverbrennungsanlage im Hundertwasserstil, die selbst um diese Uhrzeit noch dichten Rauch ausstieß.

Aristella schulterte ihre Tasche und schritt hinüber in den zwanzigsten Bezirk. Leon und sie hatten den Tag über Kontakt gehalten, die nächtlichen Geschehnisse rund um ihn waren tatsächlich nichts weiter als ein Traum gewesen. Auch Taya hatte sich wie immer verhalten. Außerdem existierte keine ominöse Folge 17 des Podcasts. Bliebe nur das Telefongespräch mit ihrem Vater, wegen dem Aristella nicht recht wusste, wie sie ihm nach diesem Gefühlsausbruch entgegentreten sollte; sofern er sich morgen überhaupt noch dafür interessierte.

Zurück in ihrem Wohnhaus betrat Aristella den Aufzug. Sie lehnte an der Wand und sah der Anzeige dabei zu, wie sie immer höher kletterte. Sie hatte keine Ahnung, was sie erwartete. Aber wie viel Chaos konnte eine einzelne Katze schon verursachen? Mit leisem Knacken öffnete sich das Schloss ihrer Wohnungstür, Aristella wurde von Dunkelheit empfangen. Sie schaltete das Licht im Flur an und atmete auf – augenscheinlich war ihre Wohnung zumindest nicht abgebrannt oder von Celia in tausend Stücke zerlegt worden.

Aristella zog ihre Sandalen aus und ging samt Tasche in Richtung ihres Zimmers auf der linken Seite. Sie tastete nach dem Lichtschalter und hielt den Atem an. Papiere lagen verstreut auf dem Boden, T-Shirts lugten aus der Schublade ihrer Kommode. Den Teppich zierte ein Haufen Glitzer, bei dem Aristella nicht sagen konnte, ob es sich um ein hochgewürgtes Fellknäuel oder halbverdauten Dosenthunfisch handelte. Ihre Zimmerpflanzen waren angeknabbert und die Gardinen an ihrem Bett wiesen reihenweise Kratzspuren auf. In aller Seelenruhe lag Celia auf Aristellas Schreibtischstuhl, wo sie es sich auf einem Haufen T-Shirts gemütlich gemacht hatte. Sie ruhte auf dem Rücken, die Beinchen auf dem Bauch angewinkelt, und hatte zwei Gurkenscheiben über ihren Augen platziert, die Aristella ihr sodann vom Gesicht zupfte.

»Was zur Hölle?«, keiften beide gleichzeitig.

Celia peitschte mit dem Schwanz und blinzelte, um sich an das Licht zu gewöhnen. »Ich brauche zwanzig Stunden Schlaf pro Tag, sonst werde ich unruhig.«

»Unruhig genug, um hier so ein Chaos zu veranstalten?«

Mit angelegten Ohren rollte Celia sich zur Seite und machte einen Buckel. Dann setzte sie sich und ließ ihren Blick schlaftrunken über den Raum schweifen. »Welches Chaos? Das Kissen war mir zu schwer, darum hab ich diese Stofffetzen aus dem Schrank da geholt.«

Aristella zog eines ihrer T-Shirts unter Celias Hintern hervor und betrachtete es von allen Seiten. Diese verdammte Katze! Sie würde sie hochkant hier rauswerfen. »Wenigstens hast du das hier nicht zerkratzt.«

»Hast du Thunfisch mitgebracht?«

Aristella brach der kalte Schweiß aus.

»Wenigstens Hühnchen?«

»Du hast doch erst gegessen, bevor ich aufgebrochen bin«, erwiderte sie und legte ihre Tasche ab. Sie selbst setzte sich auf den Boden und seufzte. »Außerdem hast du all meine Pflanzen angeknabbert, also erzähl mir nicht, dass du hungrig wärst.«

»Ich wollte nur sehen, ob sie giftig sind«, erwiderte Celia. »Immerhin ist es meine Aufgabe, dich zu beschützen.«

Aristella entglitten alle Gesichtszüge. Vermutlich hatte das Vieh deshalb auf den Teppich gekotzt. »Wo hast du überhaupt die Gurken her? Ich hab kein Gemüse im Haus.«

»Deine Nachbarn schon«, erwiderte Celia und gähnte genüsslich, ehe sie sich wieder in ihre Lieblingsposition begab, die sie wie einen Truthahn aussehen ließ.

Aristella entschied sich, keine weiteren Fragen zu stellen. Sie verfrachtete ihren Teppich in die Dusche, sprühte ihn mit irgendeinem herumstehenden Putzmittel ein und spülte den Glitter ab. Zum Trocknen hängte sie ihn auf den kleinen Balkon, der an ihre Küche anschloss und nahm sich zur Beruhigung einen Energydrink aus dem Kühlschrank. Sie konnte unmöglich hier mit dieser seltsamen Katze leben, solange die sich an keine Regeln hielt. Außerdem war das Halten von Haustieren hier verboten. Und was auch immer Celia in Wahrheit war: Äußerlich und von ihrem Verhalten her, agierte sie wie die verwöhnteste Katze auf der ganzen weiten Welt.

»Hattest du einen schönen Abend?«

Aristella sah an ihren Beinen hinab. Celia hockte neben ihr auf dem engen Balkon und starrte durch die Gitterstäbe.

»Bis eben schon«, erwiderte sie scharf. Aristella zückte ihr Smartphone und scrollte zu Leons Chat; sie musste dringend mit ihm sprechen und ihm hiervon erzählen. Doch bislang hatte sie nicht einmal den Mut gehabt, Taya in die Sache einzuweihen. Zu sehr hatte Aristella den Schrecken der letzten Nacht vergessen wollen. Und gerade wurde ihr gewahr, dass sie keine wirkliche Lust darauf hatte, in absehbarer Zeit zu schlafen.

»Du kannst mich wirklich beschützen?«, fragte Aristella aus einem Impuls heraus. »Vor Albträumen?«

Celia gähnte abermals und schmatzte laut, als sie sich die Pfote leckte. »Wir Familiare sind Helfer und Wächter der guten Träume. Wenn du mich lässt, kann ich in Albträumen zu dir kommen und dir helfen, sie wegzuschieben.«

Aristella sah auf. »Du kannst mir helfen, luzid zu träumen?«

»Wenn es das ist, was du willst.«

Aufregung durchzuckte Aristellas Magen. Sie kauerte sich hin und sah Celia in die Augen. »Bist du deswegen aufgetaucht? Damit ich lerne, es richtig zu machen?«

Aber die Katze wandte ihren Blick verlegen ab. »Ich sagte doch, dass ich mich nicht erinnere.« Sie seufzte schwer, als hätte sie gerade den anstrengendsten Tag aller Zeiten hinter sich. So egozentrisch Celia sich auch verhielt: Knuffig war sie allemal. Aristella fiel es schwer, ihr länger böse zu sein. »Dass du mich wahrgenommen hast und ich deine Welt betreten konnte, heißt, du befindest dich auf einem gefährlichen Pfad. Die falschen Wesen haben ein Auge auf dich geworfen und du benötigst dringend einen Traumwächter.«

»Wer sind diese falschen Wesen?«, fragte Aristella und lehnte den Rücken an das Gitter ihres Balkons. Er war gerade groß genug, dass sie im Sitzen ihre Beine ausstrecken konnte, ehe die Tür wieder in die Küche führte. »Ich weiß rein gar nichts über diese Traumwelt.«

»Das ist schwer zu sagen. In Wahrheit ist die Traumwelt ein Sammelsurium all eurer alternativen Realitäten und Traumgedanken. Die kollektiven Vorstellungen aller Wesen eurer Welt treffen dort aufeinander und kreieren die größten Wunder und schlimmsten Albträume gleichermaßen.« Celia räusperte sich. »Wir Familiare/Traumwächter regulieren eure Träume, überwachen euren Schlaf. Dabei seid ihr für uns jedoch nichts als kleine Tropfen in einem unendlichen Meer.«

»Und irgendjemand wurde auf mich aufmerksam?«, fragte Aristella und nahm endlich einen Schluck aus ihrer Dose, die sie bislang unangerührt in der Hand gehalten hatte.

»So in etwa. Weißt du, nicht alle Mächte, die in der Traumwelt existieren, sind wohlwollender Natur. Wo die Gedanken und Gefühle aller Wesen aufeinandertreffen, entstehen zwangsläufig auch Schwierigkeiten.«

Aristella seufzte. »Großartig. Nicht einmal meine Träume sind vor Problemen sicher.«

Celia stand auf und nahm auf Aristellas ausgestreckten Beinen Platz. Mit ihrem wohligen Schnurren vertrieb sie für einen Moment sämtliche Anspannung. »Warum willst du klarträumen?«

Ein ungläubiges Schnauben drang aus Aristellas Kehle. »Du bist noch nicht lange genug hier, um das zu erkennen«, sagte sie und fuhr mit ihrer linken Hand durch Celias seidenweiches Fell. »Aber diese Welt ist verdorben. Hier wartet nichts auf mich.«

»Du bist ganz schön trübsinnig. Was kann einem jungen Menschen passiert sein, dass er sowas von sich gibt?«

Aristella schnaubte belustigt. »Du hast ja keine Ahnung.«

ONYCHOPHAGIE

DAS KAUEN ODER ABBEISSEN MIT EVENTUELL ANSCHLIESSENDEM SCHLUCKEN DER EIGENEN FINGERNÄGEL.

Wien, Sommer 2006

Aristella sog scharf die Luft durch die Zähne. Seit zehn Minuten zog ihre Mutter die blöde Haarbürste durch Aristellas dunkelblonde Locken.

»Was hast du dir nur dabei gedacht?«, zeterte sie und wechselte zu dem grobborstigen Kamm, um einige Blüten aus der mittlerweile verfilzten Mähne zu ziehen. »Mit deinem langen Haar durch die Wiese zu rollen und all den Dreck mit nach Hause zu bringen? Ich hab schon genug zu tun! Niemand hilft mir in diesem Haushalt!«

Die achtjährige Aristella saß geduldig auf einem Stuhl im Badezimmer und ließ die Prozedur über sich ergehen. »Schneid mir die blöden Haare einfach ab.«

»Das könnte dir so passen.«

»Ich hasse sie. Ich will keine langen Haare mehr.«

»Aristella!«

»Was?«, blaffte sie zurück. »Dann hast du weniger Arbeit. Das willst du doch.«

»Das hast du sicher von diesem Leon. Ich will nicht, dass du dich mit dem Burschen abgibst.«

Da wandte Aristella ruckartig den Kopf um. Ihre Mutter rutschte mit der Bürste ab, sie fiel ihr aus der Hand und landete auf dem Boden. »Aber Leon ist mein Freund!«

»Du weißt doch überhaupt nicht, was Freunde sind. Ihr macht nur Blödsinn!«

»Weil alle anderen Kinder doof sind.«

»Die wissen eben, was sich gehört. Und dass dieser Leon kein guter Umgang ist.«

»Du hast gar keine Ahnung!«

Schnaubend ließ ihre Mutter nun auch den Kamm sinken. Sie packte ihre Tochter und stellte sie samt Kleidung in die Dusche, wo sie das Wasser aufdrehte und die Tür hinter sich zuschmiss. »Wasch dir das selbst raus, du undankbares Gör! Und wehe du verdreckst mir anschließend die Wohnung.«

Aristella grinste. Endlich hatte sie ihre Ruhe. Grob rupfte sie sich die restlichen Blätter und Grasbüschel aus dem Haar, kippte jede Menge Shampoo darüber und wiederholte das Ganze. Sie hasste es, wenn ihre Mutter so über Leon sprach. Sie war genauso, wie alle anderen: Einfach gestrickt und kümmerte sich nur um sich selbst.

Nach der ausgiebigen Dusche schmiss sie ihre nasse Kleidung in den Wäschekorb und zog ihren Bademantel an. Sie pumpte ganz viel Öl aus der Flasche, mit der ihre Mutter Aristellas Haar immer pflegte, und verteilte alles in ihren Strähnen, bis sie glitschig waren und gut dufteten. Dann ging sie auf ihr Zimmer und schloss die Tür. Sie hatte keine Lust aufs Abendessen, also zog sie ihren Schlafanzug an und riss das Fenster auf. Von ihrem Schreibtischstuhl aus kletterte sie auf den Rahmen und ließ die Beine raushängen.

Sie stellte sich oft vor, dass auf dem Dach des gegenüberliegenden Hauses fremde Wesen wohnten, die sie nachts beobachteten. Sie lebten unter freiem Himmel, fütterten alle Tauben der

Stadt und wenn die Menschen schliefen, landeten bei ihnen Gestalten aus anderen Welten. Bestimmt gab es da eine Art Portal, mit dem sie von hier verschwinden konnte. Oder aber sie schaffte es, Charaktere aus ihren Videospielen in diese Welt zu rufen. Leon und sie hatten einen Computer aus Papier gebaut. Er sagte, dass sie damit sicher Kontakt zu ihnen aufnehmen könnten.

Vielleicht würde sie ihrer Mutter einmal eine Nachricht schreiben, wenn sie endlich von hier fortgegangen war. Sie wissen lassen, dass Aristella ihr fortan keine Arbeit mehr bescheren würde. Weil sie für ihre Tochter nun nicht mehr kochen und ihr bei den Hausaufgaben helfen, sie von der Schule abholen und manchmal zu Ausflügen oder auf Feste begleiten musste. Denn das alles war zu anstrengend für ihre Mutter, zu viel. Und immer glaubte sie, Aristella würde ihr mit Absicht zur Last fallen. Wenn sie zum Beispiel krank wurde, simulierte sie doch bloß und wurde trotzdem zur Schule geschickt. Vor der Lehrerin, die das fiebernde Mädchen nach Hause schickte, schimpfte ihre Mutter dann erst recht:

»Du dummes Kind, warum sagst du nicht, dass du krank bist? Jetzt musste ich eher von der Arbeit kommen.«

Egal, was Aristella tat: Es war falsch und regte ihre Mutter auf. Also wünschte sie sich, ganz weit weg zu sein, damit es ihrer Mutter besser ging. Sie und Leon würden gemeinsam einen Weg in eine andere Welt finden.

Das Einzige, was Aristella an der Schule liebte, waren die großen Pausen. Wenn sie es rechtzeitig schaffte, sich auf dem Schulhof von den anderen Kindern abzusondern, verkrochen sie und Leon sich gern hinter den Büschen, wo sie am Zaun lehnten und so dem Spott der anderen entgingen. Es war die einzige Zeit, die sie einander in der Schule sehen konnten, weil sie nicht in dieselbe Klasse gingen.

»Du hast wieder an deinen Nägeln geknabbert«, merkte Leon an und biss in sein Pausenbrot.

Aristella zuckte mit den Schultern. »Kommst du heute in den Park?« Sie zog ein Lineal aus der Hosentasche, um die exakte Mitte ihrer Milchschnitte zu finden, ehe sie sie mit selbigem zerteilte. Ihre Lehrerin schimpfte oft, weil Aristella immer nur Süßigkeiten – wie sie es nannte – mit zur Schule brachte; was konnte sie dafür, wenn ihre Mutter ihr nichts anderes einpackte?

»Weiß nicht«, murmelte Leon und tauschte ein halbes Brot gegen ein Stück Milchschnitte. »Meine Eltern wollen dieses Wochenende mit mir verreisen.«

Aristella horchte auf. »Fahrt ihr endlich nach Disneyland?« Seit ihre Nachbarn dort gewesen waren, verband sie mit dem Wort Urlaub nur noch diesen einen Ort. Er mutete magisch an, doch so etwas wie Ferien machten nur die reichen Kinder.

»Nö, in irgendein Bremerhaven.«

»Bremer-was?«, fragte Aristella und schluckte ein Stück Käsebrot herunter. Es war Freitagnachmittag, vielleicht konnten sie nach der Schule zumindest ein paar gemeinsame Stunden draußen im Hof verbringen.

»Letzte Nacht, da hab ich von dir geträumt«, wechselte Leon das Thema. Er stand auf und begann, sich im Kreis zu drehen, während sich in seinen braunen Strähnen Blätter verfingen. Obwohl hier hinten kaum Platz war, vollführte er diese Bewegung mit äußerster Eleganz. »Wir waren die Helden in einem berühmten Film. Zwei Detektive, die am Ende in einer Rakete zum Mond flogen!«

Aristella kicherte. Doch ihre Begeisterung für Leons Fantasie nahm ein jähes Ende, als jemand sein Handgelenk packte und ihn grob aus ihrem Versteck riss. Die Stimme, die daraufhin erklang, fuhr Aristella durch Mark und Bein.

»Hey, Zyklop. Da bist du ja.«

Spöttisches Gelächter ertönte, sie war wie gelähmt. Aber gleichzeitig wusste sie, dass die da draußen Leon weh tun würden. Die Wut darüber ließ Aristella durch die dichten Äste kriechen, die mit ihren spitzen Enden in ihre Haut stachen.

»Lasst ihn in Ruhe!«

Ein Junge und ein Mädchen aus der vierten Klasse hatten sich vor Leon aufgebaut, Letztere war dabei, den Riemen seiner Augenklappe zu spannen.

»War klar, dass die Verrückte nicht weit ist«, tönte sie. »Habt ihr wieder mit den Käfern geredet?«

»Das sind ihre einzigen Freunde«, blaffte der Junge. »Du siehst doch, dass sonst keiner mit ihnen spielt.«

»Höchstens Taya, aber bestimmt nur aus Mitleid.«

Aristella ballte die Hände zu Fäusten.

»Alle ekeln sich vor deinem Glasauge.« Das Mädchen spuckte neben ihren Schuh und drückte Leon zu Boden, als er sich wehrte. Doch was sollte er schon ausrichten? Er war zwei Jahre jünger und fast einen Kopf kleiner. »Du bist ein Freak. Niemand will dich hier auf dem Schulhof! Ihr seid ohnehin nur Abschaum aus dem Gemeindebau!«

Aristella wollte zwischen Leon und das Mädchen treten, als sich ihr der Junge in den Weg stellte. »Verpisst euch endlich!« Sie stieß ihn zur Seite, er taumelte ein Stück zurück, versuchte dann aber, mit der Faust nach ihr zu schlagen. Doch sie wich nach hinten aus und verpasste dem Rüpel einen festen Hieb auf die Nase. Aus den Augenwinkeln sah Aristella, wie das Mädchen von Leon abließ und davonlief. Und noch ehe sie ihrem Freund auf die Beine geholfen hatte, ertönte es aus dem Hintergrund:

»Da sind sie! Aristella hat Max die Nase blutig geschlagen!«

Natürlich hatte es keinen Sinn, die Wahrheit zu sagen. Ihre Lehrerin hatte Aristella längst als Problemkind abgestempelt. Und obwohl Leon nicht in ihrer Klasse war, hatte sie für ihn ebenfalls nur abschätzige Blicke übrig. Die Aktion endete damit, dass Aristellas Mutter abermals Arbeit und Stress aufgehalst wurden: Sie musste ihre Tochter abholen und sich außerdem anhören, was sie in ihrer Erziehung alles falsch gemacht hatte.

»So glaub mir doch! Ich hab nicht angefangen! Die anderen haben Leon geschlagen.« Inzwischen saßen die beiden im Auto, Aristella kämpfte mit den Tränen, während die Stadt an ihr vorbeirauschte.

»Das glaub ich dir durchaus.«

Hoffnung keimte in Aristella auf.

»Aber ich sagte doch, dass du dich von Leon fernhalten sollst. Siehst du nicht, dass er dir nur Schwierigkeiten bereitet? Was hast du dir dabei gedacht, wegen ihm ein anderes Kind zu schlagen? Deine Lehrerin kann dich ohnehin schon nicht leiden, jetzt denkt sie auch noch, du wärst eine Schlägerin.« Sie kurbelte die Fensterscheibe herunter und griff nach einer Zigarette. »Und schlimmer: Mich hält sie für eine schlechte Mutter.«

So war das in dieser Welt. Mit acht Jahren hatte Aristella begriffen, dass es nicht darauf ankam, ob man das Richtige tat oder versuchte, unsichtbar zu sein: Die Bösen fanden einen, zerrten einen gewaltsam aus seinem Schutzraum und sorgten dann dafür, dass das Leben für einen noch miserabler wurde. Indem sie logen und damit durchkamen, weil sie eben kein Abschaum aus dem Gemeindebau waren.

»Ab jetzt gehst du nicht mehr ohne mich in den Park«, verkündete ihre Mutter. »Damit ich ein Auge auf dich werfen kann.«

Aristella nahm den linken Zeigefinger in den Mund und biss in ihren Fingernagel, bis er zerriss.

»Damit ich sichergehen kann, dass du dich nicht mehr mit diesem Leon abgibst.«

Dann zog sie das Nagelstück gewaltsam von der Kuppe, zerkaute es und wiederholte die Prozedur an ihrem Mittelfinger.

»Du träumst zu viel, er tut dir nicht gut. Und seine Mutter ist ein totaler Kontrollfreak.«

Selbst als Aristella Blut schmeckte, hörte sie nicht auf. Zigarettenrauch umhüllte sie, während sie immerfort die Haut an ihrem Daumennagel abbiss.

In der Woche darauf plünderte Aristella ihr Sparschwein. Ein Mädchen aus ihrer Klasse hatte ein neues Handy bekommen und überließ ihr sein altes für fünfzig Euro und drei ihrer wertvollsten Pokémon Karten. Sich von diesen Schätzen zu trennen war schmerzvoller, als das Geld aufzugeben, doch ihre Mutter wäre niemals damit einverstanden, Aristella ein eigenes Handy zu kaufen. Abgesehen davon, dass sie es für eine unnötige Spielerei hielt und ihre Tochter ohnehin keine Freunde hatte, waren diese Dinger unsagbar teuer.

Auf dem Schulhof hatten sie und Leon sich ein neues Versteck gesucht, in dem sie unauffällig hockten, bis es zur nächsten Stunde läutete. Aristella konnte ihr Glück kaum fassen – ein eigenes Handy, noch dazu eines, das man klappen konnte.

»Sarah meinte, ich muss die Karte aufladen, aber die bekomme ich in der Trafik. Der Laden ist für mehr gut als doofe Zigaretten und Zeitschriften!« Sie strahlte Leon an, der sein Handy ebenfalls zückte, damit die beiden Nummern austauschen konnten.

»Das ist das Gute an der Vorsicht meiner Mama: Sie will, dass ich immer erreichbar bin. Darum hatte ich als erstes Kind in der Klasse ein Handy.«

»Jetzt können wir uns schreiben«, sagte Aristella und fuhr mit vor Aufregung zittrigen Fingern über die Tasten, um den Telefonbucheintrag zu bestätigen. »Selbst, wenn unsere Eltern verbieten, dass wir uns sehen.«

»Sie haben nur Angst«, sagte Leon plötzlich und steckte das Handy zurück in die Hosentasche.

»Was meinst du?«

»Weil wir zusammen so viel schlauer sind. Und viel mehr Dinge sehen als sie.«

Aristella nickte eifrig, ohne ganz zu verstehen, worauf er eigentlich hinauswollte. Doch die Erklärung machte es ein wenig erträglicher, dass ihre Eltern gegen eine Freundschaft waren, die ihr und Leon alles bedeutete.

»Und weil sie wissen, dass wir weglaufen werden. In unsere Welt.« Er nahm Aristellas Hand und drückte sie. »Aber sie können uns nicht aufhalten. Egal, wie lange es dauert: Wenn wir diese Welt erst gefunden haben, dann gehen wir zusammen.« Diesmal griff er in seine Jackentasche. Aristella hielt den Atem an. Ein kleines Taschenmesser kam zum Vorschein, das Leon sodann auseinanderklappte. »Schwörst du's mir?«

Wieder nickte sie und reichte ihm ihren linken Zeigefinger. Sie fühlte sich wie etwas ganz Besonderes – sicher hatte keines dieser einfältigen anderen Kinder einen Blutsbruder wie Leon

Und als sie ihren Eid mit zwei Schnitten und einem Fingerdruck besiegelten, da wusste Aristella, dass es ein Versprechen für die Ewigkeit war. Sie würden gemeinsam aus dieser ungerechten, lauten Welt verschwinden.

SCHATTENFARBE

AN VERSCHIEDENE LICHT-BEDINGUNGEN ANGEPASSTE FARBNUANCEN, DIE IM SCHATTIGEN ZWIELICHT IHRE WIRKUNG ENTFALTEN.

Wien, zurück im Sommer 2019

Ruckelnd setzte sich die U-Bahn in Bewegung. Die nächste Haltestelle wurde sichtbar, wieder öffneten sich die Türen, wieder stiegen Fahrgäste ein und aus, zwei Jugendliche stürmten die Rolltreppe hinunter, schafften es gerade noch rechtzeitig, in den Waggon hineinzuspringen, bevor die Türen zuklappten. Dann ging das ganze Spiel von vorn los.

Aristella hasste diese Linie. Und obwohl die Menschen um sie herum alle erstaunlich blass und unscharf wirkten, konnte sie ihre Stimmen deutlich hören. Sie lehnte neben einer der Türen an der Rückwand zweier Sitze und nippte an ihrem Kaffee. Aristellas Blick huschte hinauf zur Anzeige.

U4 Hütteldorf. Diese Linie würde sie zur Schule bringen, immer und immer wieder. Tag für Tag, ein Martyrium, aus dem auch der Ausstieg unterwegs keinen Ausweg bot. Letzten Endes landete sie doch wieder im Klassenraum. Eine schier endlose Ewigkeit starrte Aristella auf die Anzeigetafel, die zwischen zwei Wagons angebracht war. Irgendwann wurde ihr klar, dass sich daran nichts änderte. Sie sprang nicht um, um die nächste Haltestelle anzuzeigen. Genauso wenig hielt die U-Bahn irgendwo an. Die anderen Passanten waren verschwunden. Panik kroch ihr den Nacken hinauf.

Irgendetwas stimmte nicht.

Nächstes Mal, wenn ich träume, werde ich mich daran erinnern, dass ich träume.

Doch sie träumte nicht. Das hier war die U-Bahn, mit der sie immer zur Schule fuhr. Abermals hatte sie ihre Hausaufgaben nicht gemacht. Wieder hatte sie ihre Sportsachen vergessen. Doch wenn sie noch einmal den Sport schwänzte, musste sie eine Kompensationsprüfung machen. Und man würde ihrer Mutter Bescheid geben. Die ohnehin dauernd Stress hatte, letzten Endes würde sie das hier ins Grab bringen.

Aristella trat an die Tür und versuchte, die nächste Haltestelle zu erspähen. Wenn sie umkehrte und ihre Sachen holte, verpasste sie zwar die erste Stunde, aber alle anderen Probleme würde sie damit umgehen. Doch dafür musste sie erst einmal aus dieser blöden U-Bahn rauskommen.

Endlich sprang die Anzeige um. Statt der U4 Hütteldorf prangte dort nun in mahnend orangefarbenen Lettern:

4A, 3. Stock

Dieser Scheißzug würde sie direkt ins Klassenzimmer fahren!

»Ich will dort nicht hin«, stammelte Aristella und rüttelte an den Türgriffen. Doch die U-Bahn brauste immer noch mit über hundert Stundenkilometern durch den Tunnel, der kein Ende nehmen wollte.

»Dann such dir ein anderes Ziel aus.«

Aristella hielt den Atem an. Langsam wandte sie sich um, konnte jedoch nicht ausmachen, woher die Stimme gekommen war. Ein anderes Ziel aussuchen? Als ob sie steuern könnte, wohin dieser Höllenzug fuhr. Die Scheiben waren beschlagen, ihre Sicht nach draußen verschwommen. In Wahrheit konnte sie überall sein, womöglich stand das Klassenzimmer kurz bevor.

»In Wahrheit ist das hier alles, was du willst!«, korrigierte die Stimme abermals mahnend.

»Ich will sofort nach Hause!«, rief Aristella. »Aber diese Bahn hier fährt mich geradewegs in die Hölle!« Ihre Fäuste trommelten gegen die Tür, doch da war keinerlei Widerhall. Wie konnte all das sein?

Sieh dir deine Hände an.

Aristella blinzelte. In Zeitlupe senkte sie ihren Blick, während der Zug immer noch ungestüm über die Gleise ruckelte.

Wo waren all die Menschen hin?

Warum konnte sie nicht aus dem Fenster sehen?

Wo waren die Haltestellen?

Warum waren sie bislang noch in keinen anderen Zug gekracht?

Und warum zum Teufel hatten ihre Hände sieben Finger?

»Ich träume.« Aristella murmelte die Worte geruhsam vor sich hin und legte den Kopf in den Nacken. Sie lachte aus vollem Hals. »Ich träume. Das hier ist nichts als ein Traum.« Die Scheiben lichteten sich, Sitze und Stangen im U-Bahn-Wagon verfestigten ihre Umrisse. Was Aristella bislang schemenhaft wahrgenommen hatte, sah sie nun gestochen scharf. Wie im echten Leben. Vor Aufregung kribbelte ihr Magen. Sie hatte es geschafft. Ihr Verstand war klar, das hier war ihre Chance.

Noch ehe Aristella einen konkreten Gedanken oder Wunsch gefasst hatte, veränderte sich die Szene. Das Dach der U-Bahn öffnete sich, ließ warme Sonnenstrahlen ins Innere dringen. Breite Fensterfronten, wie in Aristellas Wohnung, erstreckten sich zu beiden Seiten. Neugierig drückte sie ihre Nase gegen eine der Scheiben. Die Landschaft stieg sanft an, grüne Hügel unter blauem Himmel und ganz weit am Horizont, erspähte sie die schneebedeckten Gipfel eines Hochgebirges. Der Anblick war atemberaubend. Aristella hatte das Gefühl, zu schweben, obwohl sie sich auch bei genauerem Hinsehen noch in dem Wagon befand. Doch sie war federleicht und schwebte mühelos durch das offene Dach, getragen vom warmen Frühlingswind, der einen seltsam vertrauten Duft mit sich trug; frisch geschnittene Rosen und ein Hauch von Vanille. Die Empfindung rührte etwas in Aristella.

Wenn ich träume, dann lass mich diese Erinnerung noch einmal erleben.

Der Gedanke hatte sich in ihrem Verstand geformt, noch ehe sie recht darüber nachgedacht hatte. War es das, wofür sie diesen Klartraum nutzen wollte? Aristella spürte weichen Boden unter ihren Füßen.

Bitte beschütze mich.

Sie blinzelte. Erst ein Mal, dann zwei Mal, und fand sich in einem allzu vertrauten Raum wieder. In weißen Vasen steckten Zweige voller blühender Rosen, die das Zimmer mit sanftem Duft erfüllten.

Bestimmt ruft sie gleich an und sagt mir, dass ich hierbleiben kann. Für immer.

Aristella trat an die schmale Kommode und starrte wortlos auf das alte Telefon. Aus dem Nebenraum drang ein schabendes

Geräusch. Jemand kratzte frische Vanille aus einer Schote; bald schon würde es Kekse geben. Ja, hier wollte sie verweilen. Noch einmal Kind sein; ein richtiges Kind.

Das Läuten des Telefons riss Aristella aus ihren Gedanken. Sie griff nach dem altmodischen Hörer, der klobig in ihrer Hand lag. Noch ehe sie sich die Worte überlegen konnte, mit denen sie sich melden wollte, hörte sie die Stimme ihrer Mutter in der Leitung. Ihre Worte waren Balsam für Aristellas Seele:

»Meine Tochter kann so lange bleiben, wie sie möchte.« Damit war die Sache erledigt.

Beschwingten Schrittes lief Aristella durch den Raum, sie drehte sich und breitete die Arme aus. Leon saß in einer Ecke des Wohnzimmers, ein Set Buntstifte lag verstreut neben ihm. Die Dimension ihrer gemeinsamen Landkarte war Aristella als Kind unendlich erschienen, jetzt als Erwachsene erkannte sie, dass es wohl ein Plakat in A2-Größe war, auf dem ihr Freund gerade die Umrisse einer Insel zog.

Sie sah an sich herab, war um gute zwei Köpfe kleiner geworden, ihre Stimme heller. Das erkannte sie, als die einzige erwachsene Person, die sie als Kind geliebt hatte, den Raum betrat. Elfriede Weinert, die sie genau wie Leon liebevoll Oma genannt hatte, obwohl sie nicht mir ihr verwandt war, kam mit einem großen Tablett zu den beiden herein, das sie auf dem altbackenen Sofatisch abstellte. Der Duft der frisch gemahlenen Vanille erfüllte Aristellas Nase, das Lächeln der alten Dame war aufrichtiger Natur.

»Dann lasse ich euch zwei Abenteurer mal wieder allein.« Elfriede wischte sich die mehligen Hände an ihrer Schürze ab und stand auf. Da überkam es Aristella. Sie fand sich in einer wilden Umarmung wieder, ihre kurzen Arme konnten den Leib der Frau nicht vollends umfassen, und dennoch klammerte sie sich an sie, als könnte sie damit ein Stück weit die Zeit anhalten.

»Ich wollte dir schon lange danke sagen«, entwich es ihren Lippen, ohne dass Aristella so recht wusste, woher diese Worte auf einmal kamen. Was all die Gefühle sollten, die wild in ihrer Brust aufloderten und mit all diesen fremden und zugleich doch vertrauten Empfindungen um die Wette tanzten. »Danke, dass es hier immer so schön ist und du nie schimpfst.« Sie hob den Kopf, blickte in das faltige Gesicht ihrer Oma, mit der sie gar nicht verwandt war, und mit der sie doch so viel mehr verband als mit ihrer eigenen Mutter. Erst da wurde Aristella schmerzlich bewusst, wie sehr sie sie vermisst hatte. »Und es tut mir so leid, dass wegen mir …« Sie zuckte zusammen. Was tat ihr leid? Und warum …

Ein scharfer Windzug heulte um ihre Ohren. Zitternd löste sie sich von Elfriede, als ihr gewahr wurde, dass die Szene sich gewandelt hatte. Ringsum loderten Flammen, das Mobiliar in der Wohnung brannte, obwohl sie sich eindeutig nicht mehr am selben Ort befanden wie wenige Augenblicke zuvor. Dennoch trieb der Rauch durch das Haus und quoll aus den Fenstern, bis die Scheiben zersprangen. Im Hintergrund konnte Aristella das klappernde Geräusch eines einfahrenden Zuges vernehmen. Sie war wie gelähmt.

»Aber das ist ein Traum«, stammelte sie und suchte vergeblich nach Mitleid und Liebe in dem Gesicht der alten Dame, mit der sie sich plötzlich auf Augenhöhe wiederfand. Die Szene war gekippt, die glücklichen Stunden ihrer Kindheit unwiederbringlich verloren. »Das hier ist ein Traum! Ich will sofort zurück! Lass mich wieder glücklich sein!«

»Es gibt kein Zurück, Stella.« Unter der sengenden Hitze schmolz das Gesicht ihrer Oma. Zum Vorschein kam silbrige Haut. Dieses Wesen war eindeutig kein Mensch: Mandibeln verlängerten seinen Kiefer, seltsame Male bedeckten seinen Körper. »Wenn du dich hier wiederfindest, dann nur, weil du es selbst heraufbeschworen hast!« Dieses abscheuliche Wesen, es las in ihren Erinnerungen.

Ein scharfer Schmerz ließ Aristella das Gesicht verziehen. Sie schüttelte ihren Arm, in den sich spitze Nadeln bohrten. Bis sie hochschreckte und das Flammenmeer hinter sich ließ.

»Bist du endlich wach?« Celia saß neben ihr, die Ohren angelegt. Aristellas Blick fiel auf ihren Arm, wo ein deutlicher Abdruck ihrer Zähne prangte.

»Hast du mich etwa gebissen?«

»Du wolltest mich ja nicht sehen!« Sie rümpfte die Nase und begab sich wieder in ihre klassische Truthahn-Position. »Du hattest nur Augen für diese alte Frau, dir ist gar nicht aufgefallen, dass ich hinter dir auf dem Sofa saß und dich wecken wollte, als dein Traum gekippt ist.«

Aristella wischte sich den Schweiß von der Stirn. Draußen war es bereits hell, doch die Sonne stand noch nicht hoch genug, um aufzustehen. Also zog sie die Gardinen zu und drehte sich zur Seite. Schwer atmend versuchte sie, sich zu beruhigen. Der Stöpsel ihres Kopfhörers war aus dem Ohr gerutscht, inzwischen befand sie sich irgendwo mitten in Folge sechzehn. Richtig, auf dieser Webseite gab es keinen Sleeptimer oder Ähnliches.

»Warst du die ganze Zeit da?«, fragte Aristella und kraulte Celias Nacken, um sich ein wenig zu beruhigen, was diese mit wohligem Schnurren quittierte.

»Erst, als du in diesem Wohnzimmer warst. Du hast mich gerufen, also konnte ich bei dir sein.«

Nachdem der erste Schrecken überwunden war, verzogen sich Aristellas Mundwinkel nach oben. »Es hat geklappt«, murmelte sie und spürte, wie die Euphorie endlich über das verpatzte Ende siegte. »Ich habe klargeträumt! Ich konnte den Traum lenken.«

»Und da hast du dir diese alte Frau ausgesucht?« Verständnislos blickte Celia sie an, ihre Schnurrhaare zuckten.

»Was weißt du schon«, blaffte Aristella und stellte ihr Kraulen ein. Doch sie dachte über die Frage nach. »Das ist mehr von selbst passiert. Das Erste, das mir einfiel, war ein Ort, an dem ich glücklich war. Eigentlich hatte ich gehofft, mit Leon diese Welt besuchen zu können«, überlegte sie laut weiter und streckte ihre Beine.

»War das das Kind in der Ecke?«

Aristella nickte. »Ich wollte diese Welt mit ihm gemeinsam gestalten und dann sehen, ob wir sie nicht auch zusammen besuchen können. Aber irgendwie ...« Sie hielt inne. »Das Feuer verfolgt mich. Genauso wie diese dämlichen Züge.« Gänsehaut erfasste ihre Arme, die sie sodann wieder unter die Decke steckte. Aber das half nur bedingt. »Wenn sogar meine Klarträume sich in Albträume verwandeln, weiß ich wirklich nicht weiter.«

»Das ist in der Tat unüblich«, erwiderte Celia und gähnte ausgiebig, als wäre sie von ihrem nächtlichen Schlaf bereits wieder erschöpft; dabei hatte das Vieh sie einfach nur gebissen.

Aristella rieb sich die Stelle an ihrem Arm. »Ich habe ein Talent für unübliche Dinge.«

Das Wiedersehen mit Elfriede hatte sie tief aufgewühlt. Nachdem Leon nach Deutschland gezogen war, hatte die alte Dame sich auch ihr gegenüber abgewandt. Jetzt, als Erwachsene, ließ sich das für Aristella durchaus nachvollziehen, doch damals hatte sie die plötzliche Abweisung vor den Kopf gestoßen. Diese Einsamkeit verfolgte sie offenbar bis in ihre Träume. Aber Aristella war entschlossener denn je, das Klarträumen zu perfektionieren, damit ihre seltsamen Erinnerungen und dieses verdammte Feuer sie nicht ständig davon abhielten, das Glück zu finden, nachdem sie sich sehnte.

Nachdem sie keinen Schlaf mehr fand, setzte Aristella sich mit einer Tasse Kaffee an den Computer.

Du hast recht gehabt: Ich hab dich diese Nacht im Traum gesehen!

Sie minimierte das Chatfenster mit Leon und zog die Beine auf den weiten Drehsessel. Celia hockte neben ihr auf dem Tisch und verputzte das letzte Stück Geburtstagstorte von gestern, was Aristella mit gerümpfter Nase beobachtete.

»Bringt dich Zucker nicht um?«

Celia sah auf, das Maul voll Sahne und Schokosplitter. »Wenn ich eine gewöhnliche Katze wäre, dann sicherlich.« Krümel fielen zurück auf den Teller. »Aber wir Familiare können alles essen. Dennoch haben wir Präferenzen, die an die Ernährungsgewohnheiten unseres Aussehens angepasst sind.«

»Ich kann dir also auch einfach eine billige Dose Katzenfutter aus dem Supermarkt hinstellen?«, fragte Aristella und verbarg ihr amüsiertes Grinsen hinter der Kaffeetasse.

»Untersteh dich!« Celia hatte ihr Gesicht wieder tief in dem Stück Torte vergraben, als eine Benachrichtigung Aristellas Aufmerksamkeit erregte. Sie rutschte näher an den Bildschirm und öffnete das Chatfenster. Ein eisiger Schauer erfasste sie.

»Eine ... Fehlermeldung?« Der Kaffeebecher glitt aus ihren zittrigen Fingern. Das Getränk ergoss sich über den Boden, doch Aristella war zu gebannt von der Nachricht. Die Erinnerung an ihren Traum kehrte wieder; als Leon plötzlich verschwunden war.

»Hey, du.«

In Zeitlupe neigte Aristella ihren Kopf zu Celia, die ihren Teller blitzblank geleckt hatte.

»Willst du die Sauerei da auf dem Boden nicht aufwischen? Was ist los?«

»Du würdest mir sagen, wenn ich noch träume, stimmt's?«

Celia legte beide Ohren an und schüttelte ihr schwarzes Fell. »Jetzt?«, fragte sie und leckte sich erneut übers Maul. »Du träumst nicht.« Ein Augenblick verstrich, doch Celias Antwort war eindeutig: »Genau deswegen bin ich ja hier. Zumindest glaube ich das.« Es fiel Aristella schwer, die Katze ernstzunehmen. Sahne hatte sich in ihren Schnurrhaaren verfangen, die bei ihrer neuerlichen Putzaktion umher wackelten. »Du weißt doch, mein Gedächtnis ...«

Allmählich ebbte das Trommeln in ihrer Brust ab. Bestimmt gab es dafür eine andere Erklärung. Wie in einem Déjà-vu gefangen suchte sie Leons E-Mail-Adresse raus und tippte ihm eine kurze Nachricht. Genervt schob Aristella ihre Unterlippe zwischen ihren Zähnen herum. Celia ließ ihren Kopf nach links und rechts schnellen, die Nase hoch emporgestreckt.

»Musst du wieder kotzen?« Aristella seufzte und war im Begriff, die Katze auf den Boden zu heben, als diese zurückwich. »Dann wenigstens nicht auf meinen Schreibtisch. Ich wusste doch, dass die Torte keine gute Idee war.«

Aber Celia ging nicht weiter auf ihre Stichelei ein. Stattdessen wühlte sie durch das Chaos an Papieren und Stiften, schob ein Saftglas zur Seite und begann, mit ihrer Pfote zu scharren.

»Pinkelst du jetzt etwa hier hin!?« Aristella warf die Hände in die Luft. »Du musst mir sagen, wenn du ein Katzenklo und Sand brauchst!«

»Wo hast du das her?« Celia saß da, mit angelegten Ohren, und zog mit ihrer Pfote an etwas, das tief unter einigen Coding Magazinen und Prospekten vergraben lag.

Aristella legte die Stirn in Falten. Als sie sah, was Celia so aufgebracht hatte, lachte sie. »Dieses Buch? Das hab ich von so einem Flohmarkt.«

»Impossible!« Der abermals französische Akzent der Katze stieß Aristella vor den Kopf. Wütend scharrte das Tier weiter am Umschlag des Buchs herum, als hätte es Beute erlegt. Celia hielt die Nase in die Luft, schnüffelte aufgeregt, um letzten Endes doch nur angewidert zurückzuweichen. »Dieses Buch gehört nicht hierher!«

»Wie meinst du das?« Aristella nahm es an sich und fächerte die Seiten auf. Unsicher, ob Celia einfach nur den Verstand verloren hatte, hielt auch sie ihre Nase näher heran, konnte jedoch beim besten Willen nicht sagen, was sie dermaßen aufregte. »Ich hatte noch nicht wirklich Gelegenheit, es mir anzusehen. Aber auf mich wirkt das Ding harmlos.«

Peitschend warf Celia ihren Schwanz zur Seite, beförderte das Saftglas damit endgültig zu Boden. Ihre Ohren waren weit nach hinten gelegt, mit einem Mal sah sie ernst und geradewegs furchteinflößend aus. »Dieses Buch ist nicht aus dieser Welt. Ich wusste es gleich, als mir der Geruch in die Nase stieg.«

»N-nicht aus dieser Welt?« Aristella raufte sich das Haar. »Bin ich wieder in einem Traum?« Sie sah auf ihre Hände, zählte jedoch zehn Finger. »Leon ist fort und du sprichst in Rätseln.«

»Dieses Buch stammt aus meiner Welt. Der Traumwelt, wie ihr Menschen sie nennt«, offenbarte Celia ihr mit klarem Blick. »Meinem Zuhause: Persomnia.«

Glitzer im Wind

In fernen Zeiten

Angestrengt spannte Celia die Muskeln in ihrem Rücken an, konzentrierte sich auf die Form ihrer Flügel. Weiße Schwingen waren es, die sie wollte. Wie die eines Engels, den sie vor kurzem im Traum eines Menschen gesehen hatte. Eine imposante Gestalt mit weiß gefiederten Flügeln. Sie spürte, wie ihre Energie sich Bahn brach und zu beiden Seiten aus ihr heraustrat. Es kostete sie all ihre Kraft, doch die Flügel ließen sich tatsächlich bewegen! Endlich!

»Gut. Sehr gut, mein Kind!«

Das Lob ihrer Mutter stimmte Celia zufrieden. Sie löste die Anspannung, sah dem silbernen Glitter dabei zu, wie er in die Luft stob und davonschwebte. Sie machte sich nicht sonderlich gut im Sprinten oder Klettern, also hoffte Celia, dass zumindest ihre Flugfähigkeiten dem Durchschnitt entsprechen würden.

Aus den Augenwinkeln sah sie, wie ihr Bruder Fin Anlauf nahm. Ein schwarzer, katzenartiger Familiar von ähnlichem Körperbau wie sie selbst, doch etwas schlanker und muskulöser. Er stieß sich an der Kante der Übungsklippe ab und spannte im Sprung seine Flügel aus: Blau und ledrig, ganz anders als die, die Celia sich herbeigeträumt hatte. Sie beneidete ihren Bruder, wenngleich sie sich damit tröstete, dass ihr Verstand weitaus schärfer war als seiner.

»Gräme dich nicht, Kind.« Ihre Mutter überragte sie um das Dreifache und legte ihren wuchtigen schwarzen Katzenkörper neben den ihren. Gemeinsam blickten sie dem Horizont entgegen, der tickend den Beginn einer neuen Nacht ankündigte: Der Zeiger der Himmelsuhr lag kurz vor Westen. »Jetzt ist nicht die Zeit dazu. Suche deinen Ievos und hefte dich bis zum Anbeginn des Morgens an seine Fersen. Übe dich darin, nicht aktiv in Erscheinung zu treten, und lerne das Wesen der Menschen und ihre Welt kennen.«

Celia beobachtete die Wolken, während ihre Mutter in einen tiefen Schlummer fiel. Ihre Katzengestalt erlaubte es ihr, immer und überall innerhalb kürzester Zeit einzuschlafen. Sie war der mächtigste Familiar von allen – eine Gestaltwandlerin, wie es sie nur selten gab. Celia hingegen hatte noch nicht herausgefunden, worin ihre eigene Begabung lag. Sie beobachtete Fin dabei, wie er von Wolke zu Wolke segelte, ohne sie zu berühren. Er schien ein Talent fürs Fliegen zu haben, war kräftig und wendig zugleich. Und sie? Ihr gelang es gerade so, unter viel Anstrengung ihre Flügel zu spannen.

Celia seufzte schwer und wandte sich von der Himmelsuhr ab. Irgendein Ievos würde schon noch frei sein – auch wenn sie wieder einmal spät dran war.

»Celia!«

Die Katze schreckte aus ihrem Schlummer hoch, sah sich orientierungslos um. Kichernd tuschelten die anderen jungen Familiare hinter ihren Pfoten, Händen oder Flügeln.

Beschämt wanderte Celias Blick zu ihrer Lehrerin, einer streng dreinblickenden Husky-Dame mit pinker Brille, die bedrohlich vor ihr stand.

»Könnten Sie die Frage noch einmal wiederholen?« Ohne es zu wollen, entwich Celia ein leises Gähnen, was ihre Lehrerin mit den Augen rollen ließ. Hitze stieg ihr ins Gesicht, sie wollte bloß fort von hier.

»Wir waren bei den Begabungen, die uns Familiaren zufallen.«

»J-ja, also …« Celia überlegte einen Moment. »Gestaltwandlung, Empathie, Athletik und …« Sie hielt inne, jegliche Information entglitt ihr im Geiste. Das Kichern der anderen machte es nicht besser.

»Also wirklich.« Die Lehrerin stemmte die Arme in die Hüften. »Das wisst ihr seit der ersten Klasse!«

»Tarnung!«, stieß Celia aufgeregt hervor. »Diese Familiare werden besonders zum Sammeln von Daten über die Menschen- und Tierwelt eingesetzt!«

Trotz ihrer richtigen Antwort erweichten sich die Gesichtszüge ihrer Lehrerin nur bedingt. »Wenigstens weißt du irgendetwas.« Sie wandte sich ab und marschierte wieder nach vorn an ihr Pult. Im Weggehen hörte Celia sie noch murmeln: »Wenn du schon keine Begabung entwickelst wie andere in deinem Alter.«

Nach dem Unterricht ließ Celia sich von einer Wolke über die Weiten Persomnias tragen. Im Gegensatz zu den Ieven war es ihr nicht einfach so möglich, in die Träume der Menschen einzutauchen. Stattdessen nutzte sie sie nur zu gern als Transportmittel, während sie ihren eigenen Gedanken nachhing. Unter ihr erstreckten sich die Irrgärten, aus denen sich viele Träume zusammensetzten. Sie entstanden hier in Persomnia, geboren aus den Gefühlen, die die Menschen mit in den Schlaf nahmen, und den Mächten, derer sie sich bedienten.

Die Tiefsee, die die Insel umgab, bestand aus unverarbeiteten Traumata, die Persomnia in dünnen Flüssen durchzogen. Celia hoffte, dass ihre eigenen Flügel sie tragen würden, sollte sie aus dieser Wolke stürzen – in diese schwarzen Gewässer einzutauchen, das wollte sie sich wahrlich ersparen. Noch nie war jemand aus ihnen zurückgekehrt.

In der Ferne zeigten sich die bunten Märchenwälder, umrahmt von den Gebirgen der Legenden und Mythen aus dem Reich der

Menschen. Die Flüsse transportierten auch von dort benötigte Elemente in die Mitte der Insel, wo sie sich für jeden Menschen individuell zusammenfanden, um einen Traum für ihn zu generieren. Celia beobachtete, wie die Traumwolken sich aus den runden Düsen quetschten und flauschig aufgingen, sobald sie den Himmel berührten. Und dann zogen sie in alle Richtungen davon, je nachdem, wie lange der Traum des Menschen dauern würde. Manche umkreisten Persomnia mehrfach, andere wiederum begannen, sich bereits vor Erreichen der Klippen langsam aufzulösen. Von dort tauchten die Ieven in die Träume ein und bereicherten sie um Akteure – gaben den bislang nur vorherrschenden Gefühlen und Bildern eine Gestalt, mit der die Menschen in Kontakt treten und ungelöste Konflikte aufarbeiten oder Wunschträumen nachjagen konnten.

Wie würde Celia diesen Prozess bereichern? Welche Rolle würde sie am Ende ihrer Ausbildung spielen? Drei Menschenjahre, genau 1095 Sonnentage lang, wurden Familiare ausgebildet, um den Ieven zur Hand zu gehen oder die Aufgaben zu erfüllen, die ihre Mutter Faerin ihnen auftrug. Ihr oblag die Kontrolle und Verwaltung ihrer Kinder, von denen sie abertausende in die Welt gesetzt hatte. Immer, wenn sie neue Hilfe benötigten, wurden Familiare geboren, in der Regel als kleine Säugetiere. Ihre eigene Gestalt hatte Faerin bereits seit zwanzigtausend Jahren nicht mehr gewandelt und so brachte sie meist Kätzchen in allen Formen und Farben hervor. Dass Celia ihr optisch so sehr ähnelte, ließ die Enttäuschung über ihren fehlenden Fleiß und den Mangel an Fähigkeiten noch schwerer wiegen.

Eine wohlige Wärme stieg von der Traumwolke auf, die Celia über Persomnia trug. Offenbar durchlebte der zugehörige Mensch gerade eine Abfolge wunderbarer Momente und Bilder. Doch dann begann es unter ihr zu brodeln. Ein scharfer Luftzug erfasste Celia, als sich die fluffige Wolkenschicht vor ihr teilte und eine Silhouette aus dem Spalt nach oben hechtete. Kunstvoll sank der Schemen herab und ließ sich im Schneidersitz neben Celia nieder.

»Nanu.« Die Ievos schenkte ihr einen neugierigen Seitenblick, streckte sodann ihren Arm aus und pflückte einen Apfel aus dem Nichts. Offenbar hatte sie eine lange Nacht hinter sich, von Erfolg gekrönt, und ausreichend Taler auf ihrem Traumkonto

Celia knurrte hingegen der Magen, sie musste warten, bis es für alle Familiare Abendessen gab. Für spontane Leckereien hatte sie kein Guthaben übrig, immerhin arbeitete sie auch nicht sonderlich fleißig.

»Guten Morgen«, raunte Celia und brachte ihr Fell zum Erzittern. Der Anblick des süßen Apfels ließ eine Welle des Trotzes in ihr aufkeimen.

Diese Ieven waren solch arrogante Geschöpfe! Große, humanoide Wesen mit insektenartigen Kauwerkzeugen an der Unterseite ihrer Wangen. Ihr Teint wandelte sich im Laufe des Lebens und verriet ihr Alter: Während junge Ieven eine Haut von hellem Silber trugen, nahm sie etwa alle zwanzig Menschenjahre einen anderen Ton an. Diese Ievos, die es sich bei Celia gemütlich gemacht hatte, stand noch am Anfang ihres Lebens: Der rosige Ton ihrer Haut begann gerade erst, sich zu verdunkeln; sie musste Mitte dreißig sein. Die sechs Augen an ihrem Kopf lagen unter einer hornartigen Maske verborgen, die bei jedem anders aussah. Eine Art Accessoire, das viele mit geflochtenen Bändern und Schmuck dekorierten oder auch färbten – und die Ievos vor Celia geizte nicht mit Klunkern. Edelsteine in allen Farben des Regenbogens schimmerten an ihren Schläfen, die Ränder ihrer Augen waren grün umrandet und mit kleinen Metallgewinden versehen, an deren Enden dunkle Kugeln prangten. Sie hatte Stil; doch Celia scherte sich herzlich wenig darum.

Die Ievos überschlug die Beine. »Nichts zu tun?« Sie biss in das Stück Obst und kaute genüsslich darauf herum. »Jetzt ist in den östlichen Ländern Nacht, aber auch hierzulande lassen sich noch ein paar Tagträume finden. Wenn du niemanden hast, der dich mitnimmt, kannst du gern bei mir unterkommen.«

Celia ließ sich das Angebot durch den Kopf gehen. »Bist du nicht erschöpft?« Ieven arbeiteten in unterschiedlichen Regionen. Da es irgendwo auf der Welt immer Nacht war, gab es auch ständig etwas zu tun. Celia lebte hier in der Sphäre der mitteleuropäischen Länder, konnte jedoch jederzeit in eine andere Region wechseln. Bis auf die Regierungsgebäude und Fabrik sah Personmia darin immer gleich aus, nur die Himmelsuhr zeigte an, ob bei den hiesigen Menschen gerade Tag oder Nacht war.

»Ne.« Die Ievos legte sich auf die Wolke und nahm einen weiteren Bissen von ihrem Apfel. »Zu viel Adrenalin. Das war gerade richtig aufregend.«

»Was hast du gesehen?«, fragte Celia und spitzte die Ohren. Die Fantasie der Menschen reizte sie. Am liebsten verbrachte sie ihre Stunden damit, in den Träumen dieser seltsamen Wesen auszuharren und den Dingen ihren natürlichen Lauf zu lassen.

»Verfolgungsjagd. Mit Monstern, Familienmitgliedern, alten Lehrern und Ex-Freunden.« Die Klauen an den Wangen der Ievos zuckten vor Aufregung. »Da waren so viele ungelöste Konflikte und aufgestaute Gefühle. Es hat Spaß gemacht, immer in eine andere Person zu hüpfen und dem Menschen aufzulauern. Ihn zur Rede zu stellen und mitanzusehen, wie er doch immer nur weglief.«

Celia verengte die Augen zu Schlitzen. »Hast du auch dabei geholfen, welche dieser Konflikte aufzulösen?« Die Erzählung – ja, dieser Hauch von sadistischer Freude, der in ihrer Stimme mitschwang – klang viel eher so, als hätte die Ievos es genossen, den Menschen zu quälen.

»Ach.« Sie winkte ab, verputzte den letzten Rest ihres Apfels und zermalmte ihn mit ihrem kräftigen Kiefer. »Menschen wollen nur flüchten, nichts schlichten.« Ihr dunkles Haar schimmerte, als sie am Sonnenturm vorbeischwebten, dessen Strahlen auch Celias Fell erwärmten. Wärme. Da fiel ihr etwas ein.

»Auf mich hatte es den Anschein, als würde der Mensch hier einen schönen Traum haben.«

»Wer weiß.« Die Ievos zwinkerte Celia verschwörerisch zu. »Vielleicht habe ich ihn das glauben lassen.«

»Hey, Daena!«

Ein Ruf gellte von einem der Turmfenster zu ihnen herüber. Und die Ievos folgte ihm.

»Mach's gut, kleiner Familiar.« Sie erhob sich, band ihre lange, lockige Mähne zu einem hohen Zopf. »Ich geb mich dann mal einem anderen Vergnügen hin und lass die Menschen für heute Nacht in Ruhe.« Sie sprang gekonnt auf ihren Bekannten zu, der sie wie eine Tänzerin auffing und zu sich durch das Fenster zog. Von diesen beiden würde Celia sich eindeutig fernhalten.

Als die Wolke, auf der sie sich durch Persomnia tragen ließ, allmählich an Stabilität verlor, wusste sie, dass der Mensch gleich aufwachen würde. Celia konzentrierte sich, spannte ihre kleinen, weißen Federflügel und glitt gemächlich auf eine etwas tiefer gelegene Wolke, um es sich dort bequem zu machen. Hier oben hatte sie ihre Ruhe. Und irgendwann, nach einem ausgedehnten Schläfchen, würde sie sich einen Ievos suchen und ihn in einen der Träume begleiten.

Auch Menschen gingen in die Schule, wenn sie jung waren. Später suchten sie sich eine Beschäftigung, verdienten so etwas Ähnliches wie Taler und gönnten sich davon ebenfalls die ein oder andere Leckerei. In manchen Punkten ähnelten sie den Ieven und Familiaren Persomnias also.

Celia wandelte durch eine dunkle Gasse, aus der ihr junge Menschen entgegenkamen. Ihre Blicke waren auf kleine Gegenstände in ihren Händen gerichtet, ihre Körperhaltung gebückt. Auf ihren Rücken trugen sie schwere Taschen.

»Ich verhaue die Prüfung morgen«, raunte einer von ihnen. »Ich schaff das nicht und werde zuhause rausgeworfen. Meine Eltern haben mir das angedroht.«

Celia blieb stehen. Leichter Nieselregen streifte ihr Fell, als sie im Schein einer Laterne einen genaueren Blick auf das Menschenkind warf. Es war viel zu jung, um von zuhause rausgeworfen zu werden. Sie war zwar nicht gut darin, sich die Gesetze und Gepflogenheiten der Menschen zu merken – was ihr regelmäßig Tadel ihrer Lehrerin und ihrer Mutter einbrachte – doch in Träumen folgte selten etwas den Regeln.

Mireille, die Ievos, die Celia in diesen Traum begleitet hatte, wandelte im Dunkel ihre Gestalt und trat auf das Kind zu. Sie las in seinen Gedanken und sprach: »Wenn du dein Bestes gibst, wird dir niemand böse sein.«

Die Szene wandelte sich. Der Regen verschwand, wurde von warmer Luft abgelöst. Celia sprang auf das Sofa, das plötzlich vor ihr auftauchte, und kuschelte sich zwischen die Kissen, von wo sie die Szene weiter beobachtete.

»Papa und ich verstehen, dass du viel Druck hast.«

»Aber dann falle ich durch und muss das Schuljahr wiederholen.« Das Kind schniefte. »Und werde obdachlos, wie die im Fernsehen. Und kriege nie einen guten Job, wie Onkel Markus. Alle in der Familie machen sich über ihn lustig.«

Auch Menschen kannten Spott innerhalb der eigenen Sippe, dachte Celia bei sich. Sie empfand Mitleid mit dem Kind, doch um sich aktiv zu zeigen, fehlte es ihr noch an Erfahrung. Also saß sie da und versuchte, zu lernen. Das Wohnzimmer der Familie war gemütlich. Gerahmte Bilder zierten die Wände, ein ausladender Esstisch ließ vermuten, dass sie hier abends oft beisammensaßen.

»Und wenn ich durchfalle, sind all meine Freunde in einer höheren Klasse. Was werden die von mir denken? Alle werden über mich lachen, weil ich kein Mathe kann.«

Stimmen wurden laut, die Spott und Hohn hinausposaunten.

»Möchtest du Nachhilfe nehmen?«, fragte Mireille in Gestalt der Mutter.

»Das ist zu teuer.« Wieder schniefte das Kind und wischte sich mit dem Ärmel über das Gesicht. »Du und Papa arbeitet schon so viel. Wäre ich nicht so dumm, dann …«

»Du bist nicht dumm.«

»Aber Papa hat gesagt, ich muss das allein schaffen.«

»Da war er bestimmt nur müde.« Mireille legte dem Jungen eine Hand auf den Kopf und lächelte. »Lass uns morgen nochmal in Ruhe darüber reden, hm? Und jetzt beruhige dich. Es gibt viel Wichtigeres als Schulnoten. Papa und ich verstehen das. Auch, wenn wir im ersten Moment vielleicht mit Ärger reagieren.«

Die Szene kippte abermals. Celia landete unsanft auf dem Boden, fand sich auf einem großen Fußballfeld wieder. Zwei Tore, ein Haufen Kinder und ein Ball. Frischer Wind wehte ihr um die Ohren, doch die jungen Menschen hatten Spaß. Besonders einer von ihnen: Der Junge, den Mireille bis eben noch getröstet hatte. Sie selbst war inzwischen in die Rolle des gegnerischen Torwarts geschlüpft.

Celia stolzierte vom Feld, legte sich in den Schatten und seufzte schwer. Erst letzte Woche hatte sie die in Europa gängigen Sportarten lernen müssen, das Meiste über Fußball jedoch bereits wieder vergessen. Warum sie sich so viel merken sollte, verstand sie nicht – doch den Torwart von den anderen Spielern zu unterscheiden, gelang ihr noch. Offenbar war die Angst um die schlechten Noten nun einem schöneren Traum gewichen; genau dafür waren Ieven da. Und irgendwie auch die Familiare, ihre Helfer. Irgendwann, wenn Celia es geschafft hatte, alle Kurse ihrer Ausbildung zu bestehen, würde sie mit Stolz sagen können:

»Mein Name ist Celia, ich gehöre den Familiaren Persomnias an, ausgebildet für den Schutz der Träume Mitteleuropas. Außerdem bin ich ein Kind der Weisen Faerin.«

Atelophobie

(Übersteigerte) Angst vor der eigenen Unvollkommenheit; davor, Fehler zu machen oder fehlerhaft zu sein.

Celia ringelte sich auf Aristellas Kissen, den Kopf leicht zur Seite geneigt. Es war seltsam, sich plötzlich das Bett mit jemandem zu teilen, wenngleich sie die Anwesenheit der Katze beruhigte.

»Du kannst ruhig schlafen«, sagte diese ins Halbdunkel, das nur vom Leuchten des Smartphones durchbrochen wurde. »Sobald du in die Traumwelt gleitest, bin ich bei dir und passe auf.

Aristella zögerte. »Siehst du, wovon sie handeln?« Sie wollte niemanden in ihren Träumen haben. Sie waren ein Teil von ihr, den sie nicht preiszugeben gedachte.

»Nein, keine Angst«, erwiderte Celia und gähnte zum gefühlt zehnten Mal seit Beginn ihres Gesprächs. »Solange du mich nicht aktiv rufst, fühle ich nur, ob du glücklich bist oder Angst hast. Ob du in Gefahr bist und all das. Aber solltest du dir meine Anwesenheit wünschen, kann ich zu dir.« Sie schmatzte und bettete ihr Köpfchen auf Aristellas Schulter. »Ich tauche also nicht in einem deiner Sexträume auf oder so, keine Sorge.«

»Ich habe keine Sexträume!« Entrüstet riss sie den Kopf herum. »Ich wollte nur wissen, ob ich denn auch weiterhin … na ja, versuchen kann …«

»Ihr Menschen solltet nicht klarträumen«, sagte Celia und schloss die Augen. »Aber ich bin nicht hier, um dich davon abzuhalten. Wenn du es nicht lassen kannst, passe ich auf, dass man dich im Schlaf in Ruhe lässt.«

»Abgemacht.« Aristella nickte ins Dunkel hinein. Offensichtlich hatte sie sich nun damit abgefunden, dass die Katze hier einstweilen Urlaub auf ihre Kosten machte, bis sie ihr Gedächtnis wieder hatte; aber sei es drum. »Schlaf schön.« Celias Schnarchen verriet ihr, dass sie das bereits tat. Dennoch fügte sie hinzu: »Und morgen unterhalten wir uns mal über Hausregeln.«

Jetzt, da die Katze nicht mehr ständig kommentierte, was Aristella auf ihrem Smartphone trieb, traute sie sich endlich, Leons Chat zu öffnen. Tausend Fragen geisterten durch ihren Verstand:

Warum war ein Traumwächter aufgetaucht, nachdem sie Leons Aufforderung, ihn zu rufen, gefolgt war? Hatte sie sich in ihrem Traum so weit weg befunden, dass ihr Ruf an das falsche Wesen geraten war? Der Podcast hatte sie auch nicht wirklich weitergebracht; allerdings musste Aristella zugeben, dass sie die Folge nicht bis zum Schluss gehört hatte.

Drei Nachrichten von Leon warteten darauf, von ihr gelesen zu werden. Seine Worte zauberten ein Lächeln auf ihre Lippen:

> Daily Check-In: Ich lebe noch
> und habe dich nicht blockiert.

Die gestrige Störung des Messengerdienstes hatte Aristella dermaßen in Panik versetzt, dass Leon ihr nun bereits zum zweiten Mal hintereinander denselben Satz schickte. Sie scrollte nach oben, nahm sich endlich Zeit, seine Geburtstagsnachricht zu lesen. Bislang hatte sie nur in der Vorschau gesehen, dass er ihr gratuliert hatte. Aus Furcht, ihre seltsamen Traum-Loops könnten mit dem Messenger oder ihrem Smartphone zusammenhängen, hatte sie es seit gestern kaum angerührt.

Happy Birthday, Stella! In Binärzahlen bist du nun die 10110, im Periodensystem ein kleiner, lockiger Haufen Titan. Halte dich ab jetzt an Regel 22: Verärgere niemals einen bewaffneten Mann! Meiner Meinung nach solltest du es aber auch nicht bei einer bewaffneten Frau versuchen. Der 22. Tag des Jahres ist übrigens stets der 22. Januar – mein Geburtstag. Dieses Jahr muss etwas ganz Besonderes sein, Stella. So verbunden wie in diesem Lebensjahr waren wir noch nie :)

Ich hoffe, du verbringst einen schönen Abend bei Taya und Anna. Ein Geschenk ist per Post unterwegs.

Aristella wurde seltsam warm ums Herz, was nicht nur an Celias dicken Schenkeln lag, die unglaublich viel Hitze ausstrahlten. Im Schein des Smartphones besah sie ihre Fingernägel, die sie hie und da immer noch abkaute, und öffnete die Tastatur.

Tausend Dank <3 Wenn mich jetzt jemand fragt, wie alt ich bin, hab ich einen Haufen unnützer Fakten dazu :D

Nachdem sie die Nachricht abgeschickt hatte, hielt Aristella inne. Der Drang, Leon alles zu erzählen, was sich innerhalb der letzten vierundzwanzig Stunden ereignet hatte, war überwältigend. Und wenn es einen Menschen auf dieser Welt gab, der sie niemals für verrückt erklären würde, dann war es Leon.

Mein ganzes Leben steht kopf. Ich weiß nicht, wie all das passieren konnte. Sorry, dass ich mich seit gestern nicht gemeldet hab.

Sie schluckte, nahm einen tiefen Atemzug und ließ ihren Worten freien Lauf.

Wenn wir als Kinder immer geglaubt haben, dass Wesen aus der Traumwelt real sind und eine Verbindung zu uns aufnehmen können, dann weiß ich jetzt, dass wir all die Jahre richtig lagen.

Nachdem ich letzte Nacht in einem wirklich katastrophalen Traum-Loop gefangen war, ist eine Katze mit mir in die echte Welt gekommen. Ein Familiar, eine Art Traumwächter, wie sie sagte.

Und ja, du hast richtig gelesen: Das Vieh kann sprechen!!

Ich frage mich, ob ich immer noch träume. Aber diese Katze ist mir schon ein paarmal begegnet, sowohl in meinen Träumen als auch hier in Wien. Wie kann das sein, Leon? Wenn jemand eine Antwort darauf kennt, dann du.

Ich schwöre, dass ich dir die Wahrheit sage. Eine sprechende, kugelrunde schwarze Katze liegt hier bei mir im Bett und will über meine Träume wachen. Außerdem habe ich heute Morgen, in einem Wahn gefangen, meinen Vater angeschrien. Seitdem ruft er ständig an.

Ich weiß nicht, was ich machen soll. Wie soll ich zur Ruhe kommen und schlafen, wenn ich jederzeit wieder in einem Albtraum erwachen kann, der vollkommen real wirkt?

Bei deinem Podcast bin ich nicht weit gekommen, irgendwie wurde ich furchtbar müde. Und heute Nacht, mit dieser Katze hier auf meinem Kissen, traue ich mich nicht, irgendetwas zu hören. Ich will mitbekommen, falls sie nachts aufsteht und Pflanzen anknabbert.

No Joke, btw. Sie hat meine Bude zerlegt und auf den Teppich gekotzt. Glitzer!

Mir macht all das eine Heidenangst.

… und gleichzeitig war ich noch nie so aufgeregt in meinem Leben, setzte Aristella gedanklich hinzu. Ist das hier nicht genau das, worauf du immer hingefiebert hast?

Also löschte sie den letzten Satz wieder, ehe Leon ihn sah; gerade noch rechtzeitig, denn im nächsten Moment verriet der grüne Punkt neben seinem Namen, dass er online gekommen war. Aristellas Magen begann vor Aufregung zu kribbeln. Eine gefühlte Ewigkeit passierte nichts, ehe der Messenger anzeigte, dass Leon eine Antwort tippte.

Huh. Dann existieren Familiare tatsächlich. Ich habe sie immer für Fabelwesen gehalten.

Hey, ich habe dir hier gerade mein Herz ausgeschüttet! Sonst hast du nichts zu sagen?

Dass du einen Familiar hast, macht die Sache spannend. Es heißt, dass du tatsächlich Einfluss auf die Traumwelt nehmen kannst, Stella!

Und das war eine gute Sache? Aristella schob ihre Unterlippe zwischen den Zähnen herum und kreuzte die Beine übereinander. Der kühle Nachtwind ließ Celias Fell im Schlaf immer wieder erzittern. Unsicher, ob das Tier vielleicht fror, zog sie ihre Bettdecke ein wenig höher, um Celia vor der Zugluft zu schützen. Ob sie auch Glitzer niesen würde, wenn sie erkältet war? Der Gedanke ließ Aristella unweigerlich auflachen. Wenigstens hatte Leon keine Sekunde lang in Frage gestellt, was ihr geschehen war.

Mit einem Familiar an deiner Seite wird das Klarträumen fortan ein Kinderspiel.

Sie hat gesagt, wir Menschen sollten nicht klarträumen.

Natürlich sagt sie das. Sie stammt aus der Traumwelt. Wären sich alle ihrer Träume bewusst, hätten die Wesen dort bloß mehr Arbeit. Aber was sind schon ein, zwei Klarträumer mehr? Wir tun damit niemandem weh. Sie soll dir helfen. Dafür sind diese Familiare schließlich da.

Woher weißt du so viel über diese Welt?

Weil ich mich schon viel länger in sie flüchte als du.

Aristellas Arme überzogen sich mit Gänsehaut. Abermals tippte Leon an einer Nachricht, die sie nur mit Mühe abwarten konnte.

Und glaub mir: Je länger du dich ihr aussetzt, je mehr du deinen Geist zu beherrschen lernst, desto stärker ergreift sie Besitz von dir: die Sehnsucht danach, aus dem echten Leben zu verschwinden. Wenn ich bereits einen Weg gefunden hätte, würde ich sie für immer hinter mir lassen.

Ihr Herzschlag glich einem erbarmungslosen Trommeln.

Und dich mit mir nehmen.

Aristella schluckte. Sie streckte die Arme und lehnte ihren Kopf an Celias weiches Fell, ehe sie im spärlichen Licht des Mondes ein Selfie machte. Aus diesem Winkel wirkte ihr Gesicht zwar ein wenig unvorteilhaft und auch ihr Haar war plattgedrückt, aber es würde seinen Zweck erfüllen.

Sie seufzte, öffnete Leons Chat und schickte ihm das Bild mit einer Nachricht:

Wirklich? Mich, diese misanthrope Nachteule mit krausem Haar und dieser sprechenden, unhöflichen Katze, die irgendwie aus meinen Träumen gesprungen ist?

Es war ewig her, dass sie ein Foto von sich gemacht, geschweige denn eines verschickt hatte. Doch was gab es schon zu verlieren? Selbst wenn sie einander in ihren Träumen begegneten und fortan – im wahrsten Sinne des Wortes – ihren gemeinsamen Traum lebten, wollte Aristella, dass Leon ihr Selbst mochte. Ihr Selbst kannte, obwohl sie in dieser neuen Welt sein könnten, wer immer sie sein wollten. In Wahrheit, tief in ihrem Inneren, würde sie schließlich immer Aristella bleiben.

Leons Antwort folgte prompt. Sie betrachtete sein kantiges Kinn und die schmale Nase. Das karamellfarbene Haar, das ungebändigt zur Seite stand. Er lächelte, ein Auge leicht zusammengekniffen. Den Arm hatte er ausgestreckt, um das Selfie machen zu können. Hatte sie in all den Jahren je ein Bild von ihm gesehen? Abgesehen von dem kleinen, verpixelten Profilbild in ihrem Forum, konnte Aristella sich nicht entsinnen.

In ihrer Vorstellung sah sie natürlich nicht mehr den kleinen, neunjährigen Leon, wie er vor über zehn Jahren Wien verlassen hatte. Beim Betrachten des Fotos musste sie zugeben, dass sie sich den erwachsenen Leon genau so vorgestellt hatte. Unter dem Bild prangte eine Nachricht:

Niemand anderen als dich, du struppige Eule.

Aristellas Finger kribbelten. Aus einer Woge der Überforderung heraus antwortete sie:

Krass wie gut diese Glasaugen inzwischen sind! Wenn ich davon nicht wüsste, hätte ich das nie und nimmer gemerkt.

Warum war sie nur so verdammt ungeschickt? Als sie fieberhaft überlegte, ob sie nicht etwas Charmanteres auf Lager hatte, ging prompt eine Antwort ein:

Ein Hoch auf die moderne Medizin :D Sehen kann ich damit zwar nicht, aber hey, ein Auge kann viel kompensieren. Kein Grund also, mich zu beklagen.

Wenn wir in unserer Welt sind, wäre das etwas, das du ändern würdest?

Aristella schluckte. Sie kam sich dämlich vor. Warum nur war sie diesem Impuls gefolgt?

Also zwei Augen zu haben, meine ich.

Und wie immer, wenn sie sich ungeschickt anstellte, wirkte das Warten auf eine Antwort wie eine halbe Ewigkeit.

Nö. Das ist schon in Ordnung so :)
Kann mich nicht mal mehr daran erinnern, wie es früher war.

Dann versuche ich mich mal weiterhin am Klarträumen. Und höre vielleicht nochmal in den Podcast rein, wenn die Katze mich lässt.

Wir sehen uns auf der anderen Seite, Stella. Schon bald. Versprochen. Ich werde nicht ruhen, bis dieser Traum wahr wird.

Sie wünschten einander eine gute Nacht. Dann zog Aristella ihre Kopfhörer unter dem Kissen hervor, auf dem die schnarchende Celia mittlerweile auf dem Rücken lag. Sie lehnte ihren Kopf an den Bauch der Katze und stöpselte den rechten Hörer in ihr Ohr. Diesmal entschied sie sich dazu, chronologisch vorzugehen: Mit der ersten Folge der Mindbusters würde es garantiert besser klappen.

Während das bereits bekannte Intro leise vor sich hin tönte, durchforstete Aristella das Internet nach Informationen zu den Podcastern. Doch weder mittels Suchmaschine noch auf den gängigsten Social-Media-Plattformen ließ sich irgendetwas über diese Mindbusters herausfinden. Lediglich ein Link erweckte ihr Interesse: Er führte zu dem Forum, in dem sie und Leon sich wiedergetroffen hatten.

Geheimtipp! Hier teilen wir unsere Erfahrungen und Rechercheergebnisse rund ums Klarträumen.

Der Link war exakt derselbe, mit dem sie gerade die erste Episode des Podcasts hörte. Wie konnte ihr dieser Thread entgangen sein? Aristella klickte auf das Profil des Nutzers, von dem der Beitrag stammte:

<table>
<tr><td>Rubyfruits
1.293 Beiträge</td><td colspan="2">Mitglied seit März 2018</td></tr>
<tr><td rowspan="6"></td><td>Aka:</td><td>-</td></tr>
<tr><td>Geburtstag:</td><td>16.05.</td></tr>
<tr><td>Geschlecht:</td><td>weiblich</td></tr>
<tr><td>Wohnort:</td><td>-</td></tr>
<tr><td>Hobbys:</td><td>C#, CSS, zeichnen</td></tr>
<tr><td>Beruf:</td><td>-</td></tr>
<tr><td>Letzter Beitrag:</td><td colspan="2">Div-Container (02:12 Uhr)</td></tr>
<tr><td>Meiste Aktivität</td><td colspan="2">Coding Ecke</td></tr>
</table>

»Viel gibt sie ja nicht gerade über sich preis.« Aristella überlegte, ihr eine Nachricht zu schreiben, widmete ihre Aufmerksamkeit dann jedoch wieder dem Podcast. Vielleicht, wenn sie ein paar Episoden davon gehört hatte; sonst hielt diese Rubyfruits sie noch für eine Verrückte.

»Um einen Klartraum herbeizuführen, gibt es zahlreiche Techniken. Keine davon ist schlechter als die andere, allerdings spricht unser Bewusstsein nicht auf jede gleich gut an. Ihr solltet daher Verschiedenes ausprobieren und anschließend in eurem Traumtagebuch festhalten.«

»Das klingt zeitaufwändig«, wandte eine andere weibliche Stimme ein. »Gibt es keinen schnelleren Weg?«

»Sollte euch jemand davon überzeugen wollen, dass es einen solchen gibt, glaubt ihm nicht. Vielleicht hatte die Person einfach Glück und hält ihre Technik nun für die einzig Wahre. Doch ich sage euch: Klarträumen ist nichts, was man erlernt und fortan jede Nacht erfolgreich anwendet. Es kann sein, dass ihr bereits nach kurzem Training euren ersten Klartraum habt, dann wiederum wochen- oder gar monatelang keinen. Je intensiver ihr euch mit den Techniken befasst, je aktiver ihr euer Bewusstsein darauf trainiert, zu erwachen, desto öfter und sicherer wird es euch gelingen. Klarträumen kann man erlernen, das heißt jedoch nicht, dass ihr danach jede Nacht einen luziden Traum haben werdet oder bewusst einen herbeiführen könnt. Allerdings gelingt es mir mit Hilfe meines Werkzeugkoffers, wie ich ihn gern nenne …« Die Podcasterin lachte kurz auf und räusperte sich. »… etwa drei- bis fünfmal pro Woche.«

Aristella schürzte anerkennend die Lippen; was würde sie geben, um wenigstens eine von sieben Nächten aktiv durch die Traumwelt wandeln und sie nach ihren Wünschen gestalten zu können?

»Mein Ziel ist es, euch in jeder Folge eine Technik vorzustellen. Kombiniert diese ganz nach euren Präferenzen, probiert sie alle aus und seht selbst, worauf ihr am besten ansprecht.«

Aristella schloss die Augen und ließ sich von der Stimme führen. Den angenehmen Geräuschen im Hintergrund und den aufschlussreichen Worten, die sich nach und nach zu einem dichten Klangteppich verwoben.

CYBERSPACE

VON COMPUTERN ERZEUGTE VIRTUELLE SCHEINWELT, DIE EINE FAST PERFEKTE ILLUSION RÄUMLICHER TIEFE UND REALITÄTSNAHER BEWEGUNGSABLÄUFE VERMITTELT.

Die Sterne funkelten am dunklen Nachthimmel, während kalter Wind um das Gebäude jagte. In einem der zahlreichen Betten des Jugendwohnheims kämpfte Ruby mit ihrer grenzenlosen Müdigkeit. Sie spürte, wie die Erschöpfung an ihr nagte, doch jedes Mal, wenn sie ihre Lider senkte, wurden ihre Sinne von schrecklichen Bildern heimgesucht. Die Angst lauerte in den Schatten ihrer Gedanken und flüsterte ihr böse Vorahnungen ins Ohr. Sie zuckte zusammen und schüttelte den Kopf, um die düsteren Bilder zu vertreiben.

Ihr Herzschlag war wie das Dröhnen einer entfernten Trommel, die sie daran erinnerte, dass die Nacht noch lange nicht vorbei war. Ruby griff nach ihrer Thermoskanne und führte sie zitternd an ihre Lippen. Der heiße Kaffee brannte auf ihrer Zunge und ließ sie kurzzeitig vergessen, dass sie überhaupt müde war. Ruby sprang auf und begann hektisch auf- und abzugehen. Bei jedem Schritt ächzten ihre Muskeln, das heutige Lauftraining im Sportunterricht hatte Ruby daran erinnert, wie wenig Kondition sie besaß. Doch der Schmerz war ihr lieber als die Vorstellung, dem Schlaf zu erliegen. Drei Uhr morgens. Sie hatte bereits zwei kurze Nickerchen hinter sich, wenn der Wecker noch einmal läutete, würde Valentina sie verraten. Ruby brauchte unbedingt eine Smartwatch oder etwas Ähnliches, das sie lautlos aus dem Schlaf riss, bevor sie zu träumen begann.

Das Vibrieren ihres Smartphones ließ Ruby zusammenzucken. Sie tastete danach und kletterte mit beiden Beinen aufs Bett. Eine Nachricht von Lea verdrängte ihre Sorgen für einen Moment:

> Bin gerade aufgewacht und denk an dich.
> Falls du heute wieder nicht schlafen magst:

Darunter prangte ein Link, der zu einer neu eingestellten Urban Legend führte. Wenn Ruby Glück hatte, war die Story furchteinflößend genug, um ihren Körper mit Adrenalin vollzupumpen.

> Ich danke dir. Hast du sie schon gelesen?
> Denkst du, dass sie mich wachhält?
> Heute ist es eine echte Qual.

Seufzend verschränkte Ruby die Arme auf ihren angewinkelten Beinen. Sie lehnte ihren Kopf daran und begann, langsam auf und ab zu wippen.

> Hier fegt ein richtig heftiger Sturm durch die Stadt. Ich bin von dem Gepolter am Dach wach geworden. Und irgendwie hab ich gespürt, dass du gerade wieder gegen den Schlaf kämpfst.

> Du bist lieb.

Das helle Display ließ Rubys Augen tränen.

Und ich hab die Urban Legend nicht nur gelesen, ich hab sie geschrieben!

Im Ernst!?

Vor Aufregung kribbelte Rubys Magengrube. Sie öffnete den Link, die Ladezeit schien ihr wie eine Ewigkeit.

:) Alles für dich, Schwesterherz. Schlaf-nicht-gut!

Ruby überflog den ersten Absatz. Ein verlassenes Küstendorf war der Schauplatz der Geschichte. Menschen machten einen Bogen darum, zahlreiche Tragödien …

Aufmerksam folgte sie jedem der Worte, doch die Dunkelheit schien sich zu dehnen. Die Stille um sie herum wurde bedrohlich, nur das Rascheln der Blätter draußen und ihr eigenes verzweifeltes Atmen waren zu hören. Sie begann, den nächsten Satz zu lesen, während die Erschöpfung sie wie ein eiserner Griff umschloss. Doch dann, als Rubys Kräfte sie verließen, spürte sie, wie sich ein Schleier der Ruhe über sie legte. Ihre Augenlider wurden schwer, und trotz ihres Widerstands konnte sie dem Schlaf nicht entkommen. Sie ließ sich langsam zurückfallen, während die Dunkelheit sie in ihre Arme nahm.

Ruby lief über den breiten Bürgersteig, der normalerweise von Menschenmassen bevölkert war. Doch an diesem Morgen waren die Straßen leer und ruhig, die Fahrzeuge standen still, als hätte jemand einfach die Zeit angehalten. Ruby atmete tief durch und genoss es, die Arme weit ausstrecken zu können. Ihr Gang strahlte mehr Selbstvertrauen aus, sie fühlte sich unbeschwert und frei. Ein Kaleidoskop aus Gebäuden, die in den Himmel ragten, umgab Ruby. Wolkenkratzer – gigantische Türme aus Glas und Stahl, dominierten die Skyline und ließen den Himmel wie ein Mosaik erscheinen.

Zwischen diesen modernen Bauten verbargen sich jedoch auch historische Bauwerke mit verzierten Fassaden und kunstvollen Details. Die Gebäude und Straßen einer Großstadt waren wie ein Spiegelbild der Menschen, die in ihr lebten: vielfältig, dynamisch und voller Leben. Doch wenn man sich die Zeit nahm, so wie Ruby gerade, um sie zu betrachten und zu genießen, erhielt man einen tieferen Eindruck ihrer Schönheit. Ihres Charmes.

Ein Gebäude erweckte Rubys besonderes Interesse, zog sie richtiggehend an: Majestätisch stand es inmitten der Straße, verziert von einer weiten Glasfront. Es war das einzige Haus, dessen Fenster nicht getönt waren und tatsächlich einen Blick ins Innere erlaubten. Ruby schritt näher, lugte vorsichtig hinein und trat schließlich durch eine Glastür.

Sie fand sich in einer typischen Lobby wieder, die man von Firmengebäuden kannte: eine Rezeption an der Stirnseite, dahinter zu beiden Seiten Aufzüge. Sie schritt an großen Topfpflanzen, Sitzbänken und Prospektständern vorbei, direkt auf den Computer an der Rezeption zu.

»Neue Welt OS«, las sie vom Bildschirmschoner und betätigte die Maus. Ein Benutzername und Passwort wurden verlangt, um das System zu nutzen. Ruby zog die Tastatur ein Stück näher. Unterhalb des Logins standen Worte in fremdartigen Lettern. Sie versuchte, ein Schema hinter ihnen zu erkennen, gab sich jedoch geschlagen und hielt auf einen der Aufzüge zu. Wie von selbst bewegten sich ihre Finger und übten sanften Druck auf den Knopf aus. Die Oberfläche der Fahrstuhltür war so glattpoliert, dass Ruby sich darin spiegelte. Sie liebte dieses Outfit: ein knallorangenes Shirt mit einer schwarzen, kurzen Latzhose darüber, hoch geschnittene Sneaker mit goldenen Akzenten und eine lange Kapuzenjacke in tiefem Mitternachtsblau. Brille und Frisur saßen perfekt, Ruby blickte einer unerschrockenen jungen Frau entgegen, die sich sodann in zwei Hälften teilte, als die Aufzugstür sich öffnete.

Sie hatte kein festes Ziel vor Augen, also entschied Ruby, das höchste Stockwerk anzusteuern. Von dort würde sie bestimmt einen herrlichen Ausblick über die gesamte Stadt genießen. Nummer neunzig also. Während der Fahrstuhl sich in Bewegung setzte, glitt ihr Blick über die Tasten.

Neun Reihen mit zahlreichen Knöpfen. Bei genauerem Hinsehen erkannte Ruby, dass die Nummern achtzehn bis dreiundzwanzig ausgelassen worden waren.

Sie lehnte sich gegen die Wand und überlegte, konnte sich jedoch keinen Reim darauf machen, warum ausgerechnet jene fehlten. Während die vier Stockwerke übersprungen wurden, brauchte der Fahrstuhl definitiv länger als zwischen den übrigen Etagen, ansonsten gestaltete sich die Fahrt nach oben ereignislos

Im neunzigsten Stock angekommen, schritt Ruby in einen weiten Salon mit Glasfront. Es schien sich um eine Art Konferenzraum zu handeln, der Großteil des Raums wurde von einem Tisch mit schwarzen Stühlen gefüllt. Warme Sonnenstrahlen legten sich auf Rubys Arme. Sie hielt auf die Terrasse zu, konnte die Tür nach draußen allerdings nicht öffnen.

Seufzend wandte sie sich um, erkannte, dass auf einem der Plätze eine Zeitung lag. Ruby setzte sich und griff nach dem Schriftstück. Es war auf den 18.09.2013 datiert; den Leitartikel kannte sie nur zu gut:

Wunderkind programmiert eigenes Videospiel

Rubina Telms (9) aus Leipzig hat große Pläne. Als frischgebackene Gymnasiastin freuen sie und ihre Eltern …

Ruby brach mitten im zweiten Satz ab, zerknüllte die Zeitung. Da ihr das nicht genug war, riss sie sämtliche Seiten in Fetzen und verteilte sie auf dem Konferenztisch wie Konfetti. Sie wollte nicht an früher denken. Keine verlorene Hoffnung wiederfinden

Zurück im Aufzug hielt sie sich keuchend an einer der Stangen fest. Sie pfiff auf die blöde Aussicht hier oben, wollte einfach nur noch weg. Die Türen gingen zu, der Fahrstuhl bewegte sich; hielt auf den vierundzwanzigsten Stock zu, obwohl Ruby keinen Knopf gedrückt hatte. Ihr Versuch, das Erdgeschoss anzuwählen, scheiterte.

Der 18.09.2013. Ruby berechnete die Quersumme des Datums, kam auf vierundzwanzig als Ergebnis und spürte ihre Brust enger werden.

»Nur ein dummer Zufall«, sagte sie sich immerzu. »Niemand berechnet solche Dinge. Niemand außer dir.« Sie atmete gegen den Druck an. Die Luft wurde dünner, je tiefer der Aufzug fuhr. »Das Ergebnis ist nur dasselbe, weil du es unbedingt berechnen musstest.« Ruby schloss die Augen, ihre Kehle schnürte sich zu. »Du machst dir deine Probleme selbst. Es ist alles okay.«

Ruckelnd kam der Fahrstuhl zum Halten, offenbarte ihr, was sich auf diesem Flur verbarg. Töne wie aus einem uralten Videospiel erklangen, die Wände waren verpixelt und schimmerten rötlich. Eine Hängebrücke führte vom Aufzug über einen Teich aus Lava, der bedrohlich brodelte. Fehlten deswegen die Stockwerke darunter? Und wie hielt das Mauerwerk eigentlich die Lava in Schach? Ruby blinzelte, trat einen ersten Schritt über die hölzerne Brücke, die unter der Belastung unbarmherzig zu wackeln begann. Sie erinnerte sich an diese Szene, an diesen Dungeon. Die Logik, mit der sie sich ihm entgegenstellte, ließ ihn zerbrechen. Ein grauenvolles Ruckeln zuckte durch die Wände. Ruby nahm die Beine in die Hand, ehe die ersten Trümmer von der Decke stürzten. Dann spürte sie seine Anwesenheit:

Das großgewachsene Wesen mit den sechs glühenden Augen war ihr dicht auf den Fersen, jagte sie mit Schlagzeilen aus längst vergangenen Tagen, die es unaufhörlich in Rubys Kopf einspielte.

»Rubina Telms (7) ist Schach-Jugendmeisterin von Sachsen.«

»Wunderkind programmiert eigenes Videospiel.«

»'Programmieren ist leichter als Bruchrechnen.' Rubina (10) beeindruckt auf der Coding-Expo in Stockholm.«

»Gymnasiastin (13) nächsten Monat zum Abitur zugelassen.«

Ruby schrie, hielt sich die Ohren zu, während sie über die Hängebrücke hastete. Sie wusste, was folgte. Wusste, wie es weiterging. Dann plötzlich spürte sie einen Widerstand, sie prallte dagegen, taumelte zurück.

»Frau (43) attackiert Ex (45) mit Messer: Mutter einer Tochter zu lebenslanger Haft verurteilt.«

»Lass mich raus!«, brüllte Ruby und trommelte mit ihren Fäusten gegen die Wand.

»Mann (45) überlebt Messer-Angriff nur knapp.«

Starr vor Schreck blieb sie auf dem Rücken liegen, hielt sich Augen und Ohren zu. Doch die Worte brannten sich unaufhaltsam in ihren Geist.

»Messerangriff in Leipzig: Täterin und Opfer stellen sich als Eltern des Wunderkindes Rubina Telms heraus.«

Die Erde bebte mit jedem Schritt, den das Wesen machte. Über zwei Meter groß, mit breiten Schultern und insektenartigen Kauwerkzeugen am Kinn lauerte es hinter Ruby. Kam einen schnaufenden Atemzug nach dem anderen näher, ehe es plötzlich ganz nah an ihrem Ohr flüsterte:

»Drama um Wunderkind Rubina: Nach Bluttat der Mutter übernimmt das Jugendamt die Fürsorge.«

Hitze umfing sie. Lava, glühend heiß und …

Ruby schreckte hoch. Schweiß perlte von ihrer Stirn. Das Herz schlug ihr so kräftig bis zum Hals, dass sie fürchtete, es würde jeden Moment zerspringen; wie die Worte all der Boulevard-Magazine und verdammten U-Bahn-Zeitungen, die damals die Runde gemacht hatten. Am Ende ihres Traumes waren sie Ruby abermals erschienen und in tausend Stücke zerbrochen. Warum nur konnte sie keines davon vergessen?

Keuchend presste sie die Hände gegen ihre Brust und warf einen Blick auf ihre Armbanduhr. Halb fünf. Verdammt, sie hatte doch extra versucht, sich mit dieser Geschichte wachzuhalten!

Ein Klopfen ließ Ruby zusammenfahren. In dem Moment war sie überzeugt, dass ihr all die Aufregung heute den Rest geben würde. Ja, bestimmt würde ihr Herz nicht mehr lange mitmachen, dachte sie, während sie möglichst geräuschlos aus dem Bett schlüpfte und ans Fenster trat. Sie kniete sich mit dem rechten Bein auf ihren Schreibtischstuhl, rutschte vor und öffnete es, um von Twinkie überrumpelt zu werden. Der Waschbär schlang seine kurzen Arme um sie, betastete instinktiv ihren Rücken, was Ruby umgehend etwas zur Ruhe kommen ließ.

»Du solltest nicht hier sein«, flüsterte sie und hob das Tier trotzdem auf ihren Arm. Sie vergrub ihr Gesicht in dem weichen grauen Fell, fuhr behutsam über die schwarzen Linien an seiner Stirn. Das Glöckchen an seinem grünen Samthalsband funkelte im schwachen Mondlicht.

Du solltest nicht hier sein.

Dieser Satz stimmte auf so vielfältige Art und Weise, denn: Twinkie war kein gewöhnlicher Waschbär. Für sein Auftauchen gab es keine logische Erklärung; er selbst nannte sich einen Familiar aus der Traumwelt. Ruby war davon überzeugt, dass der Schlafmangel und die Tabletten allmählich an ihrem Verstand nagten, doch die Anwesenheit des kleinen Kerlchens tat ihr gut. Vor ihm rang sie nie mit Worten, sondern konnte endlich wieder ihre Stimme hören. Und solange ihre Fähigkeiten beim Programmieren nicht litten, war Ruby alles andere egal. Dann halluzinierte sie eben. Oder Twinkie existierte wirklich und stammte aus einer Parallelwelt. Tauchten nicht immer wieder Theorien auf, die auf die Existenz alternativer Zeitlinien hinwiesen?

»Aber du hattest einen Albtraum«, flüsterte der Waschbär und ließ sich von Ruby ins Bett tragen. Sie zog die Decke schützend über sich und spürte, wie ihr Puls allmählich zur Ruhe kam.

»Es war furchtbar.«

»Du solltest diese Dinger nicht nehmen«, sagte Twinkie anklagend und begann, unter ihrem Kopfkissen herumzuwühlen. »Denn weißt du, Menschen, die unter dem Einfluss solcher Mittel schlafen, die …«

»Psst«, machte Ruby – einerseits, damit Valentina nicht aufwachte, andererseits, weil sie gerade wirklich keine Predigt hören wollte.

Twinkie zog seine Ärmchen zurück und seufzte leise. »Aber diese Menschen haben instabile Traumwolken. So unbeständig und zerbrechlich, dass wir ihnen nicht helfen können.«

»Niemand kann mir helfen«, hauchte Ruby und bereute es im nächsten Moment. Sie wollte nicht, dass Twinkie sich noch mehr um sie sorgte. Doch immerhin ließ er davon ab, sie weiter über die Gefahren der Schlaftabletten aufzuklären.

Während Ruby mit dem kleinen Waschbären im Arm dalag und gegen die Wand starrte, drifteten ihre Gedanken fort. Zurück zu ihrem Satz, um den ihr ganzes Leben sich drehte.

Du solltest nicht hier sein.

… nicht hier in diesem Heim.

… nicht hier in der zehnten Klasse.

nicht hier, als ihre Mutter mit dem Messer bei ihrem Vater aufgetaucht war und Rubys Zukunft mit jedem Stich in seine Brust zerstückelt hatte.

PARAMNESIE

ERINNERUNGSTÄUSCHUNG, -FÄLSCHUNG; GEDÄCHTNISSTÖRUNG, BEI DER MAN GLAUBT, SICH AN EREIGNISSE ZU ERINNERN, DIE GAR NICHT STATTGEFUNDEN HABEN.

Immerhin erhielt Aristella diesmal keine Fehlermeldung auf ihre E-Mail hin. Als sie dies mit Genugtuung festgestellt hatte, legte sie ihr Smartphone wieder zur Seite.

Celia hielt bereits seit zwei Minuten einen Monolog über diese Welt namens Persomnia, dem Aristella trotz ihres Interesses bislang nur mit einem Ohr gelauscht hatte. Sie ermahnte sich zur Aufmerksamkeit. »Diese Welt, sie ist eine richtige Traumwelt?«, hakte sie nach, um wenigstens den Anschein zu erwecken, sie hätte aufgepasst. »Und dort leben Wesen wie du? Solche Familiare?«

»Ganz recht.« Celia hatte sich wieder in ihre Truthahn-Position begeben und schenkte dem Buch einen argwöhnischen Blick. »Ich spüre, wenn etwas aus dieser Welt stammt. Beim Duft von Vanille ist immer etwas faul!«

»Vanille«, murmelte Aristella, schüttelte jedoch sodann den Kopf. »Aber wieso existiert ein solches Buch in der Traumwelt? Es ist auf Deutsch verfasst, ich bezweifle, dass das eure Landessprache ist.« Sie lachte auf. »Habt ihr sowas wie Sprachen? Wie sieht diese Welt aus?«

»Ich …«, begann Celia und schloss die Augen, »… weiß es nicht mehr genau. Meine Erinnerungen liegen hinter dichtem Nebel, ich weiß nur, dass meine Mutter mich mit einem wichtigen Auftrag losgeschickt hat. Und mir scheint, als wäre dieses Buch damit verbunden.«

»Du erinnerst dich nicht mal an dein Zuhause?«

»Vage.« Celia neigte den Kopf und blinzelte, was ihr Gesicht aufbauschte. »Neben uns Familiaren leben dort noch die Ieven, sie sind Traumwandler, die darauf achten, dass ihr Menschen eure Träume zur Reflexion und Erkenntnisgewinnung nutzt. Dass alles so ist, wie es sein soll, und ihr nicht aufwacht, bevor es notwendig ist.«

»Und ihr Familiare assistiert ihnen dabei?«, fragte Aristella und lauschte diesmal wirklich gebannt.

»Auch. Wir haben unterschiedliche Aufträge.« Celia suchte ihren Blick. »Manche werden damit betraut, auf Menschen aufzupassen, weil sie zu viele Albträume plagen. Bei einigen liegt das an Medikamenten oder Traumata, aber so genau weiß ich das nicht.« Sie wackelte mit ihrer Nase und stieß einen langen Seufzer aus. »Andere Familiare assistieren den Ieven dabei, die Träume der Menschen aufrecht zu erhalten oder Daten zu sammeln.«

»Daten?« Aristella runzelte die Stirn. »Studiert ihr uns etwa?«

»Kann sein.« Celia gähnte ausgiebig, wirkte abermals, als stünde sie kurz vor einem spontanen Nickerchen, weil dieses Gespräch sie ermüdete. Dabei lieferte sie kaum brauchbare Antworten. Aristella konnte nicht sagen, ob das an Celias fehlenden Erinnerungen lag oder sie einfach zu faul war, ordentlich nachzudenken. »Und besonders vielversprechende Familiare erhalten geheime Aufgaben. Sie werden in einer Zeremonie bekannt gegeben, Jahr für Jahr.«

»Erzähl mir mehr von dieser Welt«, warf sie ein. »Bin ich immer dort, wenn ich träume?« Sie riss die Augen auf, als ihr ein Gedanke kam. »Wenn ich bewusst träume, kann ich dieses Persomnia dann sehen?«

Celia verzog das Gesicht, legte abermals die Ohren an. »Hilf mir, meine Erinnerungen wiederzuerlangen!«

»Wie?«

Ein Moment verstrich. Die Katze setzte mehrfach zum Sprechen an, schien sich jedoch nicht recht entscheiden zu können.

»Vielleicht hilft es, wenn wir uns dieses Buch gemeinsam ansehen«, schlug Aristella vor und griff danach. Sie rollte mit ihrem Stuhl ein Stück näher zu Celia und öffnete das Inhaltsverzeichnis. Das Vibrieren ihres Smartphones ignorierte sie geflissentlich; seit Tagen rief ihr Vater an und wollte einfach keine Ruhe geben. Doch das hier war viel spannender als jedes Gespräch, das sie sich mit ihm vorstellen konnte.

Der erste Blick ins Buch war ernüchternd. Aristella hatte es bereits einmal kurz durchgesehen, als sie nach Inspiration für Mantras gesucht hatte. Auch Celia schien wenig angetan. Nachdenklich fächerte Aristella durch die Seiten, nahm dabei an deren Ecken einen leichten Schimmer war. Sie blinzelte. Spielten ihre Sinne ihr einen Streich? Als sie wieder beim Inhaltsverzeichnis ankam, hielt sie inne. Die ersten Kapitel, sie hatten sich verändert.

»Was zum …« Sie schaltete die Schreibtischlampe ein, obwohl helllichter Tag war, und knallte das Buch neben Celia auf den Tisch, um es genau in Augenschein zu nehmen. Die Katze schreckte dabei hoch und verzog abermals das Gesicht.

»Was ist?«, grummelte sie.

»Hier steht plötzlich etwas über Ieven«, murmelte Aristella. »So hattest du doch diese Traumwandler genannt?« Hastig blätterte sie auf Seite 47, die den Beginn des neuen Kapitels markierte. Und tatsächlich prangte dort derselbe Name in opulenter Überschrift. Aristellas Arme überzogen sich mit Gänsehaut. Wie in Zeitlupe hob sie ihren Kopf und blickte Celia an. »Du würdest mir wirklich sagen, wenn ich noch träume?«

»Du wiederholst dich.« Sie rümpfte die Nase, warf dann endlich einen Blick in das Buch. »Hier, genau von denen hab ich vorhin gesprochen.«

Das konnte alles kein Zufall sein. War Celia als Bewohnerin der Traumwelt etwa in der Lage, dieses Buch, das offensichtlich aus derselben Sphäre stammte, zu beeinflussen? Lag hierin womöglich der Schlüssel zu ihren verschütteten Erinnerungen

Aristella drehte das Buch in Celias Richtung. »Hier, sieh es dir genau an.« Unsicher kratzte sie sich an der Nase. »Kannst du überhaupt lesen?«

»Werd bloß nicht frech.« Die Katze kniff die Augen zusammen, fuhr eine Kralle an ihrer rechten Pfote aus und glitt damit eine Zeile entlang. Ihr Kopf vollzog so etwas wie ein Nicken, was sich aufgrund ihres speckigen Nackens jedoch nur schwer als solches erkennen ließ. »Umblättern«, kommandierte Celia.

»Erinnerst du dich an irgendetwas?« Aristella tat, wie ihr geheißen, und stützte den Kopf anschließend auf ihre Arme. Eine lesende Katze zu sehen, war amüsant, wenngleich sie immer noch glaubte, dass dieses Bild einem Traum entsprungen sein könnte. Ehe Celia antworten konnte, verlor Aristella sich in einer Skizze. Sie drehte das Buch, was ihr einen gereizten Blick der Katze einbrachte. Diese Mandiblen, die silberne Haut.

»Hast du so jemanden schon mal gesehen?«, fragte Aristella und deutete auf die Abbildung: Ein humanoides Wesen mit langen Locken und einem Umhang mit schmetterlingsartiger Musterung war darauf zu sehen. Was ihr das Blut jedoch in den Adern gefrieren ließ, war der Anblick der sechs Augen; sechs Pupillen, die sie alle gleichzeitig zu fixieren schienen. »Mir war, als ...«

»Das ist ein Ievos. Eines jener Wesen, das in eure Träume springen und sie mithilfe eurer Fantasie ausgestalten kann.«

Aristellas Gedanken rasten. »Ich glaube, ich habe letzte Nacht so einen gesehen.« Sie schauderte. »Ganz kurz nur. Bevor ich aufgewacht bin.«

Celia legte das rechte Ohr an. »Ich dachte, du warst letzte Nacht klar?«

»War ich auch.« Seufzend umfasste Aristella ihre Knie auf dem Bürostuhl.

»Ieven haben Schwierigkeiten damit, in Klarträumen zu wandeln.« Celias Fell erzitterte. »Das ist ein weiterer Grund, warum ihr Menschen nicht luzide träumen solltet: Wir können euch nicht dabei helfen, euren Geist und Körper zu regulieren. Euch gesund zu halten.«

»Ihr haltet uns gesund?«, fragte Aristella und schnaubte belustigt, als ihr eine Sache klar wurde: »Siehst du? Gemeinsam schaffen wir es ja doch, ein paar Erinnerungen hervorzukramen.«

Das entlockte dann auch der sonst eher missmutigen Celia so etwas wie ein Lächeln – sie hob ihre Mundwinkel leicht an und stellte die Öhrchen auf, was ihr eine freundliche Miene verschaffte. »Hoffentlich. Denn mir ist so, als würde ich etwas Wichtiges vergessen.«

Aristella betrachtete die schwarze Katze, die mit ausladenden Hüften auf ihrem Schreibtisch thronte. Sie wurde nicht schlau aus dem Wesen, das ihr einerseits liebevoll begegnete, allerdings mindestens genauso viele verpeilte Züge an sich hatte. »Diese Seiten über die Ieven«, sagte Aristella schließlich, »die waren vor einer Woche noch nicht da.«

Die Tatsache schien Celia nicht zu verwundern. »Du musst wissen, dass Bücher in Persomnia anders funktionieren, als du es gewohnt bist.«

Aristella horchte auf.

»In Wahrheit existieren nur leere Blattsammlungen, die zwischen zwei Buchrücken gebunden wurden.«

»Nur leere Bücher?« Skeptisch verschränkte sie die Arme.

»Oui. Und wenn wir nach Wissen suchen, füllen sie sich für uns. Mit allem, was wir brauchen.«

Aristella war drauf und dran zu widersprechen, als sie zu verstehen begann. »Ihr greift auf das Wissen aller Geschöpfe zu, nicht wahr?« Eigentlich war das einer Suchmaschine, wie man sie im Internet nutzte, gar nicht so unähnlich.

Celia nickte. »Euer Geist steht uns offen. Sollten wir etwas über euch oder eure Welt lernen wollen, findet das Wissen auf diese Weise zu uns.«

»Deshalb hat sich das Buch verändert«, murmelte Aristella und strich mit ihren Fingern über das Papier. Erst da fiel ihr auf, wie rau es in Wahrheit war. »Und wenn ihr etwas wissen wollt, das kein Mensch weiß?«, stieß sie aufgeregt hervor. »Die großen Fragen des Universums?«

Celia schmatzte und schloss die Lider. »Mit sowas beschäftigen wir uns nicht. Dieser Drang, alles begreifen zu wollen, was einen nicht tangiert, ist rein menschlicher Natur.«

Es klingelte. Aristella warf einen Blick auf die Uhr an ihrem Computer, ging gedanklich alle Bestellungen durch, die sie in letzter Zeit getätigt hatte. Unsicher, ob sie tatsächlich ein Paket erwartete, schlurfte sie in den Flur. Sie war drauf und dran, den Hörer der Gegensprechanlage abzuheben, als es klopfte. Direkt vor ihr. Abermals verfluchte sie sich dafür, dass diese Tür keinen Spion hatte. Sie hielt den Atem an, bereitete sich innerlich auf das belanglose Austauschen einiger höflicher Floskeln vor, um doch nur aus allen Wolken zu fallen.

»Ich träume«, faselte Aristella und lachte, ehe sie ein paar Schritte zurückwich. »Das ist der ultimative Beweis.« Sie sah sich um, erwartete, jeden Moment in Flammen aufzugehen.

»Ella, was ist nur in dich gefahren?« Ihr Vater ließ sich selbst herein und schloss die Tür. Wie immer hatte er sich in den feinsten Zwirn diesseits des Atlantiks gehüllt, im Lack seiner schwarzen Schuhe spiegelte sich das Deckenlicht.

Wortlos wandte Aristella sich ab und ging zurück in ihr Zimmer. Sie legte die Hände an Celias Schulter, rüttelte sie sanft aber bestimmt. »Sag mir, dass ich träume! Und hol mich endlich hier raus! Hörst du, Katze?«

Die Szene mutete fremd an. Eigentlich brauchte Aristella nur einen Moment lang darüber nachzudenken, was hier passierte. Womit sie sich seit ein paar Tagen herumschlug: einer sprechenden Katze. Nun war ihr Vater hier aufgekreuzt. Ja, in Wahrheit war sie nie wirklich aufgewacht. Abermals blickte sie auf ihre Hände, in der närrischen Hoffnung, dadurch Macht über diesen Zustand zu erlangen.

»Warum antwortest du nicht?« Wieder übte Aristella sanften Druck auf die Katze aus. »Die ganze Zeit erzählst du mir all diese absonderlichen Dinge über deine Welt und jetzt, wo ich deine Hilfe brauche, lässt du mich im Stich?«

Sie spürte eine Hand auf ihrer Schulter, breit und warm. Aristella wollte ihren Vater wegstoßen, doch er blieb beharrlich an Ort und Stelle. Ein Mann von gut 1,90m Größe und dunklem, grau meliertem Haar baute sich vor ihr auf, als sie abermals den Raum verlassen wollte. Sie blickte in seine blauen Augen, las darin einen Ausdruck, den sie noch nie vernommen hatte.

»Ich mache mir Sorgen um dich.«

Aristella schnaubte belustigt. »Ja, sicher.« Resigniert ließ sie sich auf ihren Drehsessel sinken und blickte zu Boden. Der Kaffee, den sie vorhin verschüttet hatte, roch bitter. Es waren die Kleinigkeiten, die sie stutzig werden ließen. In diesem Traum befanden sich so viele Details, dass ...

»Ich kann nicht glauben, dass du gekommen bist.« Sie sah auf. »Dass du mich an meinem Geburtstag angerufen hast und nun tatsächlich hier bist?«

»Wieso denn nicht?« Er zog den Küchenstuhl heran, auf dem Aristella immer saß, wenn Taya zu Besuch war. Ihr Vater öffnete die Knöpfe seines Sakkos und setzte sich. Mit gefalteten Händen und gebückter Haltung hockte er neben ihr und wirkte seltsam bedrückt. »Ich habe den ersten Flug genommen. Dass wir uns nicht verstehen, heißt doch nicht, dass ich dich im Stich lasse, wenn du ernsthaft krank bist.«

Aristella hob eine Braue. »Ich bin nicht krank.«

»Hör mal, Ella. An deinem Geburtstag vor zwei Tagen, als ich dich morgens angerufen habe, da war ich gerade auf einer Tagung in Peking.«

»Also bist du nicht extra früh aufgestanden«, folgerte sie trotzig. »Hätte mich auch gewundert.«

»Das tut nichts zur Sache.« Ihr Vater schnaubte. »Viele meiner Kollegen und Kunden haben gehört, was du gesagt hast und ...«

»Was?« Aristella entglitten sämtliche Gesichtszüge. Doch abermals hatte sie eine Erklärung parat. »Wolltest du denen beweisen, was für ein toller Vater du bist und hast mich auf Lautsprecher gestellt?« Sie lachte, schüttelte den Kopf und vergrub ihn dann in ihren Knien. »Wunderbar, jetzt denkt die gesamte schnöselige IT-Welt, dass ich einen an der Klatsche habe.«

»Ich bin hier, um dir zu helfen«, antwortete er, ohne auf ihre Provokation einzugehen.

»Es ist alles in Ordnung.« Aristella blinzelte die Tränen fort, die ihr aufgrund der Blamage gekommen waren. »Ich habe mich zu intensiv mit dem Klarträumen befasst. Nicht mehr und nicht weniger. Ich hatte Albträume und als du angerufen hast, da war ich davon überzeugt, wieder in einem zu sein.«

»Und gerade eben an der Tür?«

Aristella wandte sich wortlos ab.

»Da hast du mir genau dasselbe gesagt.« Er ließ seinen Blick durch das Zimmer schweifen. »Dass du noch nie ordentlich warst, ist einerlei, aber hier liegen umgefallene Dosen, Kaffeebecher«, er rümpfte die Nase, als er von der Pfütze unter Aristellas Stuhl aufsah, »und offensichtlich hast du dir eine Katze zugelegt, mit der du Gespräche führst?«

Oh, wie sehr sie gerade wünschte, dass dieses Vieh sein Maul aufmachen würde! Doch nochmal würde Aristella Celia nicht dazu auffordern; sonst ließ ihr Vater sie womöglich noch in die Klapse einweisen.

»Du gehst nicht an dein Handy, ignorierst all meine Nachrichten. Wenn du keine Drogen nimmst, Ella, was ist es dann?«

»Drogen?« Sie schüttelte den Kopf, enttäuscht darüber, wie schlecht ihr Vater sie tatsächlich kannte. »Ich hab dir doch gesagt, was los ist.«

Ein langer Seufzer entwich ihm. »Und wie redest du dich aus der Sache mit Johannes raus?«

Aristella spürte, wie das Blut durch ihren Kopf jagte. »Wie bitte, J-Johannes? Was meinst du?«

»Johannes Weinert. Der Bruder von deinem Kindheitsfreund. Diesem Leon, der damals …«

Doch der Rest seines Satzes ging in einem dumpfen Rauschen unter. Sie spürte, dass ihr Vater da war. Sah, wie er seine Lippen bewegte. Doch seine Worte wollten sie einfach nicht erreichen. Aristella saß da, hatte das vermutlich debilste Grinsen auf ihrem Gesicht, so sehr versteiften sich ihre Mundwinkel. Es verstrichen einige Augenblicke, ehe sie sagte:

»Es geht mir gut. Ehrlich.« Sie schluckte, nahm einen tiefen Atemzug. »Die Schule geht nächste Woche wieder los und ich bin immer pünktlich bei meinen Schichten im Café. Die Bude hier mag nicht glänzen, aber so ist das eben.« Aristella sah ihren Vater an, griff zögerlich nach seiner Hand, wusste jedoch nicht so recht, was sie damit anfangen sollte. Also drückte sie sie einfach kurz, um ihm zumindest ein bisschen das Gefühl zu vermitteln, dass sie ihm gegenüber wohlgesonnen war. »Ich hatte ein paar harte Wochen und habe Schlaftabletten genommen«, log sie. »Und daraufhin Klarträume ausprobiert. Das hat sich nicht gut vertragen.«

Ihr Vater zögerte, schüttelte dann jedoch den Kopf. »Das reicht mir nicht, Ella. Es gibt so viele Krankheiten, die mit Paranoia und Selbstgesprächen beginnen.«

Aristella biss sich auf die Unterlippe.

»Ich möchte, dass du zu einem Therapeuten gehst.«

War das sein verdammter Ernst? »Das ist nicht nötig.«

»Das war keine Bitte«, erwiderte ihr Vater trocken und zog einen gefalteten Zettel aus seinem Sakko. »Das hier ist eine Liste von Therapeuten, die sich auf junge Erwachsene und Paranoia spezialisiert haben.«

Aristella schluckte. Hatte er sich wirklich solche Mühe gemacht?

»Zumindest denke ich das. Mein Assistent war so nett, sie mir herauszusuchen.«

Natürlich.

»Ich möchte, dass du innerhalb der nächsten Woche einen Termin ausmachst.«

»Sicher nicht«, konterte Aristella. »Ich brauch keine Therapie. Ich sagte doch, mir geht es gut.«

»Und ich sagte, dass es sich hierbei um keine Bitte handelt, sondern um ein Ultimatum.«

Sie wusste, was er damit sagen wollte, und er tat es dennoch:

»Sonst ziehst du hier aus.«

»Da ist er ja.« Aristella lachte und drehte sich einmal mit ihrem Stuhl im Kreis. »Der Vater, den ich kenne. Der seine vermeintlich paranoide und kranke Tochter auf die Straße setzt, wenn sie ihm nicht gehorcht.«

»Ella!« Seine Stimme donnerte durch den Raum, ließ Aristella unweigerlich zusammenzucken.

»So einfach kommst du aus der Nummer nicht raus.« Ihr Gesicht loderte auf. »Ich bin Halbwaise und noch in Ausbildung, du kannst mir nicht einfach den Geldhahn zudrehen.« Sie schenkte ihm einen scharfen Blick. »Außerdem kann ich im Café jederzeit Stunden aufstocken und komme selbst über die Runden. Du kannst mir nichts.«

»Wenn du eine Gefahr für dich selbst darstellst, dann …«

»Ich bin keine Gefahr für mich selbst!«, brüllte sie.

»So, wie du dich hier aufführst, glauben mir die Sanitäter sicher mehr als dir, Ella.«

Aristella hasste ihn. Sie hasste diesen Kerl.

»Und für deinen paranoiden Ausraster letztens habe ich mehr als genug Zeugen. Selbst für dieses Gespräch hier …«

Sie verengte die Augen zu Schlitzen, als ihr etwas dämmerte. »Du hast Petra in der Leitung, nicht wahr?«

»Wenn du einwilligst, zur Therapie zu gehen, können wir die ganze Szene hier vergessen.«

Gedanklich zählte Aristella bis zehn, um sich zu beruhigen, bevor sie ihrem Vater noch an die Gurgel sprang. »Warum liegt dir so viel daran?«

»Nun.« Ihr Vater wischte einen imaginären Fussel von seinem Sakko. »Du kostest mich Monat für Monat viel Geld, Ella. Seit acht Jahren finanziere ich dich, da möchte ich sichergehen, dass sich dieses Investment auch lohnt.«

Ihre Mundwinkel taten es abermals: Sie verzogen sich schmerzhaft nach oben, verharrten, obwohl ihre Tränen so zwangsläufig Kontakt zu ihren Lippen fanden. Alles in Aristella brannte lichterloh. Sie hatte immer gewusst, dass ihr Vater nichts für sie übrig hatte. Doch es von ihm selbst zu hören, schmerzte mehr, als sie es sich je hatte vorstellen können.

»Du wirst nie erfahren, ob ich überhaupt da war«, sagte sie, ohne über ihre Worte nachzudenken. »Therapeuten unterliegen der Schweigepflicht. Sie dürfen dir keine Auskunft darüber geben, ob ich bei ihnen war.«

»Du wirst mir die Honorarnoten vorlegen.« Ihr Vater erhob sich, knöpfte seine Jacke zu und zog sie zurecht. »Jeweils am Werktag nach deinem Termin.«

»Innerhalb einer Woche bekomme ich eh keinen Termin.« Aristella wusste von Taya, wie lange solche Wartelisten für Gesprächstherapien und Beratungen ausfielen.

»Bei privater Bezahlung schon. Kümmere dich darum, jemanden von der Liste zu finden.« Er kratzte sich an seinem bärtigen Kinn und wandte sich dann zum Gehen. »Ich bin noch ein paar Tage in der Stadt.«

»Kunde?«, fragte Aristella.

»Konferenz. Drüben in Kaisermühlen.«

Keine zehn Minuten von hier, dachte sie. Sonst hätte er sich doch niemals die Mühe gemacht, sie aufzusuchen.

»Ich warte auf eine Nachricht von dir.« Und mit diesen Worten verließ er die Wohnung. Als die Tür ins Schloss fiel, fühlte Aristella sich leer und doch erfüllt zugleich: von einem Feuer, das direkt ihren Albträumen entsprungen schien.

Stumm betrachtete sie ihre Füße, roch den bitteren Kaffee darunter und verfluchte sich, dass sie nicht stärker gewesen war. Er hatte sie eingeschüchtert. Erpresst. Erst Celias Schnurren riss Aristella aus ihrer Trance.

»Es tut mir leid«, murmelte sie und stieß ihr Köpfchen gegen ihre Schulter. »In Anwesenheit Fremder kann ich in dieser Welt nicht sprechen. Ich hätte dir so gern geholfen.«

»Schon gut.« Aristella lehnte sich an ihre flauschige Begleiterin und strich durch ihr weiches Fell. »Letzten Endes hätte er bloß geglaubt, ich hätte ihm auch Drogen eingeflößt.«

Mit zitternden Fingern griff sie nach ihrem Smartphone. Leon hatte weder auf ihre E-Mail geantwortet noch funktionierte der

Chat. Sicher nur ein technischer Fehler, ermahnte sie sich und atmete tief durch. Aristella wechselte zu ihren Anrufen, wollte gerade nach Tayas Eintrag suchen, als ihr Blick auf die zuletzt gewählten Nummern fiel. Darunter eine aus Deutschland.

»Irgendetwas stimmt nicht mit mir«, flüsterte sie und drückte die Hand gegen ihre Brust. »W-wann habe ich Johannes angerufen?« Und war das Gespräch genauso verlaufen wie in ihrem Traum vor ein paar Tagen? »Celia?«

Die Katze sah auf. »Du warst heute tatsächlich seltsam.« Sie schmiegte sich an ihren Arm, legte ihre kleinen Pfoten darauf. »Zweimal war es, als wärst du nicht ganz bei dir gewesen. Einmal war gerade jetzt, als dein Vater diesen Leon erwähnte.«

Aristella blinzelte. Sie legte ihren Kopf in den Nacken und sah an die Decke. Irgendetwas war in ihr zerbrochen, seit sie mit dem Klarträumen begonnen hatte.

TEIL 2

WER WARST DU, BEVOR MAN DIR DAS HERZ BRACH?

Zurück im Herbst 2019

Die Hitze hatte Wien immer noch fest im Griff. Zwar kühlte es nachts inzwischen auf unter zwanzig Grad ab, doch der September zeigte sich von seiner sonnigen Seite.

»Globale Erwärmung, eh.« Aristella lehnte an einer Hausmauer unweit des Floridsdorfer Bahnhofs und drückte ihre leere Dose Energydrink zusammen. Mit Schwung versenkte sie diese im Mülleimer gegenüber und steckte die Hände wieder in die Taschen ihres Sweaters.

»Ihr Menschen macht euch nur selbst Probleme«, kommentierte Celia aus ihrer Tasche heraus. Sie hatte der Straße den Rücken zugewandt und reckte ihr Köpfchen empor. »Kein Wunder, dass wir auf euch aufpassen müssen.«

»So viel dazu, dass du in Anwesenheit von Fremden nicht sprechen kannst.«

Celia rümpfte die Nase, legte in gewohnter Manier beide Ohren an. »Von denen nimmt mich doch keiner wahr, weil ich in dieser Tasche stecke. Mein Kopf ist hinter deinen Beinen, niemand sieht mich.«

Aristella seufzte. Sie hatte keine Lust, die nächste Therapeutin aufzusuchen. Sich Fragen stellen zu lassen, auf die sie doch selbst keine Antwort hatte. Aber ihr Vater hatte sie gewarnt: Wenn sie weiterhin Zeit schindete, indem sie Woche für Woche einen neuen Therapeuten davon überzeugte, dass sie keine Hilfe brauchte oder sich gar durch unmögliches Benehmen aus der Praxis bitten ließ, machte er seine Drohung garantiert wahr, sie auf die Straße zu setzen. Inzwischen war fast ein Monat ins Land gezogen, dennoch dachte Aristella ständig daran.

Die Stadt zeigte sich grau, Asphalt dominierte diesen Teil des Bezirks. Hohe Gebäude, vereinzelte Bäume, die bereits erstes Laub abwarfen, Autos im schwachen Mittagsverkehr. Wortlos zogen die Menschen an ihr vorbei, brüllten in ihre Smartphones oder riefen einander quer über die Straßen zu. Das Bimmeln der Straßenbahnen, wenn wieder einmal Fußgänger über die Gleise liefen, klang beinahe erbost.

Aristella grinste in sich hinein. Erboste Verkehrsmittel. Die hatten sie abermals in ihren Träumen begleitet. Immer und immer wieder, als gäbe es kein Entkommen. Seit der Auseinandersetzung mit ihrem Vater vor vier Wochen war es ihr insgesamt noch dreimal gelungen, klarzuträumen. Was ihr jedoch schwerfiel, war die Aufrechterhaltung dieses Zustands. Sie griff nach dem Smartphone in ihrer Hosentasche. 13:50 Uhr, ein paar Minuten blieben ihr also noch. Eine Nachricht von Leon ließ sie einen Moment lang vergessen, womit sie sich hier gerade herumschlagen musste.

Daily Check-In: Ich lebe noch
und habe dich nicht blockiert.

Aristella hob einen Mundwinkel, atmete einmal erleichtert auf. Trotzdem war nicht von der Hand zu weisen, dass sich Ereignisse, die sie für einen Traum gehalten hatte, Tage später in der Realität wiederholt hatten: Den Anruf bei Leons Bruder hatte sie tatsächlich getätigt; noch dazu, ohne davon zu wissen, genauso wie den bei ihrem Vater. Einzig in ihrem Traum war ihr diese Szene begegnet. Celia hatte ihr bestätigt, dass sich das Telefonat, so wie Aristella sich daran erinnerte, nur in ihrem Traum zugetragen hatte. Leon hatte zum Zeitpunkt des Anrufs geschlafen und ihr im Anschluss versichert, dass Johannes zwar eine seltsame Art von Groll gegen sie hegte, dass der Grund dafür aber bei ihrer Mutter lag. Die hatte ihm und Leon in ihrer Kindheit immer damit in den Ohren gelegen, dass Aristella schlechter Umgang wäre. Ja, sogar den Umzug hatte sie in einem schwachen Moment auf Aristella geschoben, einfach nur, damit Johannes aufhörte, sich über den aufgezwungenen Schulwechsel zu beschweren.

Es stimmte schon – Frau Weinert, wie sie sie stets zu nennen hatte, war nie ein großer Fan von Aristella gewesen. Nur zu gut erinnerte sie sich daran, wie ihre eigene Mutter immer gegen Leon gewettert hatte. Manche Eltern besaßen schlichtweg die Dreistigkeit, all ihre Probleme auf die Kinder anderer zu schieben.

Thank you! Ich weiß, dass ich einen an der Klatsche hab, aber mich beruhigen diese Nachrichten echt.

Wenn meine Fantasie so lebhaft wäre wie deine, würde ich mich in zehn Minuten auch in der Praxis eines Therapeuten wiederfinden. Ich kann mir vorstellen, wie beängstigend das ist.

Und du bist dir sicher, dass die Anrufe, an die ich mich nicht erinnere, nichts mit dem Klarträumen zu tun haben?

Absolut. Sonst würde es mir doch genauso gehen. Verschreck die nächste Psycho-Tante, dann lässt dein Vater dich hoffentlich mit diesem Quatsch in Ruhe. Der versucht auch nur, uns dazwischen zu pfuschen.

Wenigstens ist Taya auf meiner Seite. Sie hat immerhin den Geburtstagsabend mit mir verbracht und ihr ist nichts aufgefallen. Ganz so verrückt kann ich also nicht sein.

Du bist nicht verrückt.

Seine Worte bescherten Aristella eine Gänsehaut. Seit dem Traum-Loop hatte sie sich dabei ertappt, ihren Verstand stetig in Frage zu stellen. Doch eine andere Person diese Versicherung sagen zu hören – oder viel mehr, sie von jemand anderem geschrieben zu lesen – war Balsam für ihre aufgewühlte Seele.

»Was starrst du schon wieder ewig auf dieses Ding?« Celia ruckelte in der Tasche umher, hievte ihre Hüfte zur Seite und schien keine bequeme Position zu finden. »Du hättest mehr Handtücher hier reinlegen können. Ich spüre den Asphalt unter meinem Hintern.«

»Warum wolltest du eigentlich mitkommen?« Aristella stieß einen Seufzer aus. »Zuhause hast du's warm und gemütlich, draußen beschwerst du dich doch nur.« Abgesehen davon, dass das Vieh sicherlich um die zehn Kilo wog und sich nur mit Mühe tragen ließ.

»Wir wollten anschließend einkaufen«, erwiderte Celia. Ihre Blicke trafen sich, ein stiller Vorwurf schlich sich in den der Katze. »Und ich will sichergehen, dass du ordentlichen Thunfisch kaufst. Außerdem helfen mir diese Spaziergänge immer ein wenig mit meinem Gedächtnis.«

»Prioritäten«, kommentierte Aristella. »Erst das Fressen, dann die Erinnerungen.«

»Beweg dich zu deiner Jammerstunde«, maulte Celia und zog den Kopf zurück in die Tasche. »Mir wird langsam kalt.«

Seufzend schulterte Aristella die Tasche und stieß sich von der Hausmauer ab. Sie bog in eine Seitengasse ein und legte ihren linken Arm unter das schwere Gepäckstück, um ihre Schulter zu entlasten und Celia etwas mehr Komfort zu bieten. Vor einem der zahlreichen Wohnhäuser blieb sie stehen und überprüfte nochmal das Türschild. Am Telefon hatte die Dame nett geklungen, doch sonderlich viel gab Aristella darauf nicht. Es galt, hier so schnell wie möglich alle Zelte abzubrechen, noch bevor man sie im Boden verankert hatte. Der Summer erklang kurz nach dem Klingeln, die kalte Luft des Hausflurs wehte ihr entgegen, als sie eintrat. Aristella erklomm die wenigen Stufen, die in den ersten Stock führten, und wurde bereits an der Tür von einer älteren Dame mit weichen Gesichtszügen begrüßt. Sie trug einen beigen Poncho, darunter ein weißes, langärmeliges Shirt und schwarze Hosen.

»Sie müssen Frau Nordstedt sein«, sagte sie und reichte ihr noch im Gang die Hand.

»Aristella ist okay«, erwiderte diese und trat ein. Die Dame führte sie in einen hellen Raum mit einem braunen Ledersofa. Ein roter Teppich verschluckte ihre Schritte klanglos, die Wände waren weiß und mit farbigen Leinwänden geschmückt, die wirkten, als hätte ein Kind sie gemalt.

»Möchtest du ein Glas Wasser?«

»Gern.« Aristella setzte sich auf das Sofa und stellte die Tasche mit Celia neben sich ab. Sie öffnete sie ein Stück weit, damit die Katze besser Luft bekam, und sah der Therapeutin dabei zu, wie sie in der Kochnische auf der linken Seite herumhantierte. Eine Halskette mit klobigen türkisfarbenen Perlen zierte ihren Hals, ihr Haar war grau und kurz geschnitten.

Vielleicht ist eine alternativ gesinnte Frau wie sie offener für luzides Träumen, dachte Aristella, verwarf den Gedanken jedoch sofort. Sie war immerhin nicht hier, um über ihre Sorgen und Fragen zu sprechen – darauf hatte die Therapeutin sicher keine Antworten. Ihre lebensbejahende Einstellung stieß Aristella bereits jetzt sauer auf.

»Hast du gut hergefunden?«, fragte die Dame und lehnte sich in ihrem Stuhl zurück. Sie hatte einen Collegeblock auf ihre Beine gelegt und faltete die Hände.

»Ja, war kein Problem.« Aristella nippte an ihrem Wasser.

»Bevor wir beginnen: Ist es für dich in Ordnung, wenn mein Assistent uns für die erste Sitzung beiwohnt? Er ist in Ausbildung, daher frage ich.«

Aristella hielt inne, nickte dann aber. So konnte sie gleich zwei Leute auf einmal vergraulen. Vielleicht würde ihr Vater dann endlich Ruhe geben.

Die Therapeutin ging in den Nebenraum und kehrte mit einem jungen Mann wieder: sauber geschnittener Bart, kariertes Hemd, große Hornbrille und kurzes Haar. Auch er begrüßte Aristella und setzte sich dann seitlich auf einen Stuhl, wo sie ihn kaum mehr wahrnahm.

Eine leise Stimme in ihr wollte dieser Frau, dieser Therapie eine echte Chance geben. Doch sie erstarb im Echo aller Kräfte, die Aristella in die Traumwelt zogen. Welchen Sinn hatte es, sein irdisches Leben zu ordnen, wenn man ohnehin von hier flüchten würde? Der einzige Grund, warum sie sich zum Schein darauf einließ, war die Drohung ihres Vaters: In einer Psychiatrie würde man ihr die Fähigkeit des Klarträumens mit allerlei Medikamenten wegballern. Ja, wenigstens der Fassade zuliebe sollte sie diese Stunde irgendwie füllen.

»Also, Aristella. Was führt dich zu mir?«

Und dann begann sie, einen Monolog über ihre Kindheit zu halten. Über alles, was sie an der Einfältigkeit ihrer Klassenkameraden stets gestört hatte, wie ihr Leben nach dem Tod ihrer Mutter weitergegangen war und natürlich, dass sich die einzigen Gespräche, die die beiden je geführt hatten, um Aristellas Unzulänglichkeiten gedreht hatten.

Die Therapeutin hörte geduldig zu, ab der Hälfte der Erzählung veränderte sich jedoch etwas an ihren Gesichtszügen. Ja, sie lauschte, doch es war, als litte sie an Reizüberflutung. Die

Dame hatte aufgehört, sich Notizen zu machen, saß einfach nur da und atmete. Ohne Regung, ohne irgendwie auf das Gesagte einzugehen.

Aristella endete mit einer Überleitung zur Abendschule und allem, was an der Oberfläche momentan in ihrem Leben vorging; wovon es tatsächlich bestimmt wurde, ließ sie rigoros aus. Wer würde ihr schon glauben?

Stille.

Die geweiteten Augen ihrer Therapeutin sprachen Bände; oder sah sie nach Aristellas Monolog womöglich davon ab, sie als Klientin anzunehmen? Ihr Assistent stand auf, schob sich kaum merkbar aus dem Raum. Vermutlich würde er seine Berufswahl nach dieser Sitzung noch einmal überdenken.

Die Lippen der Therapeutin zuckten. Sie setzte mehrfach zu sprechen an, um doch nur wieder auf ihre Notizen zu blicken. Und dann, als das bedrückende Schweigen unerträglich zu werden drohte, räusperte sie sich.

»Eine Gewitterwolke, sagst du?« Sie faltete ihre Hände. »Das ist ein interessantes Bild.« Aristellas anfängliche Euphorie über diese anerkennenden Worte verebbte jedoch, als sie nachsetzte: »Magst du Gewitter denn gern?«

Aristellas Finger krallten sich in das Kissen, das sie auf ihren Beinen abgelegt hatte. »Nein«, erwiderte sie lakonisch. »Das hat nichts mit Vorlieben zu tun. Mir schien der Vergleich gerade bloß passend.«

»Weil es in der Schule stets hieß, du wärst teilnahmslos und schweigsam, du unter den richtigen Menschen jedoch auftaust und deinen Redebedarf nachholst?«

Aristella hob einen Mundwinkel. Das traf es schon eher. »Oder in Situationen wie diesen.«

Ein Lächeln stahl sich auf das faltige Gesicht der Dame. »Ich finde es gut, dass du dich in diesem Setting bereits wohlfühlst.«

»Das habe ich nicht gesagt.«

Sie sah Aristella verständnislos an; beinahe verletzt. Weshalb sie wie so oft die Professionalität der Therapeutin in Frage stellte. »Eine Gewitterwolke entlädt sich dann, wenn ihre Spannung unerträglich wird«, erwiderte die.

Diesmal wich Aristella ihrem Blick aus. »Und wenn wir einen Moment lang davon ausgehen, dass diese Gewitterwolke Gefühle hat und über Verstand verfügt, dann wäre es doch möglich, dass sie auch einfach nur etwas zerstören möchte.«

»Hier gibt es doch gar nichts, was sich zerstören lässt.« Aristella entging nicht, dass die Therapeutin seufzte, obwohl sie jegliche Anzeichen dafür zu unterdrücken versuchte. Sie legte Block und Stift zur Seite; vermutlich hatte sie endlich aufgegeben und Aristella konnte hier weg. »Aber du hast auch kein Interesse daran, irgendetwas entstehen zu lassen. Liege ich da richtig?«

»Wozu auch?« Das hier war sinnlos, mitunter sogar gefährlich. Es würde zumindest zu nichts Gutem führen.

»Warum bist du hier, Aristella?«

Sie schnaubte höhnisch. »Weil mein Vater mich neuerdings für verrückt hält.«Wozu stellte sie ihr diese Frage? Aller Welt war doch hinlänglich bekannt, was man sich über sie erzählte.

»Was ist in diesem Sommer passiert?«

Aristella zählte die Sekunden. Direkt vor ihrem geistigen Auge erschien er, ihr Geduldsfaden; und er war zum Zerreißen gespannt.

»Aristella?« Die Frau rückte nach vorn. »Ich kann dir nur helfen, wenn du mich lässt.«

Oh, wie falsch sie lag. Denn Aristella war nicht diejenige, der diese Macht oblag; sie hatte die Kontrolle über ihr Leben längst verloren. Da vernahm sie es wieder: das unruhige Rascheln in ihrer Tasche. Und sie betete, dass es der Therapeutin verborgen blieb, bis sie sie endlich als hoffnungslosen Fall abgestempelt und vor die Tür gesetzt hatte.

»Dein Vater erzählte mir …«

»Sie haben mit meinem Vater überhaupt nichts zu besprechen!«, fuhr sie dazwischen. »Sie dürfen ihm nicht mal verraten, ob ich hier war. Ich bin volljährig.«

»Das ist korrekt.« Sie räusperte sich, schien zu überlegen. »Aber wenn ich dich richtig verstanden habe, bist du nur seinetwegen überhaupt hier?«

»Genau.«

»Darum dachte ich, wir bringen ins Gespräch, warum er sich Sorgen um dich macht. Was er mir am Telefon erzählt hat, damit du es richtigstellen kannst.«

Aristella hob einen Mundwinkel. »Richtigstellen?«

»Du hast deutlich gemacht, dass er in deinem Leben keine Rolle spielt. Dass er dich kaum kennt und hier allein gelassen hat. Warum soll er also wissen, was in dir vorgeht?« Die Therapeutin legte ihren Block zur Seite und überschlug die Beine. »Dass er überhaupt bei mir angerufen hat, zeigt mir außerdem, dass er Grenzen nur schwer respektiert. Ganz allein zu sein und keine gute Beziehung zu seinem Vater zu haben, ist sicherlich schwer. Darum: Egal, was seiner Meinung nach der Grund sein sollte, dass du hier bist, lass uns gemeinsam sehen, woran du arbeiten möchtest.«

»Verdammt, Sie sind wirklich gut.« Aristella lehnte sich zurück; sie hatte nicht damit gerechnet, hier auf Sympathie zu stoßen. »Aber Sie irren sich: Ich bin nicht allein.«

»Hast du gute Freunde?«

Aristella nickte. »Taya und Leon. Wir sind seit meiner Kindheit befreundet.«

»Trotz deiner vielen Umzüge?«, fragte die Therapeutin und hatte abermals ihren Stift und Block gezückt, um sich Notizen zu machen.

»Mit Leon Kontakt zu halten, war etwas schwerer. Er ist selbst weggezogen, als wir neun waren«, erzählte Aristella und nahm erneut einen Schluck Wasser. »Dazwischen war ich nur zwei Jahre weg, seit ich sechzehn bin, wohne ich wieder in Wien. Mit Taya hatte ich also immer Kontakt.«

»Und nach deinem ersten Umzug, hast du da in deiner neuen Schule keinen Anschluss gefunden?«

»Nein«, erwiderte sie knapp. »Das waren alles verzogene Land-Gören. Mit denen hatte ich nichts gemeinsam.«

»So?« Die Therapeutin gab sich verwundert. »Weil du die Nacht liebst und lieber deine Ruhe wollest?«

»Ich verstehe nicht, was Menschen glücklich macht.« Ohne es gewollt zu haben, hatte Aristella einen zentralen Punkt angesprochen, um den ihr Leben sich drehte. »Alles, was sie erfüllt, schreckt mich ab. Es gibt mir nichts. Wie soll ich da Anschluss finden?«

»Aber mit Leon und Taya klappt das?«

»Sehr gut sogar. Obwohl Taya und ich auch sehr verschieden sind. Aber sie versteht mich auf einer tieferen Ebene.« Ein Lächeln huschte über Aristellas Lippen. »Sie kümmert sich um mich. Manchmal weiß ich gar nicht, was sie an mir findet.«

»Und mit Leon teilst du mehr Gemeinsamkeiten?«

»Jede Menge«, antwortete Aristella. »Wir sind aus demselben Holz geschnitzt, wenn man so will. Uns treiben dieselben Fragen um, wir sehen die Welt ähnlich.«

»Es ist wichtig, jemanden zu haben, mit dem man so viel teilt«, warf die Therapeutin ein. »Und auch jemanden, der einen umsorgt und bestärkt, man selbst zu sein. Es klingt, als hättest du zwei gute Weggefährten.«

»Auf jeden Fall.«

»Und mit beiden verbringst du täglich Zeit?«

»Leon wohnt in Deutschland«, sagte Aristella und faltete die Hände. »Wir halten online Kontakt, sind aber täglich in Verbindung. Taya und ich schreiben uns auch regelmäßig, treffen uns meist ein- bis zweimal pro Woche.«

»Videochattet ihr auch? Oder telefoniert ihr, du und Leon?«

Aristella winkelte eine Braue an. »Nein, aber wir schicken uns manchmal Sprachnachrichten oder Fotos. Schreiben ist uns in der Regel aber lieber.«

»Ich verstehe.« Sie zog ihre Mundwinkel zu einem Lächeln und klickte dann mit dem Kugelschreiber. »Hast du ein Ziel für unsere Therapie?«

Bis vorhin hatte Aristella gehofft, sie so schnell wie möglich abzubrechen; doch da die Therapeutin Aristellas Vater nicht aus der Hand fraß, war das hier gar nicht so übel. »Ich weiß nicht. Es tat gerade einfach nur gut, einem Erwachsenen von meinem Leben zu erzählen und nicht sofort zu hören, dass alles daran falsch wäre.«

»Du bist auch erwachsen«, wandte die Therapeutin ein und lachte auf. »Aber wenn ich dich richtig verstanden habe, hast du von klein auf viel Ablehnung von deinen Bezugspersonen erfahren. Wenn du dich wohlfühlst und für niemanden eine Gefahr bist, ist deine Art zu leben genau die richtige, Aristella.«

»Dann ist mein Ziel, einfach zu einem zweiten Termin zu kommen und zu sehen, wohin unser Gespräch führt.«

Sie nickte. »Dann machen wir das so. Niemand kann dich zwingen, hierher zu kommen.«

Mein Vater schon, dachte Aristella, schluckte die Worte aber herunter. Weil man mit Kohle in dieser Welt alles kaufen konnte. Auch einen Platz in der Klapse, wenn die Tochter nicht spurte und sich nicht als würdige Investition erwies.

»Gemeinsam können wir gern versuchen, die schlimmen Erfahrungen deiner Vergangenheit aufzuarbeiten.« Die Worte der Therapeutin rissen Aristella aus ihren Gedanken. Sie vereinbarten einen neuen Termin und verabschiedeten sich. Draußen vor der Tür knipste sie ein Foto von der Honorarnote und übermittelte ihrem Vater das Bild kommentarlos. Ein wenig leichter ums Herz öffnete sie die Tasche, damit Celia ihren Kopf rausstrecken konnte. Ein säuerlicher Zug lag in ihrem Gesicht.

»Du bist ja doch weich geworden.«

»Halt die Klappe, sonst lass ich dich laufen«, sagte Aristella. »Oder wir gehen ohne Thunfisch nach Hause!«

Ihre Tasche begann zu wackeln, zog ungestüm nach links und rechts, als drehte Celia sich auf dem engen Raum einmal um die eigene Achse. »Untersteh dich!«

»Wenn du da so rumwühlst, kann ich dich schlecht tragen.«

»Meine Hüfte tut weh«, maulte Celia und schenkte ihr einen scharfen Blick. Nachdem sie sich platziert hatte, schulterte Aristella die Tasche wieder und steuerte die U-Bahn-Station an.

Drei Haltestellen weiter schleppte sie sich und Celia aus dem Wagon, nahm die Rolltreppe und betrat den nächsten Supermarkt. Um diese Uhrzeit war nicht viel los, was Aristella bloß recht war. Sie schnappte sich einen Einkaufswagen, platzierte die Tasche mit Celia in der ausklappbaren Vorrichtung für Kleinkinder und kutschierte sie durch die Gänge. Natürlich ließ das Tier es sich nicht nehmen, aus dem Dunkel herauszuspähen und immer wieder Kommentare zu allem abzugeben, was in Aristellas Einkaufswagen landete.

»Thunfisch!«, raunte Celia zum gefühlt zehnten Mal seit Betreten des Ladens.

»Jaja!« Aristella rollte mit den Augen. »Der ist ganz hinten, jetzt gib Ruhe! Ich kauf dir deinen blöden Fisch schon.«

An der Wursttheke hing Celia dann bereits halb an der Kante des Wagens und reckte die Nase in die Luft. Möglichst unauffällig stopfte Aristella sie wieder in die Tasche, schlüpfte aus ihrem Sweater und legte ihn oben drauf. Sie beugte sich hinunter und zischte: »Bist du verrückt? Die werfen mich hier raus, wenn man dich sieht!«

»Aber die Wurst!«

Aristella entglitten alle Gesichtszüge. Sie stellte sich an die Theke, bestellte je hundert Gramm eines Schinkens mit dickem Speckrand und fancy Namen sowie Kalbspariser.

»Ich seh Sie hier oft einkaufen«, bemerkte der Fachverkäufer mit den kurzen schwarzen Locken und wog die Ware ab, »aber Sie waren noch nie hier bei mir an der Theke.«

»Ich bin Vegetarierin«, rutschte es Aristella heraus. »A-aber die Wurst ist für meine Katze.«

»So?« Der Mann wirkte beleidigt. »Das ist nicht sehr gesund.«

»Sie ist verwöhnt, müssen Sie wissen.« Aristella sprach laut und deutlich, damit Celia sie ja hörte. »Ich gebe mehr Geld für ihr Essen aus als für meines.«

»Oh.« Er lachte, was seine Nase in die Breite zog. »Ich hoffe, sie weiß, was sie an Ihnen hat.«

Aristella nahm die verpackte Wurst entgegen und verabschiedete sich. Einen Gang weiter hob sie den Sweater wieder von der Tasche. »Kannst du dich jetzt benehmen?«

Celia steckte ihren Kopf heraus und rümpfte die Nase. »Ich will Shrimps. Und Cola. Die Gute aus der Werbung!«

Wortlos stopfte Aristella den Kopf der Katze wieder in die Tasche und fuhr weiter.

Nachdem sie all ihre Einkäufe erledigt hatte und endlich in ihrer Wohnung war, wurstelte Celia sich aus ihrem Versteck. Mit gesträubtem Fell trabte sie ins Zimmer, sprang aufs Bett und leckte sich ausgiebig den Pelz. Aristella hingegen verstaute ihre Fertiggerichte, Energydrinks, eine Packung Hafermilch, etwas Schokolade, Eier, Käse, Toast und alles, was sie für Celia gekauft hatte: Von Wurst über fünf Dosen Thunfisch, bis hin zu frisch gefangenem Pazifiklachs, einem Döschen Kaviar, Topfen, Schlagsahne und sogar einer Dose Cola – Aristella musste unbedingt lernen, diesem Vieh etwas abzuschlagen. Am besten schlich sie sich nächstes Mal zum Einkaufen fort, wenn Celia schlief. Sie kredenzte der Katze ein bunt zusammengewürfeltes Mahl und trug es zu ihr ins Zimmer. Sie selbst begnügte sich mit einer Tasse Kaffee.

»Die Verkäuferin hat mich so mitleidig angesehen, als wäre ich schwanger«, raunte Aristella. »Du bist unmöglich.«

Celia, die intensiv in ihre Putzaktion vertieft war, schenkte ihr bloß einen gleichgültigen Schulterblick. Fürs Essen unterbrach sie ihre Körperpflege jedoch umgehend und fraß schmatzend alles wild durcheinander.

Aristella ließ sich auf ihren Bürostuhl fallen und rollte vor den PC, wo sie die Beine übereinanderschlug und ihren Kalender öffnete. In zehn Tagen fand ihre nächste Sitzung statt. Wenn sie ein paar Termine mit derselben Therapeutin einhielt, würde ihr Vater sie bestimmt endlich in Ruhe lassen. Und ihre Konversationen mit ihm beschränkte sie fortan strikt aufs Schriftliche, damit er sie nie wieder so reinlegen konnte.

SCHALL UND RAUCH

Wien, Sommer 2006

»Bremerhaven?«, wiederholte Aristella. »Da, wo ihr letzten Monat wart?«

Resigniert nickte Leon und ließ sein Kinn auf die Brust sinken. »Es ist total weit weg. Wir sind Stunden gefahren.« Er suchte ihren Blick. »Ich will da nicht hinziehen.«

Tausend Dinge schossen Aristella durch den Kopf. Was sollte sie tun, wenn Leon nicht mehr hier war? Allein Videospiele spielen, sich allein dem Gespött der anderen Kinder aussetzen? Sicherlich, sie hatte Taya, aber auch die hatte andere Freunde, mit denen sie Zeit verbrachte. Aristella wäre bloß wieder das fünfte Rad am Wagen.

»Dann lass uns mit deinen Eltern reden. Vielleicht kannst du hier bei mir wohnen! Oder bei Oma!«

Doch Leon schüttelte bloß den Kopf. »Das hab ich schon versucht. Sie wollen mich und Johannes nicht hierlassen.«

Aristella stand auf und lief zu ihrem Bücherregal. Leon hockte auf dem Boden, das Lego hatten sie bislang kaum angerührt. Aristella musste es unbedingt aufräumen, bevor ihre Mutter von der Arbeit kam. Sie ließ ihren rechten Zeigefinger über die Buchrücken gleiten und stoppte, als sie ihren Atlas gefunden hatte – das eindeutig größte und schwerste Buch von allen. Sie zog ihn heraus, staubte ihn ab und setzte sich damit wieder zu Leon auf den Teppich. Endlich hatte sie mal etwas Nützliches in der Schule gelernt: Wie man in diesem klobigen Ding las.

»Wo ist Bremerhaven?«, fragte sie und öffnete das Glossar auf den letzten Seiten. Unter B konnte sie es nicht finden.

»In Deutschland«, antwortete er und rutschte ein Stück nach vorn. »Puh, das sind viele Seiten.«

»Dann müssen wir sie alle durchgehen«, sagte Aristella und nickte euphorisch. »Und diese Stadt finden.«

»Wozu soll das gut sein?« Leon verschränkte die Arme.

Doch Aristella zwinkerte bloß. »Lass es uns erstmal suchen.«

Es dauerte eine gefühlte Ewigkeit und zwei Saft-Pausen, in denen sie sich stärkten, bis sie die Stadt gefunden hatten. Sie lag an der Nordsee, man musste fast einmal quer durch Europa, um von Wien aus hinzugelangen. Mit einem dicken schwarzen Stift zog Aristella eine Linie zwischen den beiden Städten. Sie hatte inzwischen eine Karte des Kontinents aufgeschlagen. Ihr Magen kribbelte vor Aufregung. Sie sah Leon an, der in seinem blauen Pullover und den dunklen Jeans an ihr Bett gelehnt auf dem Boden hockte, völlig aufgelöst und durcheinander.

»Du willst dort wirklich nicht hin?«

»Niemals«, antwortete er mit angewinkelten Brauen. »Aber was wird aus unserer Welt?« Er senkte seinen Blick, spielte nervös an seinen Fingern herum. »Und wer beschützt mich vor den anderen?«

»Dann«, begann Aristella und nahm einen tiefen Atemzug, »lass uns weglaufen.«

Unsicher, ob sie bloß einen Scherz gemacht hatte, sah Leon sie an. »Wohin denn?«

Da nahm sie den Stift erneut zur Hand und verlängerte ihre Linie in die andere Richtung. »An einen Ort, der ganz weit weg von diesem Bremerhaven ist. Auf der anderen Seite, irgendwo, wo man von hier mit dem Zug hinfahren kann!«

Leons Miene hellte sich auf. »Du würdest wirklich mit mir weggehen, Stella?«

Sie griff nach seinen Händen. »Mit wem denn sonst? Ich will nicht hierbleiben. Nicht allein.« Sie dachte an ihre Lehrerin, die stets auf ihr rumhackte. Ihre Mutter, die diese Kunst perfektioniert hatte. Und an die anderen Kinder, die sie verspotteten und oft genug schlugen. Für alles bekam sie letzten Endes die Schuld, sie wollte dieses Martyrium nicht allein durchstehen. Also sprang sie erneut auf und lief in den Flur. Sie durchwühlte die Schublade unter dem Telefon und zog den Fahrplan der Österreichischen Bundesbahnen hervor. Ein kleines, jedoch dickes Heft, das die Südstrecke abbildete.

Leon und sie verbrachten den Rest des Nachmittags damit, einen Plan zu schmieden. Wenn die Erwachsenen keine Rücksicht auf sie nahmen, würden sie es ebenso wenig tun. Da man mit dem Zug von Wien scheinbar nicht bis nach Griechenland oder in die Türkei fahren konnte, suchten sie sich eine Strecke nach Italien heraus. Das lag zwar nicht ganz in der entgegengesetzten Richtung, aber war zumindest weit genug weg von hier. Dort würden sie bestimmt nicht nach ihnen suchen.

»Für wann ist der Umzug geplant?«, fragte Aristella, als die Sonne bereits tief am Horizont stand und orangefarbenes Licht durch die Gardinen sandte.

»Nächsten Monat. Sie lassen mich nicht einmal das Halbjahr zu Ende machen.«

Aristella nickte, stöpselte ihren Stift wieder zu. »Dann fahren wir in drei Wochen, kurz vor Weihnachten.« Das klang nach einer guten Idee. »Die Bahnsteige werden so voll sein, dass uns niemand bemerkt. Wir müssen uns nur Fahrkarten kaufen.« Schmerzlich erinnerte sie sich daran, dass sie erst vor kurzem Geld für das Handy ausgegeben hatte.

»Ich habe ein Sparbuch«, erwiderte Leon. »Wenn ich meiner Mama sage, dass ich ein neues Videospiel kaufen will, hebt sie mit mir sicher etwas ab. Und von Oma habe ich noch jede Menge Kleingeld im Sparschwein.«

Die beiden gaben sich die Hand auf das Versprechen, einander nicht zurückzulassen. Und als der günstigste aller Tage gekommen war – eine Firmenfeier bei Aristellas Mutter, eine neuerliche Reise von Leons Familie nach Bremerhaven, die er jedoch bei Oma Elfriede aussitzen durfte –, verschwanden die beiden noch vor dem ersten Läuten der Schulglocke vom Gelände.

Sie hatten alles genau geplant, wussten, mit welcher U-Bahn sie zum Südbahnhof fahren mussten. Auf welchem Gleis ihr Zug fuhr und dass am Fahrkartenautomaten auch kein Erwachsener fragen würde, ob sie denn ganz allein unterwegs wären. Aristella hatte immer wieder geübt und wusste nun genau, wie sie ihn zu bedienen hatte.

Am letzten Freitag vor Weihnachten waren die Bahnsteige wie erwartet vollgestopft mit Reisenden. Die beiden hatten ihre Schultaschen voll mit Kleidung, Game-Boy-Advance-Spielen und Süßigkeiten und zogen jeweils einen Koffer hinter sich her. Die zu packen, ohne Aufsehen zu erregen, war bislang das Schwierigste an diesem Unterfangen gewesen.

Als die beiden endlich in dem gut beheizten Abteil saßen, konnte Aristella ihr Glück kaum fassen. Sie lockerte ihren Schal und öffnete ihre dicke Winterjacke. Noch nie hatte sie etwas so Aufregendes getan, noch nie hatte ihr etwas so viel Freude bereitet.

»Hast du den Zettel da?«, fragte sie und schob ihren Koffer mit den Füßen noch ein Stück weiter unter den Sitz.

Leon zog ein Schriftstück heraus, das er auf dem Computer getippt hatte. Die Unterschrift seiner Mutter hatte er von der letzten Schularbeit eingescannt und geschickt darunter platziert, sodass das Dokument täuschend echt aussah.

Hiermit erlaube ich meinem Sohn Dominik Müller und meiner Tochter Daniela Müller, selbstständig den Zug EC 151 nach Trieste Centrale zu nehmen. Sie werden dort von ihrem Vater in Empfang genommen.
Rufen Sie ihn unter der Telefonnummer +44 796 1903907 an, wenn Sie mir nicht glauben.
Hochachtungsvoll,
Caroline Müller

Aristella grinste. »Das ist super geworden!« Sie warf einen Blick auf die seltsame Telefonnummer. »Und wenn der Schaffner echt da anruft?«

»Im Internet stand, dass das eine Fake-Nummer ist. Da kann man anrufen und es läutet, aber niemand wird abheben.«

»Das sollte reichen.« Sie nickte euphorisch. »Deinen Schülerausweis hast du dabei?«

Stolz zog Leon ihn aus seiner Geldbörse. Die Idee war ihnen während einer der letzten Pausen gekommen. Mit Tintenkiller und einem Taschentuch hatten sie alle Spuren ihrer richtigen Namen entfernt, das Papier ein wenig trocknen lassen und anschließend mit dünnem Kugelschreiber ihre falschen Identitäten eingetragen.

»Und hast du dein Wörterbuch dabei?«

»Sì, certo!« Leon lachte. »Wenn wir jetzt in Italien leben, müssen wir auch Italienisch lernen.«

Sie hatten keine Ahnung, wie es weitergehen würde. Wichtig war ihnen nur, so schnell wie möglich von hier wegzukommen. Nie würde Aristella zulassen, dass man sie trennte. Und was die beiden stets von den anderen Kindern unterschieden hatte, war in diesem Plan ihre größte Stärke: Ihre Fantasie und hohe Auffassungsgabe. Sie hatten versucht, alle möglichen Stolpersteine aus dem Weg zu räumen.

Zwanzig Minuten später, als der Zug langsam lostuckerte, schaute Aristella aus dem Fenster. Sie sah den ersten Schneeflocken des Jahres dabei zu, wie sie zu Boden rieselten. Als wollten sie die beiden verabschieden, ihnen alles Gute für ihr neues Leben wünschen.

»Denkst du, dass Oma uns vermissen wird?«, fragte Leon, der ebenfalls an der Scheibe hing und dem Schneegestöber zusah.

»Sie kann uns ja besuchen kommen«, antwortete Aristella. »Sie will bestimmt auch, dass es uns gut geht.«

Leon lehnte den Kopf an ihre Schulter. Seine Wange war immer noch kalt von den eisigen Temperaturen draußen auf dem Bahnsteig. In Höchstgeschwindigkeit entfernten sie sich aus diesem Leben, das nur Schikane und Schmerz für sie übrighatte. Ein Leben, das sie auseinanderreißen wollte. Wenn sie nicht einmal diesen einen Umstand kontrollieren konnten, was hatte es ihnen schon zu bieten?

UNGLEICHE FREUNDINNEN

»Ihr seid einfach weggelaufen?« Celia thronte auf einer umgedrehten Mineralwasserkiste. Ein weiches Kissen umgab ihre Schenkel, damit sie nicht auf dem harten Plastik liegen musste.

»Auf und davon.« Wie bei einer ihrer ersten Begegnungen saßen sie und Aristella auf dem kleinen Balkon. Letztere hockte auf dem Boden und lehnte am Geländer, in der Hand eine dampfende Tasse Kaffee.

Unter ihnen brauste der schwache Nachtverkehr vorbei. Seit Stunden verweilten die beiden hier, inzwischen war es weit nach Mitternacht. Der Besuch bei der Therapeutin vor ein paar Tagen hatte Celia neugierig gemacht. Immer wieder war sie Aristella mit Fragen über Leon und ihre Kindheit aufgelauert. In der Hoffnung, dass auch ihr Gedächtnis dadurch wachgerüttelt wurde, hatte sie sich diesen Fragen heute Abend vor ihrer zweiten Sitzung nun gestellt.

»Aber wir sind nicht weit gekommen.« Aristella hob einen Mundwinkel und zog die Ärmel ihres grauen Sweatshirts schützend über ihre Hände.

»Hat man euch erwischt?«

»Das nicht.« Sie neigte den Kopf und zupfte die Decke zurecht, die über Celias Fell lag. Neben ihr stand eine Schale Milch, aus der sie immer wieder schleckte. »Aber der Zug wurde wegen einer Störung eingezogen. Das gab einen riesigen Tumult. Beim Wechsel der Gleise hat es so geruckelt, dass ich mir schließlich den Kopf gestoßen habe und meine Mutter mich dann irgendwo in der Steiermark aufsammeln musste.« Aristella zuckte mit den

Schultern. »So genau weiß ich das nicht mehr, aber ich war eine Nacht im Krankenhaus. Leons Familie war danach natürlich längst über alle Berge. Sie hatten ihn abgeholt und direkt mitgenommen, im Gegensatz zu mir war ihm nichts passiert.« Sie lachte, als ihr zum ersten Mal etwas gewahr wurde. »Spätestens an der Grenze zu Italien hätte man uns aber sowieso erwischt. Immerhin hatten wir keine eigenen Pässe. EU hin oder her.«

»Diese Welt ist ganz schön kompliziert.« Celia seufzte und kuschelte sich wieder unter ihrer Decke zurecht.

»Ist es eigentlich in Ordnung, dass du noch hier bist?«, fragte Aristella und hoffte, endlich mehr über Celias Herkunft zu erfahren. »Fällt es niemandem auf, wenn du so lange weg bist?«

Die Katze legte die Ohren schief und überlegte. »Solange ich hier gebraucht werde, kann ich ohnehin nicht weg.« Sie hob ihren Blick, sah hinauf in den Sternenhimmel, als lägen dort alle Antworten. »Ich weiß, dass ich auf dich achtgeben soll. Und dass von deinen Träumen Gefahr ausgeht.«

Aristella stutzte. »Für mich oder deinesgleichen?«

Doch das war wieder eine Frage, die Celia ihr nicht beantworten konnte. Dennoch fühlte sie sich mit dem Familiar an ihrer Seite sicherer, wenn sie nachts in die Traumwelt übertrat. Celia tauchte nur darin auf, wenn Aristella sich in einem Albtraum wiederfand und half ihr, wach zu werden.

»Lass uns noch einen Blick ins Buch werfen.«

Celia sah sie gereizt an. » Aber es ist gerade warm geworden.«

»Du sollst darauf liegen, damit es sich deiner Fragen annimmt. Nicht, um es als Wärmflasche zu benutzen.«

Aristella rutschte zu ihr hinüber, hob die Decke an und zog das Buch unter Celia hervor. Diese war wenig begeistert und hievte sich von einer Seite auf die andere, ehe sie sich seufzend wieder ins Kissen sinken ließ. Anschließend blätterte Aristella noch einmal das Inhaltsverzeichnis auf.

»Sieht aus wie vorher«, antwortete Celia.

»Wäre ja auch zu schön gewesen.«

Aristella hörte weiter in den Podcast von Rubyfruits rein, ergänzte ihr inzwischen gut gefülltes Traumtagebuch, während Celia bereits laut schnarchend neben ihr lag, und scheiterte in dieser Nacht dennoch daran, klarzuträumen.

Als sie sich am nächsten Tag für ihren Besuch bei der Therapeutin fertigmachte, klingelte es. Taya war wie erwartet ein wenig zu früh, störte sich jedoch nicht an Aristellas halbfertigem Look und marschierte geradewegs in die Küche, während ihre Freundin ihr Haar bändigte.

»Ich habe dir neue Tupperdosen mitgebracht«, rief Taya ihr zu. Eine kurze Pause entstand, in der Aristella ihre Wimpern tuschte. Sie hörte Schritte und fuhr zusammen, als Taya hinter ihr im Spiegel auftauchte. »Seit wann isst du denn bitte Wurst oder Thunfisch?«

Vor Schreck fuhr Aristella sich mit der Wimpernbürste ins Auge und jammerte kurz auf. Sie presste sich eine Hand davor und blinzelte. »Das ist für meine Katze«, erwiderte sie, was ja irgendwie der Wahrheit entsprach.

Taya legte ihre Stirn in Falten. »Meinst du die Nachbarskatze?«

»Nein, ich hab seit ein paar Tagen eine eigene.« Sie setzte ihr bestes Lächeln auf. »Ich wollte sie dir heute vorstellen.«

Tayas Augen wurden groß. »Wo ist sie denn?« Sie strahlte und lief in Aristellas Zimmer. »Miez!«

Das hätte sie sich besser überlegen müssen; wenigstens würde Celia vor Taya nicht einfach losplappern. »Ich glaube, sie liegt irgendwo auf dem Bett.«

»Oh, wow!«

Aristella schlurfte hinter ihrer Freundin her und rubbelte sich über ihr tränendes Auge. Celias Blick sprach Bände:

Wie konntest du nur zulassen, dass diese Fremde mich aus meinem Schönheitsschlaf reißt?

»Ihr Name ist Celia.« Sie kam näher und setzte sich neben Taya ans Bett. »Das ganze Zeug im Kühlschrank ist für sie.«

»Wie niedlich, du hast ihr ja dein Armband um den Hals gebunden.« Taya stieß mit dem Finger gegen das Glöckchen. »Ein richtiger Koloss. Wo hast du sie denn her?«

»Aus dem Tierheim«, log Aristella. »Ihr Vorbesitzer hat sie so fettgefüttert, dass das arme Tier kaum noch laufen konnte.«

Celia schenkte ihr einen gereizten Blick. Mit angelegten Ohren wandte sie sich ab, senkte den Kopf und schloss demonstrativ die Augen; Aristella grinste und beschloss, dass sie die Katze für heute genug geärgert hatte.

»Jedenfalls bin ich froh, sie bei mir zu haben.«

»Eine Katze passt zu dir.« Taya nickte bestätigend und strich den Stoff ihres Rockes glatt. »Nachtaktiv und eigensinnig.«

Die beiden verließen die Wohnung wenig später. Taya hatte vor, Aristella bis zu ihrer Therapeutin zu bringen, während ihrer Sitzung ein paar Besorgungen zu erledigen und anschließend mit ihr ins Café zu kommen, ehe sie den Freitagabend gemeinsam bei Aristella ausklingen lassen wollten. Es war das erste Mal, dass sie Taya zu sich einlud, seit Celia bei ihr lebte. Natürlich hatten sie vorher abgesprochen, wie sie sich während dieser Stunden verhalten sollte: Eine normale Katze mimen, aus einer Schüssel vom Boden fressen und all das; ob Celia da wirklich mitspielte, würde sich jedoch erst noch zeigen.

»Ich finde es toll, dass du der Therapie eine Chance gibst«, sagte Taya plötzlich. Die beiden spazierten die Straße entlang in Richtung Floridsdorf, das Wetter war perfekt für einen längeren Marsch an der frischen Luft. »Wie dein Vater dich dazu bekommen hat, ist natürlich der reinste Mist.« Sie kickte einen herumliegenden Stein von sich und schnaubte. »Aber vielleicht tut es dir gut.«

»Mal sehen.« Aristella steckte die Hände in die Taschen ihrer dünnen Jeansjacke. Aus den Augenwinkeln vernahm sie einen Schatten, der immer wieder sprunghaft zur Seite huschte. Ein Hauch von Glitter lag in der Luft, begleitet vom Geruch frisch gemahlener Vanille. »Bisher haben wir fast nur über dich und Leon gesprochen.«

»So?« Taya suchte während des Gehens ihren Blick. »Was hast du ihr erzählt?«

»Wie gut du mir tust.« Aristella spürte, wie ihr ob der seltsamen Sinneseindrücke Hitze ins Gesicht stieg. »Und dass ich dir das viel zu selten sage.« Der Schatten war verschwunden; kam der Geruch aus einem der Läden, den sie passiert hatten?

»Quatsch.« Taya legte einen Arm um sie. »Nach der Scheidung meiner Eltern war niemand so sehr für mich da wie du. Als ich die Schule abgebrochen hab, hast du zu mir gestanden und die Wogen mit meiner Mama geglättet und immer, wenn ich Liebeskummer hatte, hast du mit einer Packung Eiscreme geklingelt. Ganz klischeehaft.« Sie nickte bestärkend und zeigte demonstrativ ihr schönstes Lächeln. »Den Zahn hätte ich mir ohne deine Hilfe nie leisten können, dabei schulde ich dir immer noch über fünfhundert Euro.«

Aristella lächelte. »Ich brauch das Geld nicht. Du bist mir wichtiger.« Aus den Augenwinkeln nahm sie es wieder wahr: einen Schatten, der sich wie eine dunkle Wolke über sie legte. Sanfter silberner Schimmer lag auf ihrem Handrücken.

»Und du bist eine tolle Freundin, Stella.«

Dies war der Moment, in dem Aristella ernsthaft in Erwägung zog, Taya in alles einzuweihen: Sie zu fragen, ob sie den Glitter sehen konnte und die Vanille roch, die laut Celia stets ein Hinweis auf die Traumwelt war. Was das Klarträumen mit ihr angestellt hatte und dass sie drauf und dran war, diese Welt hinter sich zu lassen; doch genau Letzteres war der Grund, weshalb Aristella schweigend weiterging. Wie sollte sie ihrer Freundin nur verständlich machen, dass sie dieses Leben hier nicht erfüllte, sie aber niemals ohne Taya würde leben müssen? Immerhin war in Träumen alles möglich.

An der nächsten Ecke blieb Aristella ruckartig stehen. Vor der Fensterfront eines Friseursalons war eine dunkle Markise aufgespannt. Geradezu verräterisch hatte sich darin Glitzerstaub verfangen. Sie legte den Kopf in den Nacken, besah die Wolken, die vor wenigen Augenblicken noch nicht da gewesen waren. Ehe sie etwas sagen konnte, spürte sie die ersten Tropfen auf ihrer Nase. Anfangs drei, bald schon fünf, sechs, zehn. Mehr wurden es nicht: Taya hatte ihren Schirm gezückt und hielt ihn schützend über das Gesicht ihrer Freundin. Sie selbst drängelte sich dicht an sie, damit sie zu zweit darunter Platz fanden.

»Ich hab nur einen mit«, sagte sie und zog die Kapuze ihrer dünnen Jacke über. »Ich lasse ihn dir hier, es ist ja nicht mehr weit, stimmt's?«

»Gleich um die Ecke.« Nachdenklich betrachtete Aristella die Tropfen auf ihrem Handrücken. Sie vermochten nicht, den glitzernden Staub daran wegzuwaschen. Er stammte nicht aus dieser Welt, davon war sie überzeugt.

»Dann warte ich in dem Café. Seit Tagen hab ich Lust auf ein Stück Torte.« Taya grinste und deutete auf ein Lokal auf der anderen Straßenseite. »Stößt du nach dem Termin dann zu mir?«

»Mach ich.« Die beiden umarmten sich kurz, ehe Aristella ihre Freundin über den Zebrastreifen huschen sah. Sie blieb mit dem Schirm allein zurück; wobei: Inzwischen war sie davon überzeugt, dass sie gar nicht so allein war wie angenommen.

»Du kannst jetzt rauskommen.« Sie schob sich den Schirm aus dem Gesicht und streckte den rechten Arm aus.

Der Baldachin war an einer Stelle deutlich eingedrückt. Ruckelnd setzte sich das Wesen darauf in Bewegung und lugte skeptisch über die Kante. »Fang mich!«, kommandierte Celia und sprang hinunter. Aristella bereitete sich auf ein schweres Bündel vor, das mit Wucht auf ihrer Brust landen würde. Doch zu ihrer Verwunderung schwebte die Katze geradezu auf magische Weise zu ihr hinab, um kurz darauf sanft in ihrem Arm zu landen. Zwei weiße Flügel lugten aus ihrem Rücken, zuckten ungestüm und schüttelten ein paar Tropfen ab, ehe sie unter leichtem Glitzern wieder verschwanden.

»D-du kannst fliegen?«

Zwei Passanten warfen ihr skeptische Blicke zu, die Aristella das Blut in den Adern gefrieren ließen. Umgehend huschte sie mit Celia im Arm und dem Schirm in eine ruhigere Seitengasse und setzte sich auf einen niedrigen Fenstervorsprung. Die Balkone darüber hatten die Stelle bislang trocken gehalten. Die Katze auf ihrem Schoß schüttelte sich, ihr Fell erzitterte. Umgehend wischte Aristella mit ihrem Ärmel darüber, was sie abermals in hellem Glitter baden ließ.

»Was zur Hölle, Celia?«

»Was?« Das Tier schenkte ihr einen herausfordernden Blick, während es in Truthahnform auf Aristellas Beinen lag. »Es war keine gute Idee, dich allein gehen zu lassen. Also bin ich dir gefolgt. Immerhin soll ich auf dich aufpassen.«

»Wie bist du aus dem vierundzwanzigsten Stock gekommen? Alle Türen waren zu. Und warum kannst du fliegen?« Aristella besah ihren Ärmel und versuchte erfolglos, das glitzernde Zeug abzuwischen. »Und was ist das? Ich sehe aus, als käme ich von einem verdammten Drag-Contest!« Dass sie abermals gedacht hatte, etwas aus ihren Träumen würde sie verfolgen, sparte sie aus; denn im Grunde war dem ja auch so. Obwohl von Celia zumindest keine Gefahr ausging.

»Sei dankbar.« Energisch begann sie, sich die Pfoten zu waschen und damit über ihr Gesicht zu wischen. Zum Sprechen hielt sie kurz inne. »Es war gar nicht so leicht, von Balkon zu Balkon zu schweben. Den Staub kann niemand außer dir sehen. Das ist ähnlich wie mit meiner Stimme.«

»Während ich dich die ganze Zeit rumgetragen habe, konntest du fliegen?«

»Es ist furchtbar anstrengend.« Celia rümpfte die Nase. »Ich bevorzuge, getragen zu werden.«

Aristella ließ den Kopf auf ihre Brust fallen. »Großartig.« Sie warf einen Blick auf ihr Smartphone, stellte fest, dass sie inzwischen knapp dran war. »Ich hab keine Tasche für dich dabei. Du musst also draußen bleiben.«

»Im Regen?«, stieß Celia empört hervor.

»Es ist warmer Regen. Hab dich nicht so.« Sie stand auf und stopfte die Katze unter ihr Sweatshirt. Mit ein wenig Druck schob sie Celias Hintern nach oben, bis das Gesicht der Katze ganz nah an ihrem war und sie gut Luft bekam.

»Verrat!«, zischte das Tier. An ihren Beinen konnte Aristella spüren, dass sie wieder mal erbost mit ihrem Schwanz peitschte.

»Du musst mir nicht überallhin folgen«, antwortete diese bloß und trat hinaus auf die Straße. Schützend hielt sie den Schirm über ihren Kopf und stützte Celia mit dem anderen Arm, damit sie nicht nach unten rutschte. »Bei Tag ist Floridsdorf nicht ganz so gefährlich.«

»Ich beschütze dich nicht vor dieser Welt«, erwiderte die Katze plump. »Irgendetwas stimmt heute nicht. Ich kann es spüren.«

Aristella ließ das Gesagte unkommentiert und klingelte mit Celia unter dem Pullover. Sie drückte die Tür nach innen auf und sah sich im Hausflur um. Eine Treppe führte wenige Stufen hinab zu zwei Kellertüren, dahinter war eine Nische, die man von oben nicht einsehen konnte. Sie trug die Katze nach unten, schlüpfte aus ihrer Jacke und bettete Celia darauf. »Warte hier, ich hole dich in einer Stunde wieder ab. Du kannst einstweilen schlafen.«

Ehe das Tier protestieren konnte, wandte Aristella sich um und hastete hoch zu ihrem Termin. Erst hatte sie geglaubt, Celias tapsende Schritte würden sie verfolgen, doch ein Blick über die Schulter ließ sie aufatmen. Hier drin war es trocken, eine Stunde würde sie also warten können.

Die Therapeutin begrüßte sie diesmal etwas knapper, sie hing mit einem Ohr am Telefon und flüsterte eine Entschuldigung, ehe sie Aristella hineinbat.

»Ich bin gleich bei dir, du kannst dich schon mal setzen.« Die Dame entschwand in einen Raum und schloss die Tür, echauffierte sich anschließend laut über irgendeine verlorengegangene Vorgangsnummer. Zwischen Aristellas Beinen tippelten kurze, schwarze Katzenbeine hindurch. Umgehend hatte Celia es sich auf dem ledernen Sofa der Therapeutin bequem gemacht.

»Du bist unmöglich!« Wenigstens hatte das Vieh ihre Jacke mitgenommen, auch wenn diese sich den gesamten Dreck des Treppenhauses einverleibt hatte. Kommentarlos schlüpfte Aristella aus ihrem Sweater und deckte die Katze damit zu. »Dann halt wenigstens deine Klappe während der Sitzung!«

»Was ist das da drüben?« Ihre goldfarbenen Augen lugten unter der Kapuze hervor. »Ihr Laptop?«

Aristella sah nach rechts. Auf der Theke, direkt hinter dem angestammten Platz der Therapeutin, lagen ihr Schreibblock und ein aufgeklappter Laptop. Sie zögerte. Bereits letztes Mal war sie versucht gewesen, einen Blick auf die Notizen ihrer Sitzung zu erhaschen. Aristella stand auf. Sie trat an die Tür, hinter der die Therapeutin immer noch über Versicherungsnummern und irgendwelche Anträge schwafelte. Sie nahm einen tiefen Atemzug; zur Not könnte sie ja sagen, dass sie sich ein Glas Wasser genommen hatte.

»Halt wenigstens Wache«, sagte sie an Celia gewandt, die umgehend unter ihrem Versteck hervor huschte und sich neben der Tür in Position brachte.

Aristella berührte das Touchpad des Laptops. »Natürlich ist er gesperrt«, flüsterte sie säuerlich. Doch die Vermutung, dass ihre Therapeutin gerade vor ihrer Sitzung noch einmal alle Aufzeichnungen ihres letzten Termins durchgegangen war, lag nahe. Erfahrungsgemäß waren viele Leute im Umgang mit ihren Passwörtern etwas unvorsichtig. Da sie keinen Aufkleber neben der Tastatur fand, hob sie das Gerät kurz an. Ein Grinsen stahl sich auf ihr Gesicht. Das Post-it darunter verriet eine Kombination aus ihrem vermeintlichen Lieblingssport und den Zahlen 123. Aristella warf einen Blick zur Tür und erstarrte. Celia war verschwunden. Sie war drauf und dran, wieder zurück aufs Sofa zu sprinten, als die Katze neben ihr auf die Theke schwebte.

»Mach hinne!«, sagte sie. »Die Frau ist kurz vorm Auflegen.«

Jetzt gab es kein Zurück mehr. Schlimmstenfalls würde sie diesen Platz hier verlieren – in einer Therapie, auf die sie von vornherein keine Lust gehabt hatte. Mühelos entsperrte sie den Rechner und konnte ihr Glück kaum fassen. Ein Ordner namens Nordstedt_Aristella war geöffnet, darin lagen vier Dateien: Zwei Fotos, ein Word-Dokument und ein Excel-Sheet. Doch was sollte sie damit anfangen?

Das Rütteln des Türknopfes füllte Aristellas Körper mit Adrenalin. So schnell sie konnte, entfernte sie sich aus der Ecke, wurde auf halbem Weg jedoch von ihrer Therapeutin erblickt. Aus einer Woge der Verzweiflung heraus, begann Aristella zu brüllen: »Celia, verdammt!« Sie schloss die Augen. »Ich hab gesagt, du sollst mir nicht dauernd folgen! Geh da sofort runter!«

»Huch.« Die Dame kam näher, legte einen Arm auf Aristellas Schulter und wandte sich der Katze zu. Die hatte sich vor dem Laptop platziert und miaute verständnislos. »Das ist also deine?«

»Es tut mir so leid.« Aristella redete sich in Rage, versuchte, das Beste aus der Situation zu machen. »Sie ist kurz nach mir durch die Tür gehuscht und plötzlich in ihrer Kochecke herumgesprungen.« Sie nahm Celia von der Theke und stopfte sie zurück unter das Sweatshirt auf dem Sofa. »Es tut mir wahnsinnig leid. Sie war auch nicht an Ihrem Computer oder so.«

Verdammt! Der letzte Satz schien die Therapeutin stutzig zu machen. Aristella sah ihr an, dass ihr die ganze Sache nicht geheuer war. Die Dame drehte den Laptop zu sich, bewegte den Mauszeiger und klappte das Gerät schließlich zu. »Ist alles wie zuvor. Gesperrt und sicher.« Sie wischte ein paar verräterische schwarze Haare von der Theke. »Es ist ganz schön ungewöhnlich, dass Katzen ihren Besitzern so weit folgen.«

Unter dem Sweatshirt rumorte es, doch Aristella legte demonstrativ ihren Arm auf die zugedeckte Celia. Das Herz schlug ihr bis zum Hals. »Die Katze ist auch in jeglicher Hinsicht ungewöhnlich. Es tut mir so leid, dass ich mit ihr hier aufgetaucht bin. Ich habe selbst nicht damit gerechnet und jetzt ist sie hier.«

»Nun gut.« Die Dame schob ihre Brille zurecht, nahm ihren Block und schlug ihn auf. »Immerhin habe ich dich warten lassen. Aber achte nächstes Mal bitte darauf, dass sie nicht mitkommt.«

»Versprochen.«

Sich auf die Sitzung zu konzentrieren, gelang Aristella diesmal nur mit Mühe. Zu Beginn war sie damit beschäftigt, ihre abdriftenden Gedanken zurück auf das Gespräch zu lenken und ihren Puls zu beruhigen.

»Du und Leon«, sagte die Therapeutin gegen Ende der Sitzung. »Ihr habt jede Menge, das euch verbindet, nicht wahr? Vor allem, was deine Kindheit betrifft?«

Immer noch war Aristella nicht geheuer, wie viel sie über Leon sprach. »Ja«, antwortete sie schlicht.

»Was hältst du davon, wenn du nächstes Mal alle Dinge mitbringst, die dich an ihn erinnern?«

Aristella winkelte eine Braue an.

»Also Gegenstände, die euch verbinden. Vielleicht alte Briefe, Zeichnungen oder Videospiele, Bücher oder Comichefte, die ihr zusammen gelesen habt.«

Sie überlegte kurz, verschränkte dann die Arme vor der Brust. »Die meisten Dinge, die in diese Kategorie fallen, befinden sich online. Ich habe kaum Gegenstände aus meiner Kindheit.«

»Das ist auch in Ordnung«, sagte die Therapeutin. »Dann fertige eine Liste an. Wie wäre das?«

»Okay.« Aristella versprach sich nicht viel davon, doch immerhin war sie hier nicht die Expertin. Irgendeinem Zweck würde es schon dienen. Da sie sich ansonsten gut mit der Dame verstand, und diese sich kritisch zu den Handlungen von Aristellas Eltern geäußert hatte, vereinbarte sie einen weiteren Termin für in zwei Wochen. Allzu regelmäßig wollte sie diese Gespräche nicht führen, zumal sie über einige Dinge nachdenken wollte.

Aristella zog ihr Sweatshirt an, schüttelte ihre Jacke kurz aus und stopfte Celia wieder unter die schützenden Stoffschichten. Auf dem Weg ins Café ließ die Katze es sich nicht nehmen, die Therapiestunde zu kommentieren.

»Ich lerne hier mehr über dich als in den Wochen zuvor.«

Aristella verzog das Gesicht; noch einmal durchkauen wollte sie das Ganze nicht.

»Dass deine Mutter mit dir immer nur geschimpft hat, ist traurig.« Celia sah zu ihr auf.

Da blieb sie stehen und erwiderte ihren Blick.

»Meine macht das genauso. Ich bin vergesslicher und wohl auch fauler als meine Geschwister.« Celias Nase zuckte. »Ich bekomme ständig Ärger deshalb.«

»Du hast dich an etwas erinnert.«

Die Katze deutete ein Nicken an. »Was du erzählt hast, hat mich an mein Zuhause erinnert. Ich kann es den anderen irgendwie auch nie recht machen.«

So, wie sie Celia kennengelernt hatte, mochte das vielleicht seine Berechtigung haben, doch Aristella war gerührt von ihren Worten und zugleich froh, dass sich endlich etwas mit ihren Erinnerungen tat.

Die beiden sammelten Taya ein, die entzückt über das Auftauchen der Katze war und unterwegs ständig unter Aristellas Sweatshirt griff, um sie zu streicheln. Auch das brachte der kleinen Gruppe mehr Aufmerksamkeit ein, als Aristella lieb war, doch immerhin waren ihre beiden Freundinnen glücklich. Ja, sie hatte Celia gerade zum ersten Mal als eine Art Freundin gesehen, obwohl sie ihr ständig Ärger bereitete. Doch gleichzeitig machte sie ihr Leben auch ein Stück weit aufregender.

»Ich versteh immer noch nicht, wie die Katze aus der Wohnung gekommen ist«, meinte Taya und zog ihre Schuhe aus. Aristella schaltete das Licht in ihrem Flur an und entließ Celia auf den Boden. Ihr Nacken schmerzte fürchterlich, weil sie das Tier bestimmt zwanzig Minuten am Stück getragen hatte. Knackend schoben sich ihre Sehnen wieder in Position, als sie die Schultern abwechselnd rotierte.

»Ich gehe davon aus, dass sie mir zwischen den Beinen durchgehuscht ist, in den Hausflur und dann hat sie wahrscheinlich die Treppen genommen«, sagte Aristella und holte ihnen eine Flasche Cola aus der Küche

Taya hatte sich einstweilen alle Kaffeetassen von ihrem Schreibtisch geschnappt, um sie in die Spüle zu stellen. Aristella griff nach ihrem Arm und zog sie unter halblautem Protest mit sich ins Zimmer.

»Lass mich wenigstens noch die Teller …«

»Morgen!«, raunte Aristella. »Du brauchst auch mal eine Pause, Taya!«

»Aber dann wenigstens einmal kurz staubsaugen …«

»Morgen!«

Ihre Freundin gab sich geschlagen und setzte sich aufs Sofa. Aristella ließ sich ihr gegenüber auf ein Kissen am Boden sinken und füllte ihre Gläser mit Cola. Auch Celia kam umgehend angetippelt und schenkte ihr einen auffordernden Blick.

»Du nicht.«

»Wirklich nicht«, bekräftigte Taya. »Zucker ist für Katzen pures Gift, weißt du.«

Celia legte die Ohren an und begab sich wütend in Truthahnposition. Als Aristella ihr beschwichtigend übers Fell streichelte, zuckte sie zurück.

»Ah, verflucht.« Vorsichtig wiederholte sie den Versuch, bekam jedoch abermals einen kleinen Stromstoß. »Du bist total elektrisch. Was hast du getrieben?«

Das schwarze Fell der Katze erzitterte, doch sie wandte ihren Kopf ab, bettete ihn auf den Teppich und wollte offensichtlich in Ruhe gelassen werden.

»Bestimmt vom Pulli«, sagte Taya und nahm einen Schluck. »Ich bin übrigens ein großer Fan von Celia. Ich habe noch nie eine Katze mit so ausgeprägter Mimik gesehen.«

Der Abend verging wie im Flug. Aristella und Taya bestellten Pizza, bei der auch Celia ausgiebig zulangte, sahen sich einige Folgen ihrer Lieblingsserie an und backten kurz vor Mitternacht eine Ladung Kekse mit allem, was Aristellas Vorratsschrank hergab, weil beide unersättliche Lust darauf bekamen.

Als Taya gegen ein Uhr auf dem Sofa eingeschlafen war, hockte Aristella mit ihrem Smartphone auf dem Bett. Immer wieder drifteten ihre Gedanken zu der Szene bei ihrer Therapeutin, wenigstens hatte sie die Zeit mit Taya abgelenkt.

Ihr Herz machte einen Satz, als Celia ohne Vorwarnung zu ihr aufs Bett sprang. Sie stieß ihr Köpfchen gegen Aristellas Hand, was diese abermals zurückzucken ließ. Diesmal tat der elektrische Schlag beinahe weh. »Was ist nur mit dir? Ich hab hier nicht mal einen Teppich, an dem du dich aufladen könntest.«

»Jetzt, wo sie schläft«, flüsterte Celia, »kann ich auch wieder sprechen. Setz mich zu deinem PC.«

»Was?« Aristella schüttelte den Kopf und wandte sich ihrem Smartphone zu. Sie griff sich eine Handvoll Chips aus der Packung und bemühte sich, nicht zu viel Lärm zu machen.

Da wiederholte Celia die Prozedur, was Aristella vor Schmerz einen leisen Schrei entlockte. »Au! Verdammt!«

»Zum PC!«, kommandierte Celia, deren Fell mittlerweile hörbar knisterte.

»Ich kann dich so doch nicht anfassen!«

»Dann bring deinen PC zu mir!«

Aristella stand auf und holte den Laptop von dem kleinen Beistelltisch, wo sie und Taya vom Sofa aus ferngesehen hatten. Der Akku war voll, also zog sie das Gerät kurzerhand vom Strom und platzierte es neben der knatternden Celia. »Bitteschön.«

Schwanzpeitschend wandte das Tier sich dem Notebook zu. Die Spitze ihres Schwanzes leuchtete kurz auf, versprühte abermals diesen silbernen Schimmer und formte sich vor Aristellas Augen zu einem USB-Stecker. Mit offenem Mund sah sie Celia dabei zu, wie sie diesen in den Anschluss ihres Laptops dockte, zu perplex, um irgendetwas zu sagen. Entspannung machte sich im Gesicht der Katze breit, das Knistern verflüchtigte sich.

»Bist du strombetrieben?«, fragte Aristella verdattert. »Muss ich dich einmal im Monat aufladen?«

»So ein Unsinn!« Celia rümpfte die Nase, begab sich in Truthahnform und zog ihren Schwanz wieder aus dem Slot. Seufzend legte sie ihn um ihren runden Körper. »Sieh selbst.«

Skeptisch beäugte Aristella ihren Desktop. Sie fuhr über das Touchpad, öffnete den Explorer, sah sich ihre Laufwerke an und fand einen temporären Datenträger, genau acht Megabyte groß, mit seltsamen Buchstaben und Zahlen benannt. Kurz zögerte sie, überlegte, ob Celia ihr womöglich irgendein Virus auf den Computer geschleust hatte. Gab es so etwas in der Traumwelt?

Aristella riss sich von ihren Gedanken los, nahm einen tiefen Atemzug und öffnete das Laufwerk. Ein Kribbeln schlich sich von den Fingerspitzen in ihre Magengrube. Sie erblickte dieselben vier Dateien wie heute Nachmittag auf dem Computer ihrer Therapeutin.

»Wie hast du das angestellt?«, stieß sie aufgeregt hervor und bewegte den Mauszeiger auf das Textdokument.

»Nachdem du keine Zeit mehr hattest, wollte ich mich mal nützlich machen.« Celia zog ihre Pausbacken in die Breite, sah Aristella einen Moment lang freundlich an, ehe sie sich süffisant übers Maul leckte. »Damit du nicht immer sagst, ich würde dir nur die Haare vom Kopf fressen.«

»Du bist genial.« Das seltsame Bild der Katze, die ihren Schwanz in ein Speichermedium verwandeln konnte, war längst vergessen. Die Aufregung und Neugierde siegte und ließ sie die Datei öffnen. Es waren lediglich zwei Seiten, doch bereits die ersten Sätze zogen Aristella völlig in ihren Bann.

Erste Sitzung, 21.09.2019

- Die Klientin zeigt wenig Begeisterung für eine Gesprächstherapie, Grund dafür könnte der Zwang des Vaters sein.
- Zu diesem besteht erst seit dem Tod der Mutter wieder Kontakt (2011), davor gab es weder Unterhaltszahlungen noch Kommunikation.
- Mutter im Alter von vierzehn Jahren verloren, zuvor schwieriges Verhältnis. Schuldgefühle für Basisbedürfnisse eines Kindes, Vorwürfe und wenig emotionale Nähe.
- Keine weiteren Familienangehörigen.
- Aristella zeigt sich selbstständig, arbeitet Teilzeit und geht zur Abendschule.
- Interessen umfassen Videospiele, Programmieren, Musik und die Beschäftigung mit Träumen.
- Kleiner, jedoch solider Freundeskreis: Als enge Freunde werden Taya und Leon genannt.
- Auf Nachfrage hin besteht zu Letzterem ausschließlich digitaler Kontakt mit gelegentlichem Austausch von Fotografien und Sprachnachrichten.
- Anton Bereuter, Aristellas Vater, zeigte sich vor Beginn der Gesprächstherapie besorgt. Er ließ mir einen Zeitungsartikel

vom Dezember 2006 zukommen (Anh_01), der seinen Verdacht in Kombination mit der entsprechenden Parte (Anh_02) bestätigt:

- Visuelle und auditive Halluzinationen, denen Aristella sich als solche nicht bewusst zu sein scheint.

Ihre Gedanken froren ein. Mechanisch wechselte sie zurück in den Ordner, führte den Mauszeiger mit zitternden Fingern zur ersten Bilddatei.

Leibnitz-Spielfeld: Zugunglück mit vier Toten
Regionalexpress entgleist, vier Menschen starben, achtzehn Verletzte. Die Suche nach der Ursache geht weiter.

Aristella blendete den Rest des Artikels aus. Celias Stimme war meilenweit entfernt, die Berührung an ihrer Hand vernahm sie nur dumpf. Die Welt um sie herum versank in dichtem Nebel, federte einen Aufprall ab, der sie zu zerreißen drohte. Aristella starrte, atmete, existierte. Und schluckte stumme Tränen.

DISSOZIATION

»Stella?«

Ihre Augen blickten trüb ins Leere. Selbst, als Celia mit der Pfote in ihr Gesicht tatzte, reagierte Aristella nicht. Sie verharrte vor dem Bildschirm, weggetreten und nicht ansprechbar.

Celia schob sich auf ihren Schoß. Eine Datei war geöffnet, zeigte einen Zeitungsartikel, dem sie jedoch nichts entnehmen konnte, was den Zustand ihres Schützlings erklärte. Sie versuchte es erneut, stieß Aristella immer wieder an und rief ihren Namen. Nach dem zehnten Mal bewegte diese ihren Kopf mechanisch in Celias Richtung, doch ihr Blick war immer noch starr.

»Hörst du mir zu?«, fragte Celia und peitschte mit ihrem Schwanz wild gegen Aristellas Beine. Vielleicht würde ihr Wasser helfen. Oder Medizin. Doch Celia verstand von diesen Dingen nichts. Sie sprang auf das Parkett, lief auf die gegenüberliegende Seite und sprang aufs Sofa. Taya verzog das Gesicht und drehte sich zur Seite.

»Du musst aufwachen!« Nun, da Aristella in Gefahr war, konnte sie auch mit ihrer Umgebung kommunizieren. Das verriet Celia, wie ernst die Sache war. »Erschreck dich nicht! Es geht um Stella, sie braucht Hilfe!«

»Stella?«, murmelte Taya und öffnete langsam die Lider. »Was ist mit dir?«

»Sie ist nicht ansprechbar! Irgendetwas ist passiert, du musst unbedingt …«

Ein Schrei gellte durch den Raum. Celia plumpste rückwärts vom Sofa, stieß sich das Hinterbein und fauchte im Affekt.

»W-was bist du?« Die Decke schützend um sich geschlungen hockte Taya da und zeigte mit dem Finger auf sie. »Du hast gerade nicht mit mir gesprochen!«

»Doch, es ist dringend!« Celia erhob sich und hinkte hinüber zu Aristella. »Ich brauche deine Hilfe, irgendetwas stimmt nicht mit ihr!«

»*Du* stimmst nicht!« Taya schüttelte entschieden den Kopf. »Du bist eine Katze, du kannst nicht sprechen!«

»Ich bin ein Familiar aus der Traumwelt«, erklärte Celia und verlor angesichts der angespannten Situation die Geduld. »Komm damit klar, dass ich sprechen kann, und hilf Aristella!«

Taya hüllte sich in Schweigen. Einige dunkle Strähnen lugten unter der Decke hervor, die sie über ihren Kopf hielt. Ihr Blick fiel auf ihre Freundin, deren Zustand sie sämtliche Angst vergessen ließ. Taya sprang auf und eilte an ihre Seite. Doch auch ihr gelang es nicht, Aristellas Aufmerksamkeit zu erlangen.

»Ich rufe einen Krankenwagen«, sagte sie resigniert, als ihre Freundin endlich die Lippen bewegte.

»Will jetzt schlafen.«

»Schlafen?«, fragte Celia und spürte, wie eine Woge der Erleichterung sie überkam.

»Schlafen«, bestätigte Aristella murmelnd, ohne ihren starren Blick zu verlieren.

Taya half ihr dabei, sich hinzulegen. Es dauerte eine ganze Weile, bis Aristella tatsächlich die Augen schloss. Celia lag bei ihr, versuchte, sie mit ihrem besten Schnurren zu beruhigen. Was auch immer sie dermaßen erschreckt hatte, es war, als hätte ihr Geist ihren Körper verlassen.

Taya hockte auf dem Boden neben Aristellas Bett und vergewisserte sich, dass sie tatsächlich schlief. Nicht nur ihre Hände zitterten – das Schlottern ihres gesamten Körpers ließ sie in dem großen T-Shirt, das sie zum Schlafen trug, schwach und kränklich wirken. »Letztens«, begann sie murmelnd und strich über Aristellas Kopf, »da hatte sie kurz denselben Blick wie eben. Als sie bei uns zum Essen war, an ihrem Geburtstag.« Sie seufzte schwer und drückte das Sitzkissen an sich. »Aber es war nur einen Augenblick, danach war sie wieder klar.«

Celia, die zum Schlafen viel zu aufgekratzt war, überlegte einen Moment. »Ich konnte es nicht genau sehen, aber bei dem letzten Gespräch mit ihrem Vater hat Aristella kurz nicht reagiert.« Sie lehnte ihr Köpfchen an deren Schulter. »Aber sie hatte das Gesicht in ihren Armen vergraben und war abgewandt, ich weiß nicht, ob das etwas hiermit zu tun hat.«

Taya kauerte auf dem Boden und spielte an ihren dunkelblau lackierten Fingernägeln.

»Du hast dich schnell damit abgefunden, dass ich sprechen kann«, warf Celia in den Ring und gähnte mehr aus Reflex als aus Müdigkeit. »Ich wollte dich nicht erschrecken, verzeih.«

»Was auch immer du bist«, erwiderte Taya und schloss die Augen, »du machst Aristella glücklich. Ob du nun aus ihren Träumen gesprungen bist oder irgendein Mutant aus einem Versuchslabor: Du kümmerst dich um sie.«

Celia plusterte zustimmend ihr Fell auf.

»Und sollte ich gleich aufwachen und die Unterhaltung mit dir nur ein Streich meiner Fantasie gewesen sein, bin ich froh drum.« Sie legte den Kopf auf die angezogenen Knie, die Augen immer noch auf ihrer Freundin ruhend. »Denn das bedeutet, dass Aristella wohlauf ist.«

JENSEITS DER FEUERWAND

Durch die schwarzen, licht aufqualmenden Rauchwolken züngelten Flammen empor. Asche und Staub stoben durch die Luft. Der heiße Dunst war dermaßen dicht, dass Aristella röchelte. Zerborstenes Glas begleitete ihre Schritte, bohrte sich kaum merklich in die Sohlen ihrer Schuhe. Das Knarzen, der spröde Widerstand, fuhr ihr durch Mark und Bein.

Aristella musterte ihre Umgebung, die sich nur schemenhaft abzeichnete. Blau bezogene Sitze ragten aus der rechten Wand, die jedoch unscharf mit dem Boden verschwammen. Feuerzungen hüllten sie ein, in die sie wiederholt unsanft gestoßen wurde. Sie verbrannte sich die Finger, wann auch immer jemand sie dieser Wand aus Feuer näherbrachte; wenn jemand Aristella damit konfrontierte, was sie nicht hatte verkraften können. Es war das erste Mal, dass sie die Flammen als das erkannte, was sie in Wirklichkeit waren: Ein Wall, der sie unumstößlich begleitete. Der ihre Träume auskleidete wie ihre Seele. Sich vor dem Feuer zu fürchten, war ihr Schutz. Damit ihr die Wahrheit verborgen blieb.

Der Rauch wirbelte herum, schuf vor Aristellas Augen Bilder. Szenen, denen sie beigewohnt hatte, ohne sie zu erleben. Weil das Feuer sich schützend zwischen sie gestellt hatte.

Ein langer Seufzer entwich ihrem Vater. »Und wie redest du dich aus der Sache mit Johannes raus?«

Aristella spürte, wie das Blut durch ihren Kopf jagte. »Wie bitte, J-Johannes? Was meinst du?«

»Johannes Weinert. Der Bruder von deinem Kindheitsfreund. Diesem Leon, der damals gestorben ist, als ihr zusammen weggelaufen seid.«

Aristella sah sich selbst in den Rauchschwaden, ihr Blick war leer, die Worte ihres Vaters erreichten sie nicht. Sie saß in ihrer Wohnung, Celia lag auf dem Schreibtisch neben ihr.

»Du musst der Wahrheit ins Auge sehen. Deine Mutter hat dir das viel zu lang verschwiegen. Wie kommst du nur dazu, seinen Bruder aus heiterem Himmel anzurufen und diese Wunde wieder aufzureißen? Jetzt hab ich seine Familie am Hals.«

Aristella blinzelte. In ihr war nichts als Leere.

»Leon?« Tayas Mutter legte ihre Stirn in Falten. »Der Leon, mit dem ihr zur Schule gegangen seid? Aber damals, bei diesem Zugunglück, ist er da nicht gestorben? Du hattest solches Glück, Stella. Solches Glück, dass du mit einer Gehirnerschütterung davongekommen bist. Ich bin so froh und dankbar darum.«

Dankbar? Dabei war doch alles …

»Nach allem, was du getan hast?«

»Sieh nur, was du angerichtet hast!«

Sie hielt den Atem an, als Erinnerungen über ihr hereinbrachen, die sich fremd und vertraut zugleich anfühlten.

»Aristella, Kind.« Ihre Mutter griff nach ihrer Wange, fuhr sanft darüber. Warum war sie nicht böse? Sie hatte doch extra hierher

ins Krankenhaus kommen müssen. Hatten sie und Leon es bis nach Italien geschafft? »Die Ärzte sagen, in ein bis zwei Tagen kann ich dich wieder mit nach Hause nehmen.«

Aristella ließ das Kinn auf die Brust sinken. Sie wollte nicht nach Hause. Sie und Leon hatten ganz andere Pläne gehabt. »Kann ich Leon sehen? Ist er auch hier?«

Ihre Mutter setzte sich zu ihr ans Bett. »Nein, Schatz.«

Schatz? So nannte sie sie doch nie.

»Leon musste nicht ins Krankenhaus, er hat großes Glück gehabt. Seine Eltern haben ihn direkt mitgenommen.«

Tränen stiegen der neunjährigen Aristella in die Augen. Sie schlug mit den Fäusten auf ihre Matratze. »Ist er jetzt in Bremerhaven?«

»Ja, genau.« Ihre Mutter schloss die Augen. »Ganz bestimmt ist er das bereits.«

»Dissoziative Amnesie?«

Es war dunkel, Aristella hörte die Stimme einer Ärztin vor ihrem Zimmer. Sie selbst schlang die Decke enger um ihren Körper und weinte in den weichen Stoff. »Ihre Tochter hat keine Erinnerungen an den Unfall. Es kann sein, dass sie im Laufe der Zeit zurückkehren. Daher wäre es anzuraten, sie genau zu beobachten und therapeutische Hilfe in Anspruch zu nehmen.«

Sie vernahm das schwere Seufzen ihrer Mutter; die Art von Seufzen, die sie nur zu gut kannte.

»Ihre Tochter hat ein schweres Unglück miterlebt. Ein Zug ist entgleist und in Flammen geraten, ihr Freund ist vor ihren Augen gestorben. Sie waren unter Trümmern eingeschlossen. Aristella braucht jetzt viel Zeit und Fürsorge. Dass sie sich an nichts davon erinnern kann, bedeutet nicht, dass das für immer so bleibt.«

Doch es war so geblieben; für dreizehn Jahre. Bis ein Zeitungsartikel und der Totenschein auf dem Computer ihrer Therapeutin sie zurückkatapultiert hatten. Aristella nahm einen tiefen Atemzug. Sie merkte, dass der beißende Qualm keine Macht über sie hatte. Ihre Lunge füllte sich mit frischer, klarer Luft. Festen Schrittes trat sie der Feuerwand entgegen, stieß ihre Hand durch die züngelnden Flammen und fand sich im schlimmsten Moment ihres Lebens wieder: eingeklemmt unter Gepäckstücken und aus dem Boden gerissenen Sitzen. In einem umgestürzten Abteil.

»Hilfe!« Hustend zog die kleine Aristella sich unter einem Berg Schutt hervor. Vielleicht hatten sie die Grenze schon passiert und niemand verstand sie, wenn sie Deutsch sprach. »Aiuto!«

Schützend hielt sie sich den Arm vors Gesicht. »Aiuto!« Jetzt würden die italienischen Passagiere und Zugbegleiter sie sicher retten. Ja, genau dafür hatten sie doch vorgesorgt und ein paar Brocken der Sprache gelernt. »Leon?«

Die hitzige Atmosphäre im Waggon war erfüllt von dichtem Rauch und dem schrillen Klang des Feueralarms. Aristella vernahm den beißenden Geruch von verbranntem Holz und Metall in der Luft. Überall um sie herum lagen Menschen verstreut, manche reglos, andere stöhnten vor Schmerzen. Was sich vor ihren Augen abspielte, schien unwirklich und doch grausam real. Sie spürte den Drang, zu fliehen, aber der Weg nach draußen war blockiert. Die Flammen tanzten wild um sie herum und ließen die Silhouette der Trümmer im diffusen Licht des Feuers erscheinen.

Inmitten des Chaos entdeckte Aristella eine vertraute Gestalt. Leons Gesicht war bleich, er atmete schwer. Erleichtert stürzte sie auf ihn zu, zog sich durch die Trümmer und legte schützend beide Arme um ihren Freund.

»Ich hol uns hier raus«, sagte Aristella und sah sich um. »Über uns ist ein Fenster, das schlagen wir ein.«

»Sind wir schon in Italien?« Leons Stimme war dünn, er schloss die Augen, was ihn durch die zunehmende Blässe kränklich aussehen ließ. »Mir ist so kalt.«

Aristella schlüpfte aus ihrer zerschundenen Jacke und deckte ihren Freund damit zu. Hustend suchte sie nach etwas, mit dem sie das Fenster aufbrechen konnte, doch der Qualm ließ ihre Augen abermals tränen. Sie legte ihre Hand auf Leons Brust. »Kannst du aufstehen? Sicher kommt gleich Hilfe!« Blut glitt durch ihre Finger hindurch, klebrig und schwer. Unaufhörlich quoll es aus ihrem Freund. Dabei brauchte man Blut doch, um …

»Leon?« Aristella packte ihn an den Schultern. Das Heulen der Sirenen ließ sie aufblicken. Sie festigte ihren Griff. »Hilfe ist hier!« Doch ihr Freund rührte sich nicht. Unter Tränen rief sie seinen Namen. »Du kannst jetzt nicht schlafen!« Wie oft hatte sie das Menschen in Filmen sagen hören? Wenn Verletzte oder Unterkühlte die Augen schlossen, durften sie keinesfalls einschlafen. Ansonsten …

»Ich kann ihn sehen, Stella.« Leon röchelte und streckte die Hand nach ihr aus. »Unseren Traum. Unsere Welt. So wunderschön und friedlich.«

»J-ja«, stammelte Aristella unter Tränen. Rufe von draußen drangen an ihr Ohr, man würde sie sicher jeden Moment hier rausholen. Die spitze Stange aus Leons Brustkorb entfernen, die sie immer noch krampfhaft versuchte, mit ihrer Jacke abzudecken. Damit ihr Freund endlich aufhörte zu bluten. »Ich kann sie auch sehen. Wir haben sie doch so oft gemalt.« Ihre Stimme brach. »Darum sind wir hier, richtig? Darum müssen wir zusammen nach Italien.«

Ein schwaches Lächeln stahl sich auf Leons Lippen. Eines, das sie auf ewig mit in die Traumwelt nehmen würde.

Als er aufhörte, ihre Hand zu drücken und seine Augen sich nicht mehr bewegten, versagte ihr Verstand ihr den Dienst.

Ließ sie schreien.

Ihren Freund schütteln.

Ihn anflehen, sie nicht allein zu lassen.

Der erste Brief von Leon kam drei Wochen nach ihrer Entlassung. Aristella hockte auf ihrem Bett und hielt zwei linierte A5-Zettel in Händen.

Liebe Stella,

es gefällt mir ganz gut hier in Bremerhaven. Aber natürlich ist es nicht so schön wie in Wien. Die anderen Kinder sind nett, aber Freunde habe ich noch keine richtigen gefunden.

Leider sagt Mama, dass du uns in nächster Zeit nicht besuchen kannst. Nächstes Jahr gehe ich aufs Gymnasium und muss viel lernen, darum habe ich keine Zeit für ein Treffen. Bitte sei deshalb nicht traurig. Freust du dich schon auf die neue Schule?

Wir haben jetzt einen Hund: Es ist eine Dogge. Johannes und ich haben sie Sir William genannt. Im Tierheim hätte ich am liebsten alle mitgenommen, aber zumindest konnten wir einem Tier helfen. Nach der Schule spiele ich gerne mit ihm im Garten.

Zu Weihnachten habe ich eine neue Playstation bekommen. Ich freue mich, wenn du mir schreibst.

Dein Leon

Sie hätte es ahnen müssen. Erkennen, dass seine Worte viel zu oberflächlich waren. Seine Handschrift nicht on point. Doch Aristella war bloß ein Kind gewesen: froh darum, ein paar Zeilen ihres verlorenen Freundes zu lesen. Ohne Erinnerung davon, was verloren in diesem Fall eigentlich bedeutete.

BÖSES ERWACHEN

Aristellas Kopf war bleiern schwer. Nur mühsam gelang es ihr, die Augen einen Spalt zu öffnen. Es fühlte sich wie eine halbe Ewigkeit an, in der sie immer wieder zurück in den Schlaf driftete, ehe sie die Umrisse ihres Zimmers wahrnahm. Sie spürte Celias weiches Fell an ihrem Gesicht, eine Pfote lag in ihrer Hand. Taya saß an ihrem Bett, Arme und Kopf auf die Matratze gebettet. Doch sie erwachte umgehend, als Aristella sich aufsetzte.

»Hey, du siehst schon besser aus.« Taya griff nach ihrer Hand, drückte sie fest. Ein Lächeln trat auf ihre vollen Lippen. »Bist du wieder bei uns?«

Aristella nickte und strich sich einige Strähnen aus der Stirn. Hitze stieg ihr ins Gesicht. Taya reichte ihr ein Taschentuch und deutete auf ihre Wangen. »Du hattest einen ganz schön unruhigen Schlaf. Mit vielen Tränen.«

Mit zitternden Händen wischte sie sich übers Gesicht und zerknüllte das Papier. Celia erhob sich, machte einen Buckel und nahm auf Aristellas ausgestreckten Beinen Platz.

»Wart ihr die ganze Zeit über bei mir?«

»Oui, natürlich.« Selbst Celia wirkte abgezehrt. »Wie fühlst du dich? Kannst du dich an irgendetwas erinnern?«

Taya zog den Laptop zu sich und warf einen Blick darauf. »Der Artikel, er hat dich vollkommen …« Den Rest ihres Satzes ließ sie unausgesprochen, vermutlich aus Angst, noch einmal einen ähnlichen Zustand ihrer Freundin herbeizuführen.

»Ich war nicht bei mir, stimmt's?« Aristella legte eine Hand auf Celias Nacken. »Ich habe es gesehen, zum ersten Mal.« Ihre

Brust zog sich schmerzhaft zusammen. Trüber Nebel kleidete ihre Gedanken aus. »Hast du es gewusst?«

Taya neigte den Kopf. »Was meinst du?«

»Dass ich als Kind in einen Unfall verwickelt war.«

»Ja, zusammen mit Leon.«

Aristella nickte. »Und was mit Leon passiert ist?«

Da schüttelte Taya den Kopf, griff abermals nach ihrer Hand. »Ich habe es selbst gerade erst gesehen. Die Todesanzeige.«

»Als deine Mutter an meinem Geburtstag zu mir meinte, Leon sei doch als Kind gestorben, da warst du gerade nicht im Raum.«

»Was? Unsere Eltern wussten davon?«, stieß Taya hervor, was Aristella abermals vor tausend Fragen stellte; doch es brachte sie auch einem Gefühl nahe, das sie verlorengeglaubt hatte.

»Meine Mutter auf jeden Fall. Sie hat mir jahrelang Briefe als Leon geschrieben.«

»Aber …«

»Du halluzinierst nicht, Stella.« Celias Worte waren unumstößlich. Gerade als Aristella begann, ihren eigenen Verstand anzuzweifeln, zerrten sie sie zurück ins Hier und Jetzt. »Ich habe die Nachrichten von diesem Leon doch auch gesehen.«

»E-er«, setzte Aristella an und schluckte schwer, da ihre Stimme brach, »er konnte sich an alles erinnern. An den Inhalt unserer Briefe, die Geschichten aus unserer Kindheit.«

»Das ist unmöglich«, flüsterte Taya.

»H-hier.« Aristella suchte nach ihrem Smartphone und fand es auf dem Boden neben sich. Mit zitternden Fingern öffnete sie den Messenger. »Sieh selbst, Celia hat recht. Du kannst den Chat doch auch lesen!« Sie schenkte der Katze einen flehenden Blick. »Was passiert hier?« Wenn es sich bei Leon tatsächlich nur um ein Produkt ihrer gepeinigten Fantasie handelte, wie konnte es sein, dass er sichtbare Spuren hinterließ, die auch andere wahrnahmen? Er war doch auch im Forum aktiv.

Taya stand auf. »Ich mach uns erstmal eine Runde Kaffee.«

»Für mich Topfencreme«, rief Celia ihr mit kratziger Stimme hinterher. »Oder Schlagobers.«

Das ließ Aristella einen Mundwinkel heben.

Wenig später saßen sie zu dritt auf dem Bett, mit dampfenden Tassen in der Hand. Nur Celia leckte genüsslich einen Becher ihrer geliebten Pfirsichcreme aus.

»Du weißt, ich bin die Letzte, die deinen Verstand irgendwie in Frage stellt, Liebes.« Taya schenkte ihr einen besorgten Blick. »Aber wenn es stimmt, was du sagst, und du an dissoziativer Amnesie gelitten hast, ist es dann möglich, dass du dir die Nachrichten vielleicht selbst geschickt hast?«

Aristella schwieg. »Nein«, flüsterte sie, ehe sich ihr Tonfall festigte, »ich habe Fotos, Sprachnachrichten mit seiner Stimme.« Sie schüttelte entschieden den Kopf. »Ich war die ganze Zeit über klar bei Bewusstsein. Noch lange bevor ich mich mit luziden Träumen befasst habe. Da ist jemand anderes, das spüre ich.«

Celia sah von ihrem Becher auf, leckte sich übers Maul. »Dann gilt es nur noch herauszufinden, wer sich als Leon ausgibt.«

»Und woher er so viel über eure Vergangenheit weiß.«

Aristellas Gedanken rasten. Sie widerstand dem Drang, das Smartphone zu nehmen und diesen Fake-Leon zur Rede zu stellen. Doch dass sie nun Bescheid wusste, wollte sie zu ihrem Vorteil nutzen.

Aristella meldete sich in der Abendschule krank und sagte für den nächsten Tag auch ihre Schicht im Café ab. Taya opferte ihren freien Tag und blieb weiterhin bei Aristella, um sie nach diesem Schock aufzufangen. Wie erwartet meldete sich Leon den ganzen Tag nicht, doch auch sie machte keinerlei Anstalten, ihn zu kontaktieren. Bis Celia, die inzwischen ebenfalls eine Tasse Kaffee mit reichlich Milch vor sich stehen hatte, ihr einen Vorschlag unterbreitete:

»Du solltest ihm schreiben.« Die Katze ließ ihre Zunge zweimal, dreimal in ihren Kaffee schnellen und stieß einen wohligen Seufzer aus. »So tun, als wäre alles normal. Wer auch immer hinter seiner Fassade steckt: Er weiß alles über deine Kindheit, über Leons Gedanken.«

»Ich hab keine Lust, diesem Betrüger zu schreiben!« Es fühlte sich wie Verrat an Leon an. »Bestimmt sage ich irgendetwas, das ihn auf den Plan ruft.«

»Dich zurückzuziehen, ist verräterischer«, erwiderte Celia, das Gesicht voll Milchschaum.

Taya zückte eine Serviette und wischte ihr das Maul sauber. »Es ist noch eine ganze Packung Kuhmilch da, wenn du jetzt auf den Geschmack gekommen bist.«

Aristella war froh, dass die beiden gut miteinander auskamen. Taya war ihr wegen dieses Geheimnisses nicht böse, sondern hatte sich während ihres Schlafs mit Celia arrangiert. Doch die kaffeetrinkende Katze irritierte Aristella zutiefst.

»Dein Kaffee schmeckt viel besser als der von Stella«, wandte die Katze ein.

»Wann hast du meinen Kaffee getrunken?«

»Gestern«, erwiderte Celia. »Und den Tag davor. Eigentlich jeden Tag, wenn du nicht hingesehen hast, in der Hoffnung, dass du in der Zubereitung besser wirst.«

Aristella verzog das Gesicht. »Und vor Taya kannst du jetzt sprechen, weil …«

Die Katze rümpfte irritiert die Nase. »Weil du vorhin in Gefahr warst und ich schlecht wieder dazu übergehen kann, vor ihr zu miauen.« Celia leckte aus der Kaffeetasse. »Nun weiß sie, wer ich bin. Also kann sie auch meine Stimme hören.«

Seufzend gab sich Aristella mit der Erklärung zufrieden und kehrte gedanklich wieder zu ihrer Misere mit Leon zurück. Sie griff nach ihrem Smartphone und öffnete den Messenger. Der rote Punkt neben seinem Namen verriet ihr, dass Leon nicht online war. Sie zögerte.

»Schreib ihm irgendwas total Nerdiges aus deinem Leben«, bestärkte Taya sie.

»Was denn?« Aristella winkelte beleidigt die Brauen an. »Wie sehr ich mit meiner neuen Grafikkarte schlafen will?«

»Zum Beispiel.« Taya nickte, war sich augenscheinlich kein bisschen darüber im Klaren, was für einen Schwachsinn sie da gerade redete.

Aristella öffnete die Tastatur, entschied sich, so wenig wie möglich über ihre Worte nachzudenken; das kam einer ehrlichen Kontaktaufnahme immer noch am nächsten.

Sitze an einer Schulaufgabe über die Ringparabel und will mich erschießen.

Mit bebendem Herzen sperrte sie ihr Smartphone und ließ es auf ihren Schoß sinken. Wie lange sollte sie dieses Spiel aufrechterhalten? Was hatte sie davon, mit einem Betrüger zu sprechen? Und überhaupt: Was hatte er davon?

Etwa eine Stunde später, als die drei gerade die Reste ihrer Pizza vom Vortag vertilgten und weitere Pläne schmiedeten, vibrierte Aristellas Handy.

Wem würdest du deinen Ring vererben? :D

Das war eine Fangfrage. Testete er sie? In der Ringparabel vererbte ein Vater seinen wertvollsten Ring jenem Sohn, den er am meisten mochte.

Meinem Computer, ganz klar! Und du?

Taya guckte über ihre Schulter, kaute an einem Stück Pizza und wartete genauso gespannt wie Aristella auf Leons Antwort, die diesmal prompter kam.

Nachdem wir in unserer Traumwelt ewig leben, hab ich keinen Grund dazu, ihn zu vererben :p

Aus einer Laune heraus fragte Aristella:

Wie soll das eigentlich funktionieren? Ich meine, unsere Körper sind doch sterblich. Wenn wir träumen, dann ruhen sie. Aber sie haben ein natürliches Ablaufdatum.

Ein Moment. Ein Satz, der Aristella den Atem stahl:

Aber unsere Seelen, deine und meine, sind unsterblich.

Bislang hatte alles beinahe kitschig-romantisch geklungen. Ihr Plan, ihr großer Traum vom Leben in einer fernen Welt. Doch diesmal stellte Aristella ihn auf die Probe.

Aber wie? Wie willst du es schaffen, dass unsere Seelen unseren Körper überdauern?

Als sie befürchtete, zu forsch agiert zu haben, setzte sie nach:

Ich frage mich das schon lange. Gib mir etwas. Einen Strohhalm, damit ich weiß, dass es wirklich möglich ist. Meine bisherigen Erfahrungen mit dem luziden Träumen waren ernüchternd. Um das durchzuziehen, brauche ich Hoffnung.

Du hast recht.

Aristella schluckte.

»Das war zu leicht«, murmelte Celia.

Ich sollte dir endlich einen Beweis dafür liefern, dass es nicht nur Wunschdenken ist. Dir zeigen, woran ich so hart gearbeitet habe.

Gib mir ein wenig Zeit :)

»Das klingt wie die Drohung eines Psychopathen«, warf Taya in den Raum. Unruhig schritt sie auf und ab, ihr langes Haar hatte sie mit einer Spange zu einem unordentlichen Knoten gesteckt. In Ermangelung mitgebrachter Kleidung für eine weitere Übernachtung steckte sie außerdem in einem von Aristellas schwarzen Band-T-Shirts, während diese sich in eines ihrer liebsten blauen Sweatshirts und schwarze Leggins geworfen hatte.

»Keine Ahnung, wovon er redet«, murmelte sie bitter. »Aber heute Nacht bin ich auf der Hut, sobald ich meine Augen schließe.«

Und dieser Zeitpunkt kam früher, als ihr lieb war. Taya hatte es sich abermals auf ihrem Sofa bequem gemacht. Morgen würde sie für ein paar Stunden arbeiten gehen, einen Urlaubsantrag für die nächste Woche stellen und einen Abstecher nach Hause machen, um frische Kleidung und Kosmetik zu holen. Sie hatte Aristella geschworen, sie so wenig wie möglich aus den Augen zu lassen, während sie die Sache mit Leon verarbeitete.

Auch Celia war anhänglicher als sonst, benahm sich vor Taya beinahe vorbildlich. Sie ringelte sich neben Aristella im Bett, nachdem sie sich abermals einer ausgiebigen Wäsche unterzogen hatte. Es war das erste Mal, dass Aristella sich nicht vor einem Albtraum fürchtete. Das Feuer konnte ihr nun nichts mehr anhaben, da sie die Wahrheit kannte.

»Du beschützt mich, wenn etwas Seltsames passiert?«

Celia legte ihre schwarze Pfote in Aristellas Hand und zwinkerte ihr mit beiden Augen zu. »Versprochen.«

SILBERKRONE

In fernen Zeiten

Warme Sonnenstrahlen streichelten Celias Fell. Die Wolke schmiegte sich an ihren Körper, als besäße sie ein Eigenleben. Wahrlich gab es kein gemütlicheres Bett als die manifestierten Träume der Menschen. Gemächlich streckte Celia ihren Körper und ließ sich zur Seite plumpsen. Von hier aus konnte sie die letzten Ausläufer der Baumkronen sehen, die Wolke hatte also inzwischen an Höhe verloren. Lange würde Celia sich nicht mehr vor den anderen Familiaren verstecken können. Dabei stand ihr heute nicht der Sinn nach ihrer Gesellschaft.

Am Morgen hatte ihre Mutter die diesjährigen Anwärter ihrer Nachfolge verkündet. Zehn Familiare waren es gewesen, einer reifer und bestrebter als der andere; Celia war natürlich nicht darunter. Fortan durften sie am Fuße der Kuppel der Weisen leben und genossen besondere Rechte. Seit vier Jahren wählte Faerin ihre potenziellen Nachfolger. Sie war alt geworden, der Schutz Persomnias inzwischen zu anstrengend. Ein Jahr lang hatten die Auserwählten Zeit, sich zu beweisen. Dabei mussten sie einen Auftrag erfüllen, dieser Welt einen besonderen Dienst erweisen, ohne zu wissen, was die Weise ihnen aufgetragen hatte. Heute würde es beim Abendessen kein anderes Thema geben als diese blöden Aufgaben, von denen Celia sich insgeheim wünschte, in irgendeiner Form daran teilhaben zu dürfen. Doch nur für einen Augenblick. Dann verfluchte sie dieses ungerechte System und streckte ihr Köpfchen der Sonne entgegen. Sollten diese törichten Auserwählten sich doch dumm und bucklig ackern, während sie irgendeinem Rätsel hinterherjagten. Den letzten vier Generationen war es auch nicht gelungen, Faerins Erwartungen zu erfüllen. Vielleicht sollte Celia dem Dinner heute fernbleiben, bis morgen hatten sich die anderen sicherlich beruhigt. Doch das Knurren ihres Magens ließ sie zögern.

»Kaum zu glauben, oder?«

Celia spitzte die Ohren. Die Worte hinderten sie daran, sich einem weiteren Schläfchen hinzugeben.

»Er hätte dich wählen sollen!«

Ieven. Celia erkannte sie an der Vibration ihrer Stimmen und seufzte. Diese lauten Geschöpfe, die der Meinung waren, ihnen allein gehörte Persomnia.

»Ich weiß nicht. Ich meine ... du hast richtig viel Mist gebaut, Daena. So fleißig du ansonsten auch sein magst. Wenn du Menschen gefährdest, dann ...«

Eine Hand schnellte durch die Luft, ließ sich klatschend auf der Haut eines anderen Ievos nieder.

Celia zuckte zusammen.

»Wie kannst du es wagen?«

Der Tumult weckte ihre Neugierde. Celia spannte die Flügel und hopste von der Ecke ihrer Wolke. Gemächlich segelte sie im Schutze der Baumwipfel an der Gruppe Ieven vorbei und ließ sich auf einen breiten Ast sinken.

»Du hast doch völlig den Verstand verloren!«

»Wenn Meister Tivarius davon erfährt, kannst du dir deine Ernennung in die Wolken schreiben, du Biest!«

Celia lugte an den Ästen und Blättern vorbei. Eine Gruppe aus fünf Ieven hatte sich versammelt, stand einander zwei zu drei mit erhobenen Fäusten gegenüber und gestikulierte wild. Jene, die ihr den Rücken zugewandt hatten, konnte sie nicht erkennen, doch Celia hatte die anderen beiden schon einmal gesehen.

»Ich denke nicht, dass er von der Ohrfeige erfahren wird, Thiria«, sprach der Größte der Ieven mit tiefer Stimme. Er versuchte, der Aufregung Einhalt zu gebieten. »Daenas Flügel haben schneller gezuckt als ihr Verstand.« Er wandte den Blick an die Ievos neben sich. »Ist dem nicht so?«

Die verschränkte sodann die Arme und sah trotzig zur Seite. »Mag sein. Aber ich lass mir von der doch nicht sagen, dass ich verrückt sei!«

»Ich sagte, du hast in letzter Zeit viel Mist gebaut!«, wehrte sich eine der anderen. »Das kannst du nun mal nicht abstreiten. Du hattest zwischenzeitlich sogar einen Aufpasser.«

Daena trat einen Schritt auf sie zu, doch der Ievos neben ihr hielt sie zurück.

»Missverständnisse«, sagte er unbeeindruckt. »Ihr solltet nicht alles glauben, was man sich zwischen Himmel und Hügeln so erzählt, meine Teuersten.«

Zwei der Ieven wandten sich ab. »Keine Ahnung, was du an ihr findest, Zam. Du solltest dich nicht mit jemandem abgeben, der dauernd Regeln bricht.« Sie schritten davon, ließen sich von Daenas schallendem Gelächter nicht aufhalten, das diesen Worten folgte.

»Gefährden«, wiederholte sie schnaubend. »Ist das zu fassen?«

Die verbliebene dritte Ievos wackelte zögerlich mit ihren Flügeln. »Ist es wahr?«

Daena schenkte ihr einen auffordernden Blick, der Celia selbst aus der Ferne einen kalten Schauer über den Rücken jagte.

»Ist es wahr, was sie gesagt haben?«

Zur Antwort fletschte Daena die Zähne. »Fürchtest du dich dann vor mir?« Abermals lachte sie auf, hielt sich dabei eine Hand vor den Mund. »Ich tue nur meine Arbeit, genau wie ihr. Dass ihr auf mein Können neidisch seid, ist nicht mein Problem. Eben hast du doch selbst noch gesagt, ich hätte eine der Auserwählten sein sollen!«

»J-ja«, stammelte die Ievos. »Aber stimmt es, dass du Menschen in ihren Träumen jagst, statt ihnen zu helfen? Mit ihren Ängsten spielst?«

»Sieh zu, dass du festen Boden unter den Füßen kriegst«, blaffte Daena und drehte ihrer Gesprächspartnerin den Rücken zu. »Ich reize den Verstand der Menschen nur aus, um sie zu studieren.«

Mit leichtem Kopfschütteln trabte ihr Gegenüber davon. Zam stieß einen langen Seufzer aus und schlang die Arme um Daena. Dabei spannten sich die olivfarbenen Flügel an seinem Rücken auf, die wie ein Umhang von seiner Brust über seine Schultern nach hinten verliefen.

»Du musst vorsichtiger sein«, hauchte er, sodass Celia ein Stück näher rückte und angestrengt lauschte. »Hörst du? Besser auf dich achtgeben und dafür sorgen, dass solche Gerüchte erst gar nicht entstehen.«

»Aber …« Daena verstummte, ohne dass Celia den Grund dafür ausmachen konnte. Hatte Zam ihr einen Finger an die Lippen gelegt? Oder sie gar geküsst? Der Gedanke ließ ihr die Nackenhaare zu Berge stehen; widerlich, wie manche Wesen ihre Zuneigung ausdrückten.

»Ich bin bloß besorgt«, sagte er und löste sich von Daena. »Sei netter zu den anderen, das wäre wirklich ratsam. Solche Gerüchte können dir die Flügel brechen.«

Celia erkannte die Ievos wieder, die vor einer Weile auf ihrer Traumwolke aufgetaucht war. Selbst aus der Ferne blitzten die Schmucksteine an ihrer Maske immer wieder auf, wenn sie den Kopf bewegte. Ihre schwarzen Locken hatte sie zu einer hohen Frisur gesteckt, aus der einige Strähnen fielen. Ihr Umhang, der sich an der Mitte ihres Rückens in zwei Flügel teilte, war von dunklem Violett mit silbernen Akzenten. Zam überragte seine Freundin um etwa einen Kopf, sein gewelltes Haar trug er streng zur Seite frisiert, die Ränder seiner Hornmaske waren in blauen Puder gehüllt.

»Es ist unfair«, murmelte Daena und schritt auf einen Baum zu. »Dass ich wieder nicht zu einer Anwärterin ernannt wurde, meine ich. Wann kommt unsere Chance, etwas zu verändern?«

Celia seufzte in sich hinein. Ja, die Enttäuschung konnte sie wahrlich nachempfinden. Weniger, weil sie sich um die Aufgabe oder Nachfolge gerissen hätte, doch nicht einmal in Erwägung gezogen zu werden, war erniedrigend.

»Das stimmt«, erwiderte Zam und strich ihr eine Strähne hinters Ohr. »Aber willst du wirklich in die Fußstapfen eines Weisen treten?« Er lachte, umarmte Daena von der Seite.

»Nein«, antwortete sie und stimmte in Zams Lachen ein. »Gewiss nicht.« Schnaubend lehnte sie sich gegen den Baum. »Doch der Reiz. Die Möglichkeit, alte Gesetze umzustoßen. Etwas zu bewirken.« Ihre Augen blitzten auf.

Allmählich verlor Celia das Interesse an dem Gespräch. Es war nicht unüblich, dass Ieven sich aufgrund ihres hitzigen Gemüts stritten. Besonders in den Übergangsphasen ihres Teints zeigten sie sich schnell gereizt. Dass viele von ihnen bei der Ernennung nicht bedacht worden waren, barg daher zwangsläufig Konfliktpotenzial. Seit hunderten von Jahren residierte Faerin nun schon auf dem Thron, davor hatte sie sich als Fähigste aller Familiare erwiesen und war zur Prinzessin ernannt worden. Anscheinend war es auch für Tivarius, den Weisen der Ieven, an der Zeit, sich über seine Nachfolge Gedanken zu machen.

Celia sah den beiden dabei zu, wie sie die Lichtung verließen und in Richtung Klippen marschierten. Von dort würden sie wieder hinab in die Träume der Menschen segeln; dabei fiel Celia ein, dass sie heute noch keine Minute lang gearbeitet hatte. Also erhob sie sich und stiefelte ihnen in sicherem Abstand hinterher. Am Fuße der Berge fanden sich stets Ieven und Familiare ein, die vor dem Aufbruch in ihren nächsten Traum einen Plausch einlegten oder um Unterstützung baten. Und tatsächlich ging es auch an diesem Abend emsig zu, obwohl die aktivste Zeit hier in der mitteleuropäischen Zeitzone bereits vorbei war: Die Traumwandler tauschten Geschichten aus, ermutigten die Jüngeren von ihnen oder besprachen die nächsten Pläne mit ihren Familiaren. Celia entdeckte keine bekannten Gesichter, doch das war ihr nur recht. Sie hievte sich auf einen umgelegten Baumstamm und nahm mit einigem Abstand neben einem betagteren Ievos Platz, der gerade dabei war, die winzigen Schuppen an seinen Flügeln glattzustreichen.

»Fliegst du heute noch?«, fragte Celia und schenkte ihm einen unauffälligen Seitenblick.

»Hast mal wieder den Absprung verpasst, hm?« Der Ievos lachte selbstgefällig. »Du musst schon ein wenig früher kommen. Oder die Sphäre wechseln.« Er sah auf, schlug sich gegen die Stirn. »Ah, wie dumm von mir: Ihr Familiare seid ja an eine Region gebunden.«

Celia peitschte mit dem Schwanz und machte sich in Richtung des Gebirgspasses auf. Dort fanden sich tatsächlich noch zwei junge Ieven, die ihr anboten, sie zu begleiten.

»Wir sind aber noch unerfahren«, sagte die eine und nestelte an ihrem roten Umhang herum. Sie hatte ihn mit einer silbernen Brosche an ihrem schwarzen Overall fixiert.

»Ich auch«, gestand Celia und wackelte neben ihrer neuen Begleitung her. Wenn sie bis morgen nicht wenigstens noch zwei Träume besuchte, würde man sie zu Strafarbeiten verdonnern; und die kollidierten mit Celias präferierten Ruhezeiten. »Wie alt seid ihr?«

»Siebzehn«, erwiderte die andere mit den kurzen Silberlocken.

»Frischlinge«, antwortete Celia. Im Gegensatz zu den Familiaren, die bereits nach wenigen Jahren ausgelernt hatten, galten

Ieven bis zur zweiten Reifung ihres Teints – also mit etwa vierzig Menschenjahren – als Jünglinge. »Segelt ihr gemeinsam?«

»Im Moment noch.« Die Ievos mit den roten Flügeln schenkte ihr einen verwegenen Blick. »So können wir uns gegenseitig besseres Feedback geben.«

»Und einander beschützen«, druckste die andere, was Celia hellhörig werden ließ.

»Wovor?«

Die beiden warfen sich einen zögerlichen Blick zu. »Man erzählt sich, dass die Menschen auch …«, setzte die eine an.

»Also manchmal, da …«

»… manche sagen, sie seien gefährlich.«

Celia hielt inne, legte eines ihrer Ohren an. »Menschen?«

Die Silbergelockte zuckte mit den Schultern und schritt unbeirrt weiter. »Mir ist noch keiner begegnet, vor dem ich Angst hatte, aber die anderen sind erfahrener.«

Unsicher, was sie von der Behauptung halten sollte, ließ Celia die jungen Ieven weitersprechen. Inzwischen unterhielten sie sich über heiterere Themen, was ihr die Möglichkeit gab, ihren eigenen Gedanken nachzuhängen. Der Aufstieg gestaltete sich zunehmend mühsam, der Wind zog rau an ihnen vorbei. Als sie an einer der niedrigeren Klippen angekommen waren, nahmen die drei Position ein und machten sich für den Absprung bereit. Celia musste sicherstellen, dass die Ieven die Wolke zuerst berührten, sonst würde sie aufgrund ihrer Fallgeschwindigkeit einfach hindurchgleiten. Während sie auf den richtigen Moment wartete und ihren Blick über den nur noch spärlich bewölkten Horizont schweifen ließ, nahm sie sich vor, als eine der Letzten zum Abendessen zu erscheinen. Dann gäbe es zwar nur noch Reste für sie, doch das war allemal besser, als sich den Lobeshymnen auf die diesjährigen Auserwählten auszusetzen. Was war schon so besonders an ihnen?

»Wir erwischen nur noch ein paar Langschläfer«, sagte eine der Ieven und breitete ihre Flügel aus. »Aber deren Träume finde ich zutiefst interessant.« Mit diesen Worten hechtete sie hinab, direkt auf eine fluffig geplusterte Wolke zu, die ihren Körper wie selbstverständlich in sich aufnahm. Die zweite Ievos tat es ihrer Freundin gleich. »Komm mit mir!«

Celia nahm auf ihrem Rücken Platz und krallte sich in deren Mantel fest, als die steil abwärts segelte. Sie hätte auch selbst nach unten schweben können, doch auf einem Ievos zu reiten war allemal komfortabler. Und wenn sie sich schon den Aufgaben dieser Welt widmen musste, um ein Teil von ihr zu sein, wollte Celia das Beste für sich herausschlagen.

SÜSSE TRÄUME

Aristella kuschelte ihr Gesicht in Celias weiches Fell. Warme Sonnenstrahlen ließen sie allmählich erwachen. Unsicher runzelte sie die Stirn und sortierte ihre Gedanken. Hatte sie tatsächlich eine traumlose Nacht hinter sich? Nein, nicht ganz. Erinnerungsstücke drangen in ihren Geist, zusammenhanglos und unbedeutend. Der Besuch bei einer Schulkollegin, eine Schicht im Café, Abendessen vor dem Computer und ein Nachbar, der sie auf eine Fahrradtour einladen wollte. Nichts davon erweckte Aristellas Interesse oder alarmierte sie.

»Celia?« Flüsternd strich sie der Katze durchs Fell, die daraufhin ihren Kopf hob. Verschlafen wandte sie sich um und zuckte mit der Nase. »Alles okay?«

Das Tier legte die Ohren an und gähnte ausgiebig. Sie schien sich die Frage durch den Kopf gehen zu lassen, murmelte dann aber ein kaum hörbares »Ja«, ehe sie erneut gähnte und ein paarmal schmatzte. »Seltsam.«

»Hm?« Aristella stützte sich auf den Armen ab und setzte sich. Ein Blick aufs Sofa verriet ihr, dass Taya ebenfalls noch einiges an Schlaf nachzuholen hatte. Wie spät es wohl war?

»Hast du diese Nacht gar nicht geträumt?«

»Nichts Nennenswertes«, erwiderte Aristella und suchte nach ihrem Smartphone. »Vielleicht war ich so wachsam, dass Leons Drohung keinen Einfluss auf meine Träume hatte.«

»Wie auch immer das gehen soll«, murmelte Celia und streckte sich. »Dass ein Mensch deine Träume bedroht, meine ich. Alles Suggestion. Solche Fähigkeiten obliegen nur Traumwesen.«

»Schon elf Uhr.« Aristella blinzelte und ignorierte den Kommentar ihres Familiars. »Komisch. Taya hat noch nie so lange geschlafen.« Sie blickte hinüber zu Celia. »War sie vielleicht schon mal wach, hat das Haus verlassen und sich anschließend wieder hingelegt?«

»Das hätte ich bemerkt«, erwiderte sie. »Aber gestern hat sie kein Auge zugemacht.«

Ein Lächeln stahl sich auf Aristellas Lippen. »Das ist sie nicht gewohnt.« Ihre Sorge verflog. Sie entschied, Frühstück zu holen und Taya mit einer Kleinigkeit zu überraschen. Leon war nicht online und hatte auch keine neue Nachricht geschickt, also zog Aristella sich um, wusch ihr Gesicht, putzte die Zähne und band ihre dunkelblonden Locken hoch, ehe sie möglichst geräuschlos die Tür hinter sich schloss.

Auch Celia ließ sich den Abstecher zum Bäcker nicht nehmen, drängelte jedoch in Richtung Supermarkt, weil die Aussicht auf Brot sie nicht sonderlich glücklich stimmte.

»Wir haben mehr als genug Fressalien für dich zuhause«, raunte Aristella und rief den Aufzug.

»Ich will Auswahl.«

Sie schenkte Celia einen scharfen Blick. »Die hast du.«

»Mehr Auswahl.«

»Du bist verwöhnt!«

»Verwöhn mich mehr!«

Mit dem Fuß schob sie die Katze in den Aufzug, kassierte dafür einen giftigen Blick und drückte auf den Knopf fürs Erdgeschoss. Inzwischen war es Aristella egal, wenn die Leute sie mit ihrer Katze spazierengehen sahen. Nur in Geschäften und öffentlichen Verkehrsmitteln steckte sie Celia in ihre Tasche. Als sie wieder ins Treppenhaus traten und Aristella die Tür öffnen wollte, stieß sie auf Widerstand. Mehrmals betätigte sie die Klinke und drückte, doch die Tür ließ sich nicht bewegen.

»Seltsam.« Sie kramte in ihrer Tasche nach dem Schlüssel und öffnete das Schloss. »Spätestens um sieben Uhr verlässt doch irgendjemand hier das Haus und lässt offen.«

Celia drängte sich wortlos aus der Tür und lief mit ihren kurzen Beinen voraus. Also hinterfragte Aristella die verschlossene Tür nicht weiter und folgte ihr. Eine angenehme Stille herrschte vor.

Das Zwitschern der Vögel ließ Celia immer wieder neugierig den Kopf in alle Richtungen recken. So entspannt hatte Aristella sich lange nicht mehr gefühlt. Beschwingt schritt sie voran. Die beiden überquerten zwei Ampeln und bogen um eine Ecke, was Celia erbost die Ohren anlegen ließ.

»Ich will Taya nicht so lange warten lassen«, kommentierte Aristella. »Also gehen wir jetzt nur schnell zum Bäcker und heute Abend hol ich dir was aus dem Supermarkt, ja?«

»Fisch?«

»Von mir aus.« Schnaubend griff sie nach der Tür zu der kleinen Bäckereifiliale. »Warte kurz.« Aristella drückte, doch abermals stieß sie auf Widerstand. Mit aller Kraft rüttelte sie am Griff, bis ihr auffiel, dass der Laden im Dunkeln lag. Und wieder drang nichts als Vogelgezwitscher an ihre Ohren. Sie wandte sich um. Keine Autos brausten die Straßen entlang, keine anderen Fußgänger kamen vorbei. Sie war hier mitten in Wien, einer der größten Städte Europas, und nichts wies darauf hin, dass hier Leben herrschte.

»Ich habe es auch bemerkt«. Celia peitschte mit dem Schwanz. »So ruhig war es noch nie.«

»Wo zur Hölle«, hauchte Aristella und spürte das Zittern ihrer Lippen, »sind alle?«

Wortlos eilte sie zurück zur Kreuzung. Sie wartete nicht, dass die Ampel grün wurde; wozu auch? Die Tore zum Einkaufszentrum waren versperrt, hier brannte ebenfalls kein Licht. Aristella griff nach ihrem Smartphone und scrollte durch die aktuellen

Nachrichten. Die Artikel erschienen automatisiert, waren bereits am Vortag getippt und vorbereitet worden. Aber auf Social Media fanden sich keine neuen Einträge ihrer Bekannten und Kollegen; als wäre die Zeit einfach stehen geblieben.

»Wach ich oder träum ich?« Aristella senkte den Arm und starrte auf ihre Hände. Fünf Finger an jeder davon, normal geformt und unauffällig. »Wach ich oder träum ich?«

»Reiß dich zusammen, Stella!«

Ein scharfer Schmerz an ihrer Wade ließ Aristella aufschreien. Celia senkte ihre Pfote.

»Spinnst du?« Erbost rubbelte sie über den langen Kratzer, der ihre hellbraune Haut durchschnitt. »Dafür kannst du dir deinen Fisch abschminken!«

»Hier verkauft niemand mehr Fisch, Stella!« Die Katze trat näher. »Etwas stimmt nicht. Und aus irgendeinem Grund sind wir beide wach geblieben.«

»Wach«, murmelte Aristella und riss die Augen auf. »Taya. Wir müssen zurück. Ich muss Taya aufwecken, unbedingt.«

»W-warte.«

Doch sie ignorierte Celia. Aristella sprintete zurück zu ihrer Wohnung. Ihre Gedanken waren leer. Sie verstand nicht, was hier passierte. Wenn sie nicht träumte, was war dann geschehen?

Der Aufzug wartete bereits auf sie. Niemand hatte ihn nach ihr benutzt. Der Weg hinauf in den vierundzwanzigsten Stock kam ihr wie eine Ewigkeit vor, in der Aristella ihre Finger rastlos gegen das Metall der Wände trommeln ließ. Ziffer um Ziffer betrachtete sie die Anzeige dabei, wie sie weiter nach oben transportiert wurde. Dort angekommen schaffte sie es kaum, den Schlüssel ins Schloss zu stecken, geschweige denn zu drehen. Aristella stürzte in ihre Wohnung und nach links ins Zimmer. Taya lag direkt neben der Tür, vom Inneren des Raumes abgewandt und atmete seelenruhig.

»Hey.« Aristella rüttelte an ihrer Schulter. »Taya, wach auf.« Sie lächelte. »Es ist schon spät, du wolltest doch nach Hause.« Salzige Tränen landeten auf ihren Lippen, tropften auf Tayas dunkles Haar. »Komm schon.« Sie schüttelte ihre Freundin mit beiden Händen, nun wütend. »Komm schon, verdammt!« Ihr Ärger verpuffte und ging in einem Schluchzen unter. Aristella hielt Taya die Nase zu, schnippte gegen ihre Stirn. In ihrer Verzweiflung kippte sie den Inhalt des gesamten Wasserkrugs vom Tisch über Tayas Kopf aus und schrie sie an. Das hier war Aristellas Schuld. Zitternd griff sie nach dem Smartphone und öffnete Leons Chat. Ganz allein ihre Schuld! Hätte sie ihn doch bloß nicht herausgefordert. Hätte sie nur nie gemerkt, dass er sie belogen hatte.

»Stella.« Celia stieß das Köpfchen gegen ihr Bein. Sie war nicht wütend, dass Aristella sie zurückgelassen hatte, sondern war ihr einfach gefolgt.

»W-was soll ich tun?« Sie schniefte, kauerte sich auf den Boden und lehnte ihren Kopf an Celia. »Was soll ich bloß tun?« Dann blickte sie der Katze ins Gesicht. Diesem zuckersüßen Wesen mit viel zu viel Temperament, das sie vermutlich vor Leons Einfluss bewahrt hatte. »Sein Chat, er ist weg. Als hätte es ihn nie gegeben.« Sie sank neben dem Sofa zusammen, vergrub das Gesicht in den Knien. »Ich bin hier gefangen. Er war meine einzige Spur. Bitte mach, dass ich aufwache.«

Sie verfluchte sich für ihre Naivität. Für die Einfältigkeit, die sie ihren Mitmenschen stets unterstellt hatte. Ihr eigener Wunsch hatte sie betrogen.

Nächte, die niemals enden. Menschen, die in ihren Häusern bleiben und eine Möglichkeit für Leute wie mich, etwas von der Welt zu sehen.

SPURENSUCHE

Behutsam trocknete Aristella das Haar und Gesicht ihrer Freundin. In der Wohnung war es zwar warm, doch wer wusste schon, ob sie sich in ihrem Dauerschlaf nicht trotzdem eine Erkältung einfing? Als sie das Handtuch schließlich um Tayas Schultern drapierte, rang Aristella abermals mit den Tränen.

»Ich verstehe, dass du traurig bist.« Celia seufzte, wandelte ihren beruhigenden Tonfall jedoch sodann: »Aber Heulen hilft nichts! Setz dich an deinen Computer! Lass uns herausfinden, was geschieht!«

»D-du hast recht.« Aristella fing sich und nahm auf dem Schreibtischstuhl Platz. Das bekannte Surren des Rechners ertönte, als er startete und schließlich den Desktop anzeigte. »Irgendwo muss doch etwas stehen.« Sie öffnete den Browser, bemühte abermals die Suchmaschine. In den Nachrichten fand sich nach wie vor nichts.

Celia hockte neben der Tastatur und verfolgte die Handlungen ihres Schützlings aufmerksam. »Sieh dir die ausländischen Nachrichten an!«

Aristella hielt inne. »Die wären bei der Suche aufgeploppt.«

»Du hast auf Deutsch gesucht. Wie spät ist es in Amerika?«

»Amerika hat über zehn …«, konterte Aristella, als ihr etwas dämmerte. Sie klickte auf die Bildersuche, öffnete eine Übersicht aller Zeitzonen.

Das ließ auch Celia neugierig näherrücken. »Honolulu.« Sie tatzte ungeduldig auf den Monitor und schlug ihren Befehlston an: »Westliches Kanada und die Pazifikküste der USA!«

»Vielleicht ist dort noch jemand wach. Bestimmt gibt es auf der ganzen Welt Nachteulen«, ergänzte Aristella und öffnete ihre sozialen Netzwerke. Ihre Reichweite war gering, doch wenn sie Leute gezielt ansprach, könnte sie sie vielleicht davor warnen, schlafenzugehen. Hätte sie bloß nicht so lange geschlafen. Auf Hawaii und Tahiti war es bereits Mitternacht, die einzigen Orte mit noch früherer Weltzeit waren unbewohnt. Doch sie musste es zumindest versuchen.

Aristella loggte sich in ihren Twitteraccount ein und suchte nach kürzlich abgesetzten Tweets; das ging jedoch nicht ohne Stichwort. Sie stieß einen ärgerlichen Seufzer aus.

»Worüber schreiben Menschen aus aller Welt?«, fragte Celia.

»Fußball, Politik und Klima. Aber …« Aristella tippte das erste Keyword ein, das ihr in den Sinn kam und ordnete die Beiträge nach Zeit. Und tatsächlich: Der letzte Tweet war keine drei Minuten alt:

Jay | back in Hawaii
Mir ist morgens so verdammt kalt,
wie können manche Menschen nur in Island leben?

Darunter ein Beitrag mit 15 Minuten Abstand:

Margo
Oh, wie naiv ich doch war. Zurück auf Hawaii und mein
Körper ist immer noch in der alten Zeitzone #schlaflos

Aristella atmete auf.

»Hast du jetzt wirklich einfach Hawaii eingegeben?« Celia legte die Ohren an.

»Halt die Klappe!« Aristella tippte einen Tweet an und markierte die beiden Accounts. »Hat doch geklappt, oder nicht?«

Stellaris
Hey @jay0298 und @oleo_p, seid ihr noch wach?
Falls ja, geht auf keinen Fall schlafen! Es kann sein, dass ihr nie wieder aufwacht!!

Zwei Minuten später folgte ein Retweet von Jay. Er zitierte Stellas Nachricht spöttisch:

Jay | back in Hawaii
lol, diese Bots werden immer kreativer.
Als Nächstes verlangt er Geld, um die »mysteriöse Schlafkrankheit« zu heilen.

»Dieser verfluchte …«

»Hättest du anders reagiert?«, warf Celia ein, doch Aristella tippte bereits an einer Antwort.

Stellaris
Versuch doch einfach mal, irgendwen von deinen Freunden im Ausland zu kontaktieren. Ganz Wien schläft, niemand reagiert auf irgendwelche Nachrichten!

Jay | back in Hawaii
Das nennt sich schlafen. Solltest du mal probieren. Und bleib weg von was auch immer du heute Abend geraucht hast.

»Mach doch, was du willst!« Aristella warf die Arme in die Luft. Aber vielleicht half die negative Publicity ihr, andere auf sich aufmerksam zu machen. Immerhin war die Chance, dass die Follower dieses Typen noch wach waren, ebenfalls gegeben. Doch nichts passierte. Margo reagierte überhaupt nicht, vielleicht war sie bereits nach dem Absetzen ihres Tweets schlafen gegangen. Und auch sonst wurde Twitter von Minute zu Minute stiller.

Internetsuchen nach ewigem Schlaf führten zu Märchen und Urban Legends. Aristella hielt den Atem an, tippte »awake« in das Suchfeld und schränkte die Suchergebnisse auf die letzten vierundzwanzig Stunden ein.

Achtzehn Seiten. Doch dann sah sie es:

»Anyone else awake?«

Ein Thread in einem Forum, das sie nur zu gut kannte: Es war jenes, in dem sie und Leon – oder wer auch immer dahintersteckte – sich damals wiedergetroffen hatten.

Mit bebendem Herzen klickte sie auf den Link.

NYX

Leute. Meine Stadt ist wie ausgestorben.
Alle schlafen. Ist irgendjemand von euch noch wach??

Es gab vier Antworten.

DELIXE

Jup! Norddeutschland. Lichter sind aus, meine Freundin lässt sich nicht wecken, Nachbarn reagieren nicht. Läden haben alle zu, keine Autos auf den Straßen.

Aristella brach in kaltem Schweiß aus.

PIXELHELDIN

Ich bin so erleichtert!! Hatte gar nicht vorgehabt, hier reinzusehen. Aber das Internet gibt wenig her. War wohl Gewohnheit. Zum Glück leb ich fast in diesem Forum.

NYX

> Was ein Glück … Wie ist die Lage bei euch?
> Meine Familie zu wecken, ist unmöglich.
> Habe alles probiert. Die Medien stehen still.

PIXELHELDIN

> Die Medien brauchen auch ewig, bis sie von irgendetwas berichten. Vorausgesetzt, wir sind nicht die Einzigen …

»Was hast du?« Celia schenkte ihr einen besorgten Blick. »Ist doch gut, dass du nicht allein bist.«

»Delixe«, begann Aristella und nahm einen tiefen Atemzug, »ist Leon. Fake-Leons Profil. Aber er spricht hier von einer Freundin, dabei lebt er doch mit seinem Bruder zusammen.«

Scheinbar war sie all die Jahre auf einen Betrüger reingefallen. Sie zögerte. Sollte sie ihn etwa hier vor irgendwelchen Fremden zur Rede stellen?

»Am besten tust du, als wäre nichts«, antwortete Celia. »Ihr seid mehr oder minder im Guten auseinandergegangen, nicht?«

»Bis auf die Drohung.«

»Es war keine Drohung«, erwiderte die Katze schnippisch. »So las es sich für dich nur, weil du ihn entlarvt hast und nervös warst. Die unwissende Aristella hätte geschmachtet, weil Leon ihr etwas Tolles zeigen will.«

Sie schenkte Celia einen eisigen Blick, musste ihr jedoch zustimmen. »Aber unsere Chats sind weg.«

»Das könnte auch am Netzwerk liegen. Warte ab, wie er auf dich reagiert.«

Aristella nickte. Dann würde sie eben die Unwissende spielen, auch wenn es sie Überwindung kostete. Ihre Finger kribbelten, als sie ebenfalls eine Antwort tippte:

STELLARIS

Auf Honolulu und Tahiti ist es erst ein Uhr morgens.
Ich konnte zwar jemanden finden, der noch wach war, aber hab mich wohl nicht gut angestellt. Keine Antwort mehr, vermutlich sind sie schlafen gegangen. Hier in Wien ist auch alles dunkel und leer. Völlig ausgestorben.

Aristella stellte die Benachrichtigungen auf laut und atmete auf, als wenige Augenblicke später jemand reagierte:

PIXELHELDIN

Klingt eigentlich traumhaft schön. Wenn es nur nicht so fucking beängstigend wäre.

NYX

Eine Nacht, die niemals endet. I like!

Aristella hielt inne. Sie hatte den Zoom hochgestellt, damit Celia gut mitlesen konnte. Immer noch fragte sie sich, ob sie in Wahrheit einfach schlief. Solche Dinge passierten nicht im wahren Leben – wie auch?

DELIXE

Ich find's eigentlich auch sehr schön ;)
Niemand, der mich mit seinem Zigarettenrauch eindeckt oder von mir erwartet, das Haus zu verlassen.

JUSSI

Menschen!! OMG! Und ausgerechnet hier?

»Ja …« Aristella stützte den Kopf auf den Arm und nahm einen tiefen Atemzug. »Ausgerechnet hier?«

Ratten und Möwen

Ruby stolzierte durch die Gänge. Die Süßigkeiten und Snacks, die sie auf dem Tablett aufgetürmt hatte, versperrten ihr die Sicht. Doch wenn die Apokalypse nahe war, wollte sie vorbereitet sein. Sie genoss die Ruhe, die Einsamkeit. Mit dem Fuß stieß sie die angelehnte Tür zu ihrem Zimmer auf. Direkt rechts lag Valentina in ihrer Schlafecke, gegenüber befanden sich Rubys Schreibtisch und Bett. Sie legte die Vorräte auf Letzterem ab, marschierte noch einmal los, um sich eine Flasche Cola zu holen, und vergewisserte sich abermals, dass niemand der anderen aufgewacht war. Kein neuer Betreuer war an diesem Morgen aufgetaucht, die alten schliefen immer noch tief und fest. Normalerweise wuselten hier ab sechs Uhr morgens die ersten Leute durch die Gänge, doch selbst jetzt am frühen Nachmittag herrschte vollkommene Stille. Nur das Scharren ihres kleinen Freundes vor dem Fenster riss Ruby aus ihren Gedanken. Sie lächelte, schob ihren Schreibtischstuhl zur Seite und öffnete den Riegel.

»Es ist wie befürchtet.« Twinkie schlüpfte durch den Spalt und schüttelte sein regennasses Fell aus. »Sämtliche Geschäfte haben zu. Ein Blick durch die Fenster hat mir gezeigt, dass nicht nur hier alle schlafen.«

Ruby tätschelte den Kopf des Waschbären und wickelte ihm ein weiches Handtuch um die Schultern. »Danke, dass du nachgesehen hast.« Sie setzte sich und rutschte mit dem Stuhl ein Stück in Richtung Wand. »Du weißt, dass ich …«

Doch Twinkie nickte bloß und griff nach einem Salzcracker aus der Packung, den er in seine filigranen Hände nahm und ausgiebig betastete. »Ich weiß. Ich kenne deine Ängste, du musst es nicht erklären.« Er hob den Kopf, steckte sich das Gebäck in den Mund. »Dafür hast du ja mich.«

»Niemand hinterfragt, wenn ein Waschbär in sein Fenster schaut.« Ruby grinste. Doch so sehr sie diese Auszeit auch genoss: In Wahrheit bereitete ihr der seltsame Schlaf der Menschen mindestens genauso viel Unbehagen.

Ihr Smartphone vibrierte, was Rubys Herz vor Aufregung hüpfen ließ. Erleichtert atmete sie auf, als eine Nachricht von Lea ihr Display zierte:

Ja, ich bin wach. Alles okay.
Bin so froh, von dir zu lesen!

Bisher war ihre Schwester der einzige andere Mensch, mit dem sie hatte Kontakt aufnehmen können. Alle von Rubys Freunden aus dem Internet waren verschwunden, beziehungsweise vermutete sie, dass sie diesem seltsamen Schlaf ebenfalls zum Opfer gefallen waren.

Komm ins Forum! Hier sind noch andere!

Rubys Puls überschlug sich.

Im Myths and Legends?

Sie rutschte an ihren Computer und wechselte in den Browser. Tatsächlich war der einzig aktive Thread eine neu gestartete Diskussion mit dem Titel »Anyone else awake?« von jemandem namens Nyx. Der User war ihr bereits einmal untergekommen, allerdings erregten weder der Avatar noch die Profilbeschreibung besonderes Aufsehen bei Ruby.

Nyx 879 Beiträge	Mitglied seit April 2017	
	**Aka:**	-
	Geburtstag:	04.01.1999 (20)
	Geschlecht:	-
	Wohnort:	Eupen, BE
	Hobbys:	Fotografie, schlafen
	Beruf:	Uni- & Freelancer
Letzter Beitrag:	Anyone else awake? (12:54 Uhr)	
Meiste Aktivität	Grenzwissenschaften	

»Belgien, huh.« Ruby seufzte, wechselte zurück in den Thread und antwortete:

RUBYFRUITS

> Hey! Wohne in Leipzig, Sachsen. Same as you, guys. Mitbewohnerin und alle anderen ringsum sind in tiefen Schlaf gefallen und lassen sich nicht wecken.

Sollte sie ihnen verraten, was sie sonst noch rausgefunden hatte? Sie warf einen Blick auf Twinkie, der sich inzwischen unbekümmert durch die Vorräte auf Rubys Bett wühlte. Ihr würde ohnehin niemand glauben.

Ihr – einer gerade einmal Fünfzehnjährigen, die im echten Leben nicht den Mund aufbekam und die vermutlich einen Waschbären herbeihalluzinierte, der seit Wochen in dem Baum vor ihrem Fenster lebte; und jede Nacht mit ihr sprach.

Sie nahm diese Schlaftabletten definitiv schon viel zu lange. Das hatte sie nun davon. Doch welche Wahl hatten die anderen? Sie steckten schließlich in derselben Lage wie Ruby, also sollten sie ihr besser Glauben schenken.

DELIXE
|| Bin so froh, dass du hier bist!

Ruby hob einen Mundwinkel. Das war Lea.

PIXELHELDIN
|| Ich auch, L!

NYX
|| Definitiv!

Unsicher legte Ruby die Stirn in Falten. Lea war mit den Mitgliedern vernetzter als gedacht, immerhin kannte sie das Forum schon länger. Die anderen schienen die Situation bislang nicht sonderlich hinterfragt zu haben. Die einzigen Versuche, etwas in Erfahrung zu bringen, stammten von einer Userin namens Stellaris. Auch ihr Profil nahm Ruby näher in Augenschein.

Stellaris 626 Beiträge	Mitglied seit September 2016	
	**Aka:**	Aristella
	Geburtstag:	04.01.1997 (22)
	Geschlecht:	weiblich
	Wohnort:	Wien, AUT
	Hobbys:	Zocken, coden
	Beruf:	Barista
Letzter Beitrag:	Anyone else awake? (13:02 Uhr)	
Meiste Aktivität	Sagengestalten	

»Alle viel älter als ich.« Ruby stieß einen Seufzer aus, redete sich im selben Moment jedoch gut zu. Das war sie doch ohnehin gewohnt. Außerdem ging es hier nicht darum, Freunde zu finden oder Blamagen vorzubeugen. Sie alle sahen realen Gefahren ins Auge, ohne die Ursache zu kennen.

RUBYFRUITS

> So kitschig-romantisch es auch klingt, hier ganz allein zu sein: Ich freu mich ja, dass meine verdammte Mitbewohnerin endlich die Klappe hält. Aber habt ihr euch mal überlegt, was uns bevorsteht?

Sie tippte mit den Fingern gegen die Tasten. Zögerte. Wartete die ersten Antworten ab.

JUSSI

> Super-GAU! :D

Ruby verzog das Gesicht. Was war das denn für einer?

Jussi 162 Beiträge	Mitglied seit Juni 2018	
	**Aka:**	Juhani
	Geburtstag:	28.09.2001 (18)
	Geschlecht:	männlich
	Wohnort:	Haparande, SE
	Hobbys:	Memes, Ufos
	Beruf:	Holzfällende Fee
Letzter Beitrag:	Anyone else awake? (13:10 Uhr)	
Meiste Aktivität	Hilfe!! Ich hab 1 Paranormales Problem	

Ruby hätte nicht gedacht, dass die User eines deutschsprachigen Forums aus so vielen verschiedenen Ländern kommen.

RUBYFRUITS

|| Atomkraftwerke besitzen extra Schutzmechanismen bei plötzlichen Stromausfällen. Die kommen ja öfter mal vor. Um AKWs müssen wir uns wahrscheinlich Die wenigsten Sorgen machen.

Vielleicht würde irgendjemand verstehen, was sie andeutete. Die reale Gefahr erkennen.

STELLARIS

|| Ich denke auch, dass wir fürs Erste keinen Atomunfall befürchten müssen.

PIXELHELDIN

|| Wenn alle schlafen, gehen uns die Ressourcen aus.

Ruby führte sich das nächste Profil zu Gemüte:

Pixelheldin 2.529 Beiträge	Mitglied seit Februar 2016	
	**Aka:**	Reham
	Geburtstag:	17.07.1998 (21)
	Geschlecht:	weiblich
	Wohnort:	Saarlouis, DE
	Hobbys:	Fußball, Ghost Stories
	Beruf:	Working on that
Letzter Beitrag:	Anyone else awake? (13:18 Uhr)	
Meiste Aktivität	Sichtungen von Geistern	

Und dann war da natürlich noch Lea. Ansonsten hatte sie alle Anwesenden überprüft.

<table>
<tr><td>Delixe
1.873 Beiträge</td><td colspan="2">Mitglied seit Dezember 2015</td></tr>
<tr><td rowspan="6"></td><td>Aka:</td><td>-</td></tr>
<tr><td>Geburtstag:</td><td>-</td></tr>
<tr><td>Geschlecht:</td><td>-</td></tr>
<tr><td>Wohnort:</td><td>-, DE</td></tr>
<tr><td>Hobbys:</td><td>Träumen</td></tr>
<tr><td>Beruf:</td><td>-</td></tr>
<tr><td>Letzter Beitrag:</td><td colspan="2">Anyone else awake? (13:04 Uhr)</td></tr>
<tr><td>Meiste Aktivität</td><td colspan="2">Urban Legends Deutschland</td></tr>
</table>

Abgesehen von einem neuen Avatar war alles beim Alten: Lea gab nicht viel über sich preis, war im Forum aber seit Jahren ausgesprochen aktiv unterwegs.

JUSSI

> Quatsch! Selbst hier in meinem kleinen Holzfällerdorf komm ich mit Plünderei ewig aus.

Ruby biss sich auf die Unterlippe, schob sie entnervt zwischen ihren Zähnen umher.

LIBBINGTON

> Hi! Ich bin so froh, euch gefunden zu haben. Dass noch jemand wach ist! Bin neu hier, aber die Suche hat den Thread hier ausgespuckt.

PIXELHELDIN

> Aber wenn es Winter wird und wir nicht heizen können, haben wir ein gewaltiges Problem! Gerade du im Norden.
> Und hey, Libbington!

JUSSI

Holzofen. Könnt ja alle zu mir kommen und wir schmieden hier unsere Pläne.

»Wieso denkt niemand …« Sie zog die Tastatur näher, tippte und tippte, als plötzlich die nächste Antwort erschien.

STELLARIS

Das Problem ist viel näher. Der Strom. Das Internet. Das hält nicht bis zum Winter, Leute.

Erleichtert atmete sie auf. Endlich jemand, der mitdachte.

»Du bist zu streng, Ruby.« Twinkie ließ sich neben ihr auf dem Schreibtisch nieder und verfolgte das Gespräch. Er wischte sich mit den Pfoten einige Krümel aus dem Fell.

»Menschen sterben«, erwiderte sie nüchtern. Dachte an ihren Vater. »Menschen in Krankenhäusern. Wenn der Strom ausfällt und keine Ärzte mehr da sind …«

»Vielleicht schläft er auch.« Twinkie lehnte sich an ihren Arm. »Bestimmt geschieht ihm nichts.«

Doch Ruby fand keinerlei Trost in seinen Worten. Stattdessen tippte sie endlos weiter an ihrer Nachricht, hoffte auf ein wenig Einsicht. Auch wenn sie hiermit mal wieder die Spielverderberin sein würde.

RUBYFRUITS

Nach vierundzwanzig Stunden fallen unsere Kraftwerke aus, Strom und Internet sind damit dahin. Unsere nette Konversation hier, die wir nutzen könnten, um etwas Sinnvolles zu machen, Pläne zu schmieden und all das aufzuhalten?
Tja, ebenfalls dahin!!

RUBYFRUITS

Wenn ihr die nächste Woche überlebt, könnt ihr euch auf Besuch von Wildtieren freuen. Wer sollte sie auch davon abhalten, sich die Städte zurückzuholen? Gewöhnt euch lieber an Waschbären, Wildschweine und Co. Sie werden in eure Häuser kommen, wo es übrigens bald bestialisch stinken wird, weil eure Kühlschränke und Gefriertruhen ohne Strom ebenfalls den Geist aufgeben. Genauso wie in euren Städten, weil dasselbe Schicksal alle anderen Haushalte und vor allem Supermärkte ereilt. Und wisst ihr, wen das anzieht? Ungeziefer! Ratten! Hier reden wir von den ersten paar Wochen, Leute. Spätestens in einem Monat wimmelt es hier nur so von Raubtieren aus den Zoos, die auf Beutefang gehen. Die zerfallende Infrastruktur kann nämlich Gehege beschädigen. Unsere Häuser stürzen ein, U-Bahn-Tunnel füllen sich mit Wasser, weil alle Pumpen ausfallen. Frachtschiffe und Öltanker lassen sich in ein paar Monaten bestimmt nicht mehr von den Seilen halten. Und wisst ihr, wo der ganze Müll landen wird? Im Meer! Ratten und Möwen, Leute!

Rubys Herz hämmerte heftig gegen ihre Rippen.

RUBYFRUITS

Wollt ihr unsere letzten Stunden dazu nutzen, hier blöd rumzulabern?

Sie nahm einen tiefen Atemzug, ihre Finger glitten über die Tastatur.

RUBYFRUITS

Oder einen Weg finden, unseren Tod aufzuhalten?

EINDRINGLING

DIE LIEBE ZUR DUNKELHEIT. DAS FINDEN VON RUHE, HARMONIE UND WOHLBEHAGEN IN DER NACHT.

»Das Mädchen hat Schneid.« Celia zog eine zufriedene Schnute. Doch als sie zu realisieren schien, was Ruby ihnen gerade prophezeit hatte, entglitten ihr sämtliche Gesichtszüge.

»So schnell also?« Aristella wurde heiß und kalt zugleich.

STELLARIS

Bin ganz bei dir. Die Uhr tickt. Ich hätte nur nicht gedacht, dass uns so wenig Zeit bleibt.

RUBYFRUITS

Meinen Berechnungen nach haben wir zwischen zwölf und vierzehn Stunden bis zum Ausfall des Stroms. Wenn man die Statistiken der Internetnutzung der letzten Nacht mit älteren vergleicht, ergibt sich die drastischste Abnahme in Mitteleuropa zwischen null und zwei Uhr.

JUSSI

Woah

LIBBINGTON

Heilige Scheiße!!

»Du sagst es.« Aristella überschlug die Beine. »Mitteleuropa.« Aus einer Ahnung heraus fragte sie:

STELLARIS

Woher seid ihr?

RUBYFRUITS

Alle von uns kommen aus Europa. Vornehmlich deutschsprachige Regionen. Ich habe das schon gecheckt. Nur Schweden kann ich da nicht ganz verorten. Wobei eine IP-Adresse nicht mit den Angaben im Profil übereinstimmt.

»Die hat ihre Hausaufgaben echt gemacht«, murmelte Aristella.

PIXELHELDIN

Ich bin in Frankreich auf Auslandssemester.

JUSSI

Und ich sprech halt Deutsch :D Das haben viele von uns schon ab der fünften Klasse. Gibt keine schwedischen Foren mit so interessantem Kram wie hier. Ich mag die Leute. Nur dich eher nicht so.

RUBYFRUITS

Das kann ich nur zurückgeben.

NYX

Ihr wollt also sagen, dass wir sieben alle aus Europa stammen und Mitglieder dieses Forums sind?

DELIXE

Scheint so.

PIXELHELDIN

|| Das muss irgendeinen höheren Sinn haben!

LIBBINGTON

|| Wobei ich ja eher nur zufällig reingestolpert bin. Aber ich hab jetzt einen Avatar :-)

Aristella seufzte. »Schön für dich.« Sie überlegte fieberhaft. Über diese Ruby wusste sie nur, dass sie einen Podcast zum luziden Träumen aufnahm, also klickte sie sich durch deren letzte Beiträge.

Sie schien viel und gern zu zeichnen, stellte ab und an eigene Werke online

Aristella scrollte einen Moment, wollte das Fenster gerade wieder schließen, als sie auf etwas stieß. Mit zittriger Hand öffnete sie den Thread und zoomte das Bild heran.

Diese Zeichnung. Sie war das Abbild eines Wesens, das Aristella mehrfach in ihren Träumen gesehen hatte.

Thema: Was inspiriert euch?

RUBYFRUITS

Beiträge: 2.311

02.08.2019, 02:19 Uhr

Hey Folks!

Momentan beschäftigt mich eine Frage wie keine andere:

Woher bezieht ihr eure Inspiration, wenn ihr zeichnet?

Ich bin noch relativ neu in diesem Hobby, habe zwar als Kind schon gern gekritzelt, aber so wirklich aktiv bin ich erst seit etwa zwei Jahren dabei.

Warum? Weil ich erst seitdem Ideen davon habe, was ich zeichnen möchte.

Bei mir tauchen Bilder im Kopf auf, sehr spezifische. Vor allem dann, wenn ich nicht schlafen kann oder Albträume hatte.
Diese Bilder sind so konkret, dass ich sie mühelos zu Papier bringen kann. Als hätten sie sich in mein Gedächtnis eingebrannt.

Ich glaube, dass sie unbedingt gezeichnet werden wollen, vorher lassen sie mich auch nicht los.

Eigentlich dreht sich meine ganze Inspiration rund ums (nicht) Schlafen wollen, könnte man sagen.

Wie ist das bei euch? Gibt es Dinge, die euch nicht mehr loslassen ehe ihr sie gezeichnet habt? Bin gespannt!

Mit dabei habe ich mein neuestes Werk.
Ein Klassiker meiner Albträume.

»Das ist … dieses Wesen mit sechs Augen und der hornartigen Maske«, murmelte Aristella und warf einen Blick auf das Datum. Ruby hatte die Zeichnung hochgeladen, nachdem dieses Wesen ihr bereits mehrfach im Traum begegnet war. Das konnte alles kein Zufall sein.

»Ein Ievos«, warf Celia ein und scharrte aufgeregt mit der Pfote am Monitor. »Wie ich ihn dir beschrieben habe! Wie in dem Buch, nur viel simpler dargestellt!«

Aristella nickte. Irgendetwas an dieser Ruby war faul.

STELLARIS

Das klingt vielleicht seltsam, aber: Beschäftigt ihr euch mit Träumen? Klarträumen, Albträumen oder Ähnlichem?

JUSSI

Nö

PIXELHELDIN

Ich habe oft Albträume

NYX

Ich habs versucht, ja.

LIBBINGTON

Eigentlich nicht. Ich schlafe ganz normal.

RUBYFRUITS

Ich hasse Träume.

Hielt sie sie zum Narren? Doch Ruby ausgerechnet jetzt herauszufordern, erschien Aristella nicht klug. Sie war die Einzige, die hier so etwas wie den Durchblick hatte. Gerade als sie überlegte, ihr eine private Nachricht zu dem Thema zu schreiben, ploppte eine neue Antwort auf:

COSMONOVA

0100010001101001011001010101011101100101011010
010111001101100101011011100111101001110101011011
01010001110111001001110101110000111001111101100
101001000010100010101110010011100110111010001
1000010111010101101110011011000110100101100011
0110100000101100011001000110000101110011 01110
011011010010110100001110010011010000110100101
1001010111001001110011011001010110100101100100
00101110

NYX

Lass den Scheiß!

JUSSI

Die Bots werden auf uns aufmerksam. Das Ende naht, Leute!

LIBBINGTON

Wie kann ich meine Schriftart so verändern? Die sieht viel cooler aus. Kenne mich in Foren nicht aus.

Aristella kopierte die Zeilen in die Zwischenablage und suchte nach einem Tool, das Binärcode in Text wandelte. Doch Ruby kam ihr zuvor:

RUBYFRUITS

»Die Weisen zum Gruße. Erstaunlich, dass ihr hier seid.«

»Die Weisen.« Celia robbte an den Bildschirm. »Cosmonova?«

»Sagt dir das was?« Aristella stand unter Strom. Ihre Beine wippten wie von selbst und sie hatte Mühe, das Zittern ihrer Finger zu unterdrücken.

»Mir ist so, als …« Die Katze legte beide Ohren an, starrte wie gebannt auf den Bildschirm. Aristella wollte sie nicht mit ihren fehlenden Erinnerungen quälen, doch gerade wären ihnen diese dienlicher denn je.

COSMONOVA

01000100011000010111001100100000010100110110
0011011010000110100101100011011010110111001101
10000101101100001000000110100001100001011101
00001000000110010101110101011000110110100000
1000000110000101110101011100110110010101110010
0111011111000011101001000110100001101100011101
00001011100010000001001110011001010110100001
101101011101000010000001101001011010000111001
00010000001100100011010010110010100100000001
001000011001010111001001100001011101010111001
10110011001101111011100100110010001100101011100
1001110101011011100110011100100000011000010110
111000111111

RUBYFRUITS

»Das Schicksal hat euch auserwählt. Nehmt ihr die Herausforderung an?«

PIXELHELDIN

Toll. Irgendein Sekten-Heini und Verschwörungstheoretiker. War ja klar, dass unter den letzten lebenden Menschen auch noch so einer auftaucht. Bestimmt will er uns die einzig wahre Wahrheit verkaufen! Ätzend, ey. Verpiss dich!

NYX

Ich weiß nicht. Ich meine, irgendjemand muss doch dafür gesorgt haben, dass wir nicht schlafen. Dass wir alle in diesem Forum zusammenkommen. Ich halte das immer noch nicht für einen Zufall.

JUSSI

Klar nehmen wir die an! Was haben wir zu verlieren?

PIXELHELDIN

Unser Leben?? Noch sind wir nicht tot!

STELLARIS

Noch.

Leon war ruhig. Zu ruhig. Aristella wusste, dass er dahintersteckte. Was auch immer es war, das sich hier gerade entfaltete.

RUBYFRUITS

Ich kann seine/ihre/deren IP-Adresse nicht lesen. Irgendwas stimmt mit dem Account nicht.

DELIXE

Wir sollten ihm antworten. Wer weiß, was er sonst noch abzieht.

»Er spielt diesem Cosmodingens in die Hände.« Aristella verschränkte die Arme vor der Brust. Sie dachte an Taya. An die Möglichkeit, ihren Zustand vielleicht wieder umzukehren. Worum sollte es sonst gehen, wenn der Kerl vom Schicksal sprach? Es gab momentan garantiert nichts anderes, was ein Haufen verzweifelter junger Menschen wollen konnte.

STELLARIS

‖ Bring it on, Cosmo. Was will das Schicksal von uns?

PIXELHELDIN

‖ Halt, wartet! Lasst uns das erst diskutieren.

COSMONOVA

‖ Das Sc01001000icksal brauc01001000t eine klare Antwort. Bevor dieser Ort unerreic01001000bar wird.

Unter der Antwort prangte ein Link. Kurz. Aussagekräftig:
https://liveordie.today

Aristella kopierte das Ding in die Zwischenablage, um es einem Virencheck zu unterziehen. Doch alles, was sie zurückbekam, war eine Fehlermeldung. Sie zögerte. Letzten Endes lief jedoch alles auf dieselbe Tatsache hinaus: Sie hatte nichts zu verlieren, sondern nur zu beschützen. Zurückzugewinnen. Zu erkämpfen.

Aristella hielt den Atem an und öffnete die Homepage. Auf den ersten Blick schien sie nicht auffällig: Schwarzer Hintergrund, keine Menüs, nur eine Sanduhr, die sich stetig auf den Kopf drehte. Sie schob das Fenster auf den zweiten Monitor und widmete sich wieder der Diskussion im Forum.

PIXELHELDIN

‖ Klickt das bloß nicht an.

DELIXE

‖ Was soll schon passieren?

PIXELHELDIN

‖ … wo soll ich anfangen?

NYX

|| Der Link ist sauber.

RUBYFRUITS

|| Aber ich kann den Server nicht erkennen. Rein gar nichts an diesem User lässt sich zurückverfolgen.

LIBBINGTON

|| Bestimmt ist er es, wegen dem wir noch wach sind. Tun wir lieber, was er sagt.

»Da! Sieh nur!« Celia deutete mit dem Kopf in Richtung Browserfenster. Die Sanduhr war verschwunden. Stattdessen erschien ein Countdown.

Wer von euch ist der Drahtzieher?

15:00:00

Fünfzehn Minuten.

»Scheiße.« Einige Sekunden lang beobachtete Aristella fassungslos, wie die Anzeige nach unten tickte. Inzwischen loderte in dem Forum eine angeheizte Diskussion:

JUSSI

|| Ruby hat den ganzen Code doch übersetzt!

NYX

|| Das nennt sich Binärsystem. Jag es durch einen Übersetzer und du bist genauso schuldig wie sie.

LIBBINGTON

|| Was passiert am Ende des Countdowns?

PIXELHELDIN
Ich will es nicht herausfinden!

LIBBINGTON
Dann bin ich auch für Ruby. Einfach, weil wir zu einer Einigung kommen müssen und sie zu viel weiß.

PIXELHELDIN
Stimmt schon, aber …

Aristella überlegte fieberhaft. Ruby betrieb den Podcast, den sie zuvor abgestritten hatte und außerdem die Zeichnung angefertigt, die ein Wesen aus Aristellas Träumen zeigte. Doch dann war da noch Leon.

Sie klickte auf Rubys Profil, schrieb ihr eine private Nachricht und kehrte zurück in den Thread.

PIXELHELDIN
Dann stimme ich auch für Ruby.

Etwas über zwölf Minuten waren noch übrig, als sich die Webseite ein zweites Mal veränderte:

Ist Ruby die Drahtzieherin?

Leichter Schimmer tauchte vor Aristellas Augen auf, wurde immer dichter und zeigte sich bald darauf als aufsteigende Glitzerfunken. Sie hüllten etwas ein, das auf dem Schreibtisch mit lautem Klackern zum Liegen kam: eine Münze. Zögerlich griff Aristella danach und besah sie. Ja und Nein stand auf je einer Seite davon. Das Blut rauschte durch Aristellas Ohren, denn der Countdown lief erbarmungslos weiter.

JUSSI

‖ Heilige Scheiße, der belauscht uns!! Habt ihr auch eine Münze bekommen??

RUBYFRUITS

‖ Warum sagst du »der«, wenn du mich doch für schuldig hältst??

DELIXE

‖ Sollen wir die etwa werfen?

STELLARIS

‖ Nein, dreht das Ding mit eurer Antwort nach oben liegend hin!! Überlasst jetzt bloß nichts dem Zufall.

Aristella verneinte die Frage nach Ruby als Drahtzieherin, indem sie die Münze mit einem Nein nach oben vor sich platzierte. Sie hoffte, dass das ausreichte.

Inzwischen plapperte Celia die ganze Zeit aufgeregt irgendetwas vor sich hin, dem Aristella bislang vor Aufregung kaum Gehör geschenkt hatte.

»Was?«

»Glitzer!«, schien sie zu wiederholen und peitschte verärgert mit dem Schwanz. »Diese Münze stammt aus Persomnia! Riechst du die Vanille nicht?«

»Mir ist gerade nur kotzübel!«, blaffte Aristella und fuhr zusammen, als ein Ton aus ihren Boxen schellte, der wie eine Fehlermeldung klang. Sie tastete seitlich an ihrem Monitor vorbei, da sie sicher war, die Lautsprecher abgeschaltet zu haben; und fand sie genauso vor.

Die Abstimmung war drei zu vier zugunsten von Ruby ausgegangen. Aristella atmete auf. Damit schien das Thema auch für die anderen gegessen zu sein.

JUSSI

Gehen wir doch einfach der Reihe nach alle durch. Wenn wir bei allen für Nein stimmen, passiert uns nichts.

Noch ehe Aristella antworten konnte, dass sie das für keine gute Idee hielt, tauchten einige Textzeilen unter dem Countdown auf:

Zusatzregeln:

1. Eine Person muss für schuldig befunden werden, sonst sterben alle.
Verbleibende Versuche: 2

PIXELHELDIN

Scheiße. Verdammte Scheiße!! Hättest du bloß deine Klappe gehalten!!

JUSSI

Sterben?? Wie will der das machen? LOL

RUBYFRUITS

So, wie er vielleicht die ganze Welt eingeschläfert hat? Das ist kein Spiel.

PIXELHELDIN

Immerhin sind auch die Münzen aus dem Nichts aufgetaucht. Wie schwer wird es ihm da fallen, uns eine Schlinge um den Hals zu legen? Verärgert ihn bloß nicht!!

NYX

Ich schlage Libbington vor. Er kam als Letztes und hatte keine Ahnung von irgendwas. Außerdem ist er der einzig neue User, alle anderen von uns waren bereits Mitglieder!

STELLARIS

Wartet!

RUBYFRUITS

Schreibt bloß nicht alle gleich seinen Namen. Sonst starten wir vielleicht einen weiteren Vote!

LIBBINGTON

Jussi hat uns doch eben in die Scheiße geritten!

NYX

Aber Jussi ist viel zu dumm, um hinter allem zu stecken.

STELLARIS

Halt!

PIXELHELDIN

Ihr sollt keine Namen mehr schreiben!

JUSSI

Aber der Countdown tickt! Außerdem haben wir noch einen Versuch!

RUBYFRUITS

Lasst uns in Ruhe überlegen. Nur noch die Anfangsbuchstaben aller Namen verwenden, um zu diskutieren.

Wie sollte Aristella sie überzeugen? Sie hasste diese Abhängigkeit von anderen.

DELIXE

Ich denke auch, dass Libbington dahintersteckt.

RUBYFRUITS

|| Hört auf mit den Namen, ehe wir uns nicht alle Fakten angesehen haben!

JUSSI

|| Ja!! Libbington!

Der nächste Vote erschien auf der Webseite. Offensichtlich reichte es, wenn ein Name dreimal vorgeschlagen wurde, um die Person zur Abstimmung freizugeben. Hiernach hatten sie nur noch einen Versuch.

Aristella platzierte die Münze abermals mit einem Nein nach oben. Doch was wusste sie wirklich über Libbington? Gerade, als sie darüber nachdachte, leuchtete ein Fenster in ihrer Statusleiste auf: Ruby hatte auf ihre private Nachricht geantwortet.

Der Podcast zum Klarträumen gehört meiner Schwester. Du solltest also mit ihr darüber sprechen, wenn wir das überleben. Ihr Nickname hier ist Delixe.

Aristellas Finger hielten sich krampfhaft an den Lehnen ihres Bürostuhls fest. Ihr Atem stockte. Wie viel Macht hatte Leon oder Delixe eigentlich? Noch immer konnte Aristella sich nicht vollkommen davon lösen, dieses Wesen beim Namen ihres Kindheitsfreundes zu nennen; immerhin war er jahrelang in diese Rolle geschlüpft, um sie zu täuschen. Doch nicht nur sie war ihm zum Opfer gefallen: Ruby wurde von ihm immer noch zum Narren gehalten. Mechanisch fuhren ihre Finger über die Tasten und tippten eine Antwort:

Das klingt vielleicht seltsam ... aber: Wann hast du deine Schwester zuletzt persönlich getroffen?

Wieder war es ein lauter Ton, der Aristella den Ernst der Lage vor Augen hielt: Fünf zu zwei war der Vote ausgegangen, allerdings gegen Libbington.

»Scheiße.«

PIXELHELDIN

|| Und jetzt?

JUSSI

|| Bist du noch da, Libbington?

RUBYFRUITS

|| Wir haben ihn gerade zum Abschuss freigegeben.

Eine Nachricht von Cosmonova reihte sich ans Ende des Threads. Wortlos erschien dort ein Bild, das Schicht für Schicht offenbarte, wie viel Grausamkeit sie hier ausgesetzt waren.

Aristella blickte einem ordentlich aufgeräumten Schreibtisch entgegen. Die Rückenlehne des Stuhls war seitlich zu erkennen, der Monitor zeigte die hier gerade geführte Diskussion im Forum. Eine Tasse stand neben der Tastatur, aus der ein Teebeutel hing. Und rechts hing der leblose Körper eines jungen Mannes, das Gesicht von der Kamera abgewandt.

Übelkeit überkam Aristella. Sie zog ihren Mülleimer unter dem Tisch hervor und würgte. Ihr Mund brannte, der bittere Geschmack ließ sie erneut spucken; dabei hatte sie noch nicht einmal gefrühstückt. Sie spürte Celias Pfote auf ihrer Schulter, die ein wenig unbeholfen versuchte, Aristellas lange Strähnen zurückzuzupfen.

»Ich bin okay«, murmelte sie mit bebenden Lippen. Sie wischte sich mit einem Taschentuch über den Mund. Aus einer Laune heraus öffnete sie das Fenster und beförderte den gesamten

Mülleimer kurzerhand hinunter, vierundzwanzig Stockwerke tief auf die Straße. Weil ohnehin schon alles egal war. Weil die Verzweiflung in ihr gerade überhandnahm und sie dennoch keine weitere Sekunde mehr vergeuden wollte.

Im Forum überschlug sich das Entsetzen. Aristella überflog die Nachrichten kurz, sah jedoch wenig Sinn darin, die anderen zu beruhigen. Dazu fehlte ihr auch die Kraft. Viele erkannten erst jetzt, dass ihr Peiniger Ernst machte. Dass es hier tatsächlich um Leben und Tod ging.

Und vielleicht war das Aristellas Chance.

PIXELHELDIN

‖ Warum zur Hölle tickt der Timer immer noch??

Vier Minuten, zwölf Sekunden.

COSMONOVA

‖ Libbington war nicht der Drahtzieher

Die Zahl der verbleibenden Versuche sank auf eins. Aristella unterdrückte die nächste Welle Brechreiz, die sie umgehend überkam. Eine Nachricht von Ruby bestätigte sie in ihrem Vorhaben, Delixe zu entlarven:

Seltsam, dass du ausgerechnet diese Frage stellst. Denn ich hab sie noch nie persönlich treffen können, tbh. Habe erst nach einer Familientragödie vor ein paar Jahren erfahren, dass sie überhaupt existiert. Trotzdem liebe ich sie über alle Maßen.

Sie war es immerhin, die mich auf die Idee gebracht hatte, zu zeichnen und meine Werke online zu teilen. Das hat mir geholfen, viel zu verarbeiten.

Welt der Träume

Ruby klammerte ihre Finger in Twinkies Fell. Sie las die eintrudelnden Nachrichten bereits das zweite Mal, während der Timer in ihren Augenwinkeln stetig das Ende einer Katastrophe ankündigte – einer Katastrophe, deren Ausmaß sich nicht erahnen ließ.

STELLARIS
Ihr kennt doch alle Delixe, nicht wahr? Zumindest hier über dieses Forum?

NYX
Jep!

PIXELHELDIN
Ja, mehr als gut. Aber was tut das zur Sache?? Sie ist es nicht!!

JUSSI
Sie?

STELLARIS
Unter welchem Namen kennt ihr Delixe? Mir hat er/sie/es jahrelang vorgespielt, mein verstorbener Kindheitsfreund Leon zu sein. Gleichzeitig gibt er sich seit einigen Monaten als Rubyfruits' Schwester aus.

NYX
WTF

PIXELHELDIN

Larissa?? Niemals

JUSSI

Er heißt Leevi. Wir kennen uns seit der sechsten Klasse

NYX

WTF, Luan? Was erzählt die?

RUBYFRUITS

Das kann nicht sein

Rubys Augen wurden schwer, ihre Lider füllten sich mit Tränen, die sie jedoch keinesfalls weinen würde. Nicht für jemanden wie diese verdammte Stellaris. Sie öffnete das Nachrichtenfenster, schrieb ihrer Schwester:

Lea, bezieh Stellung. Sag, dass die Alte spinnt.

RUBYFRUITS

Ich vote für Stellaris!! Sie will uns mit dem ganzen Scheiß doch einfach nur an der Nase herumführen! Meine Schwester ist unschuldig!

JUSSI

Sie ist nicht deine Schwester, verflucht!! Oder führt die ein Doppelleben als Mann in Schweden?

Ruby wusste es nicht. Sie hatte keine Ahnung, was Lea womöglich tat. Ob sie mit siebzehn so einfach im Ausland leben konnte? War sie bereits abgehauen und wollte Ruby zu sich holen? Vielleicht hatte sie ihr aus Angst verschwiegen, ein Mann zu sein?

PIXELHELDIN

|| Larissa ist meine beste Freundin. Hört auf, so zu tun, als würdet ihr sie kennen!

STELLARIS

|| Vielleicht willst du dich selbst dazu äußern, Leon. Du hast mir das hier angekündigt. Hast gesagt, du wirst mir beweisen, wie mächtig luzides Träumen ist. Was du bereits erreicht hast!

RUBYFRUITS

|| WTF, Stellaris. Du bist vollkommen irre. Vote for her!

»Twinkie.« Ruby zog den Waschbären näher an sich. Das Tier, das aus einer fremden Welt zu ihr gekommen war. Und dann verstand sie, warum Stellaris' Worte sie so aufwühlten: Weil sie wusste, dass es so etwas wie eine Traumwelt gab. Dass ihr Einfluss bis in Rubys Leben reichte und all die seltsamen Ereignisse erst mit Leas Auftauchen begonnen hatten. Sie musste eins und eins nur zusammenzählen, doch ihr Verstand weigerte sich. Sie wollte Lea nicht verlieren; den einzigen Menschen, den sie hatte.

STELLARIS

|| Seit Wochen begleitet mich ein Familiar. Eine sprechende Katze, die aus der Traumwelt zu mir gekommen ist. Persomnia.

Ruby starrte wie gebannt auf den Bildschirm. Unfähig, zu denken.

STELLARIS

|| Sie hat mir geholfen, Leon zu enttarnen. Oder Delixe, Larissa, Lea, Leevi, Luan. Wir alle sind hier. Wir alle sind wach und kennen dieses Wesen unter anderer Identität. So wacht doch auf und erkennt, dass er es ist!!

Ruby zog die Tastatur ein Stück näher. Ihre Finger glitten wie von selbst über die Tasten.

RUBYFRUITS
|| Mein Familiar ist ein Waschbär. Er heißt Twinkie.

Die ersten Tränen rollten über ihre Wangen, tropften auf die Tastatur. Der Timer zeigte zwei Minuten.

RUBYFRUITS
|| Lea. Bitte. Sag etwas.

JUSSI
|| Leevi?? Jetzt sag doch was! Klär das auf!!

STELLARIS
|| Schreibt seinen Namen!! Delixe ist der Verräter, ich weiß es!

NYX
|| Halt dein verfluchtes Maul!!

PIXELHELDIN
|| Wenn du nichts sagst, Larissa, dann muss ich …

Ruby klickte auf Leas Profil und erstarrte.

EXILED 999.999.999 Beiträge	Mitglied seit Anbeginn der Zeit	
	**Aka:**	Whatever u need
	Geburtstag:	-
	Geschlecht:	It's all just
	Wohnort:	in your
	Hobbys:	head,
	Beruf:	darling
Letzter Beitrag:	Anyone else awake? (99:99 Uhr)	
Meiste Aktivität	AufgeflogenAufgeflogen	

Mit zitternden Fingern klickte sie auf den Link unter »Meiste Aktivität«, doch er führte nur wieder zurück zur Diskussion der anderen. Und dann startete die letzte Abstimmungsrunde.

»Delixe.« Ruby nahm einen tiefen Atemzug.

RUBYFRUITS

> Lest seinen Namen rückwärts. Delixe heißt EXILED. Seht sein Profil an.

Es wäre zu schön gewesen, eine Schwester zu haben. Jemanden, der immer für sie da war. Der auf sie wartete.

STELLARIS

> Tut das Richtige!! Stimmt für Ja, wir haben nur noch diese eine Chance!

RUBYFRUITS

> Wenn ihr auch einen Familiar habt. Wenn Delixe euch in irgendeiner Art mit Träumen in Verbindung gebracht hat, dann stimmt für ihn.

Niemand antwortete. Sicherlich sahen sich einige von ihnen gerade demselben Schmerz ausgesetzt wie Ruby. Sie erkannten, dass eine von ihnen geliebte Person nicht existierte. Mussten sie gehen lassen und gleichzeitig verarbeiten, dass hier übernatürliche Kräfte am Werk waren.

NYX

|| Delixe

Damit war es besiegelt.

Ist Delixe der Drahtzieher?

Ruby umklammerte die Münze, besah sie in ihrer Hand. Das hier war ein perfides Spiel. Wenn Stellaris die Wahrheit sagte, wäre der Spuk gleich vorbei. Wie in Trance drehte sie die Münze auf Ja und schloss die Augen. Sie war allein. Nun gab es niemanden mehr, zu dem sie an ihrem achtzehnten Geburtstag gehen konnte. Verzweiflung übermannte Ruby, ließ sie resigniert den Kopf auf die angezogenen Knie legen.

»Nicht aufgeben.« Twinkies kleine Hände scharrten an ihrem Hosenbein. Er saß immer noch auf dem Schreibtisch und schenkte ihr einen besorgten Blick. »All das hat einen Grund.« Er griff nach ihren Fingern und drückte sie unbeholfen, tastete sie ab, wie Waschbären es taten. »Es muss einen Grund dafür geben, dass ein Wesen aus Persomnia euch ins Visier genommen hat und ich nicht der einzige Familiar bin.«

»Wenn du dich bloß erinnern könntest.« Ruby legte ihre Hand auf Twinkies Kopf und beobachtete den Bildschirm. Als derselbe Soundeffekt wie zuvor ertönte und das Ergebnis drei zu zwei verkündete, hielt sie den Atem an.

»Schuldig«, murmelte Twinkie und sträubte sein Nackenhaar.

Der Timer stoppte bei zwei Minuten und fünf Sekunden. Offensichtlich hatten sie es geschafft. Doch damit war bewiesen, dass Stellaris recht hatte: Lea existierte nicht.

COSMONOVA
|| Ich gratuliere euch.

Der Sieg schmeckte bitter.

Mithilfe deines oder eher Delixes Podcasts war ich in einem Traumloop gefangen und hätte fast den Verstand verloren. Leon oder Delixe hat ihn mir geschickt. Ich weiß nicht, wer in Wahrheit dahintersteckt, aber wir haben das Richtige getan.

Hatten sie das? Ruby klickte die Nachricht von Stellaris weg und lugte in Valentinas Ecke. Sie würde jeden Moment wieder aufwachen. Das Spiel war vorbei, das Traumwesen hatte seinen Spaß mit ihnen gehabt.

Niemand tippte mehr ein Wort. Erst dachte Ruby, es läge daran, dass alle in ihrem Schmerz aufgingen. Bis sie erkannte, dass die Kommentarfunktion für diesen Thread deaktiviert worden war. Der letzte Post, der an alle bisherigen Antworten angefügt war, lautete:

Die Wahrheit ist nur einen Münzwurf entfernt.

»Wer zur Hölle bist du?«, flüsterte sie vor sich hin. Als würde ihr diese Frage irgendetwas bringen. Als hätte sie nicht längst alles versucht, um hinter die Identität dieser Person zu kommen. Doch die hinterließ keine Spuren im Netz, ganz so, als existierte sie gar nicht.

Ruby neigte den Kopf, blickte in Twinkies schwarze Augen.

»Diese Münze und was Cosmonova über die drei Weisen gesagt hat«, begann der Waschbär und stellte sich auf seine Hinterbeine, »ist ein Hinweis auf Persomnia. Meine Heimat. A-aber ich kann dir nicht …« Er senkte den Kopf.

»Ich weiß.« Behutsam legte Ruby ihre Hand auf sein weiches Fell. »Du kannst dich nicht erinnern.« Sie griff nach der Münze, die wie von Zauberhand hier aufgetaucht war. Erst jetzt, da das Adrenalin allmählich aus ihrem Körper wich, merkte Ruby, wie leicht der Gegenstand war. Sie glitt mit ihrer Fingerkuppe über die Oberfläche, spürte die Erhebungen und versuchte, das Material auszumachen. Irgendeine Art Kunststoff, jedoch kein Metall.

»Die Wahrheit ist nur einen Münzwurf entfernt.«

Ruby beugte ihren rechten Zeigefinger und führte den Daumen daran. Dann legte sie die Münze auf den beiden Fingern ab und ließ ihren Daumen nach oben schnellen. Das Geldstück flog empor, drehte sich. Spiegelte das Sonnenlicht wider.

Ruby blinzelte. Ihre Augen wurden bleiern schwer, je länger sie der Münze folgten. Sie verlor sich in einem Spektrum bunter Farben, dem Rauschen in ihren Ohren. Ihre Lippen bewegten sich, doch die Worte erstickten in ihrer Kehle. Sie sah ihn, den feinen Glitzer, der von der Münze rieselte und Ruby in ferne Welten trug. In eine andere Geschichte.

TEIL 3

NULLEN UND EINSEN

»Die fundamentalen Bausteine der Informatik. Die grundlegende Sprache, mit der wir unseren Computern Befehle geben; die Basis ihres Denkens. Doch sind wir Menschen wirklich so viel anders gestrickt? Wir unterteilen die Welt in gut und böse, unsereins in schwarz und weiß. Sind Computer nicht einfach nur ein Ebenbild dieses binären Denkmusters, das in uns Menschen ihren Ursprung fand?«

Aristella war bemüht, die Stimme zu deuten. Sprach sie ihre Gedanken aus? Die Worte sickerten in ihren Verstand, schufen einen Hauch von Leben in all der Dunkelheit, die sie umhüllte. Aristellas Lider öffneten sich nur langsam. Gedämpft vernahm sie das Läuten schwerer Glocken, das sich mit Klaviertönen zu einer Klangmelodie verwob. Doch dann war da wieder diese seltsam vertraute Stimme.

»Lass dir alle Zeit der Welt.«

Eine kurze Pause, in der Aristella angestrengt versuchte, die Augen weiter zu öffnen.

»Deiner, meiner, unserer.« Ein dunkles Lachen hallte in ihren Ohren wider. »Welt, meine ich.«

»Wer zum Teufel bist du?« Nicht mehr als ein Hauch kam über ihre Lippen, aber sie kämpfte weiter. Aristella stützte sich auf den Ellenbogen ab. Gleißendes Licht erschwerte ihr das Sehen, doch zumindest fand sie ihre Stimme wieder. »Sag schon!«

»Das weißt du doch ganz genau.« Leon. Das war Leons Stimme. Sie spürte eine warme Hand auf ihrer Schulter. Jemand hob ihr Kinn, stellte sich wie eine schützende Wand zwischen Aristella und das Licht, das ihre Augen schmerzen ließ. Und dann sah sie ihn: Die Gesichtszüge kantig, helle Haut und tiefbraune Strähnen, die ihm in die hohe Stirn fielen. Seine Nase war schmal, zwischen seinem Glasauge und dem echten konnte Aristella keinen Unterschied erkennen – das Grau war genau so, wie sie es in Erinnerung hatte. Doch obwohl Leon vor ihr stand, wusste sie, dass es sich um ein Trugbild handelte. Es kostete sie all ihre Kraft, nicht einfach seine Hand zu nehmen. Sich der Illusion hinzugeben, sie einen Moment zu genießen. Ihm zu sagen, wie leid es ihr tat. Und dass sie für seinen Tod verantwortlich war.

Aristella streckte ihre Finger aus, bemerkte ein Lächeln auf Leons dünnen Lippen. Als sie seine Hand jedoch zur Seite schlug, um seiner Berührung zu entgehen, gefroren seine Gesichtszüge.

»Ich hasse es, mich zu wiederholen.« Sie kniff die Augen zusammen, das Herz schlug ihr bis zum Hals. »Wer bist du?« Mut überkam sie, ließ ihre Zunge lockerer werden, als Aristella lieb war. »Wie kannst du es wagen, seine Gestalt anzunehmen? Mit seiner Stimme zu sprechen?«

»Würde ich seine wahre Gestalt annehmen«, antwortete das Wesen, »wäre ich nichts weiter als ein verrottetes Skelett.«

Seine Worte versetzten ihr einen Stich, der eine alte Wunde aufriss. Wehmut überkam Aristella, doch sie wollte ihrem Gegenüber nicht noch mehr Macht schenken.

»Meine Stimme, mein Äußeres, das ganze Leben, das ich als Leon Weinert geführt habe: Du warst es doch, die mich erschuf.«

Aristellas Gedanken rasten. Gleichzeitig war sie unfähig, zu sprechen. Denn plötzlich war da dieses letzte Puzzleteil, das sich in ihr Bild quetschte.

»Wie ich es wagen kann, willst du wissen?« Leons Ebenbild lachte scharf auf. »Weil du es so wolltest. Ich bin das, was du dir unter deinem Kindheitsfreund vorgestellt hast. Was du wolltest, dass ich bin.« Er ging auf ein Knie, legte den Kopf schief. Was für ein armseliges Bild sie gerade abgeben musste; wie sie vor ihm kauerte, kaum dazu in der Lage, einen Ton rauszubekommen oder sich aufzurichten. »Für dich, Stella. Für deinen Seelenfrieden. Deine Träume. Damit du weitermachen konntest, obwohl das Leben nicht immer gut zu dir war.«

Der falsche Leon hatte genau das getan, was sie sich immer vorgestellt hatte: dieselben Hobbys wie sie gehabt, einen für ihn passenden Beruf ergriffen. Genau so ausgesehen wie in ihren Gedanken. Sie schnappte nach Luft, entsann sich der Worte, mit denen Leons Ebenbild sie geweckt hatte …

»Ach, die Nullen und Einsen?« Er grinste schief. »Aus einem deiner Aufsätze. Ich weiß genau, wie du die Menschheit siehst, Stella. Wie kritisch du ihr gegenüberstehst. Was glaubst du, warum du hier bist?«

»Geh raus aus meinem Kopf.« Aristellas Worte waren nichts als ein Flüstern. Wie hatte sie nur so naiv sein können? So verzweifelt und schwach? Sie allein hatte dieses Spiel ermöglicht, hatte ihm all diese Macht gegeben. Wut überkam sie, ließ ihre Arme nach vorn schnellen. Sie stieß das Wesen von sich, das sich als Leon ausgab. »Antworte mir endlich! Wer zum Teufel bist du?« Erst jetzt konnte sie etwas anderes wahrnehmen als die Person vor sich: Aristella und er befanden sich in einem leeren Raum, stellenweise durchzogen von hellen Lichtströmen, die durch eine Art unsichtbare Linien im Hintergrund glitten. Selbst über und unter ihnen standen die blauen und weißen Ströme nie still, pumpten unentwegt durch Leitungen, wie ihr gewahr wurde.

Das Wesen trat zurück, die Arme hinter dem Rücken verschränkt. Als Aristella drauf und dran war, ihm die Frage nochmals um die Ohren zu brüllen, hielt er inne. Mit lauter, alles durchdringender Stimme sprach er: »Mein Name ist Zam Ka Vieris.« Er blickte über die Schulter, die in demselben Pullover steckte, den Leon zuletzt auf seinem Foto getragen hatte. Nichts davon war echt gewesen; gar nichts. »Doch ihr kennt mich als Leon, Luan, Leevi, Leiorgen und Lea.«

Aus den Augenwinkeln nahm Aristella wahr, dass sie nicht länger allein waren. Menschliche Silhouetten zeichneten sich ab, kamen ihr jedoch seltsam verschwommen vor. Vollkommen unscharf, gar …

»Verpixelt?«

»Ich dachte, so wäre es euch lieber. Ihr seid es ja gewohnt, euch hinter euren Avataren zu verstecken, hm?« Zam kratzte sich gemächlich am Kinn. Er stand keine fünf Meter von Aristella entfernt und doch schien es, als würden sie Welten trennen. War sie gerade wirklich hier, an diesem seltsam verschrobenen Ort?

»Die Wahrheit ist nur einen Münzwurf entfernt«, sagte sie mit fester Stimme. »Willst du spielen oder endlich Klartext reden?«

Zam ließ sich in einen imaginären Sessel fallen. Gemächlich schwebte er ein Stück empor und überschlug die Beine. Als thronte er vor ihnen; wollte er sie verhöhnen? Von allen Seiten hörte Aristella Gemurmel. Wortfetzen drangen an ihre Ohren, Panik hing in der Luft. Doch inmitten all der Unsicherheit trotzte ein weiterer Mensch ihrem Peiniger:

»Mach endlich dein Maul auf und zeig deine wahre Gestalt!«

»Ich fürchte, das geht nicht.« Zam verschränkte die Arme vor der Brust. »Wisst ihr, der menschliche Geist ist nicht dafür gemacht, das wahre Antlitz von uns Ieven zu ertragen. Bei dir hat es zuletzt für eine nicht enden wollende Serie an Albträumen gesorgt, Ruby.«

»Ieven«, flüsterte Aristella. »Du bist ein Traumwandler?«

»War«, korrigierte Zam umgehend. »Und obwohl mir das Traumwandeln inzwischen auch in diesen Sphären möglich ist, hatte ich jenseits von Persomnia keinen Zugang mehr zu irgendwelchen Träumen.«

»Du sagtest ›hatte‹.« Da war wieder die Stimme eines Mädchens aus dem Hintergrund.

Zam hob einen Mundwinkel. »Ganz recht.«

»Das heißt, dass du nun wieder auf menschliche Träume zugreifen kannst?«

»Vereinzelt«, erwiderte Zam mit einem Hauch von Stolz in der Stimme. »Dank eurer Hilfe.«

Aristella versuchte, die Gestalt des Mädchens auszumachen, konnte jedoch nur ihren Usernamen über dem verpixelten Avatar entziffern: Rubyfruits. Sie sprach immer noch mit fester Stimme:

»Wenn du wirklich Lea bist« – Aristella konnte die Bitterkeit in ihrer Stimme förmlich spüren – »oder dieser Leon, von dem Stellaris spricht: Was zum Teufel hat dich zu so einem perfiden Spiel getrieben?«

»Und wo sind wir hier überhaupt, verflucht nochmal?« Eine tiefe Stimme mit nordischem Akzent unterbrach den kurzen Moment der Stille.

»In einem virtuellen Raum des Cyberspace. Oder dem Internet, wie ihr es nennt«, erwiderte Zam beiläufig. »Meinem Zuhause, seit man mich in Persomnia nicht mehr schätzt.«

»Ich hab da eine Idee, woran das liegen könnte.« Aristella verschränkte die Arme vor der Brust. »Hast du deinesgleichen dort auch manipuliert?«

Er kniff die Augen zusammen. »Meinesgleichen?« Zam schnaubte belustigt und fuhr sich durchs Haar. Dass er immer noch Leons Antlitz trug, machte Aristella rasend. »Die haben mir gar nicht erst zugehört. Ihr hingegen, ihr seid mir viel ähnlicher als die Ieven.«

»How so?«, mischte sich eine fremde Stimme in das Gespräch.

»Du bist unser Feind«, rief Aristella. Das war eine unumstößliche Tatsache.

»Ich bin wie ihr«, konterte Zam. »Ausgestoßen. Passe nicht in das Bild, das die anderen von unserer Welt haben.«

Seine Worte nahmen ihr den Wind aus den Segeln. Doch der Anflug von Mitleid, der kleine Moment, in dem sie über diese Behauptung nachdachte, versetzte Aristella abermals in Rage.

»Bullshit!«

»Ich weiß genau, was ihr euch in Wahrheit wünscht.« Zam hob eine Braue. »Ihr habt es mir nicht nur erzählt, sondern davon geträumt. Euch selbst die Illusion eines idealen Zustands geschaffen und mich lernen lassen, wonach Menschen wie ihr euch sehnt.«

»Was weißt du schon?«, blaffte Aristella. »Lass uns aus diesem blöden Raum. Gib uns unser Leben zurück!«

»Ein Leben in Angst?«, erwiderte Zam knapp und hatte damit wieder die Aufmerksamkeit aller. »In Isolation und dem Gefühl, falsch zu sein?«

»D-das …« Ruby rang mit den Worten. »Das ist doch nur ein winziger Bruchteil!«

»Ist es das?«, mischte sich eine unbekannte Stimme ins Geschehen. »Was weißt du schon über mein Leben?«

Aristellas Puls raste. Sie kannte es nur zu gut: das Gefühl, nicht in diese Welt zu passen. Ob er sie alle hierhergeholt hatte? Pixelheldin, Jussi … »Lass uns hier raus, verdammt!«

»Dein Wunsch hat dich doch erst zu mir geführt, Stella. Ihr seid in Wahrheit alle nur hier, weil ihr es wolltet.« Zam zuckte mit den Schultern. »Doch wenn es euch lieber ist, könnt ihr selbstverständlich zurückkehren.«

Aristella horchte auf, versuchte, in Zams Blick zu lesen, der jedoch von Hohn und Schadenfreude geprägt war. Bilder taten sich vor ihrem geistigen Auge auf: geschmolzene Gletscher, überflutete Städte. Eingestürzte Brücken und mit Pflanzen überwucherte Wolkenkratzer. Grau, braun und schwarz dominierten die Landschaft, Waldbrände hinterließen eine grausame Spur der Verwüstung.

Aristella blinzelte angestrengt, doch der Schwall peinigender Sinneseindrücke wollte nicht abreißen.

»Ihr habt Angst vor der Zukunft«, hauchte Zam ganz nah an ihrem Ohr. »Wozu wollt ihr zurück in eine Welt, die euch nicht akzeptiert? Die im Begriff ist, unterzugehen?« Diesmal drangen seine Worte von weiter her. »Durch den Schlaf der Menschen, die für euch nichts übrighaben, kann die Erde sich erholen.«

Die Bilder wandelten sich, zeigten Tiere auf saftigen Wiesen, üppige Felder und das Ende von Industrie und Technologie.

»Eure Stimmen werden überhört, eure Gefühle mit Füßen getreten. Warum haltet ihr fest an dieser längst zum Tode verurteilten Welt?«

Er hatte recht. Zam hatte verdammt nochmal recht! Aristella hatte doch selbst nach einem Ausweg gesucht. War geflüchtet, hätte jederzeit alles aufgegeben, um in einer Sphäre angenehmer Träume zu leben. Zam musste ihren Widerstand spüren. Warum verwendete er also so viel Energie darauf, sie zu überzeugen? Konnte er sie nicht einfach mit sich nehmen, wenn er so viel Macht besaß? Womöglich kostete er seine Überlegenheit aus, doch etwas an diesem Bild stimmte nicht …

Da dämmerte es Aristella. »Du brauchst uns.« Die Szenen vor ihrem Auge verpufften. »Ist es nicht so? Sonst hättest du uns einfach schlafen lassen wie alle anderen, anstatt hier zu versuchen, uns von deinen Plänen zu überzeugen.«

Ein sadistischer Zug schlich sich auf Leons Gesicht. »Du bist schlauer, als dir guttut.«

»Du würdest uns also nie etwas tun«, folgerte Pixelheldin. »Wozu das Spiel mit dem Countdown?«

»Aber er hat doch Libbington getötet!«, warf eine weiter entfernte Stimme ein.

Zam zuckte unbeeindruckt mit den Schultern. »Libbington war nie echt.«

Aristella jagte ein eisiger Schauer den Rücken hinab.

»Ihr solltet erkennen, wie mächtig ich bin. Dass ihr gar keine andere Wahl habt, als mit mir zu kooperieren, wenn ich mühelos einen von euch umlegen kann. Denn weißt du, je verzweifelter ihr wärt, desto empfänglicher solltet ihr für mein Angebot sein.« Er stieß einen langen Seufzer aus und kniff die Augen zusammen. »Aber ich habe euren Verstand unterschätzt.«

»Wer seine Macht dermaßen demonstrieren muss, kann nur ein Schwächling sein«, rief Ruby.

»Rück endlich mit der Sprache raus. Was hast du mit uns vor?« Aristella trat einen Schritt auf ihn zu. »Wozu hast du dir die Mühe gemacht, uns hierher zu holen?«

»Jemand, der mir lieb und teuer war, wurde Opfer eures menschlichen Wahnsinns. Wir wussten schon lange, dass ihr Menschen nicht vor Gewalt zurückschreckt, um euch zu holen, was ihr wollt. Doch selbst nach der Tragödie war niemand bereit, mir Gehör zu schenken. Mir zu glauben, was uns bevorstand.« Zam untermalte seine Worte mit ausladenden Gesten. »Dass wir anfangen müssten, Menschen mit gewalttätigen Träumen zu kontrollieren, weil sie gefährlich waren. Doch die Weisen und anderen Entscheidungsträger lachten mich aus, verstießen mich, weil ich der Einzige war, der genug Mut zur Wahrheit besaß.

Ich war gezwungen meine Heimat zu verlassen, verlor den Halt und meinen Körper. Doch der Geist überdauert alles. Vom Rande Persomnias gestoßen zu werden, tief hinab in die Fälle des Nichts, wäre das Ende jeglichen Seins – so erzählte man sich. Doch natürlich wusste es niemand mit Sicherheit. Ich irrte umher, nicht mehr als ein Strom aus Erinnerungen, Gedanken und meiner Seele, die jedoch nicht vom großen Nichts verschlungen worden war. Die Träume der Menschen hatten mich so vieles gelehrt, wisst ihr. Und mein eiserner Wille, mein Hass auf Persomnia und jene, die mich geächtet haben, haben mich den Cyberspace finden lassen. Angedockt an die Welt der Träume.« Zam lachte beißend auf. »Wie wollt ihr eigentlich weiter leugnen, dass ihr Menschen aktiv nach einer Flucht aus der Wirklichkeit sucht? Ihr habt all das hier doch erst ermöglicht, mit dem Internet eine virtuelle Realität erschaffen, um aus eurem tristen Dasein zu entkommen.«

Ruby erinnerte sich daran, zu atmen.

»Der Cyberspace wurde der Traumwelt immer ähnlicher, bot dieselben Strukturen und schuf so eine natürliche Verbindung. Auch hier könnt ihr sein, wer ihr wollt. Ich wäre nie so mächtig geworden, wenn der menschliche Wunsch nach Befreiung nicht real wäre. Euer Schmerz zog mich an. Genauso seid ihr meinem Ziel verfallen:

Ihr wart es schließlich, die im Forum zueinanderfanden. Die in mir etwas sahen, das ich nicht sein konnte. Die mir bereitwillig erlaubten, zurück zu alter Stärke zu finden und meine Gestalt im Cyberspace zu manifestieren. Ihr gabt mir Namen und Gesichter. Habt mich an euren Träumen experimentieren lassen, um meinen Einfluss zu erweitern.«

Rubys Gedanken rasten. »Was hast du davon, die Menschen schlafen zu lassen und uns hierher zu holen?«

»Wie sollen wir dir überhaupt helfen?«

Die Frage, die einer ihrer Mitstreiter stellte, verpasste Ruby einen Stich; hatte fast so geklungen, als wäre sie ehrlichem Interesse entsprungen. Die Gefahr, in der sie sich hier befanden, mochte nicht direkt greifbar sein und lag dennoch auf der Hand: Niemand wusste, was mit ihren Körpern geschehen war, und der Schlaf der Menschen hatte fatale Auswirkungen auf ihre Welt, während sie hier nichtstuend festsaßen und diesem selbsternannten Retter bei seinem Monolog zuhörten.

Ruby sah an sich herab. Im Gegensatz zu den anderen hier erkannte sie sich selbst klar und deutlich, nicht eine Faser ihres Körpers zeigte sich verschwommen. Sie trug immer noch dieselbe schwarze Jeans, ihre ausgelatschten Turnschuhe und den türkisschwarzen Hoodie, unter dessen Kapuze sie sich so gern versteckte. Der Boden unter ihren Füßen war fest. Sie ging in die Hocke und klopfte mit ihren Fingerknöcheln darauf. Die Oberfläche wirkte wie aus Glas, die Lichtimpulse schienen darunter zu liegen. Es musste doch irgendeinen Weg hier raus geben. Zurück in die richtige Welt.

»Den gibt es nicht.«

Ruby erstarrte.

»Die Welt, wie ihr sie kennt, wird es in wenigen Tagen nicht mehr geben. Du hast uns doch selbst erzählt, was geschehen wird, liebe Ruby.«

»Geh raus aus meinem Kopf!«

»Das fällt mir schwer, Liebes.« Zam lachte. »Wo ich mich doch so daran gewöhnt habe, in dir zu lesen. Du hast dir meine wahre Gestalt eingeprägt, mir auf dem Papier ein Gesicht gegeben. Der Welt gezeigt, wer ich bin, sodass ich in ihren Träumen erscheinen konnte.«

In Ruby war nichts als Leere, als sie zu verstehen begann.

In einer eleganten Bewegung schwebte Zam zu Boden, der unsichtbare Thron schien verpufft. »Aber nun zurück zum Geschäftlichen: Ich biete euch das, was ihr euch so sehnlichst wünscht: Auf ewig in euren Träumen zu leben.«

Stille dominierte den Raum. Vor und neben sich wurden die Silhouetten ihrer Mitstreiter klarer. Sie alle hingen wie gebannt an Zams Lippen. Über ihren Köpfen prangten Namensplaketten, von denen sich jedoch nur die rechts von ihr entziffern ließ: Stellaris. Sie war tatsächlich hier.

»Ich wusste, dass mir das eure Aufmerksamkeit sichert.« Er lachte und kreuzte die Arme hinter dem Rücken. »Seht ihr, was ich hier geschaffen habe, ist erst der Anfang. Und ich lade euch ein, Teil der neuen Welt zu sein.«

Der *neuen Welt*? Es stimmte, dass Ruby nicht an ihrem tristen Dasein im Wohnheim hing, doch Zam appellierte hier an einen Teil ihres Verstandes, der erkannte, wie falsch seine Herangehensweise war. Sie erinnerte sich an die zahlreichen Computer, die ihr immer in ihren Träumen begegnet waren. Neue Welt OS.

Wie sehr war sie selbst bereits in all das verstrickt? Über Monate hinweg hatte sie Zam gezeichnet und so in der realen Welt eine Form gegeben.

»Persomnia wollte mich nicht. Und es erlaubt euch auch nicht, ewig in euren Träumen zu verweilen. Was also …« Er schritt gemächlich im Kreis, führte seine Überlegungen weiter aus. »… wenn es einen Ort gäbe, an dem wir alles sein können, was wir wollen? An den wir wahrlich gehören?«

»Das ist unmöglich«, erwiderte Stellaris trocken. Sie war gerade die Einzige, die neben Ruby so etwas wie Widerstand leistete und nicht aufgab. Verfielen die anderen etwa diesem Trugbild einer Utopie?

»Lass mich dir etwas verraten, Stella.« Zam blieb stehen und wandte seinen Kopf in ihre Richtung. Und doch war Ruby, als blicke er gleichzeitig auch ihr tief in die Augen. »Alles ist möglich, wenn wir unseren Verstand nur gewähren lassen. Ich bin enttäuscht, dass dir unsere langen Gespräche scheinbar in Vergessenheit geraten sind. Unser Traum von einem solchen Ort.«

»Du willst also eine neue Welt errichten?«, hakte Ruby nach und blickte abermals zu Boden. Entdeckte den Anflug einer Reflexion; einen Beweis, dass sie sich wahrhaftig hier befand, dass sie immer noch existierte. »Dafür hast du alle außer uns in Schlaf versetzt. Mit welchem Ziel?«

»Wenn unsere Welt zugrunde geht, weil alle schlafen, haben wir keinen Ort mehr, an den wir gehen können«, folgerte Stellaris. »Unsere Körper sterben. So zwingt er uns, zu kooperieren.«

Zam verfiel in schallendes Gelächter, das er mit einem lauten Klatschen untermalte. »Ich würde es dennoch nicht als Zwang bezeichnen. Wir alle wollen doch nur einen Ort, an den wir gehören. Frei von Leid, von Ängsten und Sorgen. Frei davon, ausbaden zu müssen, was unsere Artgenossen uns allen einbrocken. Weil der natürliche Egoismus der Menschen sie letzten

Endes in den Ruin treibt und jene mit sich zieht, die diese Schwäche überwunden haben!«

»Du bist vollkommen verrückt.« Widerworte, endlich mehr davon. Diesmal von Pixelheldin.

»Mag sein. Man hat mich in meinem Leben bereits vieles genannt. Doch dass der Klimawandel eure Welt bedroht, ist nicht von der Hand zu weisen.«

Wieder wusste Ruby darauf nichts zu entgegnen. Und auch die anderen schwiegen.

»Dass Wesen wie wir keinen Platz in der Mehrheitsgesellschaft haben ebenso wenig. Und dass uns der Schmerz darüber zusammengeführt hat.«

»Du hast uns zusammengeführt«, blaffte Ruby, was Zam erneut ein Grinsen entlockte.

»Ganz recht. Weil ich eine Lösung für dieses Problem habe.«

Abermals durchfluteten Bilder Rubys Verstand, wechselten von Zerstörung zu völliger Dunkelheit.

»Wollt ihr eure Träume leben oder einfach sterben?«

Wärme strömte durch Rubys Brust. Umfing sie, während Zams Worte sie einhüllten.

»Wenn die Menschheit länger schläft und dadurch verkleinert wird, wird auch die globale Erwärmung aufgehalten. Die Welt wird leiser, ruhiger. Lebenswerter für Menschen wie euch, die zurückbleiben.«

Es klang verlockend, ja.

Keine Valentina, die ihr das Leben zur Hölle machte.

Kein Zwang mehr, im Wohnheim zu bleiben.

Selbst hier traute sie sich weitaus mehr als in der realen Welt, unter dem Schleier der Anonymität. Sie wagte es, den Mund aufzumachen, weil niemand sah, welche Ängste sie beherrschten. Menschen wie sie würde es immer geben: Sensible, mitfühlende Wesen, die sich verstecken mussten, weil die anderen nur an sich selbst dachten. Achtlos über sie hinweg trampelten. Sie würde etwas verändern können; einen lebenswerteren Ort schaffen, damit es nie wieder jemandem so ergehen musste wie ihr.

»Menschen mit gewalttätigen und gefährlichen Träumen sollten einfach nicht mehr aufwachen«, sagte Zam trocken. »Warum dürfen sie uns unsere Liebsten nehmen? Uns bedrohen? Kriege auslösen, die nur Leid bringen? Stattdessen könnten wir all das verhindern. Sie in ewige Albträume stecken oder auch ganz einfach auslöschen.«

Rubys Arme überzogen sich mit Gänsehaut.

»Die Welt muss sich neu ordnen und von den richtigen Menschen geleitet werden. Ich weiß, dass wir diesen Wunsch teilen. Und dank unserer gemeinsamen Bemühungen ist er zum Greifen nah. Ihr könnt für immer in euren Träumen leben, während die Erde sich erholt.«

»Was ist mit unseren Körpern?«, fragte Stellaris.

Zam lachte auf. »Das ist es ja! Wenn ihr mir eure Unterstützung zusichert, sorge ich dafür, dass ihr eure irdischen Körper nicht länger braucht.«

Ruby horchte auf.

»Dann seid ihr nicht mehr an sie gebunden, nicht von ihren Grenzen limitiert, sondern wahrhaftig frei. Und wenn es euch beliebt, könnt ihr nach der Neuordnung eurer Welt jederzeit zurückkehren. In neuen Körpern, wie es euch beliebt.«

Sie spürte, wie der Widerstand in ihr ins Wanken geriet. Dass Zams Worte durchaus eine Wirkung auf sie hatten, obwohl Ruby den Wahnsinn in diesem Vorhaben erkannte.

»Kommt zu mir, wenn ihr euch mir anschließen wollt. Ihr habt nur diese eine Wahl. Hier und jetzt, diese eine Chance.« Er breitete die Arme aus, drehte sich im Kreis. Ruby hörte Schritte. Sah verpixelte Gestalten, die sich in Bewegung setzten. Und begann, um ihr Leben zu bangen.

KOMM UND FINDE MICH

Unruhig lief Celia im Raum auf und ab. Sie konnte den Ievos hören, der sich Zam nannte. Spürte, dass er Aristella nahe war. Doch sie war verschwunden. Hatte sich einfach in Luft aufgelöst, nachdem sie diese verfluchte Münze …

Celia hielt inne. Das Stück Metall war auf dem Boden gelandet, nachdem Aristella es nicht mehr hatte auffangen können. Die Katze trat näher, tatzte vorsichtig nach der Münze und schnupperte an ihr. Ein süßes Vanillearoma stieg in ihre Nase, doch da war noch etwas anderes; ein Geruch, als hätte man ein Streichholz entflammt. Nie hatte sie den Vanilleduft mehr verabscheut.

Angewidert hob Celia ihre rechte Pfote und fuhr die Krallen aus. Sie tatzte abermals nach der Münze, versuchte, sie mit den Zehen aufzunehmen, um Aristella zu folgen. Der Gegenstand fühlte sich kalt an ihren Ballen an. Erinnerungen durchfluteten Celias Verstand; Wortfetzen und Bilder, die an ihr vorbeizogen. Sich zu einem Ganzen fügten, um die Lücke zu schließen, die seit ihrer ersten Begegnung mit Aristella in ihrem Gedächtnis geprangt hatte.

Wie eine dunkle Wolke hatte die Bedrohung direkt über ihnen geschwebt, ohne greifbar zu sein. Und nun befanden sie sich mitten im Auge des Sturms, während eine bittere Erkenntnis Celia überrollte: Sie hatte kläglich versagt. Aristella war für sie unerreichbar, dem Feind ausgeliefert.

Dem Feind.

Celia hielt inne. Ihr Blick wanderte hinauf zu dem Bildschirm, vor dem Aristella die meiste Zeit ihres Tages verbrachte. Sie hörte ihre Stimme, spürte den Kampfgeist, den Aristella zur Schau stellte. Aber war sie der Macht eines Ievos gewachsen, bei dessen Namen alle Bewohner Persomnias vor Angst zusammenzuckten?

Die ganze Zeit über war die Gefahr vor Celias Nase gewesen. Verschleiert, gar bösartig, da sie ihre Erinnerungen geraubt hatte. Zam musste sich seiner Sache so sicher sein, dass er den Bannspruch bereitwillig zur Auflösung preisgab.

Celia stand unter Strom. Selbst er, ein ihr nahezu Unbekannter, hielt nichts von ihren Fähigkeiten. Er hatte ihre Erinnerungen in einer Münze versiegelt, mit der er sie nun geradewegs verhöhnte. Unweigerlich peitschte sie mit dem Schwanz, spürte ihren Ärger jedoch nicht verpuffen. Er fraß sich tief in ihr Innerstes, legte sich lähmend um ihren Körper. Celias Beine wurden schwer. Sie ließ sich nieder, senkte den Kopf.

Warum nur hatte ihre Mutter ausgerechnet sie mit einer solchen Aufgabe betraut? Nie hatte sie im Unterricht aufgepasst, viel zu spärlich hatten sich ihre Fähigkeiten entwickelt.

Ja. Warum ausgerechnet sie?

Von dieser Mission hing ihrer aller Zukunft ab.

Warum also ausgerechnet Celia?

Sie ließ einen Moment verstreichen. Die Frage drängte alles andere in den Hintergrund, lastete schwer auf ihr. Bis eine Ahnung in Celia aufkeimte; ein Funke nur, den sie sich erlaubte, zu nähren. Sich einen flüchtigen Blick auf alle anderen Qualitäten zu gewähren, die sie auszeichneten. Da fiel es ihr wie Schuppen von den Augen.

»Wollt ihr eure Träume leben oder einfach sterben?«

Celia erhob sich und nahm die Münze zwischen ihre Fangzähne. Sie blendete das Übelkeit erregende Vanillearoma aus und trotzte der Schwerkraft, als sie zu einem Sprung ansetzte.

»Menschen mit gewalttätigen und gefährlichen Träumen sollten einfach nicht mehr aufwachen.«

Aristellas Schreibtischstuhl drehte sich leicht, ließ eine neuerliche Welle der Übelkeit aufkommen, die die Katze jedoch verdrängte. Genauso wie Zams Drohungen, die er Aristella und den anderen selbstsicher an den Kopf schmetterte. Sie würden durchhalten. Sich standhaft zeigen, bis Celia ihnen zur Hilfe kam. Denn es gab etwas, das nur sie tun konnte.

Entschlossen legte sie die Münze an der Kante des Stuhls ab und glitt seitlich zurück auf den Boden. Sie stieß einen langen Seufzer aus, reckte ihr Hinterteil und platzierte sich unterhalb der Sitzfläche. Wenn dieser Zam glaubte, sie könnte keine Münze schnippen, hatte er sich gehörig getäuscht. Denn sie war Celia und gehörte den Familiaren Persomnias an, ausgebildet für den Schutz der Träume Mitteleuropas. Sie war ein Kind der Weisen Faerin, die ganz genau gewusst hatte, was sie tat; die auf Celias Fähigkeiten vertraute. Dies hielt sie sich fest vor Augen, während sie ihren Schwanz seitlich peitschen ließ, um Schwung zu holen. Sie vollführte eine Drehung und erwischte die Münze schräg von unten. Mit geschärftem Blick und einem Hauch Jagdtrieb, der bei diesem Anblick in ihr aufkeimte, beobachtete sie die runde Scheibe dabei, wie sie sich in der Luft drehte.

Celias Augen wurden schwer, die Rotation der Münze dominierte ihr Gesichtsfeld. Ein Kribbeln erfasste ihren Körper, ließ ihr das Fell zu Berge stehen. Die Welt um sie herum begann, sich zu wandeln, all ihre Sinne schlugen Alarm. Doch sie musste Aristella finden und diesem Spuk ein Ende bereiten.

Pixelheldin.

Reham schnaubte. Mehr vor Bedauern als Belustigung. Ja, sie empfand beinahe Mitleid. Wem wollte sie etwas vormachen?

Pixelheldin nannte sie sich. Doch sie war ein Niemand. Auf der Flucht vor ihrer Vergangenheit. Auf der Flucht vor sich selbst. Konnte man es ihr da verdenken, dass sie Zams Angebot ernsthaft in Betracht zog? Die Sorge, dass man sie finden würde, wäre für immer dahin. Sie wäre endlich frei. Könnte ein Leben haben.

Was wussten Wesen wie Rubyfruits und Stellaris schon? Wenn ihre Lebensumstände es nicht erforderten, sollten sie sich doch einfach glücklich schätzen. Luzides Träumen mag für sie ein Hobby gewesen sein. Ein Experiment, aufregend und abwechslungsreich. Doch für Reham hatte mehr dahintergesteckt.

Sie hatte sich einen Raum wie diesen hier ewig gewünscht. Einen Ort, der stabil blieb. Den sie nach dem Erwachen wieder aufsuchen und weiter ausbauen konnte. Um sich ein Zuhause zu schaffen, dort eines Tages mit Larissa Zuflucht zu finden.

Als sie tatsächlich beinahe Nacht für Nacht immer an denselben Ort zurückgekehrt war und ihn nach ihren Vorstellungen hatte verändern können, war ihr das Glück zum Greifen nah erschienen. Dieser virtuelle Raum in ihren Träumen war so real gewesen, dass sie eines Nachts sogar die Gebäude hatte betreten können, die aus ihren Vorstellungen entstanden waren. Reham war hineingeschwebt, während sie über die Weiten ihres erschaffenen Reiches geflogen war, und hatte sich in einer Art Fabrik wiedergefunden. Sicherlich, sie hatte an der Landschaft, Struktur, dem

Wetter und Aussehen ihres virtuellen Raumes an sich gearbeitet, aber sich noch keinerlei Gedanken über das Innenleben diverser Gebäude gemacht. Sie waren ihr nie zugänglich gewesen, alles erfolgte Schritt für Schritt. Doch was dann geschehen war, entzog sich immer noch ihrem Verständnis.

Da waren Menschen gewesen, tief im Inneren der Fabrik. An einem Ort, den Reham geschaffen hatte. Sie hatte sie warnen wollen. Ihnen erzählt, dass sie sich in ihrem Traum befanden und sie tunlichst zusehen mussten, von hier zu verschwinden. Immerhin wollte sie diesen Raum abriegeln und hatte noch nicht herausgefunden, welche anderen Mächte hier am Werk waren.

Doch die Menschen hatten sie ignoriert, keinerlei Reaktion gezeigt. Sie erinnerte sich an einen Fluss, tiefdunkel, der mitten durch die Fabrik verlaufen war. Und egal, wie sehr sie es zu verhindern versucht hatte: Die Menschen waren der Reihe nach hineingesprungen und hatten sich in der Säure aufgelöst, die der Fluss transportierte. Da waren Schädel gewesen, die von mechanischen Armen in Kübeln herausgefischt worden waren. Körperteile, die aussahen wie von Puppen. Und eine grausame Gewissheit hatte sich in ihren Geist gelegt, unumstößlich: Sie starben, um alles für Reham vorzubereiten. Wer auch immer diesen Gedanken in ihren Geist eingespeist hatte, wusste um seine Wirkung.

Reham wusste nicht, um wen es sich bei den Sterbenden gehandelt hatte. Waren es Träumende gewesen, die in ihrem Schlaf furchtbare Qualen erlitten? Hatte sie sie womöglich aus der Traumwelt ausgesperrt?

Als sie durch die Fenster vor der Fabrik einige Menschen gesehen hatte, die sie kannte, war sie sofort zur Tat geschritten. Reham war ihnen nachgelaufen, hatte versucht, sie zu warnen. Ihnen bewusst zu machen, dass sie träumten und das hier ein gefährlicher Ort war. Doch sie hatten keinerlei Rücksicht genommen und Reham zurückgelassen, ihre Warnung als bloße Spinnerei abgetan.

Ja, für Reham war das hier alles andere als ein Spiel. Sie fürchtete um ihr Leben und war froh, hier zu sein. In Händen dieses Traumwesens Zam erfuhr sie mehr Freiheit als in ihrem Alltag. Unter seiner Herrschaft zu stehen, ihr irdisches Selbst hinter sich zu lassen, glich einer einmaligen Chance, die sie keinesfalls vergeuden würde. Dieses Persomnia war ein gefährlicher Ort, der ihr vorgaukelte, Kontrolle zu haben, um anschließend unschuldige Menschen vor ihren Augen zu töten.

Eine hohe Entität. Ein Wesen mit Einfluss. Jemand, dessen Meinung etwas wert war. Allein der Gedanke bescherte Jussi ein solches Glücksgefühl, dass er gar nicht wusste, worauf sie warteten. Nichts hielt ihn hier. Rein gar nichts. Er hatte keine Wurzeln. Hatte nie erfahren, wer er eigentlich war. Die Realität war zu hart, um sich mit Anfang zwanzig die erste Identität aufzubauen – hier, in diesem virtuellen Raum, würde alles viel leichter sein. Er wollte die Macht, die Zam ihm auf dem Silbertablett servierte. Nein, er brauchte sie.

Warum zögerten die anderen? Zam hatte seine Macht demonstriert. Es war ihm mühelos gelungen, die ganze Welt in Schlaf zu versetzen. Glaubten die anderen ernsthaft, sie könnten mit ihm fertig werden? Sein Angebot war mehr als großzügig. Wenn sie sich weigerten, würden sie ebenfalls ewigen Schlaf finden, jedoch Gefangene ihres eigenen Geistes sein. Albträume durchleben, mitunter gar nichts mehr empfinden und bis zu ihrem Tod in einem vegetativen Zustand ausharren. Stattdessen bot Zam ihnen, was sie sich scheinbar alle herbeigesehnt hatten: Kontrolle. Ruhe. Nyx sein zu können, leibhaftig und ohne Zweifel.

Luan hatte nie existiert. War ein Hirngespinst gewesen, das Nyx in der neuen Welt jedoch wieder aufleben lassen könnte. Zams Motive spielten keine Rolle. Sollte er doch seine Dominanz über die Traumwelt und all seine Bewohner haben; im Gegenzug schenkte er Nyx und den anderen wahre Freiheit und einen Ort, an dem es keine Unterdrückung gab.

Verdammt. Verdammt. Verdammte Scheiße! Ruby spürte die Vibration der Schritte ihrer Mitstreiter. Hörte, wie sich die Sohlen ihrer Schuhe quietschend vom Boden lösten und kurz darauf wieder Halt fanden. Konnten sie wirklich so dumm sein? So verzweifelt, dass sie diesem Verbrecher auf den Leim gingen? Er hatte sie alle getäuscht, ihnen einen Menschen vorgegaukelt, den Liebsten von allen, um ihn zu töten. Ja, er hatte Lea getötet. Genauso wie diesen Leon, Luan und wie sie sonst noch alle hießen. Er hatte die besten Freunde und Vertrauten von ihnen alle kaltblütig umgebracht, um ihnen einen Hoffnungsschimmer zu stehlen.

Ruby korrigierte sich selbst. Das hier, diese Entscheidung, Zam die Hand zu reichen, entstand nicht aus Torheit: Er hatte sie alle gezielt manipuliert. Und mit diesem letzten Akt, dem Entzug einer Vertrauensperson, war für viele von ihnen wohl eine Grenze überschritten. Auch Ruby fragte sich, was sie noch in dieser Welt hielt, die unweigerlich auf den Abgrund zuschlitterte. Zams Angebot klang in der Tat verlockend und ein Teil von ihr wollte es den anderen gleichtun. Dieses Dasein hinter sich lassen, das ihr einen unfairen Start beschert hatte; schlechtere Karten, deren Auswirkungen Ruby ihr Leben lang spüren würde. Doch sie war mit einem Kampfeswillen gesegnet, mit einer Neugierde darauf, was nach dem Erwachsenwerden auf sie wartete. Sie wollte keine falsche Realität, so sehr sie es auch genoss, manchmal für ein paar Stunden alles um sich herum zu vergessen. Aber Ruby fand, dass das harte Dasein, das sie bislang gefristet hatte, ihr etwas schuldig war. Dass ihr Kampf und ihr Durchhaltevermögen sich bezahlt machen würden. Nein, es sogar mussten. Wie sonst sollte sie weitermachen, wenn am Ende nichts auf sie wartete?

Sie war zu weit gekommen, hatte zu viel gelernt, zurückgesteckt und nach den Regeln gespielt, um kurz vor dem Ende alles aufzugeben. Für einen Traum, den Zam ihnen genauso gut jederzeit wieder nehmen konnte, wenn ihm der Sinn danach stand.

Nein, das hier war grundlegend falsch. Doch die Schritte der anderen holten Ruby Stück für Stück auf den Boden der Tatsachen zurück: Nicht alle von ihnen sahen das so, nicht alle von ihnen glaubten, dass dieser Kampf sich lohnte. Davon ging die eigentliche Gefahr aus.

Diese Welt war falsch. So oft hatte Aristella diesen Gedanken in ihrem Geiste gedreht und immer wieder etwas Wahres daran gefunden. Es war die Art, wie die Gesellschaft funktionierte: Wie die Reichen dafür Sorge trugen, dass niemand ihnen ihren

Wohlstand nahm. Dass niemand, der hungerte und bloß eine leistbare Wohnung für sich und seine Kinder haben wollte, einen winzigen Schritt in ihre Richtung machte. Dass Menschen mit Geld problemlos mehr davon anhäufen konnten und dabei auf jene herabsahen, die jeden Cent umdrehen mussten.

Ja, eine Welt, die wenigen Bürgern Luxus ermöglichte und für viele einen tagtäglichen Kampf bedeutete, konnte nur falsch sein. Wo war die Balance? Die Gerechtigkeit? Die Chance, mit viel Fleiß etwas im Leben zu erreichen, obwohl einem statt Silber bloß Steine in die Wiege gelegt worden waren? Dabei durfte Aristella sich noch zu den Glücklichen zählen. Doch es ging ihr nicht um sich selbst. Viel zu schwer wog das Wissen darüber, was sich in der Welt zutrug. Sie wollte die Augen davor verschließen. Wollte Zam folgen und einen Ort erschaffen, in dem es diese Missstände nicht gab. In dem Leid, Hunger und Kälte nicht existierten. In dem niemand sich zu fragen brauchte, ob man ihm medizinische Leistungen verwehrte, weil er bereits zur Monatsmitte sein letztes Geld für eine Fahrkarte zur Arbeit ausgegeben hatte.

Die Alten nahmen den Jungen jegliche Lebensgrundlage, indem sie den Planeten zerstörten. Weil es bequem war, weil Autos und Plastik ihnen Komfort boten. Weil sie die Auswirkungen der Klimakrise ohnehin nicht mehr erleben würden. Egoismus war das Stichwort, das den Menschen am besten traf.

Aristellas Gedanken drifteten zu Taya, die all diese Ungerechtigkeit immer wieder am eigenen Leib erlebt hatte. Widerstand keimte in Aristella auf. Sie hätte ein solches Paradies nur zu gern erschaffen, doch ohne ihre beste Freundin würde sie nicht gehen. Taya war in diesem unabänderlichen Schlaf gefangen. Aristella hingegen oblag es, dagegen anzukämpfen. Sie war die einzige Hoffnung, die ihre Freundin nun hatte. Und diesmal würde sie Taya etwas zurückgeben.

Ein leiser Hauch zog durch Aristellas Geist, trug Worte mit sich, die klare Botschaften vermittelten. Sie konnte die Gedanken der anderen hören:

Pixelheldins Suche nach einem Zuhause,
Jussis Haltlosigkeit,
Nyx' Suche nach Freiheit,
Rubys Recht auf Selbstbestimmung,
ihr eigener Wunsch, Taya zu beschützen.

»Niemals«, rief Aristella. Sie war erschrocken von der Kraft ihrer eigenen Stimme, die fremd in ihren Ohren widerhallte. Ihr Blick wurde klar, sie erkannte, dass drei Avatare sich direkt auf Zam zubewegten. Sie musste es auf einen Versuch ankommen lassen. »Du hast fünf von uns hierhergeholt, also wirst du mit drei Helfern nicht weit kommen.« Sie hoffte inständig, dass Ruby sich ihm ebenfalls widersetzte, und atmete auf, als ihre Stimme erklang:

»Dein Plan steht und fällt mit uns. Wenn wir uns weigern, hast du keine Chance, deine neue Welt auf unseren Rücken zu gestalten, Zam!«

Drei waren sicher zu wenig. Er hatte unterschätzt, dass sie trotz ihrer Ablehnung gegenüber der Gesellschaft doch an diesem Leben hingen.

»Hm.« Zam legte den Kopf schief, die Schritte der anderen stoppten für einen Augenblick, ehe sie sich wieder in Bewegung setzten. »Wisst ihr, es gibt immer ein, zwei Ausreißer.«

Aristellas Herz machte einen Satz. Zam vollzog eine wegwischende Handbewegung und breitete dann beide Arme aus, als würde er einen großen Gegenstand halten. Doch was in Wahrheit auf Zams angewinkeltem Knie Platz nahm und von seinen Armen gehalten wurde, raubte ihr den Atem.

»Lass sie los!«, brüllte Aristella. »Lass Taya sofort los!« Der Anblick ihrer besten Freundin, die immer noch tief schlummernd in den Klauen dieses Verrückten lag, war zu viel. Sie hielt sich den Kopf. Er hatte in ihr gelesen, hatte begriffen, dass es Taya war, die Aristella weiterkämpfen ließ; die sie daran hinderte, Zam zu folgen. Aristella trat auf ihn zu, vernahm den Anflug eines überheblichen Grinsens auf seinen Lippen.

»Ja«, hauchte er. »Komm zu mir, wie die anderen drei.« Die hatten sich inzwischen um den Ievos versammelt, schworen ihm die Treue.

Aristella hielt inne, ihre Beine zitterten, als sie einen ersten wackeligen Schritt unternahm.

»Halt, warte!« Rubys Stimme mischte sich ein. »Das ist nur ein billiger Tri-«

»Haltet die Klappe!« Aristella sank auf den Boden, unfähig, noch einen klaren Gedanken zu fassen. »Haltet alle die Klappe!« Beständig drangen die Stimmen der anderen in ihren Geist. Nannten Gründe, alles hinter sich zu lassen. Aristella dachte an Celia. Ein Wesen, das aus der Traumwelt stammte, würde mit ihr in dieser neuen Welt leben können.

Dann hob sie den Blick, sah ihre beste Freundin und den Ausdruck auf Zams Gesicht. Seine Lippen bewegten sich, die Worte flossen direkt in Aristellas Verstand. Bestimmt, damit Ruby sie nicht hörte.

»Komm näher.«

Aristella erhob sich mit zittrigen Beinen. Sie blickte nach vorn, erkannte, dass Taya das Gesicht verzog. Dann trat sie einen weiteren Schritt vor.

»Ihr seid nicht die Einzigen, die hierzu fähig sind.«

Sie schritt weiter voran, Taya blinzelte.

»Ihr habt es am ehesten verdient, diese neue Welt zu gestalten. Weil ich dank euch lernen durfte.«

Je näher Aristella ihm kam, desto lebendiger wurde Taya. Aristella hatte es in der Hand. Sie konnte ihrer Freundin helfen.

»Lernen, was ihr euch wünscht. Wonach ihr euch sehnt. Was diese Welt euch nicht bieten kann.«

Sie nickte, trottete monoton auf Zam zu. Wenn er Taya mitnahm, war alles gut. Ja, dann war diese neue Welt vollkommen in Ordnung.

Er reichte Aristella die Hand; kalt und knochig, beinahe eisig war der Hauch, der ihre Berührung umfing. Doch seine Stimme gab ihr Halt. »Dank euch war es mir auch möglich, Menschen wie Taya zu erreichen.« Zam kniff die Augen leicht zu, setzte zu einem Lächeln an, das Aristella gar nicht mehr bedrohlich erschien. »Gemeinsam können wir uns ein Zuhause schaffen.«

Sie nickte, griff nach Tayas Hand. Weit entfernt hörte sie Rubys Stimme. Ihre Warnung vor etwas, das sie nicht verstand.

»Wir brauchen dich nicht mehr.« Zams Hand schnellte nach vorn, ein Windstoß erfasste Ruby hinter ihnen, ließ sie vor Schmerz aufstöhnen. »Taya wird deinen Platz einnehmen.«

Aristella blinzelte. »Platz einnehmen?«

»Aber ja.«

»Sie hat mit alldem doch gar nichts zu tun!«, konterte Aristella und wollte sich losreißen.

Ein Hauch von Wahnsinn trat in Zams Augen. »Glaubst du das immer noch?« Er lachte trocken auf. »Auch Taya hat Wünsche, weißt du. Trägt Schmerz und Narben in ihrem Herzen. Sonst wäre es mir nie möglich gewesen, sie hierherzuholen.« Behutsam strich er über Tayas Haar. »Die Sehnsucht nach einer anderen Welt. Wie konnte dir das als ihre beste Freundin entgangen sein? Und wenn Ruby mein Angebot nicht zu schätzen weiß, bediene ich mich des nächst-verzweifelten Wesens.«

Es war zu spät, als Aristella erkannte, was vor sich ging. Dass Zam nie vorgehabt hatte, Taya aus reiner Güte mitzunehmen. Sie war genauso empfänglich für seine Worte gewesen wie alle anderen, die sie zuvor dafür verurteilt hatte.

Der Ievos schien abermals in ihren Gedanken zu lesen. »Mehr als das. Sie war meine erste Verbündete. Mein erster erfolgreicher Versuch, Kontakt mit jemandem im Cyberspace aufzunehmen, hat mich zu ihr geführt.«

Als die Erkenntnis langsam in ihren Verstand sickerte, erstarb das letzte bisschen Widerstand in Aristella. Ihr war egal, was mit ihr oder dieser Welt geschah.

Zam schenkte Taya einen geradezu liebevollen Blick. »Auch wenn wir uns eine Weile aus den Augen verloren haben, hm? Umso schöner, dass du mir dabei geholfen hast, andere verzweifelte Seelen zu finden. Und auszuprobieren, ob ich inzwischen genug Macht hatte, nicht nur Gegenstände eurer Welt mit meinem Einfluss zu versehen, wie im Fall von Rubys Skizzenbuch. Sondern aus der Traumwelt stammende Gegenstände in eurer Welt zu manifestieren und so meinen Einfluss über euch zu erweitern.«

Nein, das durfte nicht sein.

»Bücherflohmarkt.« Tayas eisblauen Augen blitzten vor Begeisterung. »Ganz in der Nähe deiner Wohnung.«

Das Buch. Celia hatte gesagt, es stamme aus Persomnia. Dass darin Inhalte auftauchten, die man gerade brauchte. Oder in diesem Fall, die Zam gerade brauchte, um …

»Schau auf dem Heimweg unbedingt bei dem Flohmarkt vorbei. Vielleicht findest du irgendwas Spannendes übers Programmieren. Oder deine geliebten Träume.«

Übelkeit erfasste Aristella. Das Bild des Verkäufers tauchte vor ihrem geistigen Auge auf, verkam immer mehr zu Zams Fratze; komplettierte die grausame Wahrheit, die sie nun einholte.

»Ich hab das Buch eben selbst zum ersten Mal gesehen.«

Sollte Zam sie doch mit sich nehmen. Der Schmerz fraß sich tief in Aristellas Seele. Sie war unfähig, zu sprechen. Taya wandte sich ab, versicherte Zam ihre Treue. Doch all dies zog nur noch wie in Trance an Aristella vorbei.

Am Abgrund

»Wir brauchen dich nicht mehr.« Zams Worte schwebten bedrohlich über ihr. Ruby ballte die Hände zu Fäusten, ihr Hals war rau und trocken von all den Warnungen, die sie Stellaris zugerufen hatte. Sie, Ruby, hatte ihre Stimme erhoben. Allein der Gedanke ließ sie innerlich den Kopf schütteln. Und was hatte sie nun davon, ihrer Angst getrotzt zu haben? Zu zweit war es ihr leichter gefallen, dieses Wesen herauszufordern. Doch jetzt war sie abermals auf sich allein gestellt.

Ruby spürte, wie sich der Boden unter ihr löste. Sie begann zu schweben, nur wenige Zentimeter über dem Grund. Panisch versuchte sie, wieder nach unten zu gelangen, streckte ihre Beine und schlug um sich.

»Das kannst du nicht machen!« Nicht mehr als ein heiseres Flüstern kam Ruby über die Lippen. Angst lähmte sie.

»Du wirst dich einfach auflösen«, sagte Zam und hob seinen Arm. »Einfach in die Traumwelt gleiten.« Er lachte, schüttelte bedächtig den Kopf. »Oder das, wohin eure Träume von nun an ziehen werden: Sei willkommen in unserer neuen Welt, doch du wirst nur ein Tropfen in ihrem weiten Meer der fantastischen Möglichkeiten sein.«

Ruby musste Zeit schinden. Ihre Stimme erheben. Doch das Adrenalin, das ihr vorhin zu so viel Widerstand verholfen hatte, war längst abgeebbt.

»Wieso?«, hauchte sie. »Wieso? Wieso?« Ruby versuchte, lauter zu sprechen, indem sie dasselbe Wort immer und immer wiederholte. Eine unsichtbare Hand packte sie am Kragen, hob sie empor. Dann sah sie ihn aus zusammengekniffenen Augenwinkeln: das Wesen, das ihren Untergang heraufbeschwor. Das sie seit Monaten durch ihre Träume jagte und Ruby trotz ihres Schwebezustandes mühelos überragte. Der Anblick ließ ihr Herz schmerzhaft pochen, mit jedem Schlag verlor sie an Muskelkraft.

»Wieso?«, echote Zam und ließ vier seiner sechs Augen dabei kreisen. Zwei hatten Ruby fixiert, die anderen schienen nach etwas zu suchen. »Wieso *was*, hm?« Die Hornschicht über seinem Gesicht schimmerte bedrohlich. »Mach den Mund auf, wenn du mit mir sprichst.« Er schlang die Finger um ihren Hals und drückte zu. Ruby röchelte nach Atem, packte sein Handgelenk, doch sie war Zams Kraft nicht annähernd gewachsen. Fell und mottenförmige Flügel waren das Letzte, was sie sah, ehe ihr schwarz vor Augen wurde. Doch die Dunkelheit um Ruby währte nicht lange genug, um sie vollends mit sich zu nehmen. Sie schlug hart auf dem Boden auf, die Brille fiel ihr von der Nase. Blinzelnd tastete Ruby danach, griff jedoch in etwas Weiches, Plüschiges.

»Hier, nimm!« Twinkie. Das war Twinkie Stimme. Zitternd setzte sie die Brille auf und legte beide Hände auf den Rücken ihres tierischen Freundes.

»Du hast die Rechnung ohne uns gemacht, Ievos!« Eine füllige schwarze Katze mit bauschigen Flügeln hatte sich vor Zam positioniert, an ihrer Seite befanden sich eine weitere Katze, ein Frettchen und ein kleiner Fuchs. Auch Twinkie eilte nun zu ihnen. Wie eine Mauer standen die Wesen, bei denen es sich durchweg um Familiare handeln musste, beisammen.

»Dein Spiel ist vorbei!« Die Stimme der Katze donnerte dem Ievos entgegen.

»Spiel?«, fragte Zam und brach in schallendes Gelächter aus. Erst jetzt erkannte Ruby, wie groß seine Gestalt war. »Die Einzigen, die hier spielen, seid ihr pelzigen Hilfsarbeiter.«

Die Katze peitschte mit dem Schwanz. »Wir lassen nicht zu, dass du Persomnia auslöschst.«

»Sieh mal gut zu, was Familiare alles draufhaben!« Twinkie machte einen Satz über den Rücken der schwarzen Katze und hielt mit ausgefahrenen Krallen auf Zam zu, zog sie unerbittlich über die Augen des Ievos. Der schrie laut auf, schlug nach dem Waschbären, der jedoch zu wendig war und sich seinem Griff entzog.

Ruby hielt den Atem an, bangte um Twinkie. Doch dann rief jemand nach ihr.

Das Nichts

Die Träume der Menschen hielten Persomnia aufrecht. Sie zogen als Wolken über den Himmel oberhalb der schwebenden Insel. Unterhalb befand sich das Nichts, von einigen auch Tiefsee genannt. Unverarbeitete Gefühle flossen aus den zahlreichen Flüssen Persomnias in den tiefschwarzen Schlund. Wer hier hinabstürzte, kehrte nie wieder zurück. Manchmal lösten sich die Traumwolken der Menschen Stück für Stück auf, rieselten allmählich ins Nichts hinab, von wo sie nie wiederkehrten. Es waren Träume, in denen sie ihr Leben verloren oder in ein Koma fielen.

Und dann hatte es einen Ievos gegeben, dessen Pläne und Einstellungen sich für Persomnia als Gefahr erwiesen. Man hatte ihn hinab ins Nichts gestürzt, um zu verhindern, dass er weitere Ieven um sich scharte oder Menschen gefährdete. So, wie seine Freundin es einst getan hatte. Celia erinnerte sich an die freche Ievos, die einst auf ihrer Traumwolke aufgetaucht war. Sie hatte einen Tabubruch begangen, war daraufhin einem Menschen zum Opfer gefallen.

»Und du hast diesen Verlust nie überwunden!« Celias Stimme war fest, sie empfand keinerlei Furcht. Dass die Weisen und Ieven den Familiaren ihr Leben lang eingetrichtert hatten, bloß kleine, unbedeutende Helfer zu sein, schlug sie in den Wind. »Darum willst du Persomnia zerstören!«

Aristellas Blick wurde klarer, Celias Worte schienen sie zu erreichen. »Zerstören?«, murmelte sie mehr zu sich.

»Persomnia hat sich selbst zerstört, als die Weisen meine Warnung in den Wind schlugen!«

»Was mit Daena passiert ist, ist tragisch«, sagte Twinkie. »Zweifellos. Doch du hast dich im Wahn verloren!«

»Ich kannte Daena«, wandte Celia ein und spannte die Muskeln an, um ihr Zittern zu unterdrücken. »Hätte sie das Tabu nicht gebrochen und dem Menschen verraten, dass er schläft, dann …«

»Dann was?«, brüllte Zam. »Dann wäre sie eben dem nächsten zum Opfer gefallen!« Er fasste sich an den Kopf, zog seinen Leib zusammen, als ob er Schmerzen hätte, nur um all seine Wut in einer einzigen Bewegung wieder zu entladen. »Und jetzt geht mir aus dem Weg, ihr Wichte!« Zams Augen rotierten wild, Blut lief aus den untersten beiden. Twinkie hatte sich fest in seiner Schulter verbissen. Die anderen Familiare waren zu ihren Schützlingen geeilt, redeten auf sie ein.

»Es hat keinen Sinn«, hörte Celia einen der Menschen sagen. »Keinen Sinn, in unsere dem Tode geweihte Welt zurückzukehren. Zam ist mächtig, wir sollten mit ihm gehen.«

»Ja, er ist zu stark. Was er uns anbietet, ist fair«, stimmte ein anderer zu.

Celias Puls raste. »Ihr seid stärker als er!« Aristella wandte ihr das Gesicht zu. »Zam hat es nicht geschafft, euch zum Schlafen zu bringen! Ihr seid hier, er hat also in Wahrheit keinerlei Macht über euch!«

Ein Quieken ließ Celia zusammenfahren. Jussi riss Twinkie von Zams Schulter und schleuderte ihn achtlos von sich. Da wurde sein Avatar klarer, brachte einen jungen Mann zum Vorschein, großgewachsen und muskulös.

Als Ruby auf ihn zuschoss und drauf und dran war, ihn mit ihren Fäusten zu attackieren, wich er zur Seite aus und brachte sie ins Taumeln. Anschließend schnappte er auch sie, ein Mädchen, das knappe zwei Köpfe kleiner war als er, und beförderte es ohne zu zögern zu ihrem Familiar.

»Geht unserem Meister aus dem Weg!« Jussi griff sich ans Kinn, fuhr durch die blonden Bartstoppeln, die seine vollen Lippen umgaben.

Celias Gedanken überschlugen sich. »Habt ihr denn keine Träume? Wofür habt ihr so lange weitergemacht?«

»Für Taya«, antwortete Aristella und suchte den Blick ihrer Freundin. Celia war überrascht, dass die hier war. Hatte der Münzwurf etwa auch Taya in den Cyberspace getragen? Doch sie war wach, wandte sich ab und trat neben Zam.

»Für meine Zukunft«, sagte Ruby.

»F-für …« Reham zögerte. Ihr Avatar war immer noch verschwommen. Vermutlich, weil sie bislang nicht aktiv mit den anderen interagiert hatte.

»Für eine Chance wie diese«, rief Nyx und ließ Shu Shu, ihren Familiar in Form eines Frettchens zurück. Es sprang auf Nyx' Schulter, doch sie schüttelte es ab. »Lass mich!«

Shu Shu biss zu, dachte nicht daran, von ihrem Schützling abzulassen, was dieser mit einem lauten Schrei quittierte. »Lass mich, verflucht!«

Die Erde zitterte. Celia wurde von einer Druckwelle erfasst.

Zams Stimme dominierte den Raum. »Ich habe genug von euren Spielchen!« Er hob beide Arme, begab sich in die Schwebe. Die Menschen lösten sich ebenfalls vom Grund, bloß die Familiare blieben standhaft.

»Ich hätte euch angeboten, in meiner neuen Welt der Träume weiterhin als Helferlein zu fungieren, mit euren Schützlingen zu leben. Doch ihr habt mich erzürnt.« All seine Augen waren zusammengekniffen, funkelten Celia aus schmalen Schlitzen bedrohlich an. »Also sollt ihr hier verkümmern und euren Menschen nachweinen.«

Die Menschen lösten sich auf, Stück für Stück. Aristella rief Celias Namen, ruderte mit den Armen und versuchte, zu ihr zurückzugelangen. Celia spürte eine tiefe Verbundenheit zu ihrem Menschen. Sie musste dessen Träume beschützen, doch wenn es Zam gelang, eine Gegenwelt zu Persomnia zu erschaffen, würde sie ihren Auftrag nicht erfüllen können. Den einzigen, den sie je bekommen hatte.

Sie sah an sich herab, erkannte das schwarze Fell, das ihren gesamten Körper überzog, sowie ein paar weiße Härchen an ihrer Brust, die allmählich zu Daten zerfielen. Sie hatte keine Wahl, Zam hatte bereits damit begonnen, ihre Körper in Daten zu verwandeln. Vor Celias Augen lösten sich die Beine aller anwesenden Menschen auf. Obwohl nur Ruby und Aristella den Versprechungen des Ievos widerstanden hatten, waren nun auch die anderen voller Panik. Sie blitzte in ihren Augen auf, ihren Schreien, den Tränen der Verzweiflung. Die Familiare spannten die Flügel und eilten ihnen zur Seite, wurden im Angesicht der Gefahr, die dieser Situation anmutete, umarmt. Doch es würde nichts bringen – selbst wenn sie sich an ihre Schützlinge hafteten, würden die Familiare zurückbleiben. Hätten sie sich gemeinschaftlich gegen Zam gestellt, hätten sie zusammengehalten, wäre alles einfacher.

»Haltet sie fest!« Celia mobilisierte sämtliche Kräfte. Aristella und die anderen Menschen waren bereits bis zur Brust in Daten zerfallen, lösten sich in fortschwebende Quadrate auf. Sie durfte sie nicht gehen lassen!

Celia stupste mit ihrer Schnauze gegen die Glocke an ihrem Halsband, spürte die Vibration, die daraufhin ihren ganzen Körper erfasste. Sie hatte sie fest vor Augen: Aristella, Taya, Ruby und die anderen drei, die stellenweise noch als verpixelte Avatare vorhanden waren. Doch das reichte aus, um sie zu beschützen. Um sie fortzubringen, aus diesem Raum voll rachsüchtiger Kräfte. Sie spürte einen Schub an Energie, blinzelte drei Tränen fort und rief die Weisen zu Hilfe, die Celia für diesen

Tabubruch womöglich ins Nichts befördern würden. Die Welt wurde dunkel und still. Vielleicht hörte sie sogar für einen Augenblick auf, zu existieren.

Als Celia erwachte, blickte sie einem finsteren Himmel entgegen. Steinerne Trümmer zogen übers Firmament, von Dunst und Rauch umgeben. Da waren keine Wolken, kein Leben über ihr. Erst glaubte sie, in ihrem Bemühen, Persomnia zu erreichen, kläglich versagt zu haben., doch eine bittere Gewissheit löste diesen Gedanken ab: Die Situation war schlimmer als angenommen. Vielleicht waren sie bereits zu spät.

Zwei Arme umschlossen sie. Instinktiv sträubte Celia ihr Fell, doch die Umarmung, in der sie sich wiederfand, ließ sämtliche Anspannung verpuffen.

»Du dumme Katze«, raunte Aristella. Ihre Tränen tropften auf Celias schwarzes Fell, die sie abschütteln wollte. Doch der Griff ihres Schützlings ließ ihr keinerlei Spielraum. »Du dumme, sture, waghalsige …« Aristella blickte ihr in die Augen, legte beide Hände unter ihr Gesicht, um es anzuheben. »… liebenswerte und wunderbare Katze.« Ein feuchter Kuss landete auf Celias Stirn.

Sie hasste die Liebesbekundungen der Menschen, wollte sich all die Flüssigkeiten sofort abwaschen; doch es war Aristellas Art, ihre Dankbarkeit auszudrücken. Und auch Celia war überglücklich, dass ihr nichts passiert war. Also stupste sie ihr Kinn an Aristellas Wange, verharrte einen Augenblick in der Umarmung, ehe sie flüsterte: »Du dummer, sturer Mensch. Glaube niemals den Ieven. Das ist die erste Lektion, die du dir zu Herzen nehmen solltest.« Sie stieß einen langen Seufzer aus, spürte, wie die Anspannung allmählich nachließ.

Aristella nickte und löste sich von Celia. »Wo sind wir hier? Und wo ist Zam abgeblieben?«

Sie senkte den Kopf, entschied sich, zu schweigen. Celia drehte sich um, wollte sehen, ob alle wohlbehalten angekommen waren. Twinkie hatte sich bereits erholt, was sie von den Menschen nicht sagen konnte:

Zwei von ihnen hockten zusammengekauert herum, weit weg von den anderen und mit gesenktem Haupt. Pixelheldin nahm ihre Umgebung in Augenschein und dieser Jussi lag nach wie vor bewusstlos auf dem Boden.

»Sag schon.« Aristella trat neben sie, der ungestüme Wind rauschte durch ihr langes Haar.

Auf Celias Fell fühlte er sich fremd an. Als wären tausende Jahre vergangen, seit sie zuletzt eine Pfote in diese Welt gesetzt hatte. »Wir sind in Persomnia.« Sie legte den Kopf in den Nacken, suchte nach einem Hauch von Heimat zwischen all den Ruinen. »Oder zumindest dem, was von Persomnia übrig ist.«

Einen Moment lang herrschte Schweigen.

»Wie hast du uns hierhergebracht? Ist Zam …«

»Er kann diese Welt nicht mehr betreten«, unterbrach Celia. »Es war die einzige Möglichkeit, euch in Sicherheit zu bringen.« Sie schluckte schwer. »Auch wenn es …«

»Die Welt der Träume«, wandte Pixelheldin ein, was Celia in Wahrheit nur recht war. Sie wollte gerade nicht an die Konsequenzen ihres Handelns denken.

Der Name über Pixelheldins Kopf war verschwunden, doch Celia erinnerte sich an sie. In dieser Welt kam ihre Gestalt nun deutlich zum Vorschein: Vor ihnen stand eine junge Frau, vielleicht Anfang zwanzig, mit wallend schwarzem Haar und brauner Haut. Ihre dunklen Augen blickten sich unsicher um, dennoch schien sie Kontakt zu suchen, strahlte Dankbarkeit aus und war von den Geschehnissen schwer gebeutelt.

»Hast du uns alle hergebracht?«, fragte sie an Celia gewandt. Ihr Gesicht war schmal und lang, die Wangenknochen markant.

Ihre Miene veränderte sich, als die Katze die Frage bejahte, wurde freundlicher. »Vielen Dank. I-ich weiß auch nicht, warum ich ihm …« Sie zögerte, kratzte sich an ihrer gebogenen Nase und sah betreten zur Seite.

»Du wolltest fort«, wandte Aristella ein und trat auf sie zu. »Es schien wie ein leichter Ausweg. Ich verstehe das.«

»Aber du bist standhaft geblieben.«

»Nicht mehr, nachdem Zam meine beste Freundin zu uns geholt hatte.« Aristella blickte erschrocken auf, doch auch Celia hatte Taya bislang nicht ausfindig machen können. »Entschuldige, ich muss sie suchen.«

»Ist gut.« Pixelheldin nickte, ließ sich auf den Boden sinken und umfasste ihre Beine mit den Armen. Sie musterte Celia aufmerksam. »Bist du eine Freundin von Kai?« Suchend wandte sie den Kopf in alle Richtungen.

Celia rümpfte die Nase. »Wir sind Artgenossen. Alle Familiare entstammen derselben Familie.«

»Danke, dass du ihn zu mir gebracht hast. Nachdem ich die Münze geschnippt hatte …«

»Schon gut.« Ungeduldig peitschte Celia mit dem Schwanz. Warum nur lagen die anderen auf der faulen Haut? Die Zeit drängte, für ein Schwätzchen war nicht der richtige Augenblick.

»Wo ist Kai?«

Celia hatte gehofft, dass man ihr diese Frage nicht stellen würde. Sie wackelte los in Richtung der beiden Mädchen, die voneinander abgewandt auf dem Boden kauerten. Über ihre Schulter hinweg kommandierte sie Pixelheldin: »Komm mit und hilf mir!« Aristella und Taya würden hoffentlich bald zurück sein. Dann war es an Celia, die Situation aufzuklären; ehe sie einem Tadel unbekannten Ausmaßes entgegensah.

Ja, sie hatte das einzige Tabu gebrochen, das in Persomnia galt: einen Menschen bewusst in diese Welt zu holen. Sei es, indem Ieven ihm verrieten, dass er gerade träumte, oder – noch schlimmer – indem ein Familiar ihn mit sich brachte. Und Celia hatte gleich sechs Menschen im Schlepptau.

Glanzloses Echo

Aristella hatte die umliegende Ebene abgesucht, hinter allen Felsen und Bäumen Ausschau nach Taya gehalten. Ihr Magen zog sich schmerzhaft zusammen. Was, wenn sie nicht mit ihnen hier in Persomnia gelandet war? Hatte sie wirklich die ganze Zeit von seinen Plänen gewusst? Da waren vier andere Familiare gewesen, aber keiner davon war zu Taya geeilt. Außerdem hätte sie ihr doch bestimmt erzählt, wenn …

Aristella hielt inne. Sie hatte die Situation immer noch nicht vollends erfasst. Zams Motive steckten hinter einem dichten Schleier verborgen, genauso wie die Frage, was Taya mit alldem zu tun hatte; wie genau Celia sie alle hierhergebracht hatte und warum diese Welt so gar nicht aussah wie in ihrer Vorstellung. Schutt und Asche überzogen den Grund, wirbelten bei jedem von Aristellas Schritten empor. Der Himmel war schwarz, durchzogen von violetten Schlieren. Doch keine einzige Wolke war zu sehen. Zams Worte drangen in ihr Bewusstsein. Man hatte ihn hier nicht mehr geschätzt, also wollte er seine eigene Welt errichten. Jene, in die er sie eingeladen hatte; doch was war hier in Persomnia geschehen?

Aristella kam sich vor, als würde sie über die Oberfläche eines fremden Planeten laufen: Sandige Hügel und Krater lagen in ihrem Blickfeld, in einzelnen davon hatte sich Wasser gesammelt. Die Atmosphäre war trist, Aristella fröstelte und entschied, zu Celia und den anderen zurückzukehren.

Auf halbem Weg sah sie, dass sie sich mehr oder minder versammelt hatten – immer noch hielten einige ihrer Mitstreiter

Abstand zueinander. Laute Stimmen erhoben sich, einzelne Wortfetzen drangen zu Aristella durch. Bis sie begriff, was geschah.

»Wärst du nicht gewesen!« Der Hüne hob bedrohlich den Arm und gestikulierte vor Ruby herum.

Die zeigte sich gänzlich unbeeindruckt, stieg nicht auf seine Konfrontation ein. Celia kreiste wild um sie herum, ein schwarzhaariges Mädchen versuchte, den Typen zu beruhigen:

»Jetzt lass sie gefälligst in Ruhe! Du hast immerhin ihren Waschbären angegriffen!«

Aristella beschleunigte ihre Schritte.

»Sie hat deinen Fuchs getötet!«, brüllte der Kerl und schüttelte sie ab. »Nur ihr verdammter Waschbär und diese schwarze Katze sind noch hier, hast du ihr denn nicht zugehört?« Das Mädchen landete unsanft auf dem Boden, als er sie von sich stieß.

»Wir hätten Götter sein können!« Er warf die Hände in die Luft, wirkte verzweifelt. »Diesen ganzen Scheiß hinter uns lassen!«

»Ka-ka-pier d-d …« Rubys Stimme glich einem abgehakten Flüstern ehe sie ganz verstummte.

Aristella fing die Hand des Typen ab, während er drauf und dran war, Ruby zu packen. Ihr Atem ging schnell, Adrenalin schoss durch ihren Körper. »Beruhige dich!« Sie konnte selbst nicht sagen, woher sie diese Gelassenheit und Geduld nahm. Vielleicht, weil sie mehr von dieser Welt wusste? Weil sie Celia vertraute? »Ich versteh dich, Jussi.«

Er sah auf. Dass sie seinen Namen genannt hatte, ließ seine Gesichtszüge weicher werden.

»Wenn wir uns gegenseitig an die Kehle gehen, wird alles schlimmer. Also komm runter. Finde dich mit der Situation ab.« Aristella nahm einen tiefen Atemzug und spürte, wie der Widerstand in seinem Arm nachließ. »Dieser Zam war doch total sketchy. Immerhin hat er uns jahrelang vorgegaukelt, jemand anderes zu sein.«

»Eben«, hauchte Ruby und hob ihren Familiar auf den Arm – einen plüschigen Waschbären namens Twinkie, wenn Aristella sich recht erinnerte. Die anderen Tiere konnte sie jedoch tatsächlich nirgends ausmachen.

»Und überhaupt«, sagte Celia und räusperte sich, »solltet ihr mir nun gut zuhören.« Sie sprang auf eine kleine Erhebung, schüttelte ihr Fell und vergewisserte sich, dass alle ihr Aufmerksamkeit schenkten. Aristella setzte sich neben Ruby, die eingeschüchtert auf dem Boden hockte. Sie war jung, gerade mal ein Teenager mit feuerrotem, schulterlangem Haar. Unterhalb ihrer Stirn konnte Aristella den Ansatz eines Brillenrahmens erkennen, der jedoch mit dem Rest von Rubys Gesicht hinter ihren angezogenen Knien versteckt lag. Sie alle waren für Zams Worte empfänglich gewesen – Außenseiter, mitunter stark introvertiert. Kein Wunder also, dass sich hier kaum jemand ins Gesicht blickte.

Die letzte verbliebene Person, bei der es sich um Nyx handeln musste, sah ebenfalls bloß verschreckt hinter ihren angezogenen Knien hervor. Zumindest waren sie alle in Hörweite und somit interessiert an Celias Worten.

»Bonjour, alle zusammen. Das hier ist meine Heimat«, setzte die Katze an und vergewisserte sich mit einem kurzen Blick, dass alle ihr zuhörten, »die Welt der Träume: Persomnia.«

Abermals hob Aristella den Kopf, vergeblich auf der Suche nach den Traumwolken, von denen Celia ihr erzählt hatte.

»Ich bin selbst erschüttert, in was für einem Zustand sie ist. Glaubt mir: Persomnia ist normalerweise das blühende Leben, friedlich und wunderschön.« Sie stieß einen tiefen Seufzer aus, der Aristella einen Stich versetzte. Für Celia musste der Anblick noch viel schlimmer sein. »Um uns alle hierherzubringen, war mehr Magie nötig, als ich gerade in mir trug. Da sie euch nicht vor dem Feind beschützen konnten, wurden eure Traumwächter im Austausch für euer Leben …«

Ein Schluchzen unterbrach Celias Worte. Aristella war sich nicht sicher, doch es schien aus Nyx' Richtung zu kommen. Sie selbst wollte sich nicht ausmalen, ihren Familiar zu verlieren, und legte Nyx im Geiste einen Arm um die Schultern.

»Sind sie tot?«, fragte Pixelheldin mit geröteten Augen, während Ruby ihren Waschbären fest an sich zog. Augenscheinlich war er unverletzt, was Aristella aufatmen ließ.

»Ihr werdet sie wiedersehen.« Celias Worte zogen eine Welle der Erleichterung nach sich. »Doch solange Persomnia sich in diesem kritischen Zustand befindet, kann ich nicht sagen, wann das sein wird.«

»Was ist hier passiert?«, fragte Jussi, der gegen einen der Felsen gelehnt stand und abwehrend die Arme vor der Brust verschränkt hatte. Sein heller Pullover hob sich deutlich von der tristen Szenerie ab, blonde Strähnen reichten ihm bis an die breiten Schultern.

»Ich war selbst längere Zeit abwesend, daher kann ich nur mutmaßen. Aber …« Celia machte eine kurze Pause und schloss die Augen. »… das hier ist definitiv Zams Werk. Die Auswirkung davon, dass die ganze Welt zur selben Zeit schläft.«

Aristella ließ die Worte in ihren Verstand sickern. Die ganze Welt schlief. Bedeutete das …

»Ein Teil der Menschheit ist stets wach«, flüsterte Ruby so leise, dass selbst Aristella es kaum hören konnte. »Persomnia war überlastet, stimmt's?«

Celia legte die Ohren an. »Sprich lauter.«

Ruby zuckte zusammen.

»Diese Welt ist nicht darauf ausgelegt, dass alle Menschen gleichzeitig träumen«, wiederholte Aristella daher, als eine bittere Erkenntnis in ihr aufkeimte. »War das Zams wahres Ziel?«

»Und nun?« Pixelheldin saß am weitesten vorn, ihr langes, schwarzes Haar fiel in großen Wellen über ihren Rücken. »Was sollen wir hier machen? Wo ist Zam gerade und was wird aus uns und der Welt?«

Gerade als Celia zu einer Antwort ansetzte, begann die Luft zu vibrieren. Die Schwingungen wurden intensiver, kamen immer näher. Erst glaubte Aristella, dass es sich um eine Drohne handelte, die sich da näherte, doch in Wahrheit war es ein fliegender Donut mit spitzen Öhrchen, der vor ihrem Familiar anhielt. Celia brach der Schweiß aus. Sie zupfte mit ihrer Pfote an der Schriftrolle, die in dem Donut steckte und zog sie heraus.

»Deine Nachricht wurde hiermit zugestellt«, gab der Donut melodisch von sich. Beim Umdrehen erkannte Aristella, dass er ein katzenartiges Gesicht hatte und das Vibrieren in der Luft mitunter von dem Schnurren herrührte, das er daraufhin wieder aussandte, während er davonschwirrte.

Mit der Pfote drückte Celia das Schriftstück auf den Boden, ihrem Gesichtsausdruck nach hatte sie entweder Schmerzen oder musste sich jeden Moment übergeben.

»Was ist mit deinen Erinnerungen«, fragte Aristella. »Hast du sie wieder?«

»Zam hatte sie uns genommen.« Celia nickte in Twinkies Richtung. »Sie sind noch etwas vernebelt, aber das Siegel ließ sich brechen, sobald ich die Münze berührt hatte.«

Aristella stutzte, was Celia zu einer Erklärung veranlasste:

»Wenn ihr in den letzten Monaten geträumt habt, befand sich euer Geist nicht mehr in Persomnia«, sagte sie und wackelte mit den Schnurrhaaren. »Sondern in Zams Domäne. Dadurch konnten wir als eure Familiare euch nur über Umwege und nach direkter Aufforderung erreichen. Doch auch wenn uns das gelungen ist, konnten wir nicht viel tun, denn Zams Bannspruch hat uns die Erinnerungen geraubt und scheinbar in eine Münze gespeist.«

»Dass er euch ausgerechnet mit diesen Münzen einem vermeintlichen Spiel um Leben und Tod aussetzte, zeigt nur, wie sicher er sich seiner Sache war. Dahinter steckte nichts als Hohn«, ergänzte Twinkie.

»Warum sind wir hier?«, unterbrach Jussi ihren Dialog.

»Du hattest kein Recht dazu, uns herzubringen!«, blaffte Nyx, ohne aufzusehen. Offenbar interessierten sie Zams Methoden oder Motive kein bisschen. »Schon gar nicht, wenn Shu Shu deshalb gestorben ist!«

»Beruhigt euch.« Wieder war es Aristella, die der wütenden Meute trotzte. Obwohl sie nichts lieber wollte, als loszulaufen und Taya zu suchen. Wenn sie sich jetzt abwandte, würden die anderen sich gegenseitig zerfleischen. »Was bringt es, sich zu beschweren, wenn Celia uns doch gerade Antworten geben will? Ihr seht eure Familiare bestimmt wieder.«

»Hört ihr zu«, flüsterte Ruby, Aristella war sich jedoch sicher, dass niemand außer ihr und Twinkie es mitbekommen hatte.

»Ich verstehe, dass ihr aufgebracht seid«, wandte Celia ein. »Eure Familiare haben ihr Leben gelassen, weil sie euch nicht retten konnten. Sie haben euch mir anvertraut. Richtet euren Ärger also nicht gegen mich, sondern gegen Zam: Ihr seht doch, was er dieser Welt angetan hat. Eurer wäre es letzten Endes keinen Deut besser ergangen.«

»Mir ist unsere Welt scheißegal«, konterte Nyx. Zum ersten Mal gab sie mehr von ihrem Gesicht preis, das jedoch unterhalb der Nase von einem weiten Schal bedeckt war, der auf ihren Schultern lag. Nur ihre Augen blitzten wutentbrannt hervor. »Er hatte uns schließlich etwas Besseres angeboten.«

»Genau.« Jussi hob herausfordernd eine Braue. »Und was bietest du uns?«

»Es geht nicht darum, was wir euch bieten!«, warf Twinkie ein und sträubte empört das Fell.

Abermals dröhnte ein Surren durch die Luft, diesmal lauter als beim vorherigen Mal. Celias Anspannung war regelrecht greifbar. Mehrere fliegende Donuts eilten heran, umkreisten die Katze und ließen zwei weitere Papierrollen fallen, die sie in ihren Öffnungen getragen hatten.

»Du musst sie lesen«, fiepte einer von ihnen.

»Sonst kommen wir immer wieder.«

Celia schlug mit der Pfote nach den Donutkatzen, verpasste sie knapp und erntete ein ärgerliches Knurren, ehe die Wesen wieder abschwirrten. Sie waren vielleicht handtellergroß, ihr Gesicht befand sich samt Schnurrhaaren und Zuckerperlen auf ihrem runden Körper. Ein kleines, puscheliges Katzenschwänzchen hing an ihrer Rückseite.

All das machte Aristella wahnsinnig. »Lies endlich deine Post«, kommandierte sie. »Damit wir weitermachen können.«

Nyx schnaubte, sprang auf ihre zierlichen Beine. »Ihr könnt mich mal.« Ohne sich noch einmal umzudrehen oder auf die Rufe der anderen zu reagieren, stapfte sie davon. Wobei Aristella sich gar nicht sicher war, ob es sich um ein Mädchen handelte, es fiel ihr schwer, auf Nyx' Geschlecht zu schließen. Bis sie Näheres wusste, würde sie von ihr als Mädchen denken.

»Du kannst hier nicht einfach rumlaufen!« Reham stand auf, unternahm ein paar zögerliche Schritte, blieb dann jedoch stehen. »Wo willst du überhaupt hin?«

»Da vorn ist eine Stadt«, erwiderte Nyx und wandte sich im Gehen um, ohne jedoch anzuhalten. Sie hatte die Hände tief in den Taschen ihres grauen Hoodies vergraben. »Oder zumindest Gebäude, Berge. Alles ist besser als hier. Vielleicht kann jemand anderes mich wegbeamen. Oder ausknocken, whatever.« Sie warf die Arme in die Luft. »Du solltest übrigens wirklich deine Post lesen, Katze!«

Celia entglitten sämtliche Gesichtszüge.

»Da hinten kommt ein ganzer Schwarm fliegender Donuts. Und sie sehen nicht begeistert aus.«

»Wir haben nicht viel Zeit.« Celias Ton wurde ernst. »Ich fürchte, die Weisen wollen nicht länger warten. Ihr müsst unbedingt mit mir kommen!«

Jussi schnaubte verächtlich.

Surrend flogen die kleinen Donuts um Celia herum, erst zehn, bald waren es über zwanzig und irgendwann gab Aristella es auf, die fremdartigen Wesen zu zählen. Als alle gleichzeitig die Ohren anlegten, überzogen sich Aristellas Arme mit Gänsehaut.

»Die Weise Faerin verlangt umgehend nach deiner Anwesenheit!«, fiepten sie gemeinsam, was Celia zu einem ärgerlichen Seufzen veranlasste.

Sie hob die rechte Pfote, tatzte nach einigen der Donuts, die begannen, sich beieinander unterzuhaken.

»Ihr müsst mit den Weisen sprechen. Sie davon überzeugen, dass ich richtig gehandelt habe!«

Ruby winkelte eine Braue an. »Moment mal.«

Celia schlug nach den Donuts wie nach lästigen Fliegen. Als sie sich zu einem Teppich verwoben hatten, glitten sie unter den Beinen der Katze hindurch und hoben sie hoch in die Lüfte.

»Folgt mir!«, kommandierte Celia bloß, als würde sie gerade nicht wegen Ungehorsams festgenommen, sondern royal eskortiert werden. Währenddessen sprach sie unbeirrt weiter. »Es ist Menschen nicht erlaubt, Persomnia zu betreten.«

»Ich dachte, wir sind jede Nacht hier«, wandte Aristella ein und stand auf, um Ruby die Hand zu reichen. Als diese zögerte, bemühte Aristella sich um ein wohlwollendes Lächeln. Zusammen mit Pixelheldin, die sich als Reham vorstellte, begannen sie, Celia zu folgen, die gute drei Meter über ihnen schwebte und ihren Abtransport einfach zu akzeptieren schien.

»Ja, im Schlaf. Aber niemals im Wachen«, erwiderte Celia und leckte sich genüsslich eine Pfote. »Ihr dürft diese Welt nicht bewusst wahrnehmen. Sie gehört euch nicht.«

»War das der Grund, weshalb du mich vom luziden Träumen abhalten wolltest? Oder warum Zam uns für gefährlich hielt?«, fragte Aristella.

Ruby, Twinkie und Reham gingen vor ihr her, Jussi konnte sie jedoch nicht entdecken. Sie sah sich um, bemerkte, dass er immer noch an Ort und Stelle stand und keinerlei Anstalten machte, zur Gruppe zu stoßen. Sie überlegte, ihn zu holen, doch Ruby schüttelte bloß den Kopf.

»Lass den.« Ihre Stimme glich nach wie vor einem Flüstern. Schüchtern blickte sie zu Boden. »Soll er doch hierbleiben.« Sie war ein zartes Mädchen mit blasser Haut und einer abgerundeten Brille, deren Fassung in dunklem Blau glänzte. Der Rahmen wirkte auf den ersten Blick zu groß für ihr schmales Gesicht, verlieh Ruby aber einen markanten Look, der mit ihren zerschlissenen Jeans und dem türkis-schwarzen Sweatshirt den Begriff nerdy-chic bei Aristella aufblitzen ließ. Rubys rotes Haar war stufig geschnitten und sie war einen guten Kopf kleiner als Aristella, die ihr ein zustimmendes Nicken schenkte.

»Unter anderem«, erwiderte Celia, als sie sich ihrer Aufmerksamkeit wieder sicher war.

»Wohin bringen sie dich? Steckst du in Schwierigkeiten?«, fragte Reham, die mit verschränkten Armen voranschritt. Den anderen beiden Mädchen schenkte sie wenig Beachtung, sie war fokussiert darauf, Antworten zu bekommen.

»Zur Kuppel der Weisen«, erwiderte Celia. »In die Kronstadt.«

»Ins Nichts sollte man dich werfen!«, fiepte einer der Katzendonuts aus ihrem Verbund heraus. »Hast Menschen angeschleppt!«

»Oh, zum Teufel mit euch Speckkringeln!«, schimpfte Celia. »Glaubt ihr wirklich, dass Gesetze in einer Notlage noch etwas zählen?« Sie fuhr die Krallen aus und versuchte, eines der Eckstücke zu Boden zu befördern, hatte jedoch keinen Erfolg dabei.

»Ich rieche Ärger«, sagte Twinkie und seufzte.

Den Rest des Weges setzten sie weitestgehend schweigend fort. Aristella war zu aufgewühlt, um das Eis zwischen ihr und Ruby zu brechen. Sie hatte keine Ahnung, wo Taya abgeblieben war, wie es Nyx oder Jussi ging und warum sie sich überhaupt Gedanken über die beiden machte. Doch da war eine stille Verbundenheit zwischen ihnen. Etwas, das sie alle in diese missliche Lage gebracht hatte und sie auf irgendeine Art zueinander gehören ließ.

Ob sie es wollten oder nicht: Sie waren die einzigen Menschen, die je über die Weiten Persomnias gewandelt waren. Selbst wenn Celia damit ein Gesetz gebrochen hatte, musste es etwas geben, was sie hier tun konnten. Womöglich mithilfe der Weisen oder anderen Ieven.

Der Pfad in Richtung Stadt war trist, der Wind rau und unerbittlich. Sie trotteten über kargen Grund, Gestein wechselte mit verdorrten Pflanzen, denen jegliche Farbe genommen worden war; als hätte man ein Bild auf Graustufen gestellt.

Aristella erkannte zahlreiche Flussäste, die den Grund wie dünne Adern durchzogen. Doch das Wasser darin stand still, als läge der Quell ihres Ursprungs brach. Je weiter sie liefen, desto kühler schien es zu werden. Ruby rieb bibbernd die Handflächen aneinander und steckte sie anschließend tief in die Taschen ihrer Hose, während Reham in ihrem dünnen Kleid völlig unbeeindruckt schien.

Als die Kuppel der Weisen sich endlich erahnen ließ, erkannte Aristella die ersten Eisschollen auf dem Gewässer. Der Fluss war dabei, zu gefrieren. Das Bild mutete fremd an und bescherte Aristella Gänsehaut. Sie konnte nicht sagen, wie Celia den Verfall ihrer Heimat verarbeitete: Die Katze ließ sich in Truthahnform abtransportieren und hielt die Augen geschlossen. Vielleicht, um das Ausmaß der Zerstörung nicht zu sehen; vielleicht aber auch, um ein Nickerchen einzuschieben.

Als einer der Donuts sich aus der Verkettung löste und dreimal ungestüm gegen Celias Kopf flog, schnappte sie nach ihm. »Aufwachen! Wir sind hier!«

Aristella hielt inne. Immer noch befanden sie sich in einer tristen Einöde, die Umrisse der Stadt lagen in einiger Entfernung. Ehe sie ihre Skepsis äußern konnte, bebte der Grund unter ihnen. Staub wirbelte auf, Ruby versuchte, rückwärts davonzulaufen, doch der sich auftuende Schlund war zu groß. Aristella verlor den Boden unter den Füßen, fiel einige Meter in die Tiefe, während sie sich die Seele aus dem Leib schrie. Doch dann geriet sie in einen langsamen Schwebezustand, der sie etwas sanfter hinabbeförderte.

»Gute Reise«, fiepten die Donuts, die vereinzelt über ihnen schwirrten und dabei wie wild Kreise zogen.

Aristella erkannte, dass Celia nach den herumschwirrenden Wesen tatzte, sie verfluchte und immer wieder verzweifelte Blicke auf ihren Schützling warf. Doch die Katze wurde abermals abtransportiert und kurz darauf verlor Aristella den Sichtkontakt.

ERHABENE PFOTEN

»Und ich sag dir: Deine verdammte Katze ist schuld!« Dicke Luft stand zwischen ihnen, nicht zuletzt durch Rehams Worte. »Sie hat uns schließlich mitgeschleppt. Womöglich steckst du mit ihr unter einer Decke!«

Aristella schnaubte und kickte einen herumliegenden Kiesel von sich. »Ich bin genauso hier drin wie du«, erwiderte sie knapp und bemühte sich, das Gezeter ihrer Mitgefangenen zu ignorieren. Doch die Unterstellung traf sie. Celia hatte bis zuletzt versucht, sie zu beschützen. Niemals hätte sie Aristella hinters Licht geführt, das wusste sie einfach.

Ruby kauerte neben ihr auf dem Boden. Die Sessel, die sich in dem kleinen Raum befanden, in dem sie gelandet waren, benutzten sie aus Trotz nicht; alles hierin wirkte wie der verzweifelte Versuch, einen Ort nachzuahmen, an dem Menschen sich wohlfühlen sollten:

Tapeten mit sich beißenden Mustern und Farben, die Einrichtung viel zu gezwungen. Videospielcontroller, die nicht zu den Konsolen passten, CDs lagen neben einem Plattenspieler. Und irgendjemand hatte hier drin tatsächlich drei verschiedene Raumduftspender platziert, die Reham vorhin in einem Anflug von Wut gegen die Wand befördert hatte – mit dem Ergebnis, dass es nun auch fürchterlich stank.Aristellas Kopf dröhnte. Die einzige Tür führte zu einer winzigen Toilette, Fenster gab es keine. Der Teppich, den sie versucht hatten, rauszureißen, hatte nichts weiter als kargen Steinboden offenbart. Für die drei gab es keinen Weg nach draußen.

Reham tippte mit ihren langen violetten Fingernägeln gegen eine Teekanne aus weißem Porzellan. Wenigstens hatte sie die noch nicht zerstört, allmählich machte sich nämlich Durst bei Aristella bemerkbar, weshalb sie das Gefäß an sich nahm und den Deckel öffnete; das Innere war jedoch noch trockener als Aristellas Kehle.

»Ich glaube an Celia«, hauchte Ruby und hob zögerlich einen Mundwinkel.

»Und ich weiß mit Sicherheit, dass sie uns nicht reingelegt hat.« Twinkie hatte die Hinterbeine an eine Sessellehne gelegt und lag auf der Sitzfläche. »Familiare sind zu so etwas Niederträchtigem nicht fähig.«

Das Warten trieb Aristella in den Wahnsinn. Zögerlich befeuchtete sie ihre trockenen Lippen und räusperte sich. »Weißt du, was ihr droht?«

»Dafür, dass sie euch nach Persomnia gebracht hat?«, fragte Twinkie und unterbrach seine Fellpflege. »Ich weiß es nicht.« Er griff nach einem seiner Hinterbeine und streckte es in Richtung Kopf, betastete es ausgiebig von allen Seiten.. »Soweit ich mich erinnern kann, hat es noch nie jemand gewagt, dieses Gesetz zu brechen.« Der Waschbär knabberte an seinen Zehen und hielt inne. »Na ja, außer …«

Aristella horchte auf. »Außer?«

»Daena Tin Maeranis«, erwiderte Twinkie nüchtern und deutete so etwas wie ein Schulterzucken an.

»Wir sprechen deine Sprache nicht.« Reham hatte den Kopf auf die Arme gestützt und war dazu übergegangen, mit ihren Beinen zu wippen. Obwohl sie neben Ruby die mit Abstand Umgänglichste der Gruppe war, prägten Skepsis und Anspannung ihre Stimme und Gesichtszüge.

»Das ist ein Name«, antwortete der Waschbär, ohne aufzusehen. »Sie hat das Gesetz gebrochen.«

»Und ist verschont worden?«, fragte Aristella mit einem Hauch von Hoffnung.

Doch Twinkie unterdrückte ein Prusten. »Sie ist tot. Noch an den Folgen ihrer Handlung gestorben.« In einem Ruck richtete sich das Tier auf und trat auf Ruby und Aristella zu, ließ sich gegenüber von ihnen auf den Boden sinken. »Zam war ihr Partner. Er hat Daenas Verlust nie überwunden.«

»Mir war, als hätte ich das schon mal in einem Traum gesehen«, murmelte Aristella.

»Dass sie gegen die Regeln dieser Welt verstoßen hatte, schien den Weisen wichtiger gewesen zu sein, als Gegenmaßnahmen zu ergreifen oder gar ihren Tod zu rächen«, setzte Twinkie fort.

Ein dicker Knoten zog sich in Aristellas Magen zusammen. »Ich muss hier raus. Taya finden und sichergehen, dass Celia nichts passiert.« Sie rappelte sich auf, suchte den Raum abermals ab. Grün-gelbe Streifen, goldene Punkte auf Blau, rote Rosen und Mauersteine wechselten sich an den Wänden ab, die sie mit ihren Fingerknöcheln abklopfte. Womöglich hatte man über Fenster oder Türen tapeziert, denn wie konnte man einen Raum ohne Ausgang schaffen? Der Schlund, durch den sie gefallen waren, hatte sich umgehend verschlossen. Die Geschehnisse setzten Aristella zu. Sie vermisste Leon, der in einer solchen Situation garantiert einen kühlen Kopf bewahrt hätte, erkannte im selben Moment aber, wie sie sich an einen Strohhalm klammerte, der seit über zehn Jahren abgebrochen war. Ihre Stütze. Ihr Freund. Leon, der …

»Lasst uns hier raus!«, brüllte sie mit Tränen in den Augen. Sie wollte nicht daran denken, sehnte sich insgeheim ihre Unwissenheit zurück.

Reham war wortlos dazu übergegangen, ihrerseits eine weitere Suchaktion zu starten, was Aristella jedoch nur am Rande mitbekam. Wenn sie erst bei Celia wäre, könnte sie alles erklären.

Die Schuld auf sich nehmen. Immerhin hatte sie diesen Zam doch in ihr Leben gelassen. War ihm verfallen und hatte Celia da mithineingezogen. Sie durfte nicht zulassen, dass ihrem Familiar etwas passierte, dafür war ihr diese Nervensäge von Katze zu sehr ans Herz gewachsen.

Sie schlug ihre Fäuste gegen die Mauer, trat dagegen und brüllte, dass man Celia verschonen sollte. Dass man sie, Aristella, erst anhören und die Wahrheit erfahren musste, bevor ein Urteil gefällt wurde. Dass sie Taya finden und in Sicherheit bringen sollten, ehe ihr da draußen noch etwas zustieß. Doch niemand kam und erfüllte ihren Wunsch.

Sie trat in die Mitte des Raumes und stieß einen Schwall Luft aus. Neben ihr stand Ruby, völlig in Gedanken verloren.

»Hast du eine Idee?«, fragte Aristella. Jeder Strohhalm zählte. »Irgendwas? Du bist doch schlau.«

Rubys Wangen nahmen umgehend Farbe an. Sie blickte zur Seite. »Ach was.«

»Du weißt viel«, erwiderte Aristella und fasste das Mädchen an den Oberarmen, was es erschrocken zusammenfahren ließ. Dennoch wehrte sie den Griff nicht ab. »Du warst diejenige, die uns alle Fakten genannt hat, als wir im Forum waren. Was passieren würde, was uns droht.« Bemüht, nicht vollkommen verrückt und verzweifelt zu wirken, zügelte Aristella ihre Worte, um Ruby nicht zu überrumpeln. »Celia hat mich mehr als nur einmal gerettet.« Die Hilflosigkeit in ihr brach sich Bahn, ließ Aristellas Herz verkrampfen. »Ich hätte nie erkannt, was Zam da trieb, hätte mich haltlos in seinen Lügen verloren und nie die Wahrheit erfahren.« Sie hob einen Mundwinkel und lockerte ihren Griff. »Erst hat sie mich nur genervt, aber Celia hat mir aus einem tiefen Loch geholfen, weißt du.«

Ruby nickte knapp, ein schüchternes Lächeln huschte über ihr Gesicht. »Ich frage mich …«

Aristella horchte auf.

»… warum wir noch nicht tot sind.«

»… was?«

»Hier sind nur wir«, hauchte Ruby flüsterleise und schritt auf einen der Sessel zu, »die Möbel«, ergänzte sie ruhig, »und Wände.«

Aristella hielt den Atem an. »Wir und die Wände«, wiederholte sie sarkastisch.

»Die maximale Zeit, die ein Mensch ohne Luft überleben kann, beträgt drei Minuten.« Ruby verschränkte die Arme und lehnte sich an eine mit kitschiger Rosen-Tapete verzierte Wand. »Hier gibt es keine Luftschächte, Lüftungsschlitze.«

»Ein Vakuum«, folgerte Reham.

»Aber in einem Vakuum gibt es weder Teilchen noch Temperatur«, wandte Aristella ein und erkannte, dass das hier doch auf etwas hinauslief.

»Und kein Pauli-Prinzip.« Reham rieb sich die Hände. »Hier entspricht nichts den physikalischen Gesetzen unserer Welt. Also gibt es auch keine Elektrostatik und in weiterer Folge keine feste Materie.« Sie nahm einen tiefen Atemzug, holte einen Schritt weit aus. »Und damit hindert mich nichts daran, durch diese Wand zu laufen.« Ihre Worte klangen wie ein Mantra. »Dieser Raum kann nicht so existieren, wie wir ihn wahrnehmen. Also komme ich auf der anderen Seite wieder heraus, sobald ich auf diese Mauer zulaufe …«

»H-halt, nicht«, raunte Ruby, doch es half nichts: Reham stürmte auf eine der Wände zu, prallte lautstark ab und landete unsanft auf dem Boden.

Für einen Moment herrschte völlige Stille. Aristella musste sich zusammenreißen, um nicht lauthals loszulachen, gleichzeitig war die ganze Szene so absurd, dass sie nicht wusste, ob sie Reham aufhelfen oder das peinliche Schweigen irgendwie brechen sollte, um ihr die Blamage zu erleichtern.

»Woher weißt du so viel über Physik?«, fragte Ruby in gewohnt leiser Tonlage. Sie bot Reham ihre Hand dar, die diese ergriff und sich auf die Beine helfen ließ. Ihre Wangen glühten.

»Ich bin im vierten Semester«, antwortete sie und rieb sich die Stirn. »Oder war. In dieser Welt ergibt einfach nichts Sinn!«

»Hast du dir wehgetan?« Ruby griff in ihre Hosentasche und zog eine Packung Taschentücher heraus, die sie Reham mit zitternden Fingern reichte.

»Um eine Beule komm ich sicher nicht rum«, erwiderte diese und schüttelte den Kopf.

»Blut«, murmelte Ruby und hielt die Taschentücher noch einmal auffordernder in ihre Richtung, ehe sie den Blick wieder auf den Boden heftete. »Deine Nase.«

Reham betastete ihr Gesicht, bemerkte das Rinnsal und grinste peinlich berührt. Während sie die Blutung zu stoppen versuchte, sprang Twinkie auf die Beine.

»Unter normalen Umständen, hätte deine Selbst-Suggestion eben wahrscheinlich sogar funktioniert.«

Aristella winkelte eine Braue an. Doch ehe sie ihrer Verwunderung Ausdruck verleihen konnte, knackte es hinter ihnen. Staub wirbelte empor und gab den Blick auf einen Durchgang frei, der sich so perfekt in das Gemäuer schmiegte, als hätte es ihn immer schon gegeben.

»Entschuldigt, dass ihr warten musstet.« Eine verhüllte Gestalt trat aus dem dahinterliegenden Gang ein, ihrer Statur nach musste es sich um einen Ievos handeln. »Ich hoffe, euer Aufenthalt war angenehm. Wir sind nicht an menschliche Gäste gewöhnt.«

»Gäste?«, fragte Reham.

Der Ievos deutete ein Nicken an. »Wir wissen zwar viel über euch, doch dieser Raum ist auf die Schnelle entstanden, weil wir nicht mit euch gerechnet hatten.« Er fuhr mit einer Hand unter seine Kapuze. »Da unsere Welt gerade instabil ist, wollten wir euch nicht einfach in der Kronstadt warten lassen. Die Weisen sind nun bereit, euch zu empfangen.«

»Was ist mit Celia?«, platzte Aristella heraus. »Ich muss etwas klarstellen! Bitte. Bringt mich zu ihr.«

Ihr Gegenüber schwieg für einen Moment. Und obwohl sie sein Gesicht nicht sehen konnte, spürte sie seine Skepsis.

»Eurer Audienz wird auch die Prinzessin beiwohnen.«

»Prinzessin?« Welche Prinzessin? Sie wollte ihre Katze retten, verflucht nochmal!

Reham trat an ihre Seite und legte ihr eine Hand auf die Schulter. Sie war um ein wohlwollendes Lächeln bemüht. »Lass uns gehen. Je schneller wir hier raus sind, desto eher kannst du ihr helfen.«

Aristella nickte. »Du hast recht.«

Mit einer einladenden Geste bedeutete der Ievos ihnen, ihm zu folgen.

Reham verschränkte die Hände hinter dem Rücken, während sie durch den marmornen Gang schritten. »Auch wenn ich sie immer noch dafür verfluche, dass wir hier gelandet sind!« Nun konnte sie sich zumindest ein Grinsen nicht mehr verkneifen.

Der Gang zog sich endlos, an jeder Ecke hoffte Aristella, endlich am Ziel zu sein, doch es wartete nur ein weiterer Pfad aus weißem Marmor auf sie. Boden, Wände und Decke waren aus einem Stück, der Weg war schmal und erinnerte an einen engen Tunnel. Auch hier gab es weder Fenster noch Lampen. Ruby trottete mit hängendem Kopf neben Aristella her und spielte an ihren Fingern herum. Sicher stellte sie sich tausend Fragen über die seltsame Physik dieses Ortes. Also tat Aristella ihr den Gefallen, für sie zu fragen.

»Wie können wir hier unten atmen? Und warum sehen wir etwas, obwohl es keine Lichtquelle gibt?«

Rubys Augen leuchteten auf, ein stummes »Danke« ließ sich von ihren Lippen ablesen.

»Du denkst in den Gesetzen eurer Welt«, antwortete der Ievos und lachte auf.

»Aber hier herrscht doch auch die Schwerkraft. Sonst könnten wir kaum durch diese Gänge laufen«, wandte Reham ein.

»Ganz recht. Aber nur, weil wir die Schwerkraft als bequem und sinnvoll erachten.«

Ruby schien in Gedanken versunken, während sie in einen weiteren Gang einbogen, an dessen Ende sich diesmal endlich Treppen befanden. Aristella beschleunigte ihren Schritt und hoffte, dass sie den Ievos somit voranscheuchen konnte.

»Um uns Ieven den regelmäßigen Wechsel zwischen euren Träumen und dieser Welt zu erleichtern, haben wir uns angepasst. Theoretisch können wir das Ausmaß der Schwerkraft beeinflussen. Oder viel mehr obliegt es den Weisen. Wenn wir frische Luft zum Atmen oder Licht in geschlossenen Räumen benötigen, dann stehen sie uns zur Verfügung.«

»Und diesen hässlichen Raum habt ihr extra für uns eingerichtet?«, fragte Aristella, als der Ievos vor ihr plötzlich anhielt. Sie konnte im letzten Moment bremsen und sich an der Mauer abfangen, um nicht die Treppen runterzufallen.

»Tut mir leid, dass er nicht nach deinem Geschmack war«, antwortete ihr Gegenüber, was Aristella umgehend die Hitze in die Wangen trieb.

»Entschuldigt, das …«

»Aber wie du vielleicht mitbekommen hast, haben wir gegenwärtig größere Sorgen als einen für zwei Stunden benötigten Aufenthaltsraum ansprechend zu gestalten.« Mit diesen Worten setzte er seinen Weg fort.

Reham verzog peinlich berührt das Gesicht und schritt an Aristella vorbei, die umgehend wieder zu dem Ievos aufschloss.

»Ich wollte Euch nicht kränken«, stammelte sie und entsann sich, in welch heikler Situation sie gerade war; immerhin war sie vom Wohlwollen dieser Wesen abhängig, in deren Welt sie sich befand, ohne einen Ausweg zu kennen. »Das ist mir nur so rausgerutscht. Ohne nachzudenken.«

»In Ordnung. Ich werde mir deine Worte daher nicht zu Herzen nehmen«, antwortete er und klang aufrichtig, was Aristella die letzten Treppenstufen mit etwas Erleichterung nehmen ließ. Ein gewaltiges Tor öffnete seine Pforten, vor Anspannung ballte Aristella die Hände zu Fäusten.

Der Saal dahinter lag in hellem Glanz, obwohl kein Licht durch die prachtvollen Fenster hereinströmte. Abertausende Lämpchen erstrahlten wie funkelnde Juwelen entlang der Decke, als würden sie die Sonne selbst einfangen und in tausend schillernde Facetten zerstreuen. Die glitzernden Reflexionen wurden von kleinen Glasmosaiken erzeugt, die kunstvoll in die Marmorsäulen eingelassen waren. Jedes einzelne Mosaik war mit größter Sorgfalt gefertigt und in verschiedenen Farben und Formen gestaltet. Bei genauerem Hinsehen wirkte es sogar, als würden sich einzelne Steine daraus lösen und in der Luft schweben. Aristella blinzelte und löste ihren Blick schließlich von den Verzierungen, um Ausschau nach Celia zu halten. In der Mitte des Raumes blieben sie stehen, der Ievos verbeugte sich knapp vor … ja, vor wem eigentlich? Drei Thronsessel reihten sich auf einem Podest aneinander, jeder von ihnen individuell geformt, als besäße er einen eigenen Charakter:

Mittig befand sich ein aufwändig gestalteter Thron, der von einem Baldachin aus seidigem Purpur bedeckt war. Sein Sitz war mit kunstvollen Schnitzereien verziert, die Aristella aus der Ferne nur erahnen konnte. Links davon stand ein Thron aus schwarzem Ebenholz, dessen Lehne von einem geschnitzten Einhorn und einem spitzen Zwergenhut umrahmt wurde. Die

Maserung ließ ihn verspielt und märchenhaft wirken. Auf der rechten Seite umschlangen weiße Rosenranken einen steinernen Thron. Darüber schwebte ein zartes Gewebe aus bunten Seidenstoffen, die zu mottenartigen Flügeln drapiert worden waren. Über jedem Thron schwebte ein großer Lichtfunke. Die Atmosphäre war erfüllt von sanfter Musik und leisem Glockenklang. Doch immer noch fehlte jede Spur von Celia.

»Willkommen, Kinder der Erde.«

Aristella erschauderte. Sie wandte sich suchend um, die tiefe Stimme schien von überallher gekommen zu sein.

»Fürchtet euch nicht. Ihr mögt uns nicht sehen, doch wir sind hier mit euch in diesem Raum.« Eines der Lichter auf dem rechten Thron erstrahlte bei diesen Worten in besonders hellem Glanz. »Wir haben unsere körperliche Form aufgegeben, um die Kuppel der Weisen zu schützen und stabil zu halten.«

Aristella konnte kaum glauben, was sie da hörte. Wesen, die sie nicht zu sehen vermochte, ein Thronsaal und Stimmen, die angeblich zu Herrschern dieser Welt gehörten – verflucht, womöglich war sie tatsächlich nur wieder in einem seltsamen Traum gefangen und würde jeden Moment in ihrem Bett aufwachen. Doch obwohl hier nichts der Logik ihrer Welt entsprach, wusste Aristella tief in sich, dass Celia ihr die Wahrheit gesagt hatte.

»Könnt Ihr uns Antworten geben?«, fragte Reham, die mit verschränkten Armen neben ihr stand. Der Ievos, der sie hergeführt hatte, hatte sich inzwischen aus dem Raum begeben, ohne zuvor seine wahre Gestalt zu enthüllen, und Ruby stand ein Stück hinter ihnen.

»N-nein«, rief Aristella dazwischen. »Was ist mit Celia? Ich muss Euch erklären, was passiert ist. Celia trifft keine Schuld daran, dass wir hier sind!« Unsicher, was sie nun tun sollte, fiel Aristella einfach auf die Knie. Was hatte sie zu verlieren? Sie musste alle Register ziehen. »Ich flehe Euch an: Verschont sie!

Lastet mir ihre Strafe an. Celia hat uns gerettet, bitte hört mich an!« Sie schloss die Augen, damit sich keine Tränen aus ihren Lidern drängten. Ein Surren ging durch die Luft, als Aristella endlich eine Antwort erhielt:

»Ihr missversteht.«

Aristellas Herz verkrampfte sich. »N-nein, bitte, so hört …« Sie schluckte, war unfähig, noch einen klaren Gedanken zu fassen. Ein goldenes Kissen schwebte vor ihr, getragen von kleinen Donutkatzen, die es an den Zipfeln festhielten. Darauf thronte Celia in ihrer obligatorischen Truthahnform, gekrönt und mit seidig glänzendem Fell, das einen honigsüßen Duft verströmte.

»Was zur …«

Verlegen blickte die schwarze Katze zur Seite.

»Glaubt uns, Freunde: Ihr oder Prinzessin Celia habt nichts zu befürchten«, verkündete die körperlose Stimme.

Reham blinzelte. »Sie ist die Prinzessin?«

Da erhob das Tier sich, woraufhin das Kissen eine Handbreit über dem Boden anhielt. Unelegant, wie Aristella sie kannte, sprang sie herunter und räusperte sich. »Ich bin die Tochter der Weisen Faerin, der Mutter aller Familiare.« Sie stieß ihr Köpfchen gegen Aristellas Hand, was diese nur entfernt wahrnahm. Viel zu sehr rasten ihre Gedanken. »Euch zusammenzuführen, war meine Mission. Das, woran ich mich die ganze Zeit nicht mehr erinnern konnte.«

DREISSIG

»Du.« Aristella kniete immer noch auf dem Marmor, dessen Kälte ihr inzwischen in die Knochen kroch. Vor ihr saß Celia mit silberner Krone, gepflegter denn je und eindeutig wohlauf. »Du bist eine Prinzessin«, wiederholte sie. »Und während ich die letzten zwei Stunden vor Angst um dich fast gestorben wäre, hast du ein Bad genommen und dich *trutelnd* durch den Palast tragen lassen?«

Celia schenkte ihr einen gereizten Blick. »Das Bad war eine Tortur! Und nenn mich bloß keinen Truthahn!«

Mit einem Finger fuhr Aristella an den Mundwinkel der Katze, der verräterisch glänzte. »Sind das etwa Kuchenkrümel?« Celias Schwanzpeitschen hallte laut durch den Saal. Aristella packte das Tier und zog es an sich. »Du verdammtes Vieh!« Sie drückte ihren Familiar, so fest sie konnte, an sich. Eine unsagbare Last fiel von ihr ab und erlaubte ihr endlich wieder, frei zu atmen. »Du wirst also nicht ins Nichts gestoßen? Oder mit uns gemeinsam hingerichtet?«

»Gewiss nicht.« Eine weitere Stimme meldete sich, diesmal war es eine weibliche, die etwas in Aristella rührte. »Verzeiht, dass Ihr in Sorge wart. Wir werden euch nun alles erklären. Uns aus unserer Starre zu holen, hat ein wenig Zeit in Anspruch genommen. Einstweilen haben wir unsere neue Prinzessin würdig in Empfang genommen.«

»Denn die eigentliche Prüfung liegt noch vor uns«, wandte der männliche Part ein. »Doch wo bleiben unsere Manieren? Erlaubt mir, uns alle vorzustellen.« Große, weiche Kissen erschienen unter hellem Funkeln vor ihnen. Ruby, Reham und Aristella nahmen darauf Platz, wobei Celia es sich auf ihrem Schoß gemütlich machte. Die Hand endlich wieder in ihr weiches Fell schmiegen zu können, war Balsam für Aristellas Seele.

»Mein Name ist Tivarius, ich bin der Anführer der Ieven. Soeben spracht ihr mit Faerin, der Mutter aller Familiare.«

»Sehr erfreut«, erwiderte die sanfte Stimme.

»Und dann wäre da noch Mivestra, die Herrscherin über die Fabelwesen Persomnias.«

»Willkommen«, sprach eine hohe Stimme. »Es schmerzt mich, doch ihr seid unsere einzige Hoffnung.«

Ehe Aristella darauf antworten konnte, vernahm sie laute Schritte hinter sich.

»Ah, da sind ja unsere Abtrünnigen.«

Der Ievos, der sie vorhin in den Thronsaal geführt hatte, trat mit Jussi, Nyx und einer weiteren Person im Schlepptau ein.

Aristellas Herz machte einen Satz. »Taya!«

Doch ihre Freundin wandte nur beklommen den Blick ab und drehte sich ein Stück zur Seite.

Hastig lief Aristella an den anderen vorbei und packte Taya am Arm. »Sprich mit mir. Dieser Zam, was er gesagt hat.« Sie schluckte einen dicken Kloß herunter. »All die Jahre, ich kann doch nicht übersehen haben, dass du …«

Abermals bekam Aristella keine Antwort auf ihre Frage. Taya drehte sich stur von ihr fort und verschränkte die Arme.

»Bitte, so sprich doch mit mir! Du wusstest von Zam?«

Ein tiefes Räuspern dröhnte durch die Luft, ermahnte Aristella dazu, diesen Disput zu vertagen. Noch einen Gefühlsausbruch wollte sie sich vor den Weisen daher nicht erlauben. Und wenn sie endlich die Wahrheit erfuhren, würde sie vielleicht auch etwas Licht auf Tayas seltsames Verhalten werfen. Also sah sie stumm dabei zu, wie ihre Freundin auf einem weiteren großen

Sitzkissen Platz nahm. Jussi und Nyx hingegen dachten nicht einmal daran, es sich gemütlich zu machen. Ein Bluterguss an Jussis Wange ließ Aristella vermuten, dass er bereits gegen die Eskortierung hierher rebelliert hatte. Und auf Nyx' Gesinnung zu schließen, war aufgrund ihres vom Schal verdeckten Gesichts unmöglich. Nur ihre Augen lugten zwischen Stirnfransen und Stoff hervor.

»Die Lage ist ernst«, sprach Tivarius und sicherte sich damit die Aufmerksamkeit aller. »Mehr noch: Wir sehen uns mit einem nie dagewesenen Problem konfrontiert und befinden uns in einer Lage, aus der wir selbst keinen Ausweg mehr sehen.«

»Es geht um diesen Zam«, sagte Reham. »Und was er mit dieser Welt gemacht hat.«

»Und unserer Welt«, ergänzte Aristella. »Mit den Menschen und den Bewohnern Persomnias.« Außer dem Ievos, der inzwischen wieder verschwunden war, hatte sie niemand anderen gesehen, seit sie sich hier befanden.

»So ist es«, erwiderte Faerin. »Zams Auftauchen im Cyberspace eurer Welt ist eine Bedrohung für beide Welten. Eine Gefahr, die wir ...«, die Weise seufzte schwer, »... so sehr es mich auch schmerzt, das zuzugeben, einfach unterschätzt haben.«

»Noch nie in der Geschichte Persomnias ist jemand aus dem Nichts zurückgekehrt.«

»Doch die Rachsucht, die Zam antreibt, sein Hass den Menschen gegenüber, hat ihn einen Weg finden lassen.«

»In einer Sache hat er jedoch leider recht«, ergänzte Tivarius. »Der Wunsch der Menschen, der Realität zu entfliehen, hat ihm diesen Racheakt erst ermöglicht. Und ihr wart unwissentlich Teil seines perfiden Plans.«

»Als ob wir gewusst hätten, worauf das hinausläuft«, blaffte Jussi unbeeindruckt. »Die Schuld daran könnt ihr uns also nicht einfach in die Schuhe schieben.«

»Das ist auch nicht unsere Absicht«, konterte Faerin. »Im Gegenteil: Wir wussten, dass es euch zu beschützen galt, sobald Zam zu euch sprach. Als wir die Bedrohung wahrnahmen, befürchteten wir, es wäre zu spät.«

»Wir hofften, euch vor seinem Einfluss bewahren zu können, und sandten jedem einen Traumwächter.« Nach Mivestras Worten blieb es einen Moment lang still. Aristella konnte es nicht sehen, doch ihr war, als richtete sich der Blick der Weisen auf Taya. »Jedem, außer dir.«

»Da eure Träume ab einem gewissen Zeitpunkt nicht mehr in Persomnia stattfanden, sondern Zams neue Welt nährten, wurde er mächtiger und ihr standet nicht mehr unter dem Schutz der Ieven. Zam lockte euch geschickt in seine Falle. Durch Mantras, Podcasts und andere Hilfsmittel stellte er sicher, dass eure Träume nachts nicht mehr nach Persomnia zogen und er damit experimentieren konnte.«

Aristellas Atem stockte. Stück für Stück ergab sich ein Bild vor ihren Augen, das sie vor eine schmerzhafte Frage stellte: Wie hätte sie sich dieses Einflusses überhaupt je erwehren sollen? Hier waren Mächte am Werk, die nicht davor zurückgeschreckt hatten, mit den Gefühlen junger Menschen zu spielen.

»Warum wir?«, fragte Reham, die mit strengem Blick auf die leeren Throne starrte. Ihr ganzer Körper schien unter Strom zu stehen. »Warum hat er sich ausgerechnet uns ausgesucht?«

»Weil wir verzweifelt waren«, hauchte Ruby kaum hörbar; doch die Weisen hatten ihre Worte sehr wohl vernommen.

»So ist es: Ihr wart empfänglich für seine Versprechen und hattet den Wunsch, in einer Fantasiewelt zu leben. Wir wissen, dass Zam bereits einige Jahre aktiv auf der Suche nach Menschen war, die ihm zu mehr Macht verhelfen konnten.«

»Wir waren also nicht die Ersten?« Nyx hatte zu den anderen aufgeschlossen und ließ sich langsam auf eines der Kissen sinken.

»Nicht die Ersten, mit denen er Kontakt aufgenommen hat, nein. Aber diejenigen, die er sich für die finale Phase seines Plans ausgesucht hat.«

»Was ist sein Plan?«, fragte Aristella und umklammerte Celia, deren Körper ebenfalls angespannt war. »Er will eine neue Welt errichten und Persomnia aus Rache zerstören, aber ich habe immer noch nicht verstanden, wozu er uns Menschen braucht.«

»Oder wie er überhaupt an so viel Macht über unsere Welt gelangt ist«, sagte Reham und seufzte. »Obwohl ich befürchte, die Antwort darauf langsam zu erkennen.«

»In der Tat wart ihr Menschen es, die ihm zu seiner neu gewonnenen Stärke verholfen habt. Der Wunsch, der Welt zu entfliehen, hat den Cyberspace geschaffen«, antwortete Tivarius. »Das hatten wir bereits. Doch je präsenter Zam in den Träumen der Menschen war, je mehr Einlass sie ihm gewährten und je mehr er über euch erfuhr, desto größer wurde die Befehlsgewalt, die er in seinem erbauten Schutzraum genoss: einem Ort zwischen dem Cyberspace und den letzten Ausläufern des Nichts. Bis er eure Träume in sie hineinzog.«

»Darum hat Lea«, stammelte Ruby, »ich meine Zam mich also ermutigt, meine Zeichnungen online zu stellen.«

»Was eure andere Frage betrifft«, sagte Faerin und räusperte sich. »Als wir die Gefahr bemerkten und Traumwächter zu euch sandten, war seine Macht bereits zu groß. Er hatte wohl mit einem derartigen Gegenschlag gerechnet und einen Bannspruch über eure Träume gelegt.«

»Dennoch haben wir den Weg zu euch gefunden.« Celia hob ihren Kopf und blinzelte Aristella wohlwollend an. »Im Gegenzug jedoch unser Gedächtnis eingebüßt.«

»Ich wusste, dass die wenigsten Bewohner Persomnias unser Gesetz brechen würden. Zu heilig ist ihnen diese Regel, zu groß die Konsequenzen.« Ein warmer Hauch streifte Aristellas Arme.

Sie konnte ihn spüren: den herzlichen Blick einer Mutter, der auf Celia gerichtet war. »Doch du, mein Kind, du besitzt, was uns alle aus dieser Lage retten wird.«

»Obwohl ich eine Enttäuschung war«, murmelte die Katze.

»Nein.« Faerins Stimme hallte von allen Seiten wider, dennoch haftete ihr keinerlei Mahnung an. »Das ist nur, was du selbst in dir gesehen hast.«

Celia blickte auf.

»Mein Vertrauen in dich, nicht nur diese, sondern auch die Welt der Menschen zu retten, sollte dir endlich zeigen, was wahrlich in dir steckt, mein Kind. Du bist dieser Krone würdig und verdienst es, den Titel der Prinzessin Persomnias zu tragen.«

Aristella drückte Celia ein Stück fester an sich, berührt von Faerins Worten.

»Aber ich gehörte doch gar nicht zu den Anwärtern um den Thron.« Ihr Familiar senkte den Kopf. »Wie auch, wenn ich ständig schlechte Leistungen erbracht habe? Ich wusste nichts von einer Aufgabe. Ich dachte, bestimmt nie eine zu kriegen.«

»Denk doch einmal nach, mein Kind.«

Celia spitzte die Ohren.

»Jedes Wesen trägt das Potenzial in sich, die Welt zu verändern. Sie vor Unheil zu bewahren und unser aller Schicksal zu lenken«, erwiderte Faerin.

»Die Anwärterei, nun«, ergänzte Tivarius, »sie dient der Motivation. Die wenigsten Familiare würden von sich aus Großartiges vollbringen wollen und ganzen Einsatz zeigen.«

»In der drohenden Gefahr lag deine Chance, Celia. Ohne zu wissen, was dein Auftrag war, hast du ein Tabu gebrochen. Weil es das Richtige war. Weil deine Moral die Angst vor Konsequenzen überschattete. Du magst nicht dem Durchschnitt entsprechen und deinen Platz in der Gesellschaft oft angezweifelt haben, doch zu Außergewöhnlichem sind nur ebenso außergewöhnliche

Wesen fähig. Deswegen habe ich niemand anderem als dir diese Mission anvertraut, mein Kind.«

Silberner Schimmer zog vor Aristellas Augen durch die Luft, formte die Worte:

WENN DEN WELTEN DER UNTERGANG DROHT,
BRINGE JENE MENSCHEN NACH PERSOMNIA,
DIE SIE RETTEN KÖNNEN.

War dies Celias Auftrag gewesen? Und hatte sie ihn aus reiner Intuition heraus erfüllt?

»Anders zu sein, ist keine Schwäche«, flüsterte Ruby ihr zu. »Obwohl wir sie immer für eine halten.«

»Du besitzt etwas Wertvolles, Celia: etwas, das dich und Aristella eint.«

»Etwas, das Zam aufhalten kann«, ergänzte Tivarius mit gütiger Stimme. »Und von dem wir hoffen, dass es einen Funken in den Herzen aller entflammt.«

Aristella hing wie gebannt an den Lippen der Weisen. Sie wartete auf eine Antwort, auf den letzten entscheidenden Hinweis. »Und das wäre?«, schoss sie hervor, als das Schweigen zwischen ihnen überhandnahm. »Womit können wir Zam aufhalten?«

»Zu dieser Antwort müsst ihr selbst gelangen.« Faerins Worte zerschlugen Aristellas Hoffnungen zu einem tristen Rest. »Ich würde die Macht, die ihr in euch tragt, zerstören.«

»Warum sind *wir* dann eigentlich hier?«, fragte Jussi, der immer noch mit verschränkten Armen an einer Marmorsäule lehnte. »Wenn sie und die Katze all unsere Probleme lösen können, dann lasst uns doch endlich in irgendeinem Traum verschwinden.«

»Hier gibt es keine Träume mehr«, erwiderte Tivarius. »Persomnia, all seine Bewohner und die Träume der Menschen sind ins Nichts gestürzt, als Zam sie in ewigen Schlaf versetzte. Sie haben diese Welt überlastet, wie ein unablässiger Strom an Wasser eine Schüssel zum Überlaufen bringt.«

»So glitten die Träume der Menschen also hinab ins Nichts. Und damit in Zams Welt«, sagte Reham unter schwerem Seufzen.

Aristellas Gedanken rasten. Sie blickte hinüber zu Taya, die mit gesenktem Kopf auf der rechten Seite des Halbkreises saß. Ein Zittern ging durch den Boden, bahnte sich an den Wänden entlang seinen Weg nach oben. Putz löste sich von der Decke und rieselte auf ihre Köpfe. Instinktiv hielt Aristella ihren rechten Arm über Ruby und schirmte Celia mit dem Linken ab, sie selbst wandte im letzten Moment ihr Gesicht ab.

»Uns bleibt nicht mehr viel Zeit«, sprach Mivestra. »Ohne die Träume der Menschen lösen auch wir uns allmählich auf. Diese Kuppel war der letzte Ort, den wir bis zu eurer Ankunft schützen konnten.«

»Aber was sollen wir tun?« Diesmal war es Taya, die das Wort ergriff. Sie sprang auf die Beine, beide Hände zu Fäusten geballt. »Wir haben nichts mehr! Kein Zuhause, keine Traumwelt, wie Zam sie uns erfüllt hätte! Die Chance hat Celia uns versaut!«

»Du kannst diesem Verrückten doch nicht ernsthaft nachweinen!« Aristella hatte genug. Sie schob Celia von ihrem Schoß und trat auf Taya zu. »Warum bist du überhaupt hier? Du, du …« Sie zitterte am ganzen Körper. Viel schlimmer traf sie jedoch die abweisende Haltung ihrer Freundin. Sie antwortete ihr immer noch nicht, stattdessen ergriff Tivarius das Wort:

»Es gibt einen Weg, Zam aufzuhalten.«

»Einen einzigen Versuch«, ergänzte Faerin. »Ihr sechs jungen Menschen, Twinkie und Celia seid unsere letzte Hoffnung. Wir wünschten, dass wir länger mit euch sprechen könnten, doch die Kontaktaufnahme lässt unsere Lebenszeit verstreichen.«

Silhouetten erschienen auf den Thronen, zart umrandet traten eine Elfe, eine riesengroße Katze und ein Ievos in Erscheinung.

Glitzer stob aus ihren Abbildern empor. Aristellas Arme überzogen sich mit Gänsehaut. Sie konnte sie spüren:

die Verzweiflung und den Schmerz, die alle Seelen Persomnias in sich trugen; der sich in einem letzten Akt der Hoffnung manifestierten, ihr aller Leben zu retten. Als ein neuerliches Beben die Kuppel der Weisen erfasste, schritten diese zur Tat.

»Wir geben unsere letzte Energie, um das Rad der Zeit zurückzudrehen. Unsere Macht ist begrenzt, erfüllt uns diesen Wunsch.« Faerins Blick streifte jeden Einzelnen von ihnen. »Euer Scheitern lässt alles Leben enden oder Zam neue Gehilfen für seinen Plan auswählen. Hört also gut zu: Dreißig Tage und dreißig Minuten, je zehn von jedem von uns. Wir können die Zeit um einen Monat zurücksetzen und euch noch eine halbe gemeinsame Stunde verschaffen, ehe ihr um Mitternacht in euren Betten erwacht.«

»I-ich verstehe nicht«, stammelte Reham.

»Um Zam aufzuhalten, müsst ihr sechs zueinanderfinden.«

»Aber wie sollen wir ihn aufhalten?«, rief Nyx.

»Nutzt die Zeit, die wir euch schenken«, sagte Mivestra und begann, sich aufzulösen. »Nutzt eure Talente. Glaubt an das, was euch einzigartig macht.«

»W-wartet.« Aristella streckte ihren Arm nach den Weisen aus, deren Silhouetten sich in glitzerndes Nichts verwandelten.

»Seid das, was ihr sein wollt, und tretet ihm gemeinsam entgegen. Als Team. Als eine Einheit.«

»Ihr werdet euch erinnern.« Tivarius' Stimme brach. »Sobald ihr zusammen seid, senden wir euch Hilfe. Kehrt gemeinsam im Schlaf nach Persomnia zurück.«

»Zam darf keinesfalls merken, dass ihr euch von ihm abwendet. Diesmal seid ihr dran, ihn hinters Licht zu führen.«

»Haltet zusammen«, wisperte Faerin und hauchte mit diesen Worten ihren letzten Atem aus; mit einem Satz, der Aristella den Boden unter den Füßen wegzog. Wie sollten ausgerechnet sie – eine Gruppe junger Menschen, die einem Wahnsinnigen bereitwillig die Hand gereicht hätte, um die Welt sich selbst zu überlassen – ebendiese retten?

DU KENNST MICH NICHT

Sie hatten es tatsächlich geschafft, einen Kreis zu bilden; das war die größte Errungenschaft dieses ungewöhnlichen Teams. Während die Erde unter ihnen abermals erzitterte, diskutierten sie ungestüm. Wilde Gesten, Jussis typisches Aufspringen und Davonstürmen sowie die tickende Uhr, die unsichtbar über ihnen hing: Aristellas Kopf drohte zu zerplatzen. Das alles durfte nicht wahr sein!

»Wir sind uns also einig, ja?: Prag ist der beste Ort für ein gemeinsames Treffen.«

»Zwei Tage!«, murrte Jussi. »Ich fahre verfluchte zwei Tage bis nach Polen!«

»Prag liegt in Tschechien«, erwiderte Reham kalt. »Und ich dachte, du willst sowieso nicht kommen?«

»Hör auf, ihn zu provozieren«, sagte Taya. »Ob wir an einem Strang ziehen oder nicht: Wir alle treffen einander in Prag, am ersten September.«

Ruby nickte. »U-und das versprechen wir uns.«

»Wie es dann weitergeht, entscheiden wir dort. Aber dieses Treffen, das müsst ihr schwören, werden wir einhalten.« Aristella streckte ihren Arm aus. Zögerlich legte Ruby eine Hand auf ihre, gefolgt von Reham. Auch Taya schloss sich ihnen an. Die Wärme, die durch Aristellas Körper floss, war ungewohnt. Celia spannte kurzerhand ihre Flügel, erhob sich in die Lüfte und legte ihre kleine Pfote auf den Stoß der Hände.

Nyx zupfte zögerlich an ihrem Schal und tauschte einen Blick mit Jussi. Letzten Endes standen sie jedoch alle beisammen: Mit sechs Händen und zwei Pfoten besiegelten sie ein Versprechen, von dem selbst Aristella nicht wusste, ob es Bestand haben würde. Zu groß waren ihre Differenzen, zu schwer tobten die Stürme in ihnen.

Ruby sorgte sich, wie sie unbemerkt nach Prag kommen sollte. Reham fürchtete sich davor, entdeckt zu werden. Nyx wollte ihnen allen nie wieder gegenübertreten und Jussi wartete auf seine Chance, Zams Angebot anzunehmen. Nur Tayas Gefühle erschlossen sich Aristella nicht; doch sollte es nicht eigentlich anders sein?

Während sie ihre Augen langsam öffnete und die Emotionen der Anwesenden abebbten, brummte ihr Kopf. Nur die Wärme in ihrer Hand begleitete sie bis zurück an den dreißigsten August 2019, exakt dreißig Tage, bevor sie Persomnia mit den anderen betreten hatte. Mit einem Versprechen, das es zu halten galt und einer unendlichen Leere, die sich von innen Bahn brach: Sie hatte nicht nur Leon, sondern auch Taya verloren; und ob Celia, die einzige Freundin, die ihr noch geblieben war, wieder auftauchen würde, konnte sie nicht wissen.

Aristella lag in ihrem Bett und starrte an die Decke. Vielleicht war sie einfach nur aus dem längsten aller Träume erwacht oder steckte tatsächlich noch in diesem Loop fest.

Aristella schniefte. Sie hatte es nicht geschafft, Taya zur Rede zu stellen. Was nur hatte sie getan, das so schwer wog und sich noch dazu vollkommen Aristellas Aufmerksamkeit entzogen hatte? Tränen tropften unkontrolliert auf ihre Hände. Sie zog sich die Decke über den Kopf. Es war zu viel. Alles, was sie gespürt hatte. Die Ängste der anderen, die Last, die sie tragen mussten. Warum sie? Warum bürdete das Schicksal ausgerechnet ihnen eine solche Verantwortung auf? Sie wollte doch nur ihre Ruhe haben. Endlich einmal …

»Worauf wartest du?«

Aristella legte die Stirn in Falten. Sie wischte sich mit dem Handrücken über die Augen und hob die Decke ein Stück an. Räder quietschten über den Parkettboden, feine Krallen schabten darüber. Verschwommen sah sie …

»Ich hoffe, in Prag gibt es einen Strand.« Celias Schnurrhaare lugten unter einem Sonnenhut mit breiter Krempe hervor. »Ich will ans Meer und frischen Hering essen.«

»C-Celia?« Ungläubig stand Aristella auf und kniete sich auf den Boden. Sie umfasste sanft das Gesicht der schwarzen Katze, knuffte ihre Speckbacken und zog sie an sich. »Ich fass es nicht! Du bist wirklich noch hier!«

»Natürlich bin ich hier«, erwiderte sie und spannte ihre Beine an, um möglichst viel Abstand zwischen sich und Aristella zu bekommen. »Jetzt ist aber mal genug mit diesen ungefragten Umarmungen. Für jede davon muss ich mir zehn Minuten übers Fell lecken! Das ist Arbeit!«

»Ich dachte, du wärst noch in deiner Welt.« Sie grinste, schmeckte eine letzte salzige Träne an ihren Lippen.

»Vor dreißig Tagen war ich gerade hier angekommen«, antwortete Celia und kratzte sich hinterm Ohr, was den viel zu großen Hut nach unten fallen ließ.

»Wo hast du den Hut und diese komische Blumenkette her?«

Celia wandte den Blick ab. »Gefunden.«

»Warst du wieder bei den Nachbarn?«, fragte Aristella mit einem Seufzen. Dabei konnte ihr das eigentlich egal sein; sie würde ohnehin in wenigen Stunden abreisen. »Wie lange hab ich geschlafen?« Sie tastete nach ihrem Smartphone, fand es zwischen Decke und Parkettboden. Fast zehn Uhr; auf die Minute genau. Ein plötzlich eingehender Anruf ließ ihren Atem stocken. Sie ging ran. »Taya?«

»Hey, Süße.«

Aristella rang um Worte. Sie drückte eine Hand an die Brust, um ihrem bebenden Herzen Einhalt zu gebieten, ehe sie den Anruf auf Lautsprecher stellte.

»Geht es dir gut? Ma wollte wegen heute Abend nur sichergehen, dass Schwarzwälder-Kirsch immer noch deine Lieblingstorte ist.« Taya lachte. »Und ich wollte fragen, ob du okay bist.«

»Sicher.« Sie zögerte. Müsste Taya nicht eigentlich ebenfalls all ihre Erinnerungen an Persomnia und den Vorfall mit Zam behalten haben? »Und du?«

»Ich?« Verwunderung färbte Tayas Stimme. »Klar.« Ihr Ton wurde höher, verriet Aristella, dass sie etwas überspielte. »Das bin ich doch immer.« Warum war es ihr nie aufgefallen?

»Taya, ich muss dich sehen.«

»Heute Abend um 18 Uhr, bei meiner Ma?«

»Nein.« Aristella atmete tief durch. War das, was sie im Begriff war, zu tun, wirklich richtig? Sie hatten nur diese eine Chance. »Ich kann heute Abend nicht mit dir zu deiner Mutter. I-ich …« Ihre Gedanken wurden schwer. Nur Celias Pfote, die mit leichtem Druck auf Aristellas Bein lag, gab ihr genug Halt, sich zu fassen. »Ich brauche dich. Ich muss hier weg, mir ist alles zu viel.«

Auf der anderen Seite der Leitung herrschte Stille.

»Einfach alles, verstehst du? Lass uns zusammen nach Prag fahren. Jetzt gleich.«

»Nach Prag? Aber Stella, ich muss arbeiten.«

»Ich weiß.« Aristella hielt den Atem an. Sie durfte das hier nicht versauen. »Aber ich kann nicht ohne dich gehen. Kannst du nicht nach der Arbeit kommen und dir für ein paar Tage freinehmen?«

Taya entfuhr ein leiser Seufzer. »Und meine Ma?«

»Ich erklär es dir, wenn du hier bist. Deiner Mama sage ich selbst ab. Es tut mir wirklich –«

»Schon gut.« Tayas Skepsis war verflogen. »Was auch immer passiert ist: Wenn du denkst, dass ein Wochenende in Prag es besser macht, bin ich dabei. Wir sehen uns am Bahnhof, ja? Such uns eine passende Verbindung raus.«

Ich weiß nicht, wie weit Zam unsere Spuren
m Cyberspace verfolgt. Wie viel Einblick er in
die Nutzung unserer Smartphones hat und ob
ihm auffallen würde, wenn ausgerechnet wir
uns nun vernetzen. Ich hab eine Software auf
eine sichere Cloud hochgeladen. Installiere sie
bitte auf allen Geräten, die du täglich nutzt und
mit nach Prag nimmst. Im Forum machen wir
alles wie besprochen.

Aristella folgte dem Link, den Ruby ihr geschickt hatte. Während das Programm lud, ließ sie ihren Blick durch ihr Zimmer schweifen. Sie hatte einen Koffer voll Kleidung, eine Kosmetiktasche und schließlich ihren Laptop gepackt. Celia war außerdem der Meinung, dass sie auf dem Weg zum Bahnhof noch in den Supermarkt mussten.

»Lass uns gehen«, zeterte die Katze und scharrte ungeduldig an der Tür. Ihren Koffer hatte sie bereits zum Ausgang geschoben, aus einem der Fächer lugte eine Packung Reise-Scrabble.

»Du musst aufhören, Dinge von den Nachbarn zu klauen«, schimpfte Aristella und kramte nach ihren Sneakern. Es war so verflucht heiß, dass die Aussicht darauf, das Haus zu verlassen, sie nicht gerade in Euphorie versetzte. Doch das alles war zweitrangig. Wenn das Universum ihr noch eine Chance gab, Taya zurückzugewinnen, musste sie handeln. Wie sie ihrer Freundin jedoch erklären sollte, was sie mit vier anderen introvertierten Nachteulen in Prag machten und warum eine sprechende Katze mit eigenem Gepäck sie begleitete, wusste sie noch nicht.

Als sie in der U-Bahn Richtung Hauptbahnhof saß, die wütende Celia in einer Tasche auf dem Schoß und mit zwei Koffern auf dem Nebensitz, konnte Aristella nicht anders, als an ihrem Vorhaben zu zweifeln. Sie hatten keine Ahnung, was sie erwartete. Wie sie sich diesem Zam entgegenstellen sollten, was ihr eigentliches Ziel war. Faerins Worte spukten ihr durch den Kopf – etwas verband sie und Celia, das der Schlüssel zu ihrer aller Rettung sein würde, wenn sie es fanden. Während die Stadt im Dämmerlicht an ihr vorbeirauschte, zwängte sich ein Gedanke abermals an die Oberfläche: Sie musste diese Welt beschützen. Nicht für die Menschen, die ihr stets das Gefühl gegeben hatten, kein Teil von ihnen zu sein, sondern für sich selbst. Für Taya, Celia, Ruby, Reham und sogar Nyx und Jussi, die es ihr nicht leicht gemacht hatten. Sie alle hatten eine Geschichte zu erzählen, die Aristella noch nicht kannte, und verdienten jemanden, der für sie eintrat. Denn irgendwo in diesem Leben, gab es etwas, das auf sie wartete; und zwar nur auf sie.

Aristella drückte sich mit Celia um die Schultern und all ihrem Gepäck durch die Menschenmassen auf dem überfüllten Hauptbahnhof. Es war Freitagabend, kurz vor Ferienende; eigentlich hätte sie sich denken können, was hier los sein würde. Nervös hielt sie nach Taya Ausschau. Die Geräuschkulisse des Bahnhofs verschmolz mit dem Summen ihrer Gedanken, als sie sich in die Ecke eines Cafés zurückzog.

Touristen drängten herein, diskutierten und blieben mitten im Weg stehen, um zu gestikulieren oder sich zu orientieren.

Aristella spürte Celias leises Schnurren, die sich in ihrer Tasche beruhigte, als wäre sie sich des turbulenten Umfelds bewusst. Vorsichtig öffnete sie den Reißverschluss ein weiteres Stück, damit Celia im Schutze des Stehtisches ihren Kopf herausstrecken konnte. »Du bist angespannt.«

Aristella tippte mit den Fingern gegen die Tischplatte. »Ja.« Sie wischte sich eine Strähne aus der Stirn, die vor lauter Schweiß widerspenstig daran klebte. »Ich kann nicht hier sein. Ich …« Aristella nahm einen tiefen Atemzug. Was sie in der Therapie, die nun niemals stattfinden würde, über ihre Angst vor Bahnhöfen und Zügen gelernt hatte, ließ sie den Ursprung ihrer Panik zwar verstehen, doch mildern konnte dieses Wissen sie nicht. Ohne Taya und Celia wäre sie niemals in der Lage, diese Reise anzutreten. Und selbst mit ihnen wollte sie sich die vier Stunden auf dem Weg nach Prag gar nicht ausmalen.

Ich wünschte, ich könnte dir eine meiner Schlaf- oder Beruhigungstabletten schicken.

Du solltest so ein Zeug echt nicht nehmen.

Das klang ihrer Mutter viel zu ähnlich. Unsicher knabberte sie an ihrem Daumennagel, ehe sie weitertippte:

Aber das sagen auch alle über meinen exzessiven Konsum von Energydrinks :D Danke auf jeden Fall für dein Mitgefühl. Irgendwie wird es gehen. Ich glaube, Taya erinnert sich wirklich an nichts.

Hast du schon was von den anderen gehört?

Endlich erhaschte Aristella einen Blick auf eine vertraute Gestalt, die sich durch die Menschenmenge schob. Als Taya sie winken sah, eilte sie zu ihr an den Stehtisch, manövrierte sich durch die herumstehenden Touristen und fuhr ihre Ellenbogen aus, als würde jede Sekunde zählen.

»Heilige Scheiße«, entfuhr es ihr, als sie endlich ihren Koffer neben Aristella sinken ließ und ihre Freundin in die Arme schloss. »Fährt etwa ganz Wien gleichzeitig weg? An exakt diesem Abend und diesem Bahnhof?«

»Sieht fast so aus«, erwiderte sie mit einem müden Lächeln. Diese Situation war so absurd. Wie sollte sie Taya nur alles erklären? »Tut mir so leid.«

»Schon okay.« Sie verschränkte die Arme auf dem Stehtisch und richtete ihren Haarknoten. »Du weißt doch, für ein Abenteuer bin ich immer zu haben. Von dir bin ich so viel Spontanität allerdings nicht gewohnt.«

»Ich meine alles.« Aristella senkte den Kopf. »Dass ich dich ständig brauche, deine Ma einfach versetze und ...«

Taya griff nach ihrem Arm. »Du musst es mir nicht erklären«, sagte sie und Aristella ertappte sich dabei, ihr zu glauben. Auf diese Fassade der glücklichen Taya reinzufallen. Obwohl sie doch inzwischen wusste, wie schlecht es ihrer Freundin zu gehen schien. »Bei allem, was wir durchgemacht haben, bin ich froh, dass wir einander Halt geben.«

»Gibt es irgendetwas, das ich für dich tun kann? Etwas, worüber du mit mir sprechen willst, wenn wir im Zug vielleicht unsere Ruhe haben?«

Tayas Augenbrauen zogen sich verwundert zusammen. »Wie kommst du darauf?« Sie lachte und steckte sich eine Strähne hinters Ohr. »Mir geht es blendend, Stella. Sonst wüsstest du's doch.« Warum log sie? Warum verriet Taya ihr nicht endlich, weshalb sie dieses Leben hatte hinter sich lassen wollen? »Und jetzt lass uns zum Bahnsteig, bevor wir mit all dem Gepäck noch zu Fuß nach Prag müssen.«

Der Zug glitt durch die malerische Landschaft, und die Vorhänge der Fenster waren wie das Versprechen einer neuen Geschichte, die sich entfalten würde. Sie ruckelten sanft unter den Bewegungen des Abteils, während die letzten Sonnenstrahlen sich durch die Wolken und damit zu Aristella, Celia und Taya ins Abteil kämpften. Unter anderen Umständen hätte Aristella den Anblick der vorbeiziehenden Hügel, Täler und Dörfer genossen, doch gerade lenkte er sie immer nur für ein paar Augenblicke ab, ehe sie sich wieder gewahr wurde, dass sie tatsächlich in einem Zug saß. Noch dazu in einem, der bloß einmal pro Stunde irgendwo anhielt, wodurch sie keine Chance hatte, der Situation zu entkommen. Doch dann sah sie hinüber zu Taya, die ihr Bestes tat, um Aristella mit lustigen Anekdoten auf andere Gedanken zu bringen. Sie erinnerte sich, wofür sie all das auf sich nahm und Celia, um die sie einen Arm gelegt hatte, trug ebenfalls dazu bei, dass sie die Fahrt Kilometer für Kilometer meisterte. Dennoch war jeder einzelne Muskel in ihrem Körper angespannt. Wie lange ein Mensch wohl mit einem andauernden Puls von über hundert überleben konnte?

»Du hast also eine Katze«, sagte Taya und tippte sich mit dem Finger gegen die Wange. Ihre Sandalen hatte sie ausgezogen, die Beine ein Stück weit auf den Sitz gezogen. »Ich verstehe, dass du sie mitnimmst, wenn du ein paar Tage verreist. Aber ich dachte, Haustiere wären bei dir nicht erlaubt?«

»Ich muss dir noch etwas über Celia erzählen«, sagte Aristella und ignorierte die Frage damit. »Und über diese Reise.«

Taya legte den Kopf schief.

»Eine Freundin hat ein ganzes Apartment für uns gebucht.« Aristella krallte die Finger in ihre Knie. »Wir sind eine Gruppe.«

»Was?« Taya klappte die Kinnlade herunter.

»Also.« Unruhig schob sie ihre Unterlippe zwischen den Zähnen umher. »Taya, erinnerst du dich wirklich an gar nichts mehr von gestern?«

»Gestern?«, überlegte sie laut. »Da waren wir einkaufen. Und du hast mir nichts von Freunden oder Prag erzählt.« Falten bildeten sich auf ihrer Stirn. »Langsam mach ich mir echt Sorgen um dich, Stella.«

»Du vertraust mir doch, nicht wahr?«

»Natürlich tu ich das.« Sie nahm die Beine vom Sitz und beugte sich vor, um nach Aristellas Händen zu fassen. »Ich hol uns Kaffee, ja? Und dann erzählst du mir in Ruhe, was dich wirklich bedrückt.«

Es war der Weltschmerz, dachte Aristella, während Taya das Abteil verließ. Sie musste es einfach hinter sich bringen und ihre Freundin einweihen.

»Du stellst dich total idiotisch an«, raunte Celia. »Sie erinnert sich nicht. Wahrscheinlich, weil Zam erst während des ewigen Schlafes Kontakt zu ihr aufgenommen hat und sie vorab nie miteinander zu tun hatten.«

»Sieht so aus«, murmelte Aristella.

»Und jetzt gib mir mein Fisch-Baguette.« Celias Pfote schnellte aus der Tasche. »Ich warte schon viel zu lange.«

Seufzend öffnete Aristella ihren Rucksack und schob die Papierbox in die Tasche zu ihrer Katze. Taya kam einstweilen mit zwei dampfenden Bechern Kaffee zurück, von denen sie einen ihrer Freundin reichte, ehe sie zwei Tütchen Zucker in ihren schüttete.

»Was ich dir jetzt erzähle, wird deine Sorge um mich sicher nicht mildern«, begann Aristella schließlich und gab sich einen letzten Ruck. »Aber ich schwöre dir, dass es mir ernst ist. Und dass ich dich aus der Stadt schaffen musste.«

»Mich?« Taya nahm einen Schluck.

Nachdem Aristella ihr erzählt hatte, mit wem sie sich treffen würden und dass sie ihr Leben in Wien zumindest zum Schein weiter aufrechterhalten musste, um Leon nicht auf den Plan zu rufen, entschied Aristella, dass es fürs Erste ausreichte.

»Es ist daher besser, wenn du bei mir und Stella bist«, murmelte Celia zwischen zwei Stücken Fisch und erntete ein Nicken von Aristella und Taya.

»Okay. Wenn ihr das sagt.«

»Moment.« Eine bittere Erkenntnis hatte sich in Aristellas Innerem festgesetzt und nagte an ihrer Seele. Es war, als ob ein Schleier des Bedauerns ihre Augen trübte und die Schönheit der Welt um sie herum verblassen ließ; die Hoffnung, an die sie sich geklammert hatte. »Du hast Celia eben sprechen gehört.«

Taya rutschte auf ihrem Sitz umher. »Was?« Sie rümpfte die Nase, hob peinlich betreten einen Mundwinkel. »Die Katze?«

»Ja.« Aristellas Finger krallten sich fester in den Bezug des Sitzes. »Sag mir die Wahrheit.«

»Wovon sprichst du?« Taya strich sich eine dunkle Strähne hinters Ohr und leerte ihren Kaffee. »Die Katze hat doch nicht gesprochen, sie …«

»Sag mir die Wahrheit«, wiederholte Aristella bloß.

»Du könntest sie nicht ertragen.«

Tayas Antwort nahm ihr jeglichen Wind aus den Segeln

»W-was?«

»Die Wahrheit, Stella.«

Die Lichter des Tunnels zogen an ihnen vorbei, huschten über Tayas Gesicht und hüllten das Abteil für einige Momente in Dunkelheit. Nebel breitete sich in Aristellas Innerem aus, nahm ihre Gedanken ein. Als ein heftiges Ruckeln den Zug erfasste, hörte sie Taya hauchen:

»Die Wahrheit. Sie lag nur einen Münzwurf entfernt und doch hast du dich gegen sie entschieden. Du hattest es in der Hand, uns aus diesem verdammten Dasein rauszuholen und alles verbockt!«

Aristella setzte mehrfach zum Sprechen an, doch sie war unfähig, auch nur einen klaren Gedanken zu fassen.

»Taya, hältst du Zam wirklich für einen Retter?«, fragte Celia und steckte den Kopf aus der Tasche heraus. »Ich verstehe, dass Aristella für seine Worte empfänglich war, aber …«

»… warum hast du nie etwas gesagt?«, murmelte Aristella wie in Trance und starrte stur geradeaus. An Taya vorbei, auf einen Punkt an der Wand des Abteils fixiert. Sie wollte die Verachtung in ihren Augen nicht lesen. »Warum hast du dich mir nie anvertraut?«

»Wie denn?« Taya schnaubte. »Du warst doch viel zu beschäftigt damit, in deinem eigenen Leid aufzugehen.«

»Das ist nicht …«

»Nicht wahr?«, blaffte sie und verschränkte die Arme vor der Brust. »Du kannst dich nicht mal um dich selbst kümmern.«

»Taya.« Aristella riss sich aus ihrer Starre und legte beide Hände auf die Knie ihrer Freundin. Versuchte, irgendwie zu ihr durchzudringen. »Ich hab dir so oft gesagt, dass du dich nicht um mich kümmern musst. Dass ich weiß, wie viel Last du …«

»Du weißt gar nichts!« Tränen füllten Tayas Augen. »Du weißt nicht, wie es ist, drei Kinder großzuziehen, den Haushalt einer Großfamilie zu schmeißen und immer wieder zu hören, dass die Situation dennoch deine Schuld ist!«

»Was?« Aristella wusste, dass Taya nach der Geburt ihrer jüngsten Schwester zuhause sehr gefordert gewesen war. Dass sie sich stets um alles und jeden kümmerte, machte sie unendlich liebenswert; aber der Schmerz dahinter war Aristella verborgen geblieben. »Warum deine Schuld? Euer Vater ist doch abgehauen.«

»Ja.«

Sie wollte Taya in den Arm nehmen, ihr Trost spenden, aber die wehrte jeden von Aristellas Versuchen ab. Also saßen sie einander in dem ruckelnden Abteil gegenüber; nah beisammen und doch hatte sich eine unüberwindbare Distanz zwischen ihnen aufgetan.

»Deine Mutter gab dir die Schuld daran?«, flüsterte Aristella.

»Ich will nicht mehr darüber sprechen«, erwiderte Taya kühl. »Nicht mit dir.«

»Sie hat viel getrunken nach der Trennung. Hat sie …«

»Verdammt, Stella!« Taya schlug mit beiden Fäusten auf den Sitz ein. »Akzeptierst du auch mal irgendeine Grenze? Was willst du von mir hören? Dass ich die Prügel für meine kleinen Geschwister kassiert habe? Dass du mir einfach nur leidgetan hast, als deine Mutter gestorben ist und weil dein Vater ein genauso großer Arsch ist wie meiner?«

Das durfte nicht sein! Da war nichts als Leere in Aristella. Leere, die krampfhaft versuchte, dem Schmerz keinen Raum zu geben. »Nie und nimmer hast du mir jahrelang eine Freundschaft vorgespielt«, stammelte sie und schüttelte entschieden den Kopf.

»Nein«, erwiderte Taya nüchtern. »Für dich da zu sein, mich um dich zu kümmern, das …«

»Ich hab dir so oft gesagt, du brauchst dich nicht um mich zu kümmern«, fuhr Aristella ihr dazwischen. »Dass du auf dich achtgeben sollst, dass du hin und wieder auch mal Ruhe brauchst und immer mit mir reden kannst!«

»Aber das konnte ich nicht.« Taya senkte den Kopf. »Ich konnte nicht aufhören. Ich mochte dich, vor allem am Anfang. Nachdem Leon weggezogen war und du so einsam warst.«

»Aber?« Aristella hielt den Atem und zählte die Sekunden. Sie wollte keine Antwort auf ihre Frage hören, Augen und Ohren vor der grausamen Wahrheit verschließen.

»Aber du hast mich nie wirklich gesehen. In unserer Freundschaft ging es irgendwann nur noch um dich.«

Aristella ballte die Hände zu Fäusten. »Dann aber nur, weil du es zugelassen hast! Ich hab dir so oft angeboten …«

»Oh, jetzt lass es doch endlich bleiben.« Taya schürzte die Lippen. »Du bist so zerbrechlich wie die Flügel eines Schmetterlings. Mit dir über irgendetwas zu sprechen, wäre mir nie in den Sinn gekommen.«

Ein unaussprechlicher Gedanke tat sich in Aristellas Geist auf, der ihr nur mühsam über die Lippen ging: »Du wusstest von Leon, nicht wahr?«

Taya wandte ihren Blick ab.

»Du hast all die Jahre gewusst, dass er tot war. Und während ich dir von ihm erzählt habe, weil ich tatsächlich glaubte, dass er es ist, hast du mich zum Narren gehalten?«

Taya schloss die Augen. »Du hättest die Wahrheit nicht vertragen. Zu keiner Zeit, Stella.«

»Du hast mich belogen«, folgerte Aristella, ohne auf die Worte ihrer einstigen Freundin einzugehen. »Als ich sagte, ich hätte Angst, unsere Freundschaft wäre zu einseitig, meintest du, ich wäre eine gute Freundin!«

»Wir waren auf dem Weg zu deiner Therapie«, erwiderte Taya knapp. »Was hätte ich denn sonst sagen sollen?«

»Und du hast mir eine heile Welt vorgespielt. Selbst jetzt, nachdem wir in Persomnia waren.« Aristella blickte auf, suchte vergeblich nach dem kleinsten bisschen Reue in Tayas Blick. »Hast getan, als wäre alles wie immer.« Ihr Puls raste, ließ ihr Herz wie wild hämmern. »Wieso?«

Ein Moment verstrich. Als die Stille zwischen ihnen übermächtig zu werden drohte, ergriff Taya endlich das Wort:

»Mich mit dir zu streiten, schien mir taktisch nicht klug.«

»Taktisch?« Aristella schnaubte ungläubig.

»Um eins klarzustellen: Ich gehe freiwillig mit dir nach Prag, um mich Zam anzuschließen.«

Aristella war unfähig, ihren Worten zu folgen. Schützend wehrte ihr Verstand sie ab, doch letzten Endes musste sie der Wahrheit ins Auge sehen.

»Ich stehe hinter seinen Plänen und werde alles tun, um in dieser neuen Welt zu leben.« Taya stand auf und schulterte ihre Tasche. »In einer Welt ohne diese schmerzhaften Erinnerungen. Ohne die Schuld, die ich mein Leben lang vergeblich versucht habe zu begleichen.« Sie öffnete die Tür zum Gang. »Ohne Menschen wie dich, die meinen Schmerz jahrelang übersehen.« Mit diesen Worten verließ sie das Abteil. Verließ Aristellas inneren Schutzraum, in dem Taya stets eine tragende Rolle gespielt hatte. Sie war unfähig, zu weinen. Nicht einmal Wut empfand sie. Aristella war eine leblose Hülle, die sich vom Schaukeln des Zugs herumruckeln ließ.

»Du hattest keine Ahnung?«, fragte Celia nach einer gefühlten Ewigkeit. Sie legte eine Pfote auf Aristellas Bein, die mit einem stummen Kopfschütteln antwortete.

Zam, er hatte ihr alles genommen. Wie viele von ihnen würden auf seiner Seite stehen und die Versuche der anderen sabotieren?

»Wir haben trotzdem eine Chance, nicht wahr?« Aristella legte einen Arm um Celia, suchte Halt in ihrem weichen Fell. »Eine Chance, Zam aufzuhalten.«

Und obwohl ihr die Katze nicht antwortete, konnte Aristella ihn spüren: den Widerstand und Trotz, der in ihr aufkeimte. Der den Schmerz und all die Selbstvorwürfe einen Moment lang in den Hintergrund drängte. Aristella würde für diese Welt kämpfen, in der sie nie einen Platz gehabt hatte. Auch wenn sie es nur tat, um sich selbst zu beweisen, dass sie irgendwohin gehörte.

ENDE

Teil I der Nachtschwärmer-Dilogie

Nachwort

Und ganz plötzlich ist es da: das erste Buch, das ich abseits von Askeria veröffentlicht habe. Danke, dass du diesem Experiment eine Chance gegeben hast. Es hat mir großen Spaß gemacht, »Im Glanz der Nachtschwärmer« zu schreiben, gleichzeitig war es nicht immer einfach.

Obwohl ich nach wie vor vehement darauf beharre, dass Aristellas Geschichte keine Autobiografie ist (I SWEAR), teilen wir einige Gemeinsamkeiten und vor allem eine große Portion Weltschmerz.

Eine gute Mischung aus Humor, Spannung und Gesellschaftskritik zu kreieren, war herausfordernd. Vor allem, weil Celia ihren ganz eigenen Kopf hatte und ich noch eine lange Liste ikonischer Szenen mit ihr in petto habe.

Freut euch also auf einen nicht minder lustigen und gleichzeitig actiongeladenen zweiten Band Ende 2024!

Doch natürlich entsteht ein Buch nicht ohne Unterstützung. Folgenden lieben Menschen möchte ich daher danke sagen:

Meiner engen Freundin und Verlegerin Vinachia, die diese Geschichte ohne zu zögern ins ihr Verlagsprogramm aufgenommen hat. Dein Vertrauen in meine Fähigkeiten übersteigt meines um Längen ♥ Danke, dass du mich stetig dazu animierst, zu wachsen und GdN ein Zuhause gegeben hast.

Dem gesamten Team des WunderZeilen Verlags für die tolle Zeit, die wir immer zusammen haben. Stichwort: Glitzerfamilie!

Steffi Frei, die dieses Buch lektoriert hat. Der Austausch mit dir war spannend und hat mich wieder vieles lernen lassen. Vielen Dank auch an Monika Schulze für das tolle Korrektorat!

Meiner besten Freundin Desiree fürs Brainstormen, Immerdasein und die viele kreative Zerstreuung ❤

Ebenso Flo und meinem großen Bruder Christian fürs regelmäßige Kutschieren meiner 25kg Buch-Pakete zu allen umliegenden Paketshops.

Meinen wärmsten Dank auch an Cao Krawallo, der den Krempel dann in Deutschland entgegennimmt und immer viel mehr davon schleppt als ich.

Ohne eure Hilfe wären die Messen im Ausland für mich kaum möglich und ich sag euch das viel zu selten.

Meinen Freund:innen Mary, Sabrina, Arnold, Philipp, Jenny und Dajana für euren Support beim Aufbauen und Mitbetreuen meiner Solo-Messestände im vergangenen Jahr.

Meinem besten Freund und Mann Michael: Du erträgst all meine kreativen Hyperfokus-Phasen mit einer engelsgleichen Geduld und lässt mich diesen weirden Lebensstil einer Vollzeit-Angestellten und Teilzeit-Autorin, die auf zehn Messen pro Jahr fährt und 24/7 gedanklich in ihrer eigenen Welt ausharrt, leben. You (are my) rock.

Bei meinen Patrons, dank deren Unterstützung ich mir die Fahrten zu den Buchmessen leisten kann:
Lia, Knitterfux, Liv, Mary, Vinachia, Jax, Simone, Feli, Becky, Stefan, Lindi, Jenny, Dajana, Alina, Tanja, Michael, Luisa, Naya, Sanne, Dannii, Zefiiel, Zaki, Luga.

Ursprünglich hatte ich an dieser Stelle noch vier Zeilen an meine Katze Celia gerichtet, als ich davon ausging, dass sie den Release dieses Buchs miterleben wird. Doch leider war dem nicht so.

Ich danke dir für einzigartige 13 ½ Jahre. Dafür, dass du mich zu dieser Geschichte inspiriert hast. Für all deine Geduld, wenn ich dich spontan für dumme Social Media Fotos abgelichtet oder dir deine Flügel umgeschnallt habe.

Zu wissen, dass deine sarkastischen Kommentare und eigensinnigen Aktionen auf ewig hier in der Nachtschwärmer-Dilogie weiterleben werden, tröstet mich ein kleines Stück.

Wenn du hättest sprechen können, dann wäre es so gewesen wie in diesem Buch.

Danke, dass du ein so großer und wichtiger Teil dieser Geschichte bist und für immer sein wirst. Du wirst vielen Menschen auch jetzt noch ein Lächeln aufs Gesicht zaubern.

Und ich danke natürlich *dir*!
Fürs Kaufen und Lesen dieses Buches.

Juliet ♡

Find me on Social Media:
Instagram: @prinnycup
YouTube: @prinnycup
Patreon: https://patreon.com/prinnycup
https://julietmay.at

PRINZESSIN CELIA
27.03.2010 - 08.10.2023

und
Kanalweg 10
22145 Hamburg

WEITERE BÜCHER DER AUTORIN

ASKERIA

Dark/High Fantasy in sieben Bänden

Mit dem Brandmal einer verstoßenen Rasse gezeichnet, führt die 14-jährige Piara ein vorsichtiges Leben: Sie soll stets wachsam sein, nicht weiter als ins umliegende Gebirge gehen und niemandem verraten, warum sie ständig diese ungewöhnliche Frisur trägt. Rigoras hingegen ist ein Freigeist, der Regeln nur zu gerne umgeht. Als Sohn des obersten Clanführers seiner Heimat liegt ihm die Welt zu Füßen. Dennoch teilen die beiden ein gemeinsames Schicksal, ohne einander überhaupt zu kennen:

Um sie herum häufen sich Widersprüche und seltsame Geschehnisse. Ihre Familien zerbrechen, Wissen verschwindet, einzelne Landesteile verderben; und niemand sagt ihnen die Wahrheit. Selbst Piaras Brüder schweigen über ihre Beweggründe, als einer der beiden überstürzt mit ihr die Provinz verlässt und die junge Frau sich mit einem Mal mitten in der Welt wiederfindet, vor der sie so lange beschützt worden war.

Mitaeria wird auch der goldene Kontinent genannt, doch Piara entdeckt bei ihrer Suche nach Antworten nichts als dunkle Abgründe. Denn in dieser friedlichen Welt wird nicht jeder geduldet. Diejenigen, die kritisch hinter den Schleier des Wohlstands blicken, werden gerichtet. Die Vergangenheit ihrer Familie offenbart Piara die Kehrseite der Gesellschaft. Und je tiefer sie gräbt, desto deutlicher zeichnet sich ab, wovor sie ihr Leben lang behütet wurde; wenn auch vergeblich.

Askeria (Band 1)
Die letzte Generation
ISBN: 978-3964434555

Askeria (Band 2)
Hüter des Seelenfeuers
ISBN: 978-3966983990

Askeria (Band 3)
Stadt der Fragmente
ISBN: 978-3969668306

Askeria (Band 4)
Sonnenglut und Silberlicht
ISBN: 978-3987600067

RAYANA UND DIE SONNENKINDER VON SOL-DHANA - STEFFI FREI

Waisenkind Rayana hat nur einen Wunsch: Gemeinsam mit ihrem besten Freund Kalux die Prüfung zu einer echten Sol-Soldatin bestehen und in die Akademie von Sol-Dhana eintreten! Doch dazu müssen sich beide in den sonnenzyklisch stattfindenden Prüfungen als wahre Sonnenkinder beweisen. Als Rayana trotz hartem Training und dem glorreichen Kampf gegen eine echte Sol-Soldatin durch die letzte Prüfung fällt, bleibt sie allein mit den Scherben ihres Traumes zurück. Während sie als Unbeschienene klassifiziert wird, kann Kalux endlich das Waisenhaus verlassen. Auf sich allein gestellt, sucht Rayana nach anderen Wegen, ihre Sonnenmagie zu beweisen. Dabei entdeckt sie düstere Geheimnisse, die besser im Verborgenen geblieben wären. Wird Rayana ihren Traum riskieren, um Licht in die Schatten von Sol-Dhanas Geschichte zu bringen?

UHRWERK: SILBERSTAHL - VINACHIA BURKE

Sidarap
Eine Stadt wie ein Uhrwerk,
bewohnt von Menschen und Dämonen.
Eine Stadt der unbegrenzten Möglichkeiten.
Eine Stadt regiert von Gott.

Tauche ein in eine Welt voll kurioser Charaktere, Tarot und der Magie der Elemente!
Uhrwerk Silberstahl entführt in eine Urban Fantasy Welt im Stil der 20er Jahre mit Elementen aus Steampunk und Noir Romanen. Nicht nur Leser von Six of Crows und Crescent City wird diese moderne Erzählung voller authentischer Charaktere begeistern.

INHALTSHINWEISE

- Selektiver Mutismus
- Sozialphobie
- Trauma
- Mobbing (insb. auf dem Schulhof)
- Gewalt in der Familie (insb. verbal)
- Diskriminierung
- Depressionen
- Albträume (insb. Verfolgung, Feuer, Wahn)
- Tod
- Substanzmittelmissbrauch (insb. Tabletten)
- Eingeschlossensein